독신
마법사
기숙
아파트

독신 마법사 기숙 아파트 1

ⓒ기르답 2020

초판1쇄 인쇄	2020년 5월 25일
초판1쇄 발행	2020년 6월 9일

지은이	기르답Girdap

펴낸이	박대일
편집	이문영 · 임유리 · 신지연 · 박지해 · 곽현주
교정	박준용
마케팅	임유미 · 손태석
디자인	박현주

펴낸곳	파란미디어
출판등록	2004년 9월 14일 제313-2004-00214호

주소	03992 서울시 마포구 동교로23길 14 국제빌딩 6층
전화	02.3141.5589 영업부 070.4616.2012 편집부
팩스	02.3141.5590
전자우편	paranbook@gmail.com
카페	http://cafe.naver.com/paranmedia
페이스북	http://www.facebook.com/paranbook

ISBN	978-89-6371-764-7(04810)
	978-89-6371-763-0(전3권)

독신 마법사
기숙 아파트

기르답Girdap 장편소설

vol. 1

파란

차례

1. 아직은 어색해요 | 7

2. 환영회에 오세요 | 61

3. 실험 대상이 되어 주세요 | 115

4. 옷을 골라 주세요 | 163

5. 물리쳐 주세요 | 209

6. 돌봐 주세요 | 275

7. 저도 주세요 | 344

8. 곁에 있어 주세요 | 416

아직은 어색해요

·····························

"방이 없다니요? 그게 무슨 말씀이세요?"

"어헛! 거참, 그럴 수도 있지."

방이 없다는 말에 랑세는 몹시 당황해 자기도 모르게 목소리를 높였다가 인사청 관리의 헛웃음에 얼른 몸을 숙였다. 그러면서도 '문관 7급 시험 합격증'과 함께 받았던 서류를 내밀었다. 물론 한껏 공손하게.

"분명히 지방에서 시험을 보고 수도로 발령받은 문관에게는 아파트를 준다고 여기 규정에 나와 있습니다."

"어어, 그렇지, 물론이지. 일단 사람 말 좀 끝까지 들어 보게."

인사청 관리는 랑세가 내민 서류를 방어하듯이 다른 서류 하나를 내밀었다. 랑세는 의심스러운 눈으로 내려다보았다.

"그런데 지금 문관 아파트가 오래되어서 재개발 중일세. 해서, 다른 무관 아파트나 이런 곳에 보내고 있네. 자네 말고 그런 사람들이 많아."

독신 마법사 기숙 아파트 8동 입주 허가서

관리가 내민 서류 맨 위에 있는 글자에 랑세는 찌푸려지려는 미간을 억지로 폈다. 앞으로 종종 보게 될 관리에게 나쁜 인상을 심어 줄 수는 없으니까.

"그러면 저는 마법사 아파트로 가야 한다는 건가요?"

"그렇지. 똑똑하구먼."

관리의 마지막 말에는 약간의 비아냥거림이 묻어났다.

"자자, 알겠지? 다음!"

얼른 가라는 듯 다음 사람을 부르는 모습에 랑세는 어쩔 수 없이 뒤로 물러나야만 했다. 아니 뭐, 그래도 살 곳이 있다니까 더 무어라 하겠는가. 랑세는 터덜터덜 기운 없는 발걸음을 옮겨 인사청을 나왔다.

"이게 뭐람."

그러게, 이게 뭘까. 지방에서 문관 시험에 합격하고, 발령장을 받아 있는 돈 없는 돈 모두 주머니에 넣고 설레는 마음으로 수도에 왔더니만, 이런 일은 생각도 못 했네. 랑세는 긴 한숨을 내쉬었다.

"마법사라니."

수도에는 아파트에 모여 살 만큼 수가 많은지는 몰라도 지방에서는 마법사가 귀해 거의 볼 일이 없다. 그러니 편견 따위는 없어야 하건만, 안타깝게도 랑세의 고향에는 한 명의 마법사가 산다.

'으하하하, 이거 봐라, 애들아!'

동네에 하나쯤 있는 미친 사람 취급받는 마법사 영감님을 떠올려 보니 머리가 어질어질하다. 아니, 마법사라고 다 미친 건 아니겠지. 아니겠지만……. 어쩐지 마법사라고 하면 사고뭉치 또는 골칫거리가 떠오른다.

"안녕하세요. 짐 찾으러 왔어요."

랑세는 상경해 서류를 처리하는 동안 묵었던 여관으로 돌아가 주인아주머니를 찾아갔다. 지난 사흘간 얼굴을 익힌 주인아주머니가 랑세를 보고 아침에 방을 빼면서 맡겨 두었던 가방을 꺼내 줬다.

"여기 있습니다."

"감사합니다."

"조심해서 가시고 또 이용해 주세요."

랑세는 가방을 받아 챙기면서 힐끗 주인아주머니를 돌아보았다. 아주머니는 무언가 계산을 하느라 장부를 보고 계속 펜을 놀리며 랑세를 신경도 쓰지 않았다.

랑세는 흠흠, 목소리를 가다듬고 아주머니를 다시 불렀다. 아주머니는 귀찮음이 묻어나는 표정으로 랑세를 바라보았다.

반곱슬 갈색 머리가 어깨까지 내려온 녹안의 예쁘장한 아가씨는 지난 며칠 이 여관에서 묵었던 태도만큼이나 조심스럽게 입을 열었다.

"저기, 아주머니, 혹시 이 근처 집세가 어느 정도 되는 줄 아세요?"

"글쎄요…….."

똑 부러지게 보이는 눈빛만큼이나 눈치가 있으면 좋겠는데 말이야. 아주머니는 티 나게 이 아가씨의 아래위를 훑어보았다.

랑세는 아주머니의 기대에 부응하여 곧장 그 시선을 알아보았다. 저 시선, 비싼 가게에 낡은 옷차림으로 가면 받게 되는 그 시선. 고객님께서는 여기 있는 물건을 단 한 개도 사실 수 없습니다, 하는 그 시선. 답을 안 들어도 뻔하다.

랑세는 입술을 깨물고 여관을 나섰다. 아주머니는 한숨을 내쉬며 장부로 눈을 돌리고 다시는 랑세를 보지 않았다.

한숨을 내쉰 사람은 아주머니만이 아니었다. 랑세도 제 서류에 적힌 주소를 보며 깊은 한숨을 내쉬었다. 오리스가街 35번지. 랑세는 합승 마차를 타는 곳에 가 그쪽으로 가는 마차를 물어물어 찾았다. 아직 출발 시각이 아닌지 마차 앞에서 기다리는 사람이 몇 있었다. 대충 오리스가를 지나가는 마차일 테니, 여기 있는 사람들이 이웃이 될지도 몰랐다.

슬금슬금 곁으로 다가가자 인기척에 고개를 든 그들과 눈이 마주친다. 하지만 돌아오는 시선은 없다. 어색한 눈인사 한 번 후 아무 일도 없었다는 듯 고개를 돌린다. 의도하지 않는 당연한 쌀쌀함에 쓸쓸해진다.

"라챤부터 아타부그까지 가는 마차 출발합니다!"

합승 마차 마부가 외치고, 랑세는 얼른 타려 했지만 사람들이 우글우글 몰리는 바람에 끝자리에 겨우 엉덩이를 걸칠 수 있었다.

마차가 출발하고, 랑세는 빠르게 지나가는 도시의 광경을 바라보았다. 크고 예쁜 건물, 잘 정비된 도로와 깔끔한 입성의 사람들. 상경 첫날만 해도 설레게 했던 광경이 심드렁하게 느껴진다. 이른 봄꽃 향기도 맡지 못할 만큼, 그렇게.

"어, 좀 비키쇼."

"아, 미안합니다."

사람 한 명이 자기 내릴 때가 되자 문 근처에 앉은 랑세가 거치적거리는지 짜증스럽게 외쳤다.

잠깐의 상념조차도 허락하지 않을 만큼 바쁜 사람들. 이런 사람들 사이에서 과연 잘 적응할 수 있을까. 랑세는 눈을 감았다.

'어떠니? 반짝이는 꽃이 예쁘지 않니?'

마을 마법사 영감님은 미친 것 같았지만 그래도 다정한 분이셨다. 늘 신기한 것을 보여 주며 길거리 꼬마들과 놀아 준 사람. 랑세는 빙그레 웃었다. 그래, 그런 마법사들이라면 괜찮을지도 몰라.

"오리스가! 오리스가!"

"아! 내려요! 내릴 사람 있어요!"

랑세는 마부의 외침에 상념에서 깨어나 얼른 마차에서 뛰어내렸다. 그래, 괜찮을 거야. 랑세는 두근거리는 마음을 가지고 사람들에게 물어물어 주소지의 마법사 아파트를 찾아갔다.

"27, 29, 31, 33, 여기……인가?"

탁 트인 마당이 있는 누리끼리한 건물이 눈앞에 나타났을 때, 랑세는 숨을 들이켰다. 그러고는 다시 한 번 주소지와 건물에 적힌 번호를 확인했다. 아니, 실은 확인할 필요도 없었다. 마당을 둘러싼 작은 담장에 매달린 허름한 문패에 쓰여 있는걸.

국립 독신 마법사 기숙 아파트 8동

두근두근, 랑세는 눈을 한 번 꾹 감았다가 떴다. 좋아, 가자. 누구든, 어디든, 맞서 보는 거야. 분연한 한 걸음을 내디뎠다.

"으아아아아!"

결의는 괴성 한 방에 날아갔다. 두근거리던 심장이 덜컥 내려앉았다. 랑세가 주변을 둘러볼 새도 없이.

"여자다!"

누군가의 외침과 동시에 아파트에서 삐에에엥 하는 소리가 들려왔다. 그리고 아파트의 모든 창문이 열렸다. 수십 명의 시선이 자신을 향해 쏟아진다.

"우와! 여자다!"

랑세는 주춤주춤 뒤로 물러섰다. 나, 남자들이다. 마법사 남자들이다. 나, 남자 전용 독신 아파트였나.

수십 명의 시선은 압도적이었다. 뭐지, 뭐지. 이거 뭐야? 그래, 이런 시선 본 적 있어. 동생이 잠자리를 발견했을 때야. 그리고 그 잠자리 날개가 뜯겼었지? 주춤주춤 랑세는 뒷걸음질

쳤다.

죽는다. 분명히 날개 뜯긴 잠자리처럼 죽을 거야.

랑세가 그대로 뒤돌아 달리려는 순간.

펑!

"까악!"

눈앞에서 폭발이 일어났다. 후드득 흙비가 쏟아져 내린다. 덜컥, 덜컥, 툭, 허름한 문패가 바닥에 떨어졌다. 랑세는 그 허름한 문패처럼 주저앉고 말았다.

영감님, 죄송해요. 영감님은 미친 사람이 아니었어요. 영감님은 정말 신사였어요. 한동안 멍하게 그 흙비를 올려다보았다. 대체 무슨 일인가.

"다들 들어가지 못해?"

누군가의 외침에 창문이 닫히는 소리가 들렸다. 랑세는 그제야 자신 앞에 누군가가 서 있다는 걸 깨달았다.

곧이어 낮고 진중한 목소리가 알아들을 수 없는 말을 읊고, 흙먼지는 곧 푸스스 사라지기 시작했다.

"랑세 엔나?"

흩어지는 흙먼지 사이에서 목소리의 주인이 나타났다.

랑세는 주저앉은 채 저도 모르게 발끝부터 머리끝까지 그를 훑어보았다. 크다. 얼굴까지 훑어보는 데 한참 걸리네.

날카롭게 올라간 눈이 차갑고 까만 눈동자를 담고 있었다. 짧게 친 까만 머리에 까만 눈, 하얀 피부, 압도적인 기세와 딱 맞아떨어지는 얼굴. 지금 이미 자신이 죽어서 사신이 데리러

온 건가? 저승 가는 길 헤매지 말라고 저렇게 잘생긴 얼굴을 보
낸 건가? 랑세는 눈을 비볐다.

"랑세 엔나?"

"네? 네."

사신은 다시 한번 랑세를 부르며 손을 흔들었다. 그 순간 바
닥에 깔려 있던 뿌연 흙먼지가 모두 사라졌다. 남자는 마땅찮
다는 얼굴로 긴 한숨을 내쉬며 랑세를 내려다보고 있었다.

"7급 신입 문관 맞지?"

"아, 예."

남자는 더 설명 없이 몸을 돌렸다.

"이놈들을……."

다만 그는 이를 악물고 그리 중얼거리며 담벼락에서 떨어진
문패를 주워 꽝 소리 나게 도로 꽂았다. 저기요, 문패 갈라진
것 같은데요.

랑세가 그런 그의 뒷모습을 멍하니 바라보고만 있자 그가 다
시 뒤를 돌아보았다.

"뭐 하나? 들어와라."

"아, 저……."

랑세는 지금 그가 무슨 소리를 하는지 몰랐다. 저기를 들어
가라고? 저 무시무시한 마법사 소굴에?

그는 기다란 다리로 성큼성큼 걸어가 아파트 문을 활짝 열더
니 들어갔다. 들어가는 뒷모습만 보며 멍하니 있는데, 그가 창
문을 통해 보였다. 그리고 창문 옆에 있는 관리사무실 팻말도.

"아."

사신은 아니구나. 랑세는 주춤주춤 자리에서 일어났다. 여기 관리인인가? 아아, 그렇구나.

여기서 도망을 치든 살게 되든 일단 관리사무실에 이야기는 해야 할 것이다. 랑세는 치마 앞자락에 묻은 흙먼지를 대충 털 어 냈다. 놀란 가슴에 다리도 달달 떨리지만 할 일은 해야 했다.

랑세는 무거운 가방을 이끌고 그를 따라갔다. 남자가 열어 둔 덕에 무거워 보이는 문을 힘들게 열 필요는 없었다. 랑세는 입구 바로 옆에 있는 관리사무실 안으로 남자를 따라 들어갔다.

"저기……."

"앉아."

입구 안쪽의 관리사무실은 작은 방 하나가 전부였다. 낡았지 만 깨끗한 곳이었다. 사실 지저분해질 건더기도 없었다. 낡은 책상 하나, 의자 두 개가 전부인걸. 그나마도 남자가 앉는 바람 에 빈 의자는 하나뿐이었다.

랑세는 남자가 가리킨 의자에 털썩 앉았다. 서 있을 힘도 없 었으니까.

"여기, 이 서류 채워 넣고. 인사청에서 준 서류 내놔. 그리고 여기 이 서류에 사인해."

남자는 랑세를 볼 생각도 없이 서류만 휙휙 던져 준다.

"아니, 저기……."

"뭐? 마지막 서류? 그거 아파트 규칙이지만 신경 쓸 거 없어. 어차피 그거 지키는 미친놈은 하나도 없으니까."

규칙을 지키면 미친놈인가요? 과연 마법사 아파트라는 걸까? 아니, 이게 아니지.

"그게 아니라 저기, 제가 이 아파트에 살 수 있을지를 몰라서."

랑세의 말에 남자가 고개를 들었다. 묘한 시선이 와 닿았다.

"670에시르."

"예?"

"이 근처 독신자가 살 만한 기본 방세가 670에시르. 좀 더 외곽에서는 400에시르면 그럭저럭 방을 구할 수 있겠지만 공관까지 걸어서 두 시간 거리. 매일 마차 타고 출근하면 월 200에시르는 나오겠군. 거기에 가구는 따로 구매하고, 보증금 내야 하는데?"

"예?"

랑세는 그가 무슨 소리를 하는지 몰라 당장에 반문하면서도 저도 모르게 돈 계산을 하고 있었다. 월급은 1200에시르에서 세금 1할 5푼 제해서 1020에시르. 상경해서 살펴본 수도 물가로는 일일 식비 및 교통비가 약 10에시르에서 12에시르 정도. 집세를 670에시르만 낸다고 쳐도, 그야말로 딱 밥만 먹고 살 정도가 되어 버린다.

그러나 사람이 밥만 먹고 사는가?

"자신 있으면 가 봐."

남자는 그러고 다시 고개를 숙인 채 제 앞의 서류를 처리하고 있다. 단정한 옆모습이 무척이나 무심하고 차가워 보였다.

이성이 돌아온 랑세는 눈을 깜빡거렸다. 지금, 돈 있으면 가라는 말 맞지? 여관 아주머니가 눈빛으로 말한 걸 저 혓바닥으로 말한 거 맞지? 기분 나쁘네. 사실이라서 기분이 더 나쁘다. 돈 없는 게 죄다, 죄.

그래도.

"저기요, 여기 남자 기숙사잖아요."

남자만 사는 곳에서 살 수는 없잖아.

남자는 랑세의 말에 다시 고개를 들었다. 묘하게 짜증이 서린 얼굴로 입을 열었다.

"아니. 혼용 맞아. 여자 마법사들도 있지."

아, 그건 다행이다. 그런데 저 사람들은 왜 여자라는 데 저렇게 광분한 거지?

"아, 저기……, 그런데 왜…….."

"미친놈들 하는 일에 이유 따지나?"

그의 말은 하나도 논리적이지 않았지만, 왠지 그 어떤 설명보다 납득이 갔다. 랑세는 저도 모르게 고개를 끄덕였다.

그래도 불안했다. 그렇게 미친놈들이 많으면…….

"보안은 마법으로 통제된다. 범죄자 마법사 따윈 내 손으로 처벌할 거고."

그가 날 선 눈을 빛내며 서류를 다시 들이민다. 정의감? 자부심? 그딴 거라기보다는 어쩐지 짜증이 서린 얼굴이었다.

그런 미친놈 따위는 귀찮다는 얼굴과 목소리에 담긴 설득력에 넘어가 랑세는 떨리는 손으로 펜을 들었다. 아니 뭐, 그런 것보다는 현실적인 문제지. 돈.

"여기요."

랑세는 사인한 서류를 남자에게 내밀었다. 남자는 한 번 쭉 훑어보더니 도장을 쾅 찍었다. 그러자 서류는 새가 날듯 팔락팔락 날아올라 서류철에 착실하게 내려앉았다. 랑세는 그것을 눈을 동그랗게 뜨고 지켜보았다. 미친 영감님이 보여 준 마법에는 저런 게 없었는데.

랑세가 그러거나 말거나 남자는 열쇠 하나를 내밀었다.

"411호다."

"아, 감사합니다."

"가 봐."

랑세는 주춤주춤 자리에서 일어났다. 참 까칠한 사람이다 싶었다. 여기 관리인인 것 같은데, 이름이라도 물어보고 싶지만 차마 그럴 용기도 나지 않았다. 그래서 열쇠를 손에 쥔 채로 꾸벅 고개만 숙였다. 남자는 여전히 제 일에 바빴지만.

뭐, 굳이 가까이 지낼 필요는 없지. 랑세는 가벼운 걸음으로 돌아섰다.

하지만.

"꺄악!"

다시 한번 비명을 지를 수밖에 없었다. 관리사무실 입구 앞에 우글우글 모여 있는 마법사들 때문에.

"아아, 미안합니다! 사과하려고 했는데 더 놀라게 해 버렸네요."

마법사들 사이에서 한 남자가 나타나 꽁꽁 얼어 버린 랑세

앞에서 고개를 숙였다.

사, 사과지, 지금 이거?

"아, 예. 저야말로 소리 질러 죄송합니다. 너무 놀라서……."

하고 말하는 랑세의 말끝은 자신 없이 흐려졌다. 저 남자 뒤
에 있는 다른 남자들이 예의 그 잠자리를 바라보는 막냇동생과
똑같은 시선으로 자신을 보고 있기 때문이었다. 쿵덕쿵덕, 심
장이 잘도 뛴다.

"아, 저는 제8동 독신 마법사 기숙 아파트 자치회장 스테인
이라고 합니다."

그래도 눈앞의 남자, 스테인은 상식적인 사람인 것 같아 조
금은 안심이 되었다. 선한 미소와 어깨까지 내려오는 찰랑찰랑
한 백금발이 무척이나 잘 어울려 사람을 편하게 만들었다.

동글게 휘어진 눈웃음에 랑세는 자연스럽게 입술을 끌어 올
려 미소 비슷한 것을 만들어 냈다. 스테인의 그 부드럽고 고아
한 인상 때문만은 아니었다. 상식에는 상식, 예절에는 예절이
니까.

"저는 랑세라고 합니다. 잘 부탁드려요."

랑세가 자기소개를 하는 동안 스테인은 쉿, 하며 다른 이들
을 뒤로 물렸지만, 그들은 여전히 고개만이라도 빼 밀고 랑세
를 구경하고 있었다.

으음, 이럴 때는 어떻게 해야 하지. 랑세가 혹시 몰라 가볍
게 손을 흔들어 인사 비슷한 걸 하자 그들은 히익, 하며 뒤로
물러섰다. 억지로 만들어 낸 미소도 도로 가라앉았다. 저 사람

들 뭐야.

그런 랑세의 분위기를 읽었는지 스테인도 쓴웃음을 지었다.

"죄송합니다. 원래 다들 상식이 모자라고, 문관분이 새로 이사를 온다고 해서 꽤 긴장한 데다가, 여성분인지라……."

"예? 여자인 게 왜……."

"여자인 게 낫지."

그 소리는 랑세의 뒤에서 났다. 관리인의 차가운 목소리였다. 랑세는 눈만 껌뻑거리며 관리인을 돌아봤지만, 그는 어떠한 설명도 없이 마법사 무리를 하나씩 손으로 가리켰다.

"이번 주 규칙 위반 사항. 308호 규칙 3조 위반, 207호 규칙 8조 위반, 109호 규칙 6조 위반, 110호 규칙 5조 위반."

그가 차갑게 읊조리는 말에 마법사들은 모두 히익 딸꾹질을 하거나 벌벌 떨면서도 한마디씩 던졌다.

"히익! 총관, 너무하시는 거 아닙니까?"

"으악! 케일 선배, 여기서 규칙 지키는 사람 누가 있다고요?"

하지만 케일이라 불린 관리인은 꿈쩍도 안 했다.

"지키는 사람은 없어도 쫓아낼 구실은 얼마든지 되지."

쿵쾅쿵쾅, 여자 구경보다는 각기 주머니 사정이 급한 법이니 모두 우르르 들어온 것처럼 우르르 달려 나갔다. 썰물 같았다.

랑세는 멍하니 그 광경을 지켜보기만 했다. 아빠, 전 수도에 온 것이 아닌가 봐요. 전 아마도 전장 한복판에 떨어졌나 봐요.

시끄러움이 지나간 자리는 침묵이 지배했다. 케일은 긴 한숨을 내쉬었다.

"따라와라. 아무래도 문에 보안 설정을 해 줘야겠군."

"확실히 열쇠 가지고는 부족하겠지요."

스테인이 쓰게 웃으며 말했다.

케일은 눈살을 찌푸리며 311호라고 했지만, 스테인은 빙그레 웃을 뿐이었다.

"311호, 규칙 위반 없습니다, 선배님."

"앞서가지 마라. 나중에 신입 안내나 해 줘라. 네 일이니까."

케일은 이렇게 말하고 휙 앞서가 버린다. 스테인은 손끝을 이마에 붙여 빈정거리는 듯한 경례 비슷한 것을 날렸을 뿐.

그 사이에 끼어 있던 랑세는 어찌할 바 모르고 케일 한 번, 스테인 한 번 바라보았다. 스테인이 어서 따라가 보라는 듯 손짓을 하자 허둥지둥 가방을 들고 케일의 뒤를 따랐다.

랑세가 관리사무실 바로 앞에 보이는 계단을 따라 커다란 가방을 들고 끙차끙차 올라가지만, 케일은 뒤도 한 번 돌아보지 않고 성큼성큼 갔다. 411호면 분명히 4층일 테니 가는 길이 멀다.

"흐어……."

4층에 도착한 랑세는 조금 숨을 몰아쉬었다. 하지만 숨을 고를 겨를도 없이 부지런히 케일의 뒤를 따라가야 했다. 성큼성큼, 다리 한번 진짜 기네.

411호는 4층 복도 끝에 있었다. 열쇠는 랑세의 손에 있었기에 케일은 그 문 앞에서 가방을 끌고 오는 랑세를 기다리고 있었다. 랑세는 받았던 열쇠로 서둘러 문을 열었다.

"와!"

눈 바로 앞에 커다란 창이 있었다. 지방에서는 귀한 유리 창 문으로 햇빛이 쏟아지고 있었고 서너 사람이 앉을 수 있는 식 탁, 작은 소파, 책상, 침대가 오밀조밀 모여 있었다. 파랗게 칠 해진 옷장과 아직은 텅 빈 책장, 혼자서 쓸 수 있는 욕실이 붙 어 있는 화장실까지. 시설이 정말 좋았다.

"이리 와라. 보안 설정을 해야 하니."

"네?"

케일은 정신없이 둘러보는 랑세를 약간은 짜증스레 불렀다. 랑세는 '보안 설정'이 무슨 말인지 몰라 그 앞에 멀뚱히 섰다.

"손."

"네?"

반문하면서도 착실하게 손은 내밀었다. 케일이 그 손을 덥석 붙잡았지만, 랑세는 놀라 미처 빼지도 못했다. 순간 손끝에서 따끔한 게 느껴졌기에.

"아얏."

집게손가락 끝에서 피가 났다. 바느질하다 실수했을 때처럼.

"이봐요!"

갑작스럽게 사람 손에 피를 내다니. 랑세가 신경질적으로 외 쳤지만 케일은 신경 쓰지 않고 랑세의 손을 붙든 채 그대로 문 에 가져다 대었다. 랑세가 그의 손을 내치려 했지만 단단한 손 힘에, 그리고 정체를 알 수 없는 따스한 기운이 손에서부터 퍼 져 나가 버둥거림을 멈출 수밖에 없었다.

"뭐, 뭐 하는 거예요?"

그래도 입은 멈추지 않았다.

"보안 설정."

신경질적으로 짤막하게 말한 케일은 랑세의 손을 쥔 채로 움직였다. 랑세의 피가 문에 기하학적 문양을 만들어 내고, 붉은 빛이 났다. 케일이 속삭이는 소리가 들려왔다.

"오로지 피의 주인에게만 허락하라."

팟, 하고 빛이 사라졌다. 동시에 온기도. 무슨 일인지 몰라 랑세는 얼떨떨한 표정으로 문 한 번, 케일 한 번 바라보았다. 어느새 케일은 손을 내리고 갈 태세였다.

"이봐요! 대체 뭐 하는 짓이죠?"

랑세가 다시 외치자 벌써 한 걸음 내디디고 가려던 케일이 갑자기 멈추고 뒤돌아보았다.

"보안. 앞으로 이 방에는 너만 들어갈 수 있다."

"어, 어떻게요?"

랑세의 반문에 케일은 내디뎠던 걸음을 되돌려 여전히 그 미간 좁힌 얼굴로 문고리에 제 손을 댔다. 그 순간 파지직, 하고 빛이 튀어 올랐다. 저거, 번개 칠 때 본 것 같은데.

으익, 하고 랑세가 놀라 숨을 들이켜지만, 케일은 손을 잠시 움찔했을 뿐 표정에는 한 치 변화도 없었다.

"보안은 각자 알아서 조치하는 법이 있긴 하지만, 넌 마법사가 아니니까."

케일은 그 말만 툭 던져 놓고 몸을 돌렸다.

랑세는 제 갈 길 가 버리는 남자의 뒷모습을 한 번, 제 손에 남은 핏자국을 한 번 바라보았다. 한 시간이면 사라질 작은 상처가 남아 있었다. 그 이상하고 따스한 기운도. 쪽, 랑세는 입술로 손가락을 한 번 빨았다.

"뭐야, 이거."

이런 것도 총관리인의 일일까. 의무든 그냥 오지랖이든 도와준 것은 도와준 것인데, 금세 고맙다는 말조차도 나오지 않을 만큼 차갑고 무례한 태도를 가진 사람이었다.

랑세는 고개를 절레절레 흔들고는 제 문을 보았다. 혹시 몰라 손끝으로 툭 건드려 보았지만, 이상 무. 아까와 같은 빛은 나지 않았다. 랑세는 안심하며 문을 열었다.

조금은 기운이 빠져 터덜터덜 방으로 들어서자마자 소파에 풀썩 앉았다. 허탈한 한숨이 입에서 푸스스 새어 나왔다.

"여기서 잘 살 수 있을까."

이상한 마법사들, 거기에 이상하지는 않지만 무례하고 차갑기만 한 관리인. 그 잔뜩 구겨진 얼굴만 펴도 훨씬 멋지게 보일 텐데 말이야. 어깨가 저절로 움츠러들었다. 그러나 곧 랑세는 벌떡 일어났다. 어쩔 거야, 돈은 없는데. 살아야지. 짐이나 풀자.

가방을 열고 옷은 장에 넣고 책 몇 권은 책장에 꽂았다. 몇 가지 물건을 정리해서 올려 두고 세면도구는 욕실에 정리하고. 그러고 나니 끝. 혼자서 가방을 들고 올 수 있을 만큼 짐을 줄이고 줄였더니 가진 것도 없다. 빈방을 둘러보니 무언가 하나 둘 자리를 잡긴 했지만 그게 끝이었다.

"근처에 시장이 있으려나……."

집에서 가져올 수 없는 물건은 현지 조달이 원칙이다. 아, 여기 오자마자 돈 쓰게 되네. 뭐, 새집 구하는 것보다야 낫다지만.

랑세는 시장이라도 갈 요량으로 지갑을 챙겼다. 그때 문 두드리는 소리가 났다.

"계세요?"

낯설지 않은 목소리였다.

"아까 0층에서 뵈었던 자치회장입니다."

"앗!"

아까 대표해서 사과하러 왔던 그분인가 보다. 착한 사람, 착한 사람이다. 랑세가 서둘러 문을 열자 문 앞에는 커다란 상자를 들고 선 스테인이 있었다.

스테인은 어리벙벙하게 서 있는 랑세에게 상자를 내밀었다.

"저기, 아까 소란 피웠던 녀석들이 죄송하다며 살림에 보태시라고 모은 겁니다. 쓰던 물건이지만 괜찮다면 받으시라고. 당장 급하게 사용하기에는 나쁘지 않을 겁니다."

하며, 상자를 슬쩍 열어 보여 주었다. 그릇, 냄비, 숟가락 같은 일상품과 어디에 써야 할지 모를 물건들이 한가득하였다.

조금 전의 낙담 따위는 잊었다는 듯 랑세는 환하게 웃었다. 아, 영감님, 영감님만치나 마법사들은 이상하지만 좋은 사람들인가 봐요. 랑세는 상자를 받으며 고개를 꾸벅 숙였다.

"고맙습니다! 당장 상경해서는 세 번 거절하는 예의도 필요 없다고 하니까, 이렇게 사양하지 않고 받아도 이상하게 생각하지 마세요!"

"그럼요. 저도 처음 왔을 때 그랬는걸요."

그 마음 모를까 싶은 얼굴로 다정하게 웃고 있는 스테인을 보고 있자니 마음이 따사로워진다. 랑세는 이 친근함에 저도 모르게 그의 웃는 얼굴을 보다가 화들짝 놀랐다.

"저기, 안으로 모셔서 차라도 대접하고 싶지만 제가 살림이 없네요."

"아아, 아니요. 그것보다 일단 아파트 안내를 해 드리겠습니다. 시간 괜찮으시겠어요?"

"아, 감사합니다."

랑세는 상자를 바닥에 내려놓고 스테인의 뒤를 따라갔다. 이전처럼 우와우와, 하는 그런 구경꾼들은 없지만, 복도의 문 앞을 지나갈 때마다 조금씩 덜커덕덜커덕하는, 그러니까 문 여는 소리가 들려왔다. 뒤돌아보지 않아도 뒤통수에 이미 시선이 따끔하게 느껴졌다. 전장 한복판에 떨어졌다고 생각했는데, 설마 나, 그냥 구경거리인가?

계단을 내려가던 스테인은 차분하게 입을 열었다.

"일단 지하층부터 안내를 해 드릴게요."

"지하층요? 지하층에 뭐가 있어서요?"

"세탁실이 있습니다."

어, 세탁실이라니. 빨래라는 건 우물에서 물 퍼서 하는 것 아닌가?

물론 도시는 상하수도 시설이 잘되어 있어서 방마다 수도가 설치되어 있다. 심지어 4층 욕실에서조차 물이 잘 나올 정도니까. 그래도 빨래를 할 수 있을 만큼 물이 그렇게 많이 나오나?

랑세는 머리에 물음표를 가득 띄우고 스테인을 바라보았다. 스테인은 눈을 접으며 가볍게 웃었다.

"마법사들이 사는 아파트는 다른 아파트와 시설이 조금 다릅니다. 다들 편의를 위해서 각자 물품을 개발하여 설치하거나 개조도 합니다."

"와!"

저 우글거리는 사람들이? 마법사들이 여러 도구를 발명하고 개발하여 생활이 훨씬 편해졌다는 것은 알고 있다. 그러나 책 속에서 읽었던 '멋지고 위대한' 마법사와, 동네 마법사 영감님과 이곳의 이상한 마법사들은 절대 동일시할 수 없었다.

그러나 이곳에 살고 있다는 건 국가 등록 마법사라는 것이고, 그렇다면 저기 이상한 마법사들이 역사 발전과 기술 개발에 일조하고 있다는 뜻이겠지.

지하층에 세탁실이라고 쓰인 방문을 열자 상자같이 생긴 것 여섯 개가 열을 지어 서 있었다. 스테인은 그 상자를 두드렸다.

"세탁기입니다."

"세탁기요?"

"정식 이름은 세탁 마도구, 하지만 다들 줄여서 세탁기라고 하지요."

스테인은 상자 위에 달린 뚜껑을 열어 안을 보여 주었다. 거기에 나 있는 구멍에 옷을 넣은 후, 약간의 세제를 넣고 옆에 달린 손잡이를 돌리면 된다고 했다. 손잡이는 무슨 장치가 되어 있는지 스무 번만 힘차게 돌린 후 한 시간만 기다리면 빨래가 될 거라고 했다.

가끔 고장이 나기도 하기에 끝날 때까지 옆에서 지켜봐야 한다는 단점이 있었지만, 팔 근육 아프게 밀고 문대고 빠는 것보다야 당연히 이게 훨씬 낫다.

설명을 끝낸 스테인은 눈 한쪽을 찡긋했다.

"물론 규칙 위반에 불법입니다. 하지만 눈감아 주실 거죠?"

"물론이죠!"

생활의 편의를 위해서라면 약간의 불법쯤이야. 랑세는 두 손을 모으고 반짝거리는 눈으로 스테인을 바라보았다. 스테인은 살짝 미소 지으며 다시 0층으로 올라왔다. 아까 봤던 관리사무실 옆 복도를 따라가니 조금은 커다란 방이 있었다.

"여기는 회의실입니다."

"회의실요?"

회의실이라는 곳은 응접실 같은 느낌이었다. 소파와 의자 몇 개, 커다란 탁자 하나, 저 옆에는 역시나 용도를 알 수 없는 괴상한 마도구들.

"아까 마법사 아파트는 다른 곳과 다르다고 말씀드렸지요?"

"예."

"마법사 아파트는 국가에 등록된 마법사들과 마탑 공무원을 위한 숙소이기도 하지만, 일의 특성상 개인 연구소 같은 구석이 있습니다. 각자 방 안에서 연구하거나 실험을 하기도 하죠."

"아, 그래서 아까 규칙 위반……."

"네. 다른 아파트라면 불을 쓰거나 하는 것은 엄중한 처벌을 받지만, 저희에게는 일상이에요. 아무튼, 그러다 보니 공동 연구가 있거나 토론할 거리가 생기면 여기에 모이기도 합니다. 자치회 회의도 열리고요."

하긴, 아까 그 방은 혼자 쓰기에는 모자람 없는 곳이지만 여럿이 앉아서 무언가 연구를 하거나 공부를 하기에는 적당해 보이지 않았다.

"사실 문관 아파트나 무관 아파트에는 자치회가 없는 것으로 알고 있습니다. 마법사 아파트들의 특성이죠."

"네에⋯⋯."

랑세는 말끝을 길게 흐렸다. 아파트라고 했다. 그냥 집 몇 채가 다닥다닥 모여 있는 곳. 그러니 이웃 정도는 알아도 그 이상은 알 길 없을 사람들일 터였다. 그런데, 어쩐지 이곳은 많이 다른 것 같았다. 다들 똘똘 뭉쳐 있는 기분이었다. 마법사끼리. 자신은 그냥 문관인데. 어쩐지 소외감. 어쩐지 외로움.

도시에 아는 사람 하나 없어도 이웃이라든지 직장 친구 한두 명을 사귀게 되면 외롭지 않을 거라 생각하여 자신 있게 상경했다. 하지만 이곳에서는 자신감이 사라진다. 이곳에서 자신은 그냥 구경거리 그 이상도 그 이하도 아니니까.

"자치 회의는 매달 보름과 말일에 있습니다. 딱히 강요하는 것은 아니지만, 최신 공지 사항을 바로 들을 수 있는 자리니까 가능하면 꼭 참석하세요."

"네에⋯⋯."

앞서 걸으며 다른 곳을 안내하려던 스테인은 랑세의 기운 없는 반응에 뒤돌아보았다. 씩씩하게 걸어왔던 아가씨가 고개를 푹 숙인 채 작은 한숨을 내뱉고 있었다.

"무슨 문제 있나요?"

"어, 그게, 제가 자치 회의에 참석해도…… 괜찮을까요?"

많은 걸 담은 질문이었다. 그 마법사 집단에 문관인 자신이 끼어도 되는지. 이곳에 자신이 살아도 되는지.

스테인은 랑세의 질문 속에 숨겨진 뜻을 금세 알아챘다.

"물론입니다."

"그래도……."

"물론 쉽지만은 않을 겁니다."

단호하게 답하면서도 충고는 잊지 않았다. 그게 사실이었으니까.

"아마 출근하고 문관 업무를 하시다 보면 알게 될 겁니다. 마법사들은 보통 다른 공무원들과 사이가 썩 좋지 않으니까요."

무조건 잘된다는 말보다는 현실성 있는 조언이 오히려 귀에 와닿아 랑세는 눈을 바로 뜨고 스테인을 바라보았다.

"어째서 사이가 안 좋은 거죠?"

"……어느 부서에서 일하시게 되었나요?"

"외교부 대민지원과요."

갓 공무원이 된 7급 문관이 가장 먼저 일할 만한 곳이었다. 스테인은 음, 하고 잠시 생각에 잠겼다가 고개를 끄덕였다.

"내일 출근해서 보시면 알게 될 겁니다. 제게 듣는 것보다 직접 보시는 편이 이해하는 데 더 좋을 겁니다."

"그렇……군요."

"어디든 사이좋은 사람만 있을 수는 없는 법이니 너무 무겁게 생각하지 마세요."

따지고 보면 그렇다. 도시로 상경했던 고향 친구나 선배 이야기에 따르면 서로가 무엇을 하는지도 모르고 산다고 했다. 이 마법사 아파트에서 적응하지 못한다고 해도, 이곳 사람들과 친하게 지내지 못한다고 해도, 어차피 밥만 먹고 잠만 잘 곳인데. 그리고 최소한 눈앞의 이 사람과는 사이가 나쁘지 않으니까…….

아니, 잠깐, 사이가 안 나쁜 것일까. 자치회장이라고 했잖아. 최소한의 의무만 수행하는 것일 수도 있고. 랑세는 고개가 저도 모르게 관리사무실 쪽으로 돌아갔다. 아니지. 최소한의 의무만 수행하는 것은 저런 걸 말할 테고, 눈앞의 이 사람은 친절하니까. 사이가 좋다 나쁘다를 말할 정도는 아니더라도, 그래도, 음, 이만하면 괜찮은 것 같아. 랑세는 배시시 웃었다.

"고맙습니다."

스테인은 가볍게 고개를 숙여 인사를 받고 안내를 계속했다. 방금 랑세가 고개를 돌려 봤던 관리사무실이었다.

"방에 수리할 곳이 생기거나 다른 문의 사항은 관리사무실에 물어보시면 됩니다. 아까 만나셨던 분은 총관리인인 케일 선배고요."

"선배요?"

"아, 저분도 마법사니까요."

그러고 보니 저 사람도 마법사 옷을 입고 있었지. 랑세는 힐 끗 다시 한번 관리사무실을 훔쳐보았다. 바로 곁에서 자기 이야기를 하는데도 앞에 놓인 책만 보고 있는 케일이 있었다. 다른 소리 따위는 일절 들리지 않는다는 듯한 태도였다.

"이곳은 조금 특별하니까 관리사무실이나 직원도 마법사 중에서 선별해서 합니다. 그거 아시나요? 국가에 등록된 공인 마법사들은 일 년에 몇 달 정도 공관에서 근무해야 합니다. 저분은 그 대신 관리사무실을 맡으셨죠. 대신 평생 공관 근무에서 제외되셨고요."

들어 본 적 있었다. 마법사 한 명 키우는 데 시간과 금액이 많이 들기 때문에 그만큼 국가에 봉사해야 한다고 해서 만들어진 제도였다. 소속 연구소나 근무처가 따로 없는 마법사들이 주로 공관에서 근무한다고 들었다. 아, 내일 출근하면 거기에도 마법사가 있겠네. 수도는 정말 마법사가 흔하구나!

"이쪽으로 오세요. 어쩌면 가장 중요한 곳일 테니까요."

"네네."

스테인이 다음으로 안내한 곳은 관리사무실의 건너편 쪽 복도에 붙어 있는 공동 부엌이었다.

"우와!"

열 개의 화덕과 수도 장치를 비롯하여 식사 준비를 할 수 있는 곳이 마련되어 있었고 옆에는 식탁도 두세 개 있었다. 식비를 절약하려면 직접 해 먹는 것이 최고인데 정말 다행이었다.

"냄비나 그릇 같은 것은 본인 것을 사용해야 합니다. 양념 통은 여기 찬장에 있긴 하지만, 각자 이름이랑 방 호수 써 놓은 것 보이시죠?"

랑세는 스테인이 열어 준 찬장을 찬찬히 살펴보았다. 평범한 양념 통 같지는 않았다. '먹으면 죽음. 실험용임' 같은 쪽지를 본다면. 아니, 잠깐, 저 해골 표시는 뭐야. 랑세가 눈을 동그랗게 떴지만, 스테인은 아무렇지도 않다는 듯 찬장 문을 닫았다.

"사용 후에는 반드시 청소하셔야 합니다."

"네. 알겠습니다."

4층에서 0층까지 내려와 부엌을 사용하기는 조금 번거로울 테지만 요리해서 여기서 먹고 올라가면 되겠지.

"식사 시간쯤 되면 화덕 사용이 조금 밀릴 수도 있으니 이건 눈치껏 해결하셔야 합니다."

아, 공동 부엌이니 당연히 다른 방 사람들도 나와서 사용하겠구나. 랑세는 열심히 고개를 끄덕이다 멈칫했다. 조금 전 그 참상, 그런 놈들이 우르르 나오는데 부엌을 같이 사용해야 한다고? 아니, 아니다. 직접 오지는 않았지만 그래도 사과할 의사는 표했으니까, 몹시 나쁜 사람들은 아닌 것 같으니까, 괜찮겠지. 밥을 안 먹고 살 수도 없기에 랑세는 최대한 긍정적으로 생각하기로 했다.

스테인은 각종 청소 도구와 창고, 쓰레기장까지 소개해 줬다.

"일단은 이 정도입니다. 저는, 어설프지만 자치회장을 맡고 있습니다. 생활에 어려움이 있으시면 상담도 하고 중재도 합니다. 그리고 간단한 병의 응급조치 정도는 할 수 있는 치료 마법사이기도 하고요. 311호에 머물고 있으니까 궁금하시면 들르세요."

"아, 감사합니다."

"다른 궁금한 점 있습니까?"

랑세는 마침 생각난 것을 물었다.

"혹시 근처에 시장이나 가게가 있나요? 올 때는 못 봤거든요."

"아, 대문 쪽이 아니라 뒤쪽으로 가야 합니다."

스테인은 랑세를 문 쪽으로 데리고 갔다. 직접 길을 보여 줄 요량인 듯싶었다. 랑세는 힐끗 관리사무실을 보았지만, 그때까지도 케일은 책에서 눈을 떼지 않았다.

"저쪽 골목 보이시죠?"

스테인이 문을 열어 가리키는 쪽으로 고개를 돌린 랑세는 네 네, 답하며 길을 익히려 애썼다.

"저쪽으로 돌아가면 거기부터 상가 골목입니다. 간단한 잡화점과 중고 잡화상, 서점과 식료품점이 있습니다. 시장은 저 골목에서 닷새에 한 번씩 섭니다."

"아아, 정말 감사합니다."

무려 중고 잡화상까지 있단다. 랑세는 반가운 마음에 스테인에게 꾸벅꾸벅 계속 감사하다고 하고, 스테인은 괜찮다 하며 인사말이 길어지고 있을 때였다.

"인사 한번 길군."

시큰둥하고 무례한 목소리가 두 사람의 정다운 인사를 가로질렀다.

랑세는 얼굴을 일그러트렸다. 보자 보자 하니까 저 사람이.

진짜 정말 무례하고 못됐네.

랑세가 한마디 하려고 했지만.

"죄송합니다, 선배님. 이만 가 보겠습니다."

스테인이 사과를 해 버렸다.

랑세가 여기서 나서서 저 사람에게 무례하다고 외친다면 스테인의 체면만 상하게 된다. 그 때문에 랑세는 입술을 삐죽거리며 뒤로 물러섰다.

스테인이 랑세를 살살 계단 쪽으로 몰며 속삭였다.

"케일 선배님은 항상 예민하신 편이니 주의하세요."

아, 진짜 이 사람은 착해서 손해 보겠다. 세상에 이런 사람만 있으면 다툼도 없고 전쟁도 없을 텐데. 일단 고개를 주억거리며 알아들은 척하면서도 못내 마음이 쓰이는 랑세였다.

"그럼 전 이만 가 보겠습니다. 다른 필요한 일 있으면 들르세요."

"네, 감사합니다!"

케일의 구박에 마무리하지 못한 인사를 하며 랑세는 열심히 손을 흔들었다.

스테인은 다른 층으로 가 버렸고 랑세는 잠시 계단에 멈추어 섰다. 자기 방으로 돌아갈까 하던 중 손에 주머니 속 지갑이 잡혔다. 그래, 장이라도 볼 생각이었지. 아까 알아 둔 거리에 가서 간단한 것이라도 사 올까.

자박, 랑세는 한 걸음 걸었다. 고요한 아파트 복도에 발걸음 소리가 제법 크게 났다. 오늘 처음의 소란스러움이 무색하게도,

이제는 남은 호기심조차 없는지 훔쳐보는 문소리도 들리지 않았다.

자박, 다시 한 걸음. 아까 스테인과 함께 이야기하며 걸을 때는 이런 발소리가 들리지도 않았는데.

자박, 자박, 그 발걸음 소리가 어쩐지 무서워 랑세는 걸음 소리를 죽이고는 서둘러 다시 0층으로 돌아와 밖으로 나갔다.

"후와."

시끄러울 때는 고요했으면 싶었는데 혼자 느끼는 고요함은 두려웠나 보다. 어두침침한 복도를 지나 이제는 조금 가라앉은 햇살을 보니 마음이 편안해졌다.

랑세는 일부러 크게 숨을 들이쉬고는 스테인이 알려 준 거리로 갔다. 살 게 제법 많다. 그릇과 냄비, 숟가락은 마법사들에게 받았지만 간단한 양념류와 오늘 먹을 식재료와 빨랫줄 같은 것부터 시작하여 소소한 것들을 챙겨야 했다.

랑세는 하나씩 살 것을 꼽아 가면서도 거리를 둘러보는 것을 잊지 않았다. 과연 수도는 수도였다. 주택가에 있는 상점치고 제법 큰 상점들이 몇 곳 있었다. 랑세의 고향이라면 시내 큰 거리나 가야 볼 수 있을 법한 곳들이었다. 스테인은 서점과 잡화점, 식료품점 정도를 말했지만 작은 꽃 가게도 있었고 식당도 있었다. 제법 싸 보였다. 나중에 식사 준비하기 귀찮으면 여기서 사 먹어도 좋겠구나.

"어서 오세요."

랑세는 식료품점 안으로 들어섰다. 주인이 외치는 인사에 소맷자락을 걷어 올렸다. 오늘은 자신의 팔심을 마음껏 쓸 날이다.

"으어."

랑세는 괴상한 신음을 토해 내며 기숙사를 향해 걸었다. 식료품점 주인이 걱정스럽게 볼 정도로 제법 많은 양의 먹을거리와 양념을 샀을 뿐만 아니라 잡화점에서도 비누 따위 같은 소소한 것들도 잔뜩 사 버리는 바람에 양손이 모자랄 지경이었다. 그나마 아빠 가게에서 일을 도왔던 경험이 없었다면 이것들을 모두 한 번에 가져오지 못했으리라. 비틀비틀, 흔들리는 걸음에 상자도 흔들린다.

상자를 들고 관리사무실 앞을 지나 부엌으로 가는 동안에도 아무도 도와주겠다는 소리는 하지 않았다. 당연하다면 당연하달까, 만난 사람이 없었으니까. 책만 보는 관리인에게는 기대도 하지 않았고. 뭐, 딱히 도움을 바란 것은 아니지만, 좀 서럽기는 서러웠다. 랑세는 주문처럼 되뇌었다. 여기는 마을과 다르다, 여기는 마을과 다르다.

"다르닷!"

쿠쿵, 하는 소리와 함께 상자를 부엌 바닥에 힘차게 내려 두었다. 어차피 다 들고 자신의 방까지 올라가기는 무리였으니 양념 통 따위는 미리 정리해 넣어 놓고, 간단하게 식사를 하고 올라갈 생각이었다.

랑세는 양념 통과 건량을 꺼내 펜으로 하나씩 자신의 이름과 방 호수를 적어 넣기 시작했다. 소금에 후추에 마른 생선과 고기 등등. 빈 찬장 한구석에 랑세 몫의 음식이 쌓여 갔다. 마지막 남은 마른 생선을 옆에 꺼내 두고 오늘의 메뉴를 결정했다. 마른 생선을 불려서 끓인 간단한 수프.

랑세는 남은 짐을 들고 자신의 방으로 가 마법사들이 준 낡은 냄비와 그릇, 숟가락 따위를 챙겨 들고 다시 부엌으로 내려갔다. 온종일 4층에서 0층까지 왔다 갔다 하는 일은 생각보다 힘들어 숨이 찼다.

생선을 물에 담그고 빈 식탁 의자에 앉아 다리를 쭉 뻗었다. 다시 사방이 조용해져 피로가 한층 더 잘 느껴지는 기분이었다. 얼얼하고 찌뿌둥한 어깨와 다리, 멍한 머릿속. 오늘은 이삿짐을 옮기고 장을 보느라 바빠서 그렇다지만, 앞으로 공관에서 일을 시작하면 크게 다르지는 않겠지. 그래도 계속 여기 살다 보면 이 고요한 피로에도 익숙해질까.

딸칵, 그때 부엌문이 열려 랑세는 거의 벌떡 일어나다시피 허리를 곧추세웠다. 자박자박, 자그마한 체구의 여자가 냄비를 안고 들어왔다. 여자다. 랑세는 거의 소리를 내지를 뻔했다. 다행히도, 그 말은 목구멍 뒤편으로 구겨 넣을 수 있었다. 여기 혼용 기숙사 정말 맞는구나. 랑세는 반가운 마음에 얼른 인사를 하려 했다.

때마침 랑세의 열렬한 시선을 느꼈는지 여자도 랑세를 힐끔 돌아보았다. 깜빡깜빡, 이 아파트에서 못 보던 사람이란 것을 눈치챘는지 여자의 눈이 깜빡였다.

"안녕하……."

랑세가 손을 들어 반가움을 표하기도 전에 여자는 꾸벅 고개를 한 번 숙여 버렸다. 랑세도 주춤 손을 거두고 꾸벅 고개를 숙였다. 그리고 끝. 여자는 고개를 돌리고 제 몫의 냄비를 화덕에 올렸다.

무언가 말을 걸고 싶었지만 여자의 주변을 감싸는 공기가 말 걸지 말라고, 다가오지 말라고 외치는 것 같았다. 아무리 낯선 사람에게 꺼림 없는 성격이라고 할지언정 원하지 않은 사람에게 다가갈 정도로 오지랖 넓지는 않았다.

다만.

'어색해.'

부엌의 공기가 무척이나 어색하고 껄끄러워졌다. 채소를 부지런히 다듬는 뒷모습이 무척이나 뻣뻣해 보였다. 한 번쯤 고개를 돌려 볼 법도 한데 절대 움직이지 않는다. 숨소리는 나지 않고 도마 위에서 칼이 움직이는 소리만 도각도각 난다.

랑세는 조심스럽게 자리에서 일어나 한 발 두 발 다가갔다. 어어, 여자의 어깨가 굳는 게 멀리서도 보였다. 하지만 어쩔 수 없는걸. 미안해요. 저도 이제 식사 준비를 해야 하거든요.

랑세는 슬그머니 여자와 세 걸음쯤 떨어진 곳에서 물에 불린 마른 생선을 찢기 시작했다. 찌익찌익, 다각다각. 어색한 침묵 속에서 들리는 소리라고는 그것뿐이었다. 여자가 고개를 돌리지 않는 만큼 랑세도 뻣뻣한 자세로 생선을 찢었다.

달칵, 침묵이 한창 진행되던 순간 문 열리는 소리가 들렸다. 두 사람의 고개가 동시에 휘릭 돌아간다, 기쁜 마음에. 누구든 이 침묵에서 우리를 구원해 주소서.

그러나.

'으아, 아까 그 관리인이잖아.'

랑세는 마음속으로 비명을 질렀다.

케일은 바구니 하나를 들고 성큼성큼 와 랑세와 여자 사이에 떡하니 자리 잡았다. 탕, 그는 능숙하게 칼로 감자를 반 토막 냈다. 그리고 다각다각 감자를 채 썰기 시작했다.

다각다각다각, 다각다각, 찌익찌익, 부엌을 지배하는 소리는 이것뿐이었다. 침묵은 이제 어색한 정도가 아니었다. 숨이 막힐 지경이었다.

랑세는 속울음을 삼키며 말린 생선을 냄비 안에 집어넣고 화덕 위에 올렸다. 국이 되든 죽이 되든 얼른 해서 먹고 도망가는 게 최고일 것 같았다.

움찔, 이번에는 랑세가 몸을 굳혔다. 재료를 다 썬 여자와 케일도 화덕 앞에 자리 잡았다. 치익치익 팬 위에서 채소 볶는 소리와 함께 보글보글 물 끓는 소리만이 들렸다. 화덕의 열기와 침묵으로 숨이 막혀 죽을 것 같았다. 괴상하고 기묘한 침묵 속에서 수프가 익어 간다. 보글보글, 부글부글.

"와렌."

케일의 낮은 목소리가 침묵을 가로질렀다. 이 공간에 사람 목소리가 들린 것이 이상했는지 모두가 침묵을 지켰다. 아주 짧은 시간만.

"네! 선배님!"

여자의 이름은 와렌이었나 보다. 와렌이 채소를 볶던 팬에서 손을 떼고 정자세로 대답을 했다. 케일은 보지 않고 정면만 보면서.

케일은 아무렇지도 않다는 듯 와렌을 보지도 않고 그쪽으로 손을 뻗었다.

"소금."

"네! 선배님!"

와렌은 허리를 깊숙이 숙이고 거의 공물을 가져다 바치는 패전국 사신의 자세로 케일에게 소금을 내밀었다. 물론 케일은 한 치 신경도 쓰지 않고 슥슥 감자에 소금을 치고 다시 내밀었다. 뭐야, 무서워, 마법사들은 위계질서가 확실한가 봐.

다시 치익치익 채소 볶는 소리만이 나지만 그래도 누군가 한마디 했다고 침묵이 숨 막힐 정도는 아니었다.

어색하긴 했지만.

식사 준비가 금방 끝났는지 케일은 음식을 접시에 담아 나가 버렸고, 다시 부엌에는 랑세와 와렌만이 남았다. 한정 없이 볶고 끓일 수는 없는 일, 랑세의 수프가 먼저 끝났다. 랑세는 마지막에 마른 향초를 넣기 위해 찬장에 놓인 제 몫의 양념 통에 손을 뻗었다.

"어?"

랑세는 찬장 안에 놓여 있는 소금 통을 보았다. 정자체로 '케일'이라고 쓰인 소금 통. 아까 그 사람, 소금이 없어서 와렌에게 빌린 것 아니었나. 랑세는 소금 통 한 번, 여전히 뻣뻣한 자세로 채소를 볶고 있는 와렌의 뒷모습을 한 번 보았다.

피시식, 바람 빠지는 소리와 함께 그냥 웃음이 나왔다. 그래, 그 사람, 팬에서 손 떼고 여기까지 오기 귀찮을 수도 있었겠지. 그래도 말이야, 와렌의 이름을 이렇게도 알게 되었잖아. 의외네, 그 사람. 랑세는 조금은 가벼워진 마음으로 식탁에 앉아 수프를 떠먹었다. 와렌도 식사 준비를 끝냈는지 다른 식탁으로 가서 앉았다.

우연히, 정말 우연히 두 사람의 눈이 다시 맞았다. 랑세는 아주 가볍게 미소 지으며 눈인사를 보냈다. 오늘 어색한 침묵의 동지님, 맛있게 식사하세요, 그 마음이 닿길 바라며. 와렌은 미소 짓지는 않았지만, 여전히 뻣뻣하고 긴장된 동작으로 눈인사는 받아 주었다.

후룩후룩, 맛없는 수프를 먹으며 생각했다. 오늘은 이만큼으로 만족하자고. 식사는 침묵 속에 계속되었다.

'만족할 수 없어.'

첫 출근을 앞두었다는 긴장과 새집에 이사 왔다는 설렘 때문에 밤잠을 설친 랑세는 그렇게 생각했다.

'어색해 죽을 것 같아.'

기숙사에서 외무부 공관까지는 걸어서 이십 분 거리였다. 그 거리를 걸으며 랑세는 어색해 죽을 것 같았다. 바로 다섯 걸음 뒤, 와렌이 걷고 있기 때문이었다.

처음에는 눈치 못 챘다. 주택가 근처 조금 조용한 거리에서 뒤따라오는 소리를 눈치채지 못했다면 끝까지 몰랐으리라. 와렌도 어딘가 가는 것일까? 타박타박, 다섯 걸음 뒤의 소리가 어색해서 죽을 것 같았다. 말을 걸까 말까 랑세는 힐끗 뒤돌아보았다. 윽, 눈 마주쳤다. 눈이 마주치자 와렌의 어깨가 또 굳는 게 보였다. 말 걸지 말아야겠다.

타박타박, 자박자박, 발소리는 이제 거리의 소음에 묻혀 들리지 않아야 하건만, 저 사람의 발소리는 왜 이렇게 잘 들리는지. 그렇다고 와렌에게 왜 따라오세요, 어디 가세요라고 물을 수는 없었다. 해코지하려고 따라오는 사람 같지도 않거니와, 와렌도 랑세가 가는 길을 뒤따라가는 것에 당황한 듯 보였으니 이 어색함을 견딜 수밖에. 타박타박, 자박자박.

"아."

드디어 외무부 공관까지 왔다. 인사청의 서류를 받아 제출한 후로는 처음이었다. 랑세는 괜히 머리도 한 번 만지고 옷도 탈탈 털며 숨을 깊게 들이쉬었다. 첫 출근에 누군들 아니 그럴까. 좋았어, 첫 출근이다, 하고 문을 통과하려고 할 때.

"어……."

와렌이 몹시 당황한 얼굴로 자신을 보고 있었다. 그녀의 발역시 외무부 공관 문을 통과하려던 참이었다. 그때 문득 떠올랐다. 마법사들은 의무적으로 일 년에 몇 달 공관 근무를 해야 한다는 것을. 와렌은 그래서 외무부에 온 것이었을까.

"저어……."

하고 랑세가 말을 걸려 했지만 와렌은 고개를 푹 숙이고 빠른 걸음으로 건물 안으로 들어서 버렸다. 랑세는 입만 빵긋거리다가 소심하게 들었던 손을 소심하게 내려놨다. 랑세, 짧은 이십육 년 평생 이렇게 소심해져 보긴 또 처음이었다. 아파트에서 처음 만난 여자 마법사라 반가웠고 친해지고 싶었지만 포기해야 하나 보다. 뭐, 어쩔 수 없나. 아파트의 모든 사람과 친해질 수는 없는 거니까.

랑세는 작게 한숨을 내쉬고 걸음을 옮겼다. 바쁘게 움직이는 사람들을 지나쳐 지난번 인사청 서류를 넘겨주며 잠시 들렀던 대민지원과 사무실로 향했다. 사무실 앞에서 다시 한번 숨을 들이켠 다음, 문을 두드리고 안으로 들어섰다. 사무실 안 사람들의 시선이 랑세에게 꽂혔다.

"안녕하세요. 이번에 새로 들어온 7급 랑세 엔나입니다. 잘 부탁드립니다."

랑세는 고개를 꾸벅 숙이며 자기소개를 했다. 잠깐의 침묵. 그러나 곧 여기저기서 반가워하는 인사말이 들려왔다.

"오오, 어서 와요."

"이야, 나도 드디어 부하 직원이 생겼네."

"지난번에 봤죠? 어서 와요."

서류를 넘겨주었을 때 인사했던 대민지원과 과장님이 어서 오라고 손짓을 했다. 랑세는 다시 과장에게 고개를 꾸벅 숙였다.

"자아, 이쪽으로 와요. 어, 제루 씨, 이리 와 봐요."

부하 직원이 생겼다고 반가워하던 제루가 과장의 부름에 냉큼 달려왔다.

"자, 당분간은 제루 씨가 랑세 씨에게 일을 가르쳐 주세요."

"네!"

제루는 무척이나 발랄한 목소리로 반가워했다. 랑세는 자신에게 일을 가르쳐 줄 제루에게도 꾸벅 인사를 했다. 무척이나 수더분해 보이는 인상의 사람이었다.

과장은 손뼉을 두어 번 짝짝 쳤다.

"자, 일 시작합시다."

"랑세 씨는 이쪽으로 오세요."

랑세는 얼른 제루의 뒤를 따라갔다. 대민지원과의 사무실은 꽤 넓었는데, 책상 앞에 앉은 사람들이 힐끔힐끔 랑세에게 호기심 담긴 시선을 던졌다. 랑세는 그 시선에 가볍게 눈인사를 주며 지나쳐 갔다. 그래, 새로 들어온 곳에 이런 맛이 있어야지. 어제 오늘 어색함 때문에 묵직했던 가슴이 조금 가벼워지는 기분이 들었다.

제루는 작은 방으로 랑세를 데려갔다. 거기에는 두 개의 책상이 있었고 작은 창도 나 있었다.

"자, 여기가 랑세 씨의 책상이에요."

"아, 감사합니다."

랑세는 아무것도 없는 나무 책상을 한 번 쓸어 보았다. 여기가 자신이 생활할 곳이다. 여기에는 어떤 서류가 올라가고 내려갈까.

"자, 여기, 여기, 여기."

틱, 틱, 틱, 제루가 각종 서류철을 그 깨끗한 책상 위에 올려놓기 시작했다.

"우리 대민지원과가 무슨 일을 하는지 알지요?"

"예, 여행 증명서 및 여권 발급과 외국인 거주 증명서 발급, 이주민 자격 심사 등을 중심으로 그 외 민원인들의 요청과 문의 사항을 담당하고 있습니다."

이건 과장을 만났을 때도 들은 이야기였고, 문관 시험을 볼 때도 나온 이야기였다.

"잘 아시네요. 그런데 최근에 우리 대민지원과 업무의 8할이 이주민 자격 심사예요. 오 년 전 전쟁 때문에요."

"아."

오 년 전에 나라에 큰 전쟁이 있었다. 제국의 횡포로 소왕국들이 모두 똘똘 뭉쳐 함께 싸운 전쟁이었다. 왕국민들에게는 다행히도 제국은 피폐한 상황이었고, 그래서 전쟁은 소왕국 연합 측이 크게 승리했다.

그 이후 제국민, 이제는 왕국 국민이 된 외국인들이 고향을 버리고 이웃한 왕국들로 이주해 왔다. 그 때문에 여권과 외국인 거주 증명서라든가 이주민 자격 심사 같은 업무가 폭발적으로 증가했다. 단순히 외무부뿐만 아니라 이로 인해 연계된 재무부나 내무부, 거기에 치안대와 경비대 따위의 업무도 증가했고, 공공 기관 공무원의 수 역시 증가해야 했다. 그 덕에 지방 출신인 랑세도 공무원 시험을 치르고 수도에서 근무하는 기회를 얻게 되었고.

"아무튼, 랑세 씨가 당분간 할 일은 민원인들의 서류를 받아서 정리하는 거예요. 여기 각 업무별 필요 서류 목록 있죠? 이걸 보고 미비 서류가 있으면 여기로, 서류가 모두 맞으면 여기로. 자, 여기 업무 백서가 있는데 이건 주요 업무 이외의……."

제루가 하는 말을 잘 기억하며 랑세는 고개를 끄덕였다.

"자, 업무 시작합시다."

민원실의 창문이 열렸다. 그것은 창문이라기보다는 민원인으로부터 서류를 받는 창구였다. 당장에 랑세가 서류를 처리할 수는 없으므로 제루 곁에 앉아 넘겨주는 서류를 분류하는 일부터 시작하였다. 정말 별의별 일로 오는 사람들이 한가득하였다. 그 때문에 옆에서 서류를 분류해서 올려놓는 일만 하는 데도 정신없었으며, 시간은 정말 빠르게 지나갔다.

"휴, 좀 쉽시다."

점심시간이 되어 제루가 창문을 닫으며 그렇게 말했을 때는 랑세의 이마 끝에 송골송골 땀이 맺혔다. 제루는 슬그머니 랑세의 책상을 둘러보며 서류가 잘 분류되어 있는지 확인했다. 외국인이 어설픈 왕국어로 작성해 놓은 서류도, 필체가 엉망진창인 서류도 모두 필요에 따라 잘 철해서 정리해 놓은 것을 보고 고개를 끄덕였다. 일 잘하는 후임이 들어오는 것만큼 반가운 것이 어디 있으랴.

"식사는 저쪽 큰 사무실에서 모두 모여서 먹어요. 갑시다."

제루는 대체로 친절한 성격이었고, 덕분에 랑세는 피곤은 해도 마음이 놓였다. 제루와 함께 큰 사무실로 도시락을 들고 갔다. 도시락이라고 해도 빵에 채소와 고기를 끼워 넣은 간단한 것이긴 했지만. 낯선 사람들 사이에서 밥을 먹는 일은 조금 어색했으나, 대체로 랑세에게 호감을 표하거나 무관심했기에 조심스레 끼어 앉을 수 있었다.

"어?"

그런데 그들이 앉은 데서 조금 떨어진 곳에 와렌이 앉아 있었다. 랑세의 동공이 흔들렸고 동시에 와렌의 동공도 흔들렸다. 와렌의 공관 근무지가 여기였던 걸까. 아까 인사할 때는 못 봤던 것 같은데. 와렌이 황급히 고개를 숙이고 싸 온 빵을 베어 물기에 랑세 역시 모른 척하기로 했다.

"아, 랑세 씨."

누군가 말을 걸었고 랑세는 고개를 돌렸다. 소소하게 인적 사항 따위를 묻는 잡담이 오가기도 했고, 다른 사람들은 그들끼리 업무 이야기나 사적인 이야기를 나누기도 했다.

그런 사람들의 모습을 보면서 랑세는 깨달았다. 와렌은 아무와도 이야기를 나누지 않았다. 아니, 아무와 이야기를 나누지 않는 것이 아니라 모든 사람이 와렌을 못 본 척했다. 와렌의 소심한 성격 탓에 아무도 말을 걸지 않는 것일까. 하지만 그렇다기에는 그녀의 주변을 감싼 공기가 묘했다.

"아우, 오후 업무 시작합시다."

"퇴근 시간까지 모두 힘냅시다."

식사 시간이 끝나고 모두 자리에서 일어났다. 랑세는 자리를 정리하며 힐끔 와렌을 훔쳐보았다. 와렌도 자리를 정리하며 빛이 거의 들어오지 않는 구석진 책상에 앉았다. 아니, 앉으려 했다.

"어이, 마법사! 올해 재무부 송고 서류!"

과장이 와렌을 보지도 않고 손끝으로 불렀고, 와렌은 작게 네, 답하며 서류가 가득 꽂힌 책장으로 달려갔다. 그때부터였다. 사무실 여기저기서 와렌을 불렀다. 아니, 와렌이 아니라 마법사를 불렀다. 보지도 않고. 랑세는 멍하니 그 광경을 바라보았다.

그 손끝은 무례했고 말투도 그랬다. 사무실 사람들 모두가 와렌을 대하는 태도는 마치 시종을 부리는 것 같았다. 아무리 직급이 높다 하더라도 하면 안 될 무례한 태도였다.

오늘 신입인 자신에게 친절하게 대하던 사람들과 과연 동일 인물들인가. 랑세는 종종걸음으로 바삐 움직이는 와렌의 뒷모습을 바라보았다. 어제 부엌에서 말 걸지 말라는 기운을 숨기지 않고 뿜었듯, 지금 이 순간은 괴롭다는 기운이 넘실거렸다.

"랑세 씨, 뭐 해? 얼른 와."

"아, 예."

대체 이건 뭘까. 랑세는 일단 제루를 따라 민원실로 들어갔다. 아직 공식적인 점심시간은 끝나지 않았기에 창구 문은 열리지 않았고 제루는 기지개를 켜고 오후 업무를 준비 중이었다.

"저, 제루 선배님."

"응?"

랑세는 최대한 조심스럽게 제루에게 말을 걸었다.

"저기, 아까 사무실에 마법사……가 있던 것 같은데요."

"아아, 그 사람?"

제루의 말끝에 비웃음이 묻어났다.

"공관 순환 근무를 하러 온 사람이야. 그게 뭔지는 알지?"

그건 당연히 알고 있다. 정말 묻고 싶은 것은 모든 이들이 와렌을 대하는 무례한 태도였다.

"예, 그건 아는데, 어……."

왜 그렇게 무례하세요, 하고 오늘 처음 출근한 직장에서 직장 선배에게 따져 물을 수는 없었기에 말끝이 흐려졌다. 무례하다는 지적을 최대한 순화시킬 수 있는 말은 무엇일까.

"그다지, 어, 친하게 보이지는 않아서요."

친하지 않다고 무례해지라는 법은 없으나 랑세가 순화시킬 수 있는 최대한의 범위는 여기까지였다.

"친하게 지내서 뭐 하게? 어차피 두 달 일하다 갈 사람."

"아, 음."

맞는 말이야, 맞는 말이다만, 정말 묻고 싶은 건 그게 아니었으니 제대로 된 대답이라 할 수는 없었다. 다행히도 제루는 찌그러진 랑세의 얼굴을 보지 못한 채 오후 업무를 준비하며 여상하게 말을 이었다.

"마법사 놈들이 와서 두세 달 가지고 업무에 관해 뭘 할 수 있겠어? 대충 잡일이나 조금 하고 가지. 그런 주제에 연구비랍시고 받아먹는 돈이 얼마야? 우리 월급의 두세 배는 될걸. 아휴, 나도 마력이나 있었으면 대충 마법사하고 놀고먹으면서 살지."

랑세는 자리에 앉으며 투덜거리는 제루의 뒷모습을 보았다. 오늘 하루 신입 직원인 자신에게 친절하게 대해 준 사람의 뒷모습을.

"학교 다닐 때 마법학부 애들이 얼마나 잘난 척했어, 안 그래?"

"어, 지방 학교에는 마법학부가 없어서 잘 몰라요."

"어머, 그래? 그렇구나. 난 여기서 학교 나왔어. 어휴, 그때 그놈들 난장 친 거에 학을 뗐어. 그래 봤자 졸업해서 우리 밑에서 빌빌거리며 일하는 주제에 말이야. 말이 나왔으니 말인데, 재무부 연구비 인가 없으면 걔들 길거리에서 굶어 죽을 놈들이야."

제루는 아무렇지도 않게 말했다. 경멸도 혐오도 아닌, 당연하고 일상적인 것을 말하는 투였다.

어쩐지 그래서 더 무서웠다.

제대로 된 질문도 하지 않았고 제대로 된 답변도 아니었으나 최소한 그들이, 혹은 우리가 마법사를 왜 그렇게 대하는지는 알 것 같았다.

"아, 시간 되었다."

제루는 그렇게 말하며 창문을 열었고, 점심시간이 끝나길 기다리던 민원인들이 들이닥쳤다. 다행이었다. 더 들었으면 더 무서웠을 테니까. 랑세는 넘어오는 서류를 하나씩 정리했다. 서류는 차곡차곡 정리되었지만, 머릿속은 하나도 정리되지 않았다.

어젯밤, 자신을 이상한 시선으로 봤던 마법사들이 사과의 의미로 준 물건들을 정리했다. 거기에는 잡화점에서 살 수 있는 보통 물건들과 마법 물품이 섞여 있었다. 그중 제일 신기한 것은 손잡이를 조금 돌리면 저절로 뜨거워지는 화덕이었다. 작은 화덕이고 유지 시간은 길지 않아 겨우 주전자 물이나 좀 끓일 수 있을 정도지만, 그것만으로도 바쁜 시간에 부엌으로 내려가지 않아도 되었다.

오늘 아침 식사로 먹은 빵과 차를 데운 것도, 점심 도시락을 쉽게 준비할 수 있었던 것도 그 화덕 덕이었다. 그런 게 '마력이나 있었으면 대충' 만들 수 있는 물건이었을까.

대민지원과, 그러니까 우리 사무실 사람들만 와렌을, 마법사를 그렇게 대하는 것일까.

'아마, 출근하고 문관 업무를 하시다 보면 알 겁니다. 마법사들은 보통 다른 공무원들과 사이가 썩 좋지 않으니까요.'

"아."

문득 어제 스테인이 한 말이 떠올랐다. 어쩌면, 아마도, 모든 공관에서 마법사를 그렇게 대할지도 모른다.

"랑세 씨, 이거 옆에 회계과에 전해 줘야겠는걸. 가서 대민지원과에서 보냈다고 하면 알 거야."

제루가 한 민원인의 서류를 내밀며 말했다. 랑세는 서류를 받아 민원실을 나와 회계과를 찾아갔다. 터벅터벅 복도를 지나가며 주변을 유심히 살폈다. 평상복을 입은 문관들 사이사이 드물게 마법사 복장을 한 이들이 지나갔다.

"실례합니다, 대민지원과에서 왔습니다."

랑세가 문을 열고 들어가자 회계과의 누군가가 손짓을 했다.

"어어, 이리로 와요."

랑세가 고개를 꾸벅 숙이며 서류를 내밀자 회계과 직원이 랑세를 쭉 훑어본다.

"신입인가?"

"아, 네."

"오, 그래요, 자주 보겠네."

이 사람도 새로운 직원에게 친절했다.

그러나.

"어이, 마법사, 이거 저쪽에 철해 두라고."

이 사람도 이곳에 배정된 마법사를 그렇게 불렀다.

마법사 특유의 기다란 옷소매를 감아올려 끈으로 묶은 마법사는 조용한 와렌과 달리 짜증스러운 표정을 숨기지 않고 채가듯 서류를 가져갔다. 아, 씨발 진짜, 하는 욕설도 작게 랑세의 귓가를 스쳤다.

랑세는 그저 꾸벅 고개를 숙이고 다시 나왔다. 당하고 있는 것은 내가 아닌데, 어쩐지 기운이 쭉 빠지는 느낌이었다.

"다들 수고했어요. 내일 봅시다."

야근을 해야 하는 몇몇을 제외하고 외무부의 업무 시간이 끝났다. 다들 삼삼오오 빠져나가고, 랑세 역시 뒷정리 후 제루와 인사를 나누고는 아파트로 걸음을 옮겼다. 타박타박, 아침처럼 부지런히 걸을 필요 없는 느릿한 퇴근길, 노을이 가만가만 가라앉는다. 타박, 타박, 랑세는 일부러 걸음을 늦추었다. 자박자박, 조용한 걸음 소리가 뒤따라오기에.

힐끗, 뒤를 돌아보았다. 와렌이 지친 어깨를 숨기지 않고 걸음을 옮기고 있다. 자박자박, 랑세는 걸음을 멈추었고 땅을 보며 걷는 와렌은 랑세를 지나쳐 갔다.

타박타박, 랑세는 세 걸음 뒤에서 그녀를 따라갔다. 지친 한숨 소리가 시끄러운 거리 위에 나지막하게 내려앉았다. 랑세는 어떤 말도 하지 않은 채 그저 조용히 그녀의 뒤를 밟았다.

어색하지 않았다.

껄끄럽지 않았다.

그저 미안해졌다.

랑세는 가만히 자신의 입술을 깨물었다. 오늘 하루 와렌이, 마법사들이 그런 취급을 받는 것을 본 것은 잠깐이었다. 자신은 민원실에 있어야 했으니까. 그러나 그 잠깐으로도, 당사자가 아님에도 기운이 쭉 빠져 버렸는데 오늘 하루, 보름, 한 달, 두 달간을 겪어야 하는 사람은 어떤 마음이었을까.

타박타박, 와렌이 자신을 꺼리는 이유도 이것 때문이었을까. 세 걸음 떨어진 두 사람은 한참을 걸어 어느덧 기숙 아파트 근처까지 도착했다.

첫날, 자신의 입실을 격하게 환영해 준 사람들.

'여자인 게 낫지.'

그 무례한 목소리가 떠올랐다. 그래, 저런 '문관'이 온다는데 긴장할 수밖에 없겠구나. 그나마 여자라서, 자신들과 어떤 관계로 발전할지 모른다는 망상 같은 기대 덕에 괴롭히지는 않을 거라는 뜻이었구나. 그건 그거대로 기분 나쁜 것과 별개로 쓴웃음이 튀어나왔다. 랑세는 주먹을 꽉 쥐었다.

'세상은 말이다, 반드시 옳게만 돌아가지 않아. 그래서 공부를 해야 하는 거야.'

'그게 공부랑 무슨 상관인데요?'

'최소한 자신의 잘못을 돌아볼 기준이 세워지거든.'

'수학도 그런 건가요?'

어린 자신의 대답에 아빠는 크게 웃었다. 랑세는 숨을 크게 들이쉬었다.

"저기, 와렌 씨."

크게 들이쉰 것치고는 작은 목소리로 말하게 되었지만.

랑세의 부름에 와렌의 어깨가 흠칫 굳었다. 듣길 원하지 않으면 그대로 가도 된다. 선택권은 와렌에게 넘겨주고 싶어 랑세는 잠시 기다렸다.

하지만 와렌은 도망가는 대신 걸음을 멈추고, 뒤를 돌아보았다. 세 걸음 떨어진 곳에서도 와렌의 눈썹이 파르르 떨리는 게 보였다. 그래도 와렌은 도망가지 않았다.

"저기, 와렌 씨."

랑세는 고개를 숙였다.

"정말 미안해요."

"네?"

와렌은 랑세의 사과를 전혀 기대하지 않았는지 비명처럼 반문하며 눈을 동그랗게 떴다.

"아까 공관에서 아무 말 하지 못해서 미안해요. 말리지 못해서 미안해요."

"아⋯⋯."

"그리고, 앞으로도 더 무얼 못 할 것 같아서, 미안해요."

랑세는 현실을 알았다. 대민지원과만의 문제가 아니었다. 회계과, 그리고 아직 보지 못한 외무부의 수많은 부서들, 그리고 저기 이웃하고 있는 다른 공관들에서 매일같이 당연하다는 듯 일어나는 일을 일개 7급 신입 문관의 항변으로 바꿀 수 있으리라고는 믿지 않았다.

다만, 자신이 지금 할 수 있는 일은.

"그래도, 출퇴근길은 같이했으면 좋겠어요."

그 한숨을 받아 줄 수 있다면, 하다못해 그 사람들의 욕이라도 듣고 맞장구쳐 줄 수 있다면, 그 길이 조금 편해지지 않을까. 이조차도 자신의 죄책감을 더는 이기심의 발로라 할지라도.

와렌은 랑세의 말을 멍하니 듣고 있다가 고개를 돌렸다.

"⋯⋯됐어요."

뭐가 됐다는 말일까. 사과 따위는 필요 없다는 말일까, 출퇴근길을 같이할 필요 없다는 말일까. 랑세는 가만히 고개를 들었다. 어느 쪽이든 결정권은 와렌에게 있었다.

자박자박, 다시 와렌이 앞서가고 타박타박, 랑세는 뒤따라갔다. 그러다 문득 와렌이 기숙사 입구에서 걸음을 멈췄고, 랑세는 저도 모르게 멈췄다. 와렌의 어깨가 떨리고 있기에.

"흐, 흑……."

그리고 들리는 젖은 목소리. 랑세는 몹시 당황해 와렌에게 다가갔다. 와렌은 어깨를 들썩이며 훌쩍거리고 있었다.

"저, 저기, 와렌 씨."

"흐어, 흐어어엉."

커다란 눈물방울이 와렌의 눈에서 뚝뚝 떨어지고 있었다. 와렌이 통곡하기 시작했고 랑세는 어쩔 줄 몰라 하다가 와렌을 덥석 끌어안았다. 자그마한 와렌이 자그마한 랑세에게 매달려 엉엉 운다. 품 안에서 와렌의 울음 섞인 말이 들린다.

처음이에요, 이런 말 듣는 거, 싫어요, 문관 근무, 사람들 무서워요, 열흘을 더 다녀야 하는데, 나는 마법사인데, 마법만 잘하면 되는 건데, 왜 다들 그러나요, 엉엉엉. 눈물 콧물 섞인 말을 제대로 알아들을 수는 없지만, 대강 그런 내용이었다.

와렌의 정수리가 랑세의 턱에 닿았다. 랑세는 조심스럽게 와렌의 등을 토닥거렸다. 모든 마법사가 이렇게 울음을 터트리지는 않을 터였다. 차라리 오늘 회계과에서 본 마법사처럼 욕설을 터트리겠지. 그러나 조용하고 작고 작은 와렌에게는 더 견디기 힘든 일이었을지도.

"저기요, 출퇴근길 함께 가요. 내일 퇴근하고 나면 맛있고 단거 먹으러 가요. 가서 우리 과장님 욕도 하고 그래요. 이따가 밥 같이 먹을까요? 제가 그래도 괜찮아요?"

랑세가 달래며 하는 말에 와렌은 더 엉엉 운다. 목소리가 자그마한 사람이었지만 울음은 커다랬다.

"쯧."

심지어 책만 보는 관리인 케일조차 나와 혀를 찰 만큼. 팔짱을 끼고 한심스럽다는 듯 바라보는 그의 모습에 랑세는 입술을 삐죽거리면서도 와렌을 달래느라 애썼다.

그리고, 케일이 나올 정도였으면.

"우와! 울렸나 봐!"

"여자를 울렸어!"

"마성의 여자인가!"

저 이상한 마법사들도 나올 정도겠지.

모두에게 둘러싸인 채, 와렌은 그 자리에서 한참을 더 울어 버렸다. 와렌이 울음을 그치고 창피함에 자기 방으로 도망갈 때까지, 랑세 역시 어찌할 바 모르고 온기를 나누어 주며 그 자리를 지켜야 했다.

랑세라고 창피하지 않았을까. 밤새 끙끙거리며 이불을 몇 번이고 차 버리느라 제대로 못 자는 바람에 눈 밑이 시커메진 채로 출근해야 했다.

랑세는 고개를 푹 숙이고 관리사무실을 지났다. 어제 일이 무척이나 부끄러워 어디서든 고개를 들지 못하겠다. 케일이야 책이나 보고 있겠지만. 하아, 어제 결국 제대로 뭣도 못 하고 유야무야되어 버렸네.

터벅터벅, 이제 겨우 이틀째인데 출근길이 무겁다, 터벅터벅. 자박자박.

터벅터벅, 자박자박.

"응?"

멍한 머릿속에 이제는 꽤 익숙해진 발소리가 들렸고 랑세는 뒤돌아보았다. 와렌이 고개를 푹 숙이고 자신의 뒤를 따라오고 있었다. 아니, 따라오고 있는 걸까 아니면 그저 어제처럼 길이 같은 것뿐일까.

랑세가 걸음을 멈춘 동안에도 와렌은 자박자박 걸어왔다. 우뚝, 그리고 랑세 옆에서 잠시 멈추었다. 두 사람의 걸음 차는 이제 옆으로 두 걸음. 와렌은 꾸벅, 랑세에게 고개를 숙였고 랑세도 어어 하며 얼른 고개를 숙였다. 그리고 둘은 움직이지 않았다. 아무 말도 하지 않았다.

'어색해, 어색해 죽을 것 같아.'

둘은 삐적삐적 각자의 발로 땅만 파고 있었다. 어젯밤 용감하게 말을 건네고 사과를 한 사람도 그런 그녀에게 매달려 엉엉 운 사람도 고개를 들지 못한 채 서로의 발끝만 바라보고 있었다.

'아, 어떻게 하지.'

랑세는 슬그머니 한 걸음 옮겼다. 어쨌든 출근은 해야 하니까. 그러자 놀랍게도, 와렌도 한 걸음 옮겼다.

살짝, 한 걸음 더. 그러자 와렌의 걸음도 살짝 따라오듯 움직인다.

자박자박, 타박타박, 이제 둘은 나란히 걷는다. 사이에 두 걸음을 두고. 여전히 아무 말 하지 않으며. 여전히 어색해하며. 그래도 랑세는 웃었다.

어쩌면, 아직은 어색하지만 괜찮을 것 같다.

하늘이 파랗고 맑은 아침이었다.

환영회에 오세요
....

랑세는 두근거리는 가슴을 토닥토닥 두드렸다. 오늘은 처음
으로 아파트 자치 회의에 참석하는 날. 마법사로 가득할 회의
실에 들어설 생각을 하니 가슴이 뛰었다. 설렘보다는 두려움의
두근거림이다만.

랑세는 회의실 근처를 기웃거렸다. 무언가 떠들썩하다. 많은
사람이 각기 자기 이야기를 할 때 들리는 그런 떠들썩함. 랑세
는 한 발 한 발 발걸음을 옮겨 조심스레 회의실로 들어섰다.

순간 흡, 하고 숨을 들이켰다. 그 떠들썩한 분위기가 일시에
고요해졌기 때문만은 아니었다. 회의실 안에 있는 모든 이들의
시선이 내리꽂혔기 때문이었다. 랑세는 꾸벅 고개를 한 번 숙
이고 앉을 만한 자리를 찾았다. 탁자 위에 앉아 있는 사람, 소
파에 앉아 있는 사람, 벽에 기댄 사람……. 그 시선을 견디며

주변을 두리번거렸다.

"아."

그때 마침 구석진 곳에 쪼그려 앉아 있던 와렌이 어색하게 미소 지으며 손짓을 했다. 와렌의 공관 순회 근무일은 이제 다 끝나 더는 같이 일하지 않지만, 그래도 오다가다 저런 어색한 미소와 함께 눈인사를 주고받고, 가볍게 대화할 정도는 되었다. 그리고 이런 곳에서 낯설어하는 자신을 옆자리에 부를 수 있을 정도만큼은.

랑세는 쪼르르 와렌 곁에 앉아 다시 작게 고개를 숙이고 인사했다.

"고마워요."

속삭이는 랑세의 인사에 와렌이 역시나 어색하게 미소 지으며 시선을 피했다.

와렌이 먼저 제 옆자리를 내준 덕이었을까. 시선은 조금씩 사라지고, 다들 자기들끼리 떠들어 대기 시작하자 다시 회의실은 와글와글해졌다.

"시간 되었다."

얼마나 지났을까. 관리인인 케일과 자치회장인 스테인이 안으로 들어서자 다시 회의실이 침묵에 휩싸였다. 아니, 그뿐만은 아니었다. 탁자에 앉아 있던 사람도 얼른 빈 의자를 찾거나, 그도 없으면 벽에 기대는 등 각자 제자리를 찾아갔다. 아무리 봐도 마법사들은 위계에 엄격한 것 같다.

케일이 탁, 하는 소리와 함께 서류를 탁자에 던졌다.

"이번 달 기숙사 중앙관리소에서 내려온 공지 사항이다. 공지 사항을 모두 보고 확인한 사람은 사인을 해라."

주춤, 서류 근처에 있던 이가 대충 읽어 보고 칸칸이 이름과 방 호수가 적혀 있는 종이에 사인한 후 다음 사람에게 넘겨준다. 그렇게 돌아 돌아 종이는 와렌을 거쳐 랑세의 손에까지 넘어왔다.

랑세는 자신의 방 호수 옆에 사인하고 공지문이 뭔가 싶어 자세히 내려다봤다. 특별한 내용은 없었다. 안전사고 및 청결 주의에 관한 공고, 이번 달 동별 소독일 등등. 의외로 아파트를 세심하게 관리하는 듯했다.

"다 봤나?"

"네!"

마지막으로 공지 사항을 읽은 사람이 서류를 케일에게 넘기자, 케일은 서류를 살펴보고는 미간을 좁혔다.

여기 얼추 스무 명 조금 넘는 사람들이 있다. 아파트에는 대략 오십 명이 사는데 그중 반절 겨우 모인 것이니 빈칸이 많아 관리인 입장에서 짜증 나겠지.

"오늘 안 나온 사람들에게 나중에 관리사무실에서 확인하고 가라고 전해라."

아무래도 저렇게까지 말하는 걸 보면 중앙관리소에 꼭 내야 하는 서류인가 보다. 랑세는 지난 열흘간 외무부에서 서류의 중요성에 관해 교육을 빙자한 잔소리를 끊임없이 들었기에 자기도 모르게 고개를 끄덕였다.

"공지는 끝. 스테인."

무례하고 예민하고 까칠한 관리인이 팔짱을 낀 채 뒤로 물러서고, 다정하고 친절한 스테인이 두 발 앞으로 나섰다. 그의 얼굴만 봐도 괜히 편안함과 안정감이 들어 랑세는 저도 모르게 실실 웃음을 흘렸다. 엇, 그러다 문득 스테인과 랑세의 눈이 마주쳤다. 스테인은 랑세의 바보 같은 웃음에도 가볍게 미소 지어 주며 입을 열었다. 그때 즈음에는 시선이 다른 곳으로 갔지만, 랑세는 아쉽지 않았다. 계속 봤으면 얼굴이 빨개졌을지도 몰라.

"자, 이번 자치 회의 주제는 세탁실 마도구 고장 문제입니다."

스테인이 강하지만 부드러운 목소리로 설명을 시작했으나, 랑세는 그냥 듣기만 했다. 내용을 하나도 알아들을 수 없었기 때문이다.

들리는 단어로만 추론해 보자면, 빨래를 해 주는 세탁실 마도구 중 몇 대가 고장이 났는데 어떻게 수리할지를 논의해 보자는 것 같았다. 누군가 손을 들고 뭐라 뭐라 떠들고, 또 저쪽에서 손을 들고 말하는데 진짜 하나도 못 알아들었다.

랑세는 슬그머니 와렌을 돌아봤다. 윽, 와렌의 눈이 저렇게 반짝이는 거 처음 보는 것 같아.

"사실 사용량이 많아서 마석이 버티지 못해 회로가 타 버리는 것이 가장 중요한 문제입니다. 이건 대용량 마석으로 갈아 주면 되는 일입니다."

"아니요, 그건 아니라고 봅니다. 병렬 구조로 연결되어서 효율이 떨어지는 겁니다."

"역시 어디든 마석의 효율이 문제네."

그날, 떠들썩하게 사고 친 아이들처럼 관리사무실 앞으로 몰려들던 마법사들은 어디 가고 다들 눈을 부릅뜨고 토론하네. 그러거나 말거나. 떠들어라, 나는 듣겠다.

랑세는 이리 튀고 저리 튀는 단어를 간신히 연결해 살살 정신을 놓으려는 머릿속에 잘 붙들어 놓았다. 이렇게 해 놓으면 세탁 마도구의 마석 연결도 튼실할 거예요, 마법사님들.

한창 난상 토론이 벌어지고 있을 때였다.

"죄송합니다, 늦었습니다!"

뒤늦게 회의실에 도착한 한 마법사의 인사가 아니었다면 토론하다가 다들 멱살잡이라도 할 기세였다. 그 마법사는 어디를 갔다가 이제 왔는지 어깨에는 커다란 배낭이 걸린 채였다. 저 다람쥐같이 작고 귀여운 체구로 저런 배낭을 메려면 힘들 텐데.

케일은 아직 숨도 못 돌린 그 마법사에게 공지 서류를 넘기며 물었다.

"무즈, 선배님은?"

"곧 오실 겁니다."

무즈라 불린 마법사는 공문을 쓱 훑어보고 얼른 사인한 후 케일에게 돌려주었다. 그때까지도 무즈는 숨이 턱까지 차 헉헉거리고 있었다.

저 배낭이라도 내려놓지. 랑세는 괜히 안타까워져 한숨을 푹 내쉬었다. 회의실이 제법 어수선해졌지만 스테인과 케일은 굳이 주의를 주거나 하지 않았다.

"안녕, 늦었네."

아마도 필요가 없었기 때문.

벌떡, 벌떡, 벌떡, 새로운 마법사의 등장에 회의실의 모든 이들이 일동 기립을 했다. 의자에 앉아 있던 이들은 일어나고, 벽에 등을 기대고 있던 이들도 벽에서 등을 떼고 정자세를 취했다. 심지어 삐딱하게 서 있던 케일마저도.

뭐, 뭐야, 이거? 저 중년 마법사가 누구기에? 어리둥절해진 랑세가 두리번거리다가 슬그머니 쪼그렸던 무릎을 펴고 일어나려 했다.

"앉자, 모두."

새 마법사가 치마를 휘두르며 자리에 앉자 기립했던 마법사들 모두 다시 자리에 앉았다. 랑세는 일어나지도 앉지도 않은 어정쩡한 자세로 엉거주춤 어찌할 바 몰라 다시 두리번거리며 눈치를 봤다.

"안녕?"

그때, 그 중년 마법사와 눈이 마주쳤다. 랑세는 제 엉거주춤한 자세가 창피해져 얼굴을 붉히며 고개를 숙였다. 어쩐지 저 마법사, 동네 아이들을 가르치던 엄마를 닮은 것 같다. 매도 안 들고 다정하게 대하는데 어쩐지 무서운 엄마를. 그래서 그런가, 랑세의 입에서는 자연스럽게 인사가 나왔다.

"아, 안녕하세요?"

"처음 보는 얼굴이네, 누구지?"

"아, 저……, 열흘 전에 이사 온 외무부 7급 문관 랑세 엔나입니다."

"문관?"

중년 마법사의 눈썹이 살짝 올라갔다. 랑세는 가슴이 꽉 조이는 느낌이 났다. 근무 기간이 끝나는 날까지 와렌을 박대하던 외무부 직원들의 모습도 머릿속에 스쳐 지나갔다.

"문관 아파트가 재개발 공사를 한다고 문관들을 마법사 아파트와 무관 아파트에 분산시켰습니다."

그때 스테인이 나서서 설명하자 중년 마법사는 고개를 끄덕였다.

"그래? 반가워. 난 307호실 생물계 1급 마법사 리엔이야."

아, 하고 순간 감탄 섞인 한숨이 튀어나왔다. 스테인을 제외하고는 처음 자신을 정식으로 소개한 마법사였다. 역시 어른은 다른가 봐. 랑세는 고개를 다시 꾸벅 숙였다.

"411호실에서 지내고 있습니다. 잘 부탁드리겠습니다."

"응, 그래. 다들 환영회 했을 텐데, 나랑 무즈는 출장 가느라고 참석 못 해 버렸네."

환영회? 무슨 환영회란 말인가. 여기서 정식으로 소개받은 사람도 스테인을 제외하고는 없는데. 원래 새로 마법사가 입주하면 환영회 같은 걸 해 주는 거였나. 황망한 랑세가 입만 뻥긋거리며 아무 말 못 하고 어찌할 바 몰라 했다.

리엔의 말에 당황한 것은 랑세만이 아니었다. 회의실의 공기가 어색하고 무섭게 가라앉았다. 마법사들은 시선을 피하며 헛기침 비슷한 소리를 냈다. 그에 리엔의 눈썹이 다시 올라갔다.

"뭐야, 환영회 안 했어?"

"예, 안 했습니다."

리엔의 날 선 목소리에 케일이 아무렇지도 않다는 듯 답한다. 리엔은 그런 케일은 잠깐 쏘아보고는 고개를 스테인 쪽으로 돌렸다.

"자치회장."

"예, 선배님."

"랑세 양이 문관이라서 환영회를 안 했니?"

스테인의 답은 없었다. 그러나 긍정과 다를 바 없었다.

랑세는 입술을 깨물었다. 기이한 실망감이 가슴을 스쳤다. 다른 이들이, 이를테면 첫날 요란하게 난리 쳤던 마법사들이나 저 무뚝뚝하고 무례한 관리인이 환영회를 기획할 거라고는 기대도 안 했다. 아니, 물론 환영회의 존재 자체도 몰랐다지만, 알았더라도 저기 저 사람들이 그런 걸 해 주리라는 기대는 안 했을 것이다.

그러나 저 스테인이, 첫날 다정하고 정중하게 아파트를 소개해 줬던 스테인의 속마음도 마찬가지였다고 생각하자 기분이 썩 좋지 않았다.

리엔은 입술만 꼭꼭 깨물고 있는 랑세를 힐끔 보더니 픽 웃었다.

"하긴."

리엔은 눈을 곱게 접어 웃었다.

"하긴 우리 자치회장님께서 그 뺀질뺀질한 얼굴로 사람 혼 빼놓고 뒤통수치는 사람이라는 것을 우리나 알지, 안 그래? 방긋거리면서 저 시꺼먼 속을 가리면 사람들이 깜빡 속아 버리고 칭찬이나 하지. 어휴, 누가 스승인지 애를 참 잘 키웠어. 그렇지?"

아니, 잠깐만요. 랑세는 팔뚝에 소름이 오스스 돋았다. 저 마법사가 웃으며 비아냥대는 소리에 실망감은 날아가고 두려움이 엄습했다. 저래도 되나.

회의실 안에 싸한 기운이 차곡차곡 쌓이고 스테인은 그저 난감한 얼굴을 할 뿐이었다.

"그리고 환영회를 안 했으면 왜 안 하냐고 말이라도 해야지, 입 싹 닫은 놈들은 다 뭘까. 그렇지 않니?"

이번에는 회의실 안의 다른 마법사들에게 시선이 쏘아졌다. 리엔은 방긋방긋 웃으며 한 말이지만 그들은 모두 고개를 푹 숙였다.

아니, 잠깐만요, 그러지 마세요. 저 그냥 모른 척하고 지나가도 되는데요. 랑세의 가슴이 달달 떨렸다.

"선배님이 술 드시고 싶어서 하는 소리면서 괜히 타박하지 마십시오."

다다다 쏘아붙이는 리엔을 막은 것은 케일의 무례한 발언이었다. 랑세는 눈을 동그랗게 떴다.

"어머나, 우리 케일은 뭘 먹고 싸가지가 이렇게 없을까."

"선배님만 하겠습니까. 질책은 따로 하시죠."

리엔은 흥, 하고 콧방귀를 뀌었지만 화나거나 불쾌한 얼굴은 아니었다. 그저 방긋방긋 웃기만 했다. 그게 더 무서웠지만.

어쨌든 케일은 탕, 탁자를 가볍게 쳐 분위기를 환기한 후 스테인을 돌아보았다.

"그럼 세탁 마도구 수리법은 여기까지로 일단 정리하고, 랑세 엔나 환영회 일정이나 잡아 보자."

아니, 진짜. 이런 식으로 환영회를 받고 싶은 마음은 눈곱만큼도 없었다. 저 시무룩하고 두려움에 발발 떠는 눈초리를 떠안고 환영회를 하라니. 환영회 날에 죽을지도 모른다. 랑세는 소심하게 손을 들고 입을 열었다.

"저, 그, 환영회 안 해도 괜찮은데요, 그냥 다들……."

"어머나, 랑세 양, 밥은 챙겨 줄 때 먹어야 한다? 어떻게 떠먹어야 하는지는 네 책임이지만."

리엔은 랑세를 향해 웃었다.

그런 리엔을 보며 랑세는 얼굴을 찌그러트린 어색한 미소를 지었다. 아무리 봐도 저 마법사, 우리 엄마 닮았다.

자치 회의가 끝나고 랑세는 한숨을 쉬며 부엌으로 갔다. 내일 아침 식사를 미리 준비할 겸, 어수선한 마음도 정리할 겸 말이다.

결국 환영회는 열흘에 한 번 있는 휴일 전날, 가까운 식당 겸 술집을 빌려서 하기로 했다. 이런 행사 때 늘 가는 곳이라나 뭐라나. 참가비는 10에시르.

"으."

환영회 날짜와 술집을 정할 때까지도 분위기는 영 좋지 않았다. 그 리엔이라는 마법사는 뭐가 좋은지 방긋방긋 웃기만 하고. 그나마 회의가 파할 때 즈음에는 스테인이 분위기를 좋게 좋게 만들어 줘서 어색하지 않았지만 그건 마법사들 일이고, 랑세만은 부담감에 휩싸였다.

"어, 안녕하세요……."

그때, 부엌에 와렌이 들어와 조용하게 인사했다. 여전히 어색한 미소지만, 괜찮았다. 자치 회의 일 때문이 아니란 것을 알았으니까. 와렌은 그 누구와도 어색했으니까.

세 걸음 떨어진 곳에서 먹을거리를 준비하는 와렌을 지긋이 보던 랑세는 한 걸음 옆으로 슬며시 걸었다. 아, 흠칫거리지 않는다.

"저기, 와렌 씨, 제가 뭐 좀 물어볼 게 있는데요……."

"네?"

와렌이 눈을 동그랗게 뜨고 랑세를 돌아보았다. 시선을 피하지 않는 걸 보면 물어봐도 될 것 같다.

"그, 리엔이라는 분은 뭐 하시는 분이세요?"

"네? 마……법사요……."

"아니, 마법사라는 건 알겠는데요, 아까 회의실에 들어오실 때 다들 어, 어, 음, 경의를 표하시는 것 같아서요."

모두 기립하고 정자세를 취하는 것을 뭐라 할지 고민하던 랑세는 겨우 '경의'라는 단어를 찾아냈다. 다행히도 와렌은 알아들은 듯 고개를 끄덕였다.

"모두가 존경하는 선배님이세요. 그래서요."

직위가 높아서도 아니고, 나이가 많아서도 아니고, 존경하기 때문에 경의를 표한다고 한다. 랑세의 입에서는 저도 모르게 와, 하는 감탄이 튀어나왔다. 아마도 그런 사람을 본 적이 없기 때문일 터였다. 존경하기 때문에 모두가 경의를 표할 만한 사람.

와렌은 얼굴에 홍조를 띠며 배시시 웃었다.

"선배님께서 쌓으신 마법적인 업적도 업적이고요, 복지 제도 정착을 위해서도 많이 발언하셨어요. 전쟁 때도 그러셨고요. 그 덕에 우리 마법사들 대우가 좋아지기도 했고, 성격도 좋으시니까요."

아니, 잠깐. 와렌 씨, 그건 아닌 것 같은데요. 그분 성격도 좋다는 건요.

하지만 랑세는 굳이 입 밖으로 그 말을 내뱉지 않았다. 와렌이 이렇게 말을 하는 것도, 이렇게 기분 좋게 흥분에 들떠 있는 모습도 처음 봤기에. 리엔이라는 마법사의 정체나 어쩌다 하게 된 환영회보다 그게 더 신기하고도 반가웠다.

"저랑 계통이 다르셔서 가까이에서 같이 일할 일은 없지만, 같은 지붕 아래 사는 것만으로도 영광이에요."

반짝반짝, 와렌의 눈이 빛났다. 두 손 곱게 모으고 시선을 멀리 어딘가, 아마도 리엔이 살고 있을 307호실로 보내며 열정적으로 이야기를 했다. 랑세는 웃고 말았다. 와렌은 정말 그 마법사를 좋아하는 것 같았다.

"저기, 제가 마법사 일은 잘 몰라서 여쭤보는데요, 그분이 하신 일이…….."

"와렌!"

랑세의 질문이 미처 끝나기도 전에 무즈가 부엌으로 들어오며 말을 끊었다.

"잘 있었어?"

무즈가 와렌 곁으로 다가왔고, 랑세는 저도 모르게 주춤 한 걸음 물러서 원래 자리로 돌아왔다. 자신을 슬쩍 쳐다보는 무즈의 눈길이 너무나도 날카로워서.

"으응, 너도 잘 다녀왔어?"

그런 눈길을 보지 못했는지 와렌은 무즈의 반가운 인사에 조용조용 답했다.

"응. 넌 뭐 해?"

"아니, 그냥 먹을 것 좀…….."

와렌에게 묻는 목소리는 참 친절하고 다정한데, 왜 이리 이쪽을 따끔따끔하게 바라보는지. 문관이라 싫어하나 싶어 랑세는 슬그머니 고개를 돌렸다. 어차피 모든 사람과 친하게 지낼수는 없으니까. 물론 친하게 지내지 않는 것과 싫어하는 것은 다른 의미이긴 하다만, 애초에 이름만 아는 사람에게 이것저것 기대하기 싫었다. 하여 랑세는 무즈와 와렌에게서 신경을 껐다. 아니, 끄려 했었다.

"저기, 와렌, 이번에 선배님이랑 내가 출장 간 게 소금 광산 개발 때문인 거 기억나?"

하지만 와렌 곁에서 조곤조곤 이야기하는 무즈의 목소리에 그 신경이 꺼지지 않고 도리어 귀만 이만큼 커져 온 관심이 그쪽을 향했다. 내일 아침 먹을 빵과 채소를 정리하는 척하며 힐끗, 그쪽도 봤다. 무즈는 얼굴이 붉어져 있었고, 몸은 와렌 가까이 기울어져 있었다. 어머, 어머, 설마.

"응? 응. 지난번에 이야기했어."

조금 열정적으로까지 느껴지는 무즈의 목소리에 비해 와렌의 반응은 그저 평범한 듯했다. 워낙에 랑세에게 어색하게 굴었던 터라, 이 정도도 충분히 친근해 보이지마는.

어쨌든, 어쨌든 지금 이 순간 그게 중요한 게 아니었다. 무즈는 부스럭부스럭 무언가를 가방에서 꺼내 와렌에게 내밀었다.

"와렌, 이거 받아 줄래?"

어머, 어머. 이제 랑세는 귀뿐만 아니라 눈도 커졌다. 뭘까, 저게. 종이에 포장된 공만 한 크기의 물건이.

와렌도 그런 의문이 들었나 보다.

"이게 뭔데?"

무즈는 얼굴을 붉히며 뒷머리를 긁적였다.

"이거, 거기서 내가 처음으로 만든 소금 덩어리야."

큽, 랑세는 저도 모르게 웃음이 튀어나올 뻔한 걸 이를 물어 꾹 참았다. 그러나 소리는 조금 새어 나가 버렸고 그걸 들은 무즈가 노려본다. 아, 이건 미안할 일이었다. 랑세는 으음, 하고 시선을 피해 그릇 뚜껑을 덮는 척했다.

"와."

다행히 와렌의 반응에 무즈의 무시무시한 시선이 사라졌다. 종이 포장을 벗기자 거기에는 반짝이고 투명한 소금 덩어리, 암염이 있었다.

"고마워, 무즈."

와렌의 목소리에 진심 어린 웃음이 묻어나 랑세는 솔직히 조금 놀랐다. 소금 선물을 반가워하다니. 아니, 아니지, 처음으로 만들었다 했지. 아아, 알겠다. 이런, 웃은 게 정말 더 미안해지는걸.

"짜다."

와렌이 혀끝으로 소금 덩어리를 맛보고 그리 말하자 무즈의 얼굴은 더더욱 달아올랐다.

"소, 소금이니까 짜지!"

"그래도, 원소를 재구성해서 만드는 거니까 맛이 다를지도 모른다고 생각했거든."

"와렌, 소금이 짜지 않으면 의미가 없잖아."

"그렇기는 해도, 원소 재구성에 있어 응용해 본다는 측면에서는……."

와렌은 리엔을 존경한다 말했을 때만큼 열에 들떠 마법 이야기를 시작했다. 여전히 목소리는 작고 조근조근했지만 상관없었다. 상대가 몸을 한껏 자신 쪽으로 기울이고 작은 미소를 띤 채로 눈을 반짝이며 집중하고 있다면, 목소리가 작은들 무슨 상관일까. 어쩌면 아무 말 없는 침묵이라 할지라도.

랑세의 아침거리 준비는 모두 끝났기에 더는 부엌에 남아 있을 이유가 없었다. 설사 그게 아니었더라도 어차피 빠져 줄 생각이었지만. 그래요, 무즈 씨, 잘해 보세요. 와렌 씨도 파이팅. 들리지 않을 마음속 응원만을 남기고 부엌을 나왔다.

청춘아, 봄이 오는구나. 나는 아직 겨울인데. 랑세는 어디선가 들어 본 노래를 흥얼거리며 복도를 지나갔다.

"랑세 씨."

그런 랑세를 스테인이 붙들었다.

"예?"

스테인이 조금 난처한 얼굴로 자신을 보고 있었다. 랑세는 잠시 고개를 갸우뚱하다가 아아, 하고 그제야 눈치챘다.

랑세가 눈치챈 기색을 보이자 스테인이 다시 랑세 씨, 하고 불렀다.

"미안합니다, 환영회 열자고 안 해서."

와렌을 향한 무즈의 열렬한 시선에 까맣게 잊고 있었다. 이런 일로 잊는 거 보면 어쩌면 큰일이 아닐지도 몰라. 랑세는 하하 웃으며 고개를 저었다.

"아니에요. 괜찮아요. 어차피 있는 것도 몰랐는데요."

조금 섭섭하긴 했지만, 그래도.

"그래도 첫날 저한테 가장 정중하고 친절하게 대해 주신 분이셨어요. 그리고 스테인 씨가 그러셨잖아요. 마법사들이 문관별로 안 좋아한다고, 어디에서든 모두와 잘 지낼 수 없다고."

아니, 조금 섭섭한 게 아니었나. 그래도 성의껏 위로한답시고 하는 소리였는데 말하면 할수록 어쩐지 가시가 돋아 있는 것 같았다. 스테인이 더더욱 곤란한 얼굴을 한 것 보면.

그는 쓴웃음을 지으며 다시 한번 고개를 숙였다.

"미안합니다."

"아니, 진짜 괜찮은데……. 어차피 그 어르신 말씀 때문에 하게 되는 거라 다른 분들에게 제가 미안한걸요……."

잠시 두 사람 사이에 어색한 침묵이 스쳐 지나갔다. 랑세는 그냥 입을 다물기로 했다. 어디 가서 말 못 한다는 소리 못 들어 봤는데, 오늘 여기서 들어도 상관없을 것 같았다. 아, 왜 이러지. 내심 정말 섭섭했나?

"저기, 전 정말 괜찮아요."

그래도 그렇게는 말할 수 없어 랑세는 어색하게 웃으며 고개를 숙였다.

"그러니까, 어, 그만 가 볼게요. 내일 출근도 해야 하고……."

랑세가 자리를 피할 기미를 보이자 스테인 역시 굳이 붙들지 않겠다는 듯, 한 발 빼고 랑세가 지나갈 수 있도록 길을 터 줬다.

"알겠습니다. 제가 오래 잡았군요. 그럼 다음에 뵙겠습니다."

"아, 네. 안녕히 주무세요."

"안녕히 주무세요."

꾸벅꾸벅, 몇 번인가 인사가 오가고 랑세는 그릇을 꼭 끌어안은 채로 계단을 올라갔다. 자신이 머무는 곳은 4층, 스테인이 머무는 곳은 3층. 계단은 하나뿐이니 중간까지는 같이 걸어야 할 길이었다.

그러나 스테인은 계단 위로 굳이 올라서지 않은 채 총총히 방을 향해 올라가는 랑세의 뒷모습만을 지켜보았다. 랑세가 더 이상 보이지 않을 때까지 어색한 공기를 곁에 둔 채로.

⊶━━☒

밤새 이 생각 저 생각으로 잠을 설친 랑세는 아침 식사를 대충 때우고서 출근길에 나섰다. 독신 마법사 아파트에 입주하고 깨달은 점은 마법사들은 하루를 무척 늦게 시작하고 무척 늦게 끝낸다는 점이었다. 다른 아파트와 골목이 하루를 시작하느라 시끌벅적할 때, 마법사 아파트는 고요했다.

와렌에게 슬쩍 물어보았더니, 자기처럼 공관 순환 근무를 하는 마법사가 아니면 보통은 남들 점심때 즈음에나 일어난다나. 본인 역시 공관 순환 근무가 아니었다면 이 시간에 일어날 일이 없다고.

때문에 랑세는 생각했다. 지금 이 시각, 아파트 앞에 나와 있는 무즈 역시 공관 순환 근무 중일 것이라고. 물론 아닐지도 모른다.

"저기……."

저 형형한 눈빛을 보면 말이다.

아파트 입구에서 팔짱을 끼고 기댄 채로 서 있던 무즈가 흰 눈으로 랑세를 본다.

"저한테 할 말 있으세요?"

저 눈, 어젯밤에 보았을 때는 단순히 와렌과 단둘이 있는 시간을 방해해서 그런가 했는데, 아침부터 사람을 저렇게 쳐다보는 것을 보면 꼭 그것 때문은 아닌 듯했다.

꽤 당당하게 무즈에게 따지듯 물었으나 눈 한쪽은 관리사무실에 걸쳐 있었다. 관리인 케일이 비록 무뚝뚝하고 무례한 사람이기는 했으나, 첫날 남자 마법사들의 지나친 관심에서 구해 준 걸 보면 분명히 마법사들 사이에서 통솔력이 있는 사람이리라. 그러니 여기서 돌발 상황이 발생한다 해도…….

"문관."

무즈의 부름에 고개가 돌아왔다. 지금 문관이라고 불렀어? 눈빛 이상으로 기분이 나쁘네. 예의 바른 것은 기대도 안 했다만.

"왜요? 마법사 씨."

랑세가 그렇게 받아칠 것이라고는 생각도 못 했는지 무즈의 어깨가 잠깐 움찔했다. 하지만 곧 눈썹을 치켜뜨며 말을 이었다.

"당신, 외무부에서 일한다고?"

"그런데요?"

성큼, 무즈가 한 발 다가왔다.

"당신, 와렌은 괴롭히지 마."

뭐? 랑세는 입을 떡 벌렸다. 아니, 그래, 오해할 수 있지. 문관들이 공관에서 하던 짓이 있으니까, 오해할 수는 있겠지.

하지만 너무 억울했다. 다른 마법사들을 괴롭혔냐고 물었다면 이렇게나 억울하지는 않겠다.

"이봐요. 내가 언제 와렌 씨를 괴롭혔다는 거예요? 그리고 와렌 씨 일에 왜 당신이 나서는 거예요?"

기분이 무척이나 상한 랑세가 아예 소매를 걷어 올리고 다다 다 쏘아붙였다.

아빠는 늘 말했다. 화가 나더라도 흥분하지 말라고. 흥분하는 게 지는 지름길이라고. 하지만 아빠, 죄송해요. 전 아빠처럼 살 수 없을 것 같아요.

랑세는 대놓고 때릴 준비까지 마쳤지만.

"당신이 와렌 울렸다면서!"

아, 하고 순간 얼어 버렸다.

와렌이 현관문 앞에서 랑세를 끌어안고 엉엉 운 게 열흘 전이었는데, 그렇게 오해받고 있었나. 하긴, 그때 누구에게도 사정 설명을 안 해 줬지. 그리고 저 사람은 출장 갔다가 어제 왔고. 어딘가에서 오해한 이야기를 전해 들은 건가. 치솟았던 화가 피식피식 내려앉았다.

"울리긴 울렸죠."

그래, 자기가 좋아하는 여자가 울었다는데 앞뒤 사정 찾아볼 정신머리가 있었겠어. 랑세는 봐주기로 했다.

"그것 봐⋯⋯."

"근데 사람 울리는 게 꼭 괴롭혀서인가요?"

조금만 놀리고.

랑세의 말이 무슨 뜻인가 싶어 무즈는 잠시 생각에 잠겼다. 그러더니 곧 얼굴이 시뻘게져서 버럭 소리를 질렀다.

"야! 너, 설마 와렌을 어떻게 한 거야?"

아니, 이런 반응은 상상하지 못했는데?

"설마 억지로 같이 잤……."

"야!"

이번에는 랑세의 얼굴이 새빨개졌다. 되로 주려다가 말로 받았다.

"이 아저씨가 무슨 소리야? 무슨 그런 음탕한 상상이야!"

"네가 먼저 시작했잖아!"

"야! 울었다는 말에 상상하는 게 그것뿐인 네 뇌가 썩은 거지!"

"괴롭히지 않았다는데 울었다면 그것밖에 더 있어!"

"와렌 씨 두고 그런 상상 따위를 해? 이 변태야!"

"너야말로 그런 거 염두에 두고 한 말 아냐! 변태는 내가 아니라 너지!"

나이 스물다섯이 넘어 왕국의 신민으로서, 또한 국가 공무원으로서 당당한 사회의 일원인 두 사람의 말싸움 수준은 초등교육원의 아이들보다 못했다. 와렌을 괴롭혔느냐 말았느냐에 관한 문제는 이미 잊혔고 상대가 변태인가 아닌가 문제로 치달았다.

"너 죽을래?"

"너나 죽어라!"

잘하면 멱살잡이도 하겠네. 울분에 찬 랑세의 주먹이 올라가기 직전.

"조용히들 안 하나!"

퍽, 하고 두 사람 사이에 책이 날아와 벽에 부딪혔다.

두 사람의 시선이 바닥에 떨어진 책에 꽂혔다. 꽤 두꺼운 양장본의 모습에 랑세와 무즈는 딱딱하게 굳었다.

"아침부터 난리군."

케일의 한마디와 동시에 책이 나풀나풀 날아 케일의 손으로 되돌아갔다. 그것뿐이었다. 케일은 다시 책으로 시선을 돌렸지만, 랑세와 무즈는 더는 아무 말 못 하고 주춤주춤 아파트 앞에서 떠나야 했다. 저 책에 맞았으면 최소 기절은 피할 수 없었으리라.

아, 또 어색하다.

유치한 말다툼이 반강제적으로 종료되자 무즈와 랑세 사이에는 어색하고 찜찜한 기운이 둥둥 떠다녔다. 와렌과의 어색한 기운과는 확연히 다른 이 찜찜함이라니. 랑세는 숨을 크게 들이켰다. 왜 마법사들이랑 있으면 늘 자신이 먼저 말을 해야 하는가 하는 본질적인 질문은 잠시 뒤로 제쳐 두었다.

"저기요, 무즈 씨."

"……왜요?"

와렌과 다른 점은 그래도 대답은 해 준다는 거겠지.

"제가요, 공관에서 와렌 씨 편을 못 들어 준 건 미안한데요, 그건 와렌 씨랑 제 사이에서 이야기 다 한 거거든요?"

괴롭히지는 않았다. 그러나 방관했다. 그것을 미안해하는 같잖은 죄책감만을 품에 안고. 때문에 랑세는 와렌을 왜 울렸냐는 무즈를 놀리기는 했어도, 찔리지 않는 것은 아니었다.

"그날 와렌 씨가 운 것도 그런 이야기 하다가 북받쳐서 운 거니까요, 오해하지 마세요."

또박또박 하는 말에 무즈는 조금 당황한 것 같았다. 랑세는 길게 한숨을 내쉬었다.

"그리고요, 설사 그런 일이 있다 하더라도 무즈 씨가 저한테 따질 이유가 있나 싶어요. 아무리 좋아하는 여자라도 그런 건 당사자가 직접 이야기해 줬으면 좋겠네요."

무즈의 얼굴이 다시 달아올랐다.

"너, 너, 그건 어떻게 알았어?"

"뭐를요?"

"내, 내가 와, 와렌을……."

"좋아한다는 거요?"

랑세는 눈을 동그랗게 떴다. 아니, 그걸 왜 몰라. 그런 눈으로 바라보며 처음 만든 소금 덩어리를 주면 당연히 좋아하는 거지.

"야! 그걸 어떻게 알았어?"

무즈가 다시 목소리를 높이자 랑세는 손을 들어 쉿, 했다. 무즈는 흠칫해 관리사무실 쪽을 바라보았다. 다행히 그쪽에서는 아무런 반응이 없었다.

랑세는 목소리를 낮추고 조용히 말했다.

"보면 알죠."

무즈는 랑세를 노려봤다.

"너, 그거 와렌에게 말하면 큰일 날 줄 알아."

목소리를 한껏 낮추고 속닥속닥하는 말에 랑세는 이를 깨물었다. 웃음을 참기 위해서였다. 남의 연애사에 끼어들어서 먼저 말할 생각 따위는 없다만.

"무즈 씨가 저한테 하는 거 봐서요."

좀 써먹긴 해야겠다.

흐응흐응, 이상한 콧소리를 내며 무즈는 새빨개진 얼굴로 랑세를 바라본다.

"너, 너, 너……."

"일단 저를 그렇게 부르시는 거 관두시고요."

씨익씨익, 분을 참지 못해 씩씩거리면서도 더 무엇을 못 하는 무즈의 모습에 랑세는 나름 뿌듯함을 느꼈다. 아침에 출근할 때는 웬 놈이 시비를 걸어 온종일 기분이 상할 줄 알았는데, 이만하면……. 아니, 잠깐. 뭔가 지금 머릿속에서 지나간 것 같은데.

그때 뎅, 뎅, 뎅, 멀리서 신전의 종이 울리기 시작했다.

"악! 출근!"

까맣게 잊고 있었다. 랑세는 치마를 붙들고 달려가기 시작했다.

"으아아! 지각은 안 돼!"

결국은 지각했지만.

이러한 전후 사정이 있었으니 환영회가 반가울 리가. 더군다나 마법사들이 항상 간다던 술집이 어디 있는지 몰라 같이 가는 사람이 무즈라면 더욱. 와렌과 함께 가기로 전날 저녁 식사 준비 때 약속해서 안심했는데, 무즈가 따라올 줄이야.

금붕어 똥처럼 와렌의 한 걸음 뒤에 선 무즈는 랑세를 무시무시한 눈으로 노려보고 있었다. 말하지 마, 말하면 죽어. 그런 눈으로.

이상한 놈. 말 안 하면 와렌이 어떻게 알라고. 흥, 내가 가만히 있을 줄 알고. 랑세는 와렌에게 바싹 붙어 다정하게 물었다. 와렌이 눈치 못 채게 무즈에게 메롱, 혀를 내미는 것을 잊지 않고.

"와렌 씨, 어느 쪽이에요?"

"……멀지 않아요, 상가 뒤쪽에서 조금 더 가면 있어요."

랑세의 태도는 평소와 크게 다를 바 없어 와렌은 의심 없이 조곤조곤 말했다.

낯선 사람을 만나면 어깨가 바짝 굳을 정도로 긴장하는 와렌이 가만히 작은 미소까지 짓는 모습에 무즈는 괴상한 표정이 되었다. 문관이라고 했는데. 거기다가 와렌이 근무하던 외무부의 문관. 거기에 온 지 얼마 되지 않아 와렌을 울렸다고 했는데. 들은 것과 지금 보고 있는 것 사이에는 많은 차이가 있었다.

"환영회 때 늘 그러니까, 아마 통째로 빌렸을 거예요."

"어머, 그럼 와렌 씨 때도 환영회 했겠네요?"

"아, 하긴 했었는데요, 제가 좀……."

좋아하는 여자의 웃음이라 안다. 조금 긴장했지만 그래도 좋은 기분으로 웃는다는 걸.

무즈는 정말이지 와렌의 저런 미소를 본 게 얼마 만인지 몰랐다. 저런 미소를 보기 위해 자신은 수년 동안 노력해야 했는데.

'부럽지?'

랑세가 뒤돌아 입을 뻐끔거렸다. 랑세의 손은 와렌의 손을 가볍게 붙들고 있었다. 아, 역시 정말이지 문관 싫다.

랑세는 와렌 모르게 무즈를 놀리면서 길을 걸었다. 이제 어둑하게 해가 저문 시간, 긴 노을이 도시에 가라앉고 가로등에 불이 올라온다.

랑세가 수도에 올라와 가장 경이로워했던 것은 이 시간이면 저절로 불이 타오르는 가로등이었다. 고향에서는 상점가 주인이 직접 자기 집 앞 가로등에 불을 붙이거나, 상점이 없는 곳에서는 경비대 사람들이 불을 붙이며 지나다녔는데. 거리를 하나씩 수놓는 불빛에 잠시 마음을 뺏겨 걸음이 멈춰졌다.

"랑세 씨?"

와렌이 불안한 눈으로 랑세를 올려다보자 랑세는 어색하게 웃었다. 아, 이 웃음 닮아 가나 보다.

"아, 아뇨. 가요. 가로등에 불 들어오는 게 신기해서요. 우리 마을은 이렇게 저절로 달아오르지 않았거든요."

"아……."

와렌이 고개를 끄덕이고 무어라 말하려는 순간, 뒤에서 무즈의 얄미운 목소리가 들려왔다.

"촌스럽긴."

뿌드득, 잠시 이가 갈릴 뻔했으나, 아까운 이를 갈 필요가 없음을 곧 깨달았다. 랑세가 힐끗 무즈를 돌아보고 흐으응, 하고 콧노래를 불렀다. 바보네, 저 마법사.

랑세의 시선이 무엇을 뜻하는지 무즈도 오래지 않아 깨달은 듯 흠칫했다.

"무즈, 그거 촌스러운 거야?"

오히려 무즈를 굳게 한 건 와렌의 한마디였다. 와렌이 어깨를 늘어뜨리며 중얼거리자 무즈는 어어, 하면서 무언가 변명하려 한다.

"우리 고향도 그러는데?"

"아니, 그게, 그게, 아, 그게!"

무즈가 당황하여 허둥지둥하지만, 와렌은 듣지도 않고 들릴 듯 말 듯 중얼거렸다.

"무즈도 알면서 왜 그래. 마도구가 수도에서라도 일반화되기 위해서 선배들이 얼마나 많은 투쟁을 치렀는데. 그래서 지방까지 일반화되려면 더 긴 세월 보내야 한다고 다들 고통스러워하신 역사가 있는데……."

랑세는 와렌의 말이 무슨 뜻인지 정확히 이해하지는 못했지만, 무즈가 한 말이 마법사에게 굉장히 무례했다는 의미 정도는 눈치챘다. 아마도 랑세를 이겨 먹으려다가 실수를 저지른 듯했다.

"미안, 내가 잘못했어."

"맞아. 잘못했어."

와렌은 낯선 사람에게는 많이 어색하게 굴어도 가까운 사람에게는 할 말을 하는 것 같았다. 무즈가 얼른 사과하자 와렌은 고개를 작게 끄덕이며 그리 말했다.

와렌이 사과를 받아 주었음에도 무즈의 안색은 여전히 좋지 않았다. 랑세가 차마 놀릴 수 없을 만큼.

"저기, 와렌 씨. 와렌 씨는 고향이 어디예요?"

랑세는 무즈를 도와줄 작정은 아니었지만, 가라앉은 분위기를 돌리기 위해 와렌에게 물었다.

"예? 아, 저는 벵텡 근처의 마을에서 왔어요."

"벵텡이면 서부 지방에 있는 곳이지요?"

"네에."

"거기 많이 발달한 곳 아닌가요? 무역으로 유명하다고 들었는데요."

"아, 제가 사는 곳은 벵텡에서 더 들어간 곳이고요……. 벵텡이 발달하기는 했어도 이 정도 수준은 이루지 못했어요."

"그렇군요."

뒤이어 할 말이 없다. 와렌 역시 무언가 생각에 빠졌는지 말이 없다. 생각에 깊이 빠진 저 눈은 고향을 그리워하는 걸까.

"전 우리 마을이 발전이 안 된 외진 곳이라서 이런 가로등이 안 들어왔다고 생각했거든요. 다른 이유가 있었나요?"

랑세는 그저 이 겨울 얼음처럼 꽝꽝 얼어 버린 분위기를 풀기 위해 한 말일 따름이었지만, 와렌의 얼굴이 심각하게 굳어졌다.

심지어 무즈의 얼굴까지도. 아니 뭐, 저 사람이야 아까부터 굳어 있었지만.

"저기, 모르세요?"

와렌이 조금은 책망하는 말투로 묻자 덩달아 랑세도 굳었다.

"모르는데요."

7급 문관 시험에 필요한 과목은 국어와 국가 정책 분야, 역사, 일반 상식 정도였다. 외무부 지원을 위해서는 외국어도 봐야 했지만. 어쨌든 역사는 주로 왕실과 그 정책에 관련된 것이었고, 마법은 일반 상식에서 조금, 정말로 아주 조금 다뤄질 뿐이었다.

그런 문관, 혹은 문관 지망생의 사정을 모르는지 와렌과 무즈는 아주 경멸의 눈빛까지 띠고 있었다. 다행히도 와렌이 아주 작게 한숨을 내쉬며 말을 이었다.

"그게요, 마법이나 마도구가 대중화가 되면요, 생활이 편해지잖아요."

"그렇죠."

지금 머무는 기숙사에서, 아직은 불법이지만 세탁 마도구의 도움을 얼마나 받았는지 모른다. 그뿐인가, 수도 시설도, 이런 전등도 정말 편했다. 심지어 사고 친 마법사들이 랑세에게 준 살림살이 중에는 아직 상업화가 이루어지지 않은 희귀 마도구들도 있다.

"그럼요, 귀족이랑 우리랑 달라지지 않잖아요."

"어……."

귀족이란 존재에 대해 잘 모르는 랑세는 우물쭈물했다. 그녀가 살던 작은 마을에 귀족이란 시청의 시장님, 이웃한 도시의 영주님 정도였다. 살면서 제대로 본 적 없는 사람들.

"그래서 귀족은 기술이 싸고 쉽게 공급되는 걸 바라지 않아요."

"어……. 그런……가요."

랑세는 수긍하는 척했지만 당장에 이해가 가지 않았다.

그런 랑세의 기색을 눈치채지 못했는지 와렌을 두 손 곱게 모으고 먼 하늘을 바라보며 중얼거렸다.

"그래서 우리 선배님들께서는 인민에 마도구를 공급하시느라 투쟁하셨어요. 가장 낮은 수준의 마법사들 또한 이 사업에 동참할 수 있도록 계획하셨고요."

으어어어, 와렌의 말투와 눈빛이 언뜻 신전의 신심 깊은 신관들과 비슷하여 랑세는 할 말을 잃고 입을 뻥긋거렸다. 이럴 때 잘못 말하면 큰일 나기에 랑세는 굳이 무언가를 말하려 들지도 않았다. 정말이지 다행히도 와렌은 자기 말에 심취한 듯했다.

"수도를 비롯한 주요 도시에 저런 가로등 마도구 공급을 위해 투쟁하신 분이 바로……."

"내 이야기 하니?"

"엄마야!"

뒤에서 불쑥 나타난 리엔 때문에 와렌은 자리에 주저앉았다. 두 손 곱게 모은 채로.

와들와들, 바들바들 떨고 있는 와렌의 모습에 리엔은 깔깔거리며 웃음을 터트렸다.

"길거리에서 내 업적을 공표하는 건 좋은데, 술집 지나쳤지 않아? 초행인 사람도 있는데 길 안내를 잘해야지."

리엔이 손을 내밀자 와렌은 얼굴을 붉히며 일어났다. 감히 리엔의 손을 잡을 수 없다는 듯, 벌떡.

"자, 가자."

리엔은 지팡이를 짚은 채 앞서 걸어갔고, 무즈와 와렌은 더더욱 굳은 표정으로 뒤를 따라 종종걸음을 옮겼다. 랑세야 뭐, 황당한 얼굴로 따라갔고.

그들은 얼마 가지 않아 '노래하는 개구리'라는 간판이 걸린 술집에 도착했다. 문 앞에는 '영업 안 함'이라는 표지가 걸려 있었지만, 리엔은 상관도 안 하고 문을 불쑥 열었다. 와렌의 말대로 아마 술집을 통째로 빌린 듯했다. 리엔의 등장에 술집 안에 있던 마법사들이 모두 벌떡 일어났다.

"앉아, 앉아. 자, 자, 오늘의 주인공을 모셔 왔다."

짜잔, 리엔은 그리 말하며 뒤따라 들어온 랑세를 가리켰고 랑세는 어깨를 움츠렸다.

술집 안에 있는 모든 사람의 시선이 랑세를 향했고, 랑세는 어찌할 바 몰랐다. 처음 아파트에 도착한 날만큼이나. 아니, 그보다 더. 그러다 우연히 리엔과 눈이 마주쳤다.

'밥은 챙겨 줄 때 먹어야 한다? 어떻게 떠먹어야 하는지는 네 책임이지만.'

자신을 바라보는 리엔의 시선이 꼭 자치 회의 날 했던 말과 비슷해 보였다.

모든 사람과 친해질 수는 없으리라. 그러나 여기서 몇몇과 이름을 나눌 수 있다면. 이름만이라도 나누고 아침저녁 오갈 때 반갑게 안녕, 이라고 말할 수 있다면.

"안녕하세요, 이번에 아파트에 입주하게 된 랑세 엔나입니다. 잘 부탁드립니다."

그리고 술집은 고요해졌다. 술집에 있는 스무 명이 조금 넘는 사람 중 몇몇은 그녀를 빤히 보고 있었고, 몇몇은 시선을 피했고, 몇몇은.

"캬아, 시원하다."

술에 집중하고 있었다.

리엔은 웃으며 랑세의 등을 팡팡 쳤다.

"들어가, 들어가. 원래 이런 분위기야."

"아, 네. 감사……합니다."

그나마 다행인 것이 나름 친절한 리엔과 조금이나마 친해진 와렌, 원수 같지만 어쨌든 말을 나눠 본 무즈, 그리고 자치회장 스테인과 같은 식탁에 앉게 된 점이었다.

"어서 오세요."

스테인이 방긋 눈웃음을 치며 랑세를 반겼다. 그날 사과하고 어색하게 헤어진 것과는 별개로 그는 여전히 친근하고 친절했다. 마치 랑세가 민원인들에게 그랬던 것처럼.

랑세는 어쩐지 눈을 마주칠 수 없어 주문을 받으러 온 점원에게 말을 걸어 마시고 싶은 술을 주문했다. 그리고 다시 침묵.

홀로 멀뚱히 앉은 채로.

모두가 각자의 이야기를 한다. 어이, 이봐, 이번에 등록은 다들 어떻게 할 거야, 진급은 할 수 있을 것 같아, 연구비 뭉은 해야 할 것 같은데, 근데 세탁기는 어쩌지, 그건 어차피 타루가 거의 다 하잖아. 어휴 그냥 손으로 빨면 안 되나, 더러운 놈, 너는 그것도 안 하잖아, 그러다가 전염병이라도 돌면 어떻게 해, 치료 마법에 맡겨, 그러다 저놈 일찍 죽지……. 랑세는 끼어들 수도 없는 그런 이야기들.

그래도 그나마 다행인 것은, 랑세가 앉은 식탁은 침묵뿐이었다는 점이다. 배려였을까, 아니면 어색함을 이기지 못했기 때문일까. 홀짝홀짝, 작게 술 마시는 소리뿐.

'밥은 챙겨 줄 때 먹어야 한다? 어떻게 떠먹어야 하는지는 네 책임이지만.'

랑세는 술잔을 내려놓았다. 그리고 술을 마시는 리엔의 눈을 보았다. 술잔 너머로 보이는 그녀의 호기심 빛나는 눈.

"저……."

하고는 랑세는 입을 다물었다. 뭐라고 부르지. 마법사도 아닌 랑세에게 리엔은 선배가 아니었으며, 아주머니라고 부르기에는 리엔은 독신자 아파트에 사니까 아마도 미혼일 것이고, 언니라고 부르기에는 가깝지 않았다.

초등 교육원에서 처음 만났던 친구들과는 어떻게 서로의 이름을 알았더라. 안녕, 나는 랑세야, 그런 소개 따위 하지 않았던 것 같다. 선생님이 출석을 부르면 그때 우연히 알게 되거나,

이미 아는 사이끼리 이름을 부르면서 알게 되었던 것 같아. 그러고서는 이름만 부르면 되었지. 공관에서는 어쨌더라. 먼저 자기소개를 하거나 눈치껏 직위를 부르다가 우연히 알게 되었던 것 같아. 그런데 여기서는 어떻게 해야 할까.

랑세는 한참 생각하다 입술을 술 한 잔으로 축이고 조심스럽게 다시 입을 열었다.

"저, 리엔 마법사님. 리엔 마법사님을 어떻게 부르면 실례가 안 될까요?"

랑세의 말에 식탁에 다시 침묵이 깔렸다. 아니, 지금까지 이 식탁의 모두가 침묵하기는 했다만, 이제는 모든 식탁에 침묵이 깔렸다. 아마도 모두가 랑세가 무슨 말을 할지 귀를 기울이고 있었던 모양이다. 여기 스무 명이 넘는 사람 중에 문관은 랑세뿐이었으므로.

"아휴, 귀여워라. 들었니? 나더러 리엔 마법사님이래."

그 침묵을 리엔의 유쾌한 웃음이 깼다. 언뜻 비아냥이나 놀림처럼 들릴 수 있는 말이었으나, 리엔은 정말로 기쁘고 신난 듯했다.

그래도, 역시 저 마법사, 부담스럽다.

"리엔 마법사님은 너무 길잖니? 그냥 리엔이라 불러."

"아, 어……."

"내 나이가 되면 그냥 이름만 불러 주는 사람도 없어서 너무 외롭더라."

리엔은 손으로 마법사 후배들을 가리켰다.

"쟤들은 나더러 다 선배님이라고 부르지, 어디 가도 그냥 마법사님이라고 부르지, 리엔이라고 불러 주는 사람 있으면 정말 좋겠어."

"아, 어……."

"불러 줄 거지?"

마, 마법사님, 그런 윙크 부담스러워요. 랑세는 말을 잇지 못한 채 입만 뻥긋거렸다. 모두가 경의를 표하는 마법사가, 자신이 살아온 것의 배는 살았을 마법사가 이름을 불러 달라 한다. 어쩌겠는가.

"저……, 리엔 님."

이런 극상 호칭에 리엔은 깔깔 웃으면서도 고개를 끄덕였다.

"그래요, 랑세 양. 왜 불렀어요?"

턱까지 괴고 눈을 반짝인다. 아이고, 부담스러워. 그래도 랑세는 그녀의 기대를 충족시키기로 했다. 밥을 펐더니 숟가락을 옆에다 놔준 형국 아닌가. 숟가락은 제가 들어 떠먹어야지.

"아까 와렌 씨가 했던 이야기……, 그러니까 가로등을 저렇게 모두가 자유롭게 사용하는 데 기여하신 게 리엔 님이라고 해서요. 그게 궁금해서 여쭤보려고 했어요."

마법사와 마법의 역사에 대해 거의 아는 바가 없었다. 실은 관심도 별로 없다. 다만 저 이야기를 할 때 정색을 하던 와렌과 무즈, 그리고 리엔을 볼 때마다 경의를 표하는 마법사들을 알고 싶었을 뿐이다. 누군가를 알아 간다는 것은 알고 있는 것이 넓어진다는 뜻인지도 모른다.

"아아, 그거."

리엔은 술을 한 잔 꿀꺽 마시더니 아무 일도 아니라는 듯 말을 이었다.

"처음에 저 빛을 마력으로 유지시킬 수 있는 마법이 발명되었을 때, 저게 사용된 곳이 딱 왕궁뿐이었어? 그것도 왕과 그 배우자가 사용하는 방과 알현실 정도? 그리고 그 마도구를 공적을 세운 공신들에게만 나눠 줬었어. 그게 몇 년이나 그랬다고 생각해?"

"글쎄요."

"백 년. 백 년 동안이나 왕과 귀족에게만 공유된 마법이지."

리엔은 술잔을 내려놓고 실실 웃었다.

"그게 돈이 많은 상인들과 평민들에게까지 내려오는 데 오십 년이 걸렸어. 그리고 삼십 년 전에, 내 스승님이 가격을 낮추고 질은 유지하는 방식으로 마도구를 수정해서 왕궁에 보고했어. 그런데도 전체 보급은 안 된다고 우기는 놈들이 많지 뭐니?"

리엔은 옛 생각이 나는 듯 입은 웃으면서도 눈살을 찌푸렸다. 가진 게 많아서 더 가지고픈 이들, 쥐고 있는 것들을 놓지 않으려는 이들의 악다구니가 지금도 귀에 선했다.

"그래서요?"

"그래서 어쩌긴. 싸웠지. 오래오래."

리엔은 술집의 천장 등을 올려다보았다.

"보급이 될 때까지."

랑세의 눈도 리엔을 따라 천장 등을 올려다보았다. 오래전

이런 마도구는 감히 가정집에 설치할 것이 아니었으리라. 촛불과 횃불, 작은 등잔불로 밤을 보내던 시절. 그조차도 아까워 이른 잠자리에 들던 시절.

"나야 생물계라 마도구를 직접 다룰 일은 없었지만, 너무너무 아까웠거든."

저 작은 등불을 누구나 쓸 수 있는 시대가 되면서 많은 것들이 변했다. 가진 이들이 걱정하던 대로 많은 것들이.

"그래서 뒤집어엎고 싸웠어. 친구들이랑, 동료들이랑……. 그리고 아직도 많은 것들과 싸워야 하지."

"아……."

랑세는 어쩐지 리엔을 똑바로 볼 수 없었다. 한 분야에서 일가를 이룬 이들에게서 풍기는 어떤 기세 때문에. 부담스러운 사람이 아니라 그저 존경받을 만한 사람이라는 기분에.

하여 랑세는 할 말을 잃은 채 가만히 있고, 리엔은 웃으며 술을 들이켰다. 고요한 침묵이 지속되나 싶더니.

"흐엉, 선배님."

두 손 꼭 모은 와렌이 눈물을 뚝뚝 흘리며 리엔을 부른다. 랑세는 몹시 당황하여 손수건을 찾아 들었으나.

"어머, 쟤 또 취했다."

리엔은 까르르 웃음을 터트린다. 마법으로 만든 불빛 아래 유쾌한 웃음과 감동 어린 눈물이 조용히 흩어져 나간다.

와렌이 많이 취한 것 같자 랑세는 가만히 와렌을 제 어깨에 기대게 하고 시원한 물을 한 모금 마시게 했다. 조금 친해졌다 하더라도, 가끔 손을 잡고 간다 하더라도, 늘 랑세가 가까이 다가가면 조금 어깨가 굳는 평소와 달리 지금 와렌은 너무나 편한 자세로 랑세에게 기댔고 심지어 허리까지 끌어안았다.

"헤헤, 랑세 씨 좋아……."

취한 목소리로 중얼거리는 소리에 랑세는 웃음이 튀어나올 뻔했다. 취한 사람이란 늘 그렇듯 별말을 다 하게 된다. 그래도, 취했을 때라도 이런 소리 듣는 것이 어디인가. 랑세는 와렌의 등을 토닥토닥 두드려 주었다. 토만 하지 마세요, 와렌 씨.

와렌은 알아들을 수 없는 소리로 무어라 계속 중얼거렸고 랑세는 적당히 응응, 답해 주다가 다시 리엔을 향해 고개를 돌렸다. 리엔은 흐뭇한 표정으로 랑세와 와렌을 보고 있었다.

"그런데요."

"응."

"그런데, 어, 왜 공관에서는 마법사가 무시당하나요?"

사실은 알고 있었다. 동류가 아니면 쉬이 받아들이지 않는 사람의 못된 습관 탓일 터였다. 그래도, 그래도 말이야.

"이렇게 다들 대단하신데……."

여기 환한 불 아래서 밤새 즐거운 이야기를 나눌 수 있다는 거, 마법사가 아니면 꿈도 못 꾸었을 텐데.

대단하다는 말에 몇몇 마법사들이 피식피식 웃었다. 하지만 리엔은 조금 쓴웃음을 짓는다.

"대단하지만, 흔하지. 흔한 것은 아무도 대단하게 여기지 않아."

"어……."

"그리고 내가 한 일은 대단하지 않게 여겨지게 한 일이고."

이해하기 조금 어려웠다. 대단한 것을 흔하게 만든 이유는 알 것 같았다. 모든 사람이 편하게 사용할 수 있도록. 왕과 귀족만이 아닌 모든 이들이.

다만, 정말 이해하기 어려운 것이 있었다. 마도구가 흔해져서 마법사들이 무시를 당한다면, 왜 마법사들은 그렇게 만든 리엔을 존경할까.

랑세가 조심스럽게 묻자 리엔은 다시 웃음을 터트렸다.

"쟤들이 나를 존경한다고? 그거 나잇발이야."

"아니요. 방금 와렌 씨도 막, 울먹울먹하면서……."

"쟤야 별난 애고. 그래, 솔직히 말하자면 와렌 같은 애들도 몇 있지. 그런데 아닌 애들도 많아. 어차피 살면서 모든 사람이 나를 좋아할 거라고 착각하지 않아."

리엔은 술 한 잔을 더 마셨다.

"그리고 마도구 문제는 부차적이지. 마법사가 공관에서 열외가 되는 건, 랑세 양이 여기서 어색하게 앉아 있는 것과 다르지 않아."

랑세는 순간적으로 할 말을 잃었다. 그래, 지금 이거 어색하게 입주한 아파트에서 덜 어색해 보고자 참석한 환영회였잖아. 더군다나 리엔이 반쯤은 협박으로 받아 낸.

리엔은 까르르 웃으며 물었다.

"계속 내 이야기만 했잖아. 자기 이야기 좀 해 봐."

"예? 제 이야기 뭘……."

무슨 이야기를 할 수 있을까. 때로는 이런 순간 궁금해진다. 여기서 자신이 할 수 있는 자신의 이야기는 대체 뭘까. 낯선 사람과 낯선 사람 사이에서 알려 줄 만한 것과 알려 주지 못할 것들. 친해지기 위해서 열어 줘야 하는 자신만의 어떤 선.

랑세가 입술을 달싹이며 고민에 빠졌지만 리엔은 눈을 반짝이며 랑세의 답을 기다린다.

"고향이나 뭐 이런 거 아닐까요?"

그때 스테인이 도와주려는 듯 입을 열었고, 덕분에 두 사람의 눈이 마주쳤다. 이건 또 다른 화해의 손길일까. 랑세는 잠시 머뭇거리다 결국 고향을 말하기로 했다. 어차피 구석 중의 구석이라 말해도 모를 텐데.

"음, 저는 팔렝이라는 지역 출신이에요. 아마 모르실 것 같은데……."

"어머, 팔렝을 왜 몰라? 오타르와 인접한 국경에 있는 지역이잖아."

리엔의 반응에 외려 랑세가 놀랐다.

"어? 아시네요."

"참전 마법사들은 지리학이 필수라서 다 익혔어. 더군다나 국경 지역이라면 알아야지."

"그래도, 저희 쪽은 전선과는 정반대 쪽이었잖아요."

"어휴, 책을 필요한 데만 읽게 되니? 처음부터 읽어야지."

리엔의 타박 아닌 타박에 랑세는 멈칫했다. 책, 재밌어서 읽는 거 아니면 필요한 곳만 읽는데요, 하는 말이 목구멍 근처까지 올라왔지만 나름 조신하게 도로 눌러 담았다. 아니 뭐, 굳이 부족한 면까지 보여 드릴 필요야. 낯선 사람에게.

"팔렝은 어떤 곳인가요?"

다시 스테인이 도움의 손길을 내밀었다.

"그냥, 작은 소도시예요. 아, 국경이 근처에 있어서 외국인들도 많이 오가는 편이고요. 저희 집은 외곽의 국경 가까운 곳에 있었어요. 국경을 대신하는 냇가가 있어서, 여권이나 여행 증명서 없이도 시냇가를 건너서 사람들이 오가기도 했어요. 낮에는 우리나라에서 장사하고 밤에는 자기 나라로 돌아가기도 하고요. 어렸을 때도 외국인들이 흔해서 신기하지는 않았어요. 그래서……."

그래서, 하고 말을 잇다 말고 랑세가 멈칫했다. 이거구나. 흔해서 신기하지 않고 대단하지 않은 것.

"그래서요?"

스테인의 말에 랑세는 상념에서 깨어났다.

"아아, 그래서, 외국인들이랑 어렸을 때부터 자연스럽게 어울려서 덕분에 외국어도 많이 익혔어요. 그래서 일부러 외무부로 신청을 했고요."

"그렇구나. 팔렝에는 마법사가 있니?"

"아, 저희 마을에 한 분 계셨는데……."

다시 랑세의 말끝이 흐려졌다. 마법사들 앞에서 그 영감님 조금 미친 것 같아요, 하고 말해도 되나 싶어서. 랑세는 그 영감님의 장점을 끌어모으려고 애썼지만, 당장에 기억나는 것이 없었다. 그냥 미쳤고, 미쳤고, 미쳤고……

"아. 아이들을 참 좋아하던 분이셨어요. 늘 잘 웃는 분이셨고요."

그래, 다정하신 분이었지. 아이들은 마법사 영감님을 참 좋아했다. 아이들이 마법을 보여 달라 조르면 영감님은 무언가 보여 줬고, 그게 늘 사고로 이어지곤 했다. 그 때문에 골칫덩이 취급을 받았고. 그래도 그 영감님을 아이들과 곧잘 놀아 주는 좋은 사람으로 기억한다.

"시 공관에 마법사가 한 분 계시는 것으로 알고 있지만, 본 적은 없어요."

시 공관에 있을 그 마법사에 대해서는 그냥 아무 감상이 없다. 낯선 것과 낯익은 것, 모르는 사람과 아는 사람에 대해 알고 느끼는 것.

어쩌면 이곳, 여기 앉아 있는 마법사들에게는 자신이 시 공관에 있는 그 마법사 같은 존재겠지. 적어도, 아직은.

"그렇구나."

그래도 어쩌면 눈앞에서 다정하게 웃고 있는 이 리엔이라는 마법사는 자신을 미친 영감님 정도로는 생각해 줄지도. 어쩌면 제 품에서 아직도 빈 웃음을 흘리는 와렌은, 아이들을 좋아하는 영감님 정도로는.

"고향을 떠나오셨으니 많이 섭섭했겠습니다."

스테인의 지나가는 듯한 질문에 랑세는 가만히 웃었다. 저 사람은 자신을 어떻게 생각할까. 잠시 머물다 갈 나그네 정도일까. 정해진 친절함이 나쁜 건 아니야. 그래도 말이야, 당신이 나를 그 정도로 생각한다면, 나 역시 굳이 진짜를 말할 필요는 없겠지.

"네. 그래도 수도 생활을 동경했거든요. 아직 그립지는 않아요."

살며시 웃으며 답하는 말에 리엔은 뭐가 좋은지 다시 까르르 웃었다. 어쩌면 저 어른은 알아차렸는지도 모르지.

리엔은 랑세의 빈 잔에 술을 콸콸 부었다.

"팔렝이 아마 독주로 유명했었지? 팔렝주가 팔렝에서 나는 거 맞지?"

팔렝주는 팔렝에서 수수와 밀로 만든 술로, 곡물로 만든 술답지 않게 상큼한 향이 난다 하여 나라 안에서 제법 유명한 술이었다. 팔렝의 주요 생산품 중 하나였고. 그렇다고 해도 어찌 팔렝의 모든 사람이 팔렝주를 만들겠는가.

"아, 네. 하지만 저희 집은……."

"자자, 술 만드는 동네에서 왔는데 술을 못 마신다면 말이 되겠어?"

"예?"

아니, 잠깐. 그런 거 편견이라고요.

"자아, 여러분! 새 입주민을 환영해 줘요!"

그날 케일이 그랬지. 선배가 술 마시고 싶어 핑계 대는 거라고. 콸콸콸, 술잔에 술이 흥건하게 넘치고, 술집 안의 모든 이들이 호기심 넘치는 시선으로 자신을 바라본다. 약간의 흥미, 약간의 기대감, 약간의 어색함, 모든 것이 섞인 시선들. 어쩐지 오기가 솟았다. 정말이지 쓸데없는 오기가.

"안녕하세요! 411호 랑세입니다!"

랑세는 리엔이 채워 준 술잔을 높이 들어 인사한 후, 호쾌하게 마시기 시작했다. 꿀꺽꿀꺽, 더운 여름날 시원한 물 넘어가듯 술이 랑세의 목을 통과하자 리엔마저 놀라 눈을 끔뻑였다. 나름 치료 마법사인 스테인은 꽤 당황하여 말릴 기세였지만, 누구도 랑세를 멈출 수 없었다.

"캬."

탕, 호기롭게 잔을 내려놓는 소리와 동시에 랑세의 입에서 시원한 소리가 나왔다. 팔렝 사람들이 술을 잘 마신다는 건 편견이지만, 어쨌든 랑세는 잘 마셨다.

잘 마신다고 하더라도 꽤 강한 술이 들어가자 약간 취기가 오르긴 했다. 그러자 쓸데없는 호승심이 다시 샘솟았다. 아무리 친해질 사람과 작게 인사만을 나누는 것으로 충분하다 하더라도, 오늘의 참가비 10에시르 몫은 하고 싶었다.

랑세는 휙 주변을 둘러보았다. 모두가 어리벙벙하게 자신을 바라보았지만, 한 치 신경 쓰지 않고 큰 병을 들어 무즈의 잔을 채우기 시작했다.

"안녕하세요, 무즈 씨."

"아, 네."

너무도 평범한 태도에 무즈는 당황한 듯 저절로 공손해졌다.

"고향이 어디세요?"

"아? 수, 수도 출신인데요."

"네에, 반갑습니다. 마셔요."

랑세의 번뜩이는 태도에 무즈는 저도 모르게 술잔에 입이 갔다.

"내가 와렌 씨 괴롭히는 거 아니니까 걱정하지 말고요."

"컥, 컥컥."

갑작스러운 랑세의 말에 무즈는 사레가 들려서 콜록거렸다. 와렌은 취한 와중에도 그 소리는 들었는지 랑세의 허리를 붙들고는 무즈를 향해 쏘아붙이듯 외쳤다.

"맞아! 랑세 씨는 나 안 괴롭혀. 나빠, 무즈!"

"와, 와렌!"

두 사람 사이에 어떤 오해가 쌓이든, 랑세는 이번에는 스테인의 잔에 술을 가득 부었다. 콸콸콸, 술잔에 술이 넘실거리자 지금껏 평온한 표정을 짓던 스테인의 동공이 심하게 흔들렸다.

"안녕하세요, 스테인 씨."

"네……."

"고향이 어디세요?"

랑세의 질문에 스테인은 잠시 랑세를 바라보다 슬쩍 웃었다.

"두퀴 출신입니다."

"오! 신학의 도시네요."

랑세의 말에 스테인은 늘 짓던 미소를 지우지 않은 채 술잔을 만지작거리기만 했다.

두퀴는 신전 본부가 있어 절제와 청렴의 도시로 유명한 곳이었다. 그런 곳 출신이라 술을 잘 못 마시는 걸까. 아니, 이것도 편견이지만, 뭐. 랑세는 그런 스테인에게 웃어 보였다.

"저는 정말로, 괜찮아요."

무엇이 괜찮은지 말하지 않았지만, 둘 다 무엇을 이야기하는지 알았다. 스테인은 쓰게 웃으며 고개를 끄덕이기만 했다.

랑세는 또 다른 식탁으로 갔다.

"안녕하세요?"

랑세의 등장에 다들 움찔움찔한다.

"성함이 뭐예요?"

"에, 엘마스요……."

빙그레 웃으며 커다란 술병을 들고 나타난 랑세가 왜 두려운 걸까. 술을 억지로 마시게 할 힘도 없는데 말이야.

뭐, 두려울 법도 하지.

"세상에……."

누군가 중얼거리는 말을 들은 사람은 몇 없었다. 그러니까, '노래하는 개구리'에는 마법사들의 살아 있는 시체들이 즐비했던 것이다.

억지로 마시게 할 힘은 없어도 능력은 되었던 걸까. 아니면 그냥 자기들이 취하고 싶었던 걸까. 줄줄이 늘어진 시체를 보면서 랑세는 무언가 뿌듯해져 한껏 미소 지으며 술을 홀짝였다.

살아남은 몇 안 되는 사람 중 하나인 리엔은 그런 랑세가 마음에 드는지 연신 웃다가 자리에서 일어났다.

"자아, 이제 그만 일어날까?"

"아, 이제 끝난 건가요?"

"저 시체들 데리고 뭐 하게?"

때마침 저기 널브러진 마법사 하나가 우어억 하는 괴상한 신음을 흘리고 곯아떨어졌다.

"안 데려가도 돼요?"

"괜찮아, 괜찮아. 자기들이 능력껏 조절도 못 하고 마신 게 죄인데, 그거까지 챙겨 줄 필요는 없잖아."

능력껏 조절도 못 하고 마시게 만든 랑세는 심히 양심에 찔리긴 했으나, 저 많은 사람을 챙겨 줄 능력도 의지도 없어 주춤 일어섰다. 여전히 랑세 곁에서 웅얼거리는 와렌만을 데리고. 어차피 세상 살면서 모든 이를 위할 수는 없는 법이다. 사실은 한 사람만을 위하는 것조차도 쉽지 않은 법이니.

"와렌 씨, 와렌 씨, 이제 집에 가요."

"으응."

와렌은 정신을 제대로 차리지 못하고 랑세에게 반쯤 안긴 채로 일어났다. 무게가 좀 느껴지긴 해도 와렌의 따스한 체온에 랑세는 그래도 기분이 나쁘지는 않았다.

"와아아렌!"

와렌이 랑세에게 폭 안긴 꼴을 취한 채로도 못 견디겠는지 무즈가 비척비척 다가왔다. 랑세의 품 안에서 와렌이 고개만 빼꼼히 빼낸다.

"응? 왜?"

"와아아렌!"

"응? 왜?"

"와렌! 나는 네가 좋아!"

랑세는 이 취중 고백에 흠칫했다. 저래도 되나.

하지만 와렌은 별말 아니라는 듯 환하게 웃었다.

"응, 고마워. 나도 너 좋아해."

아하, 좋아한다는 말을 우정 정도로만 해석했구나. 랑세는 키득거렸지만 무즈는 정색을 했다. 눈이 풀리고 얼굴이 붉게 달아오른 채로 정색해 봤자 하나도 안 멋있지만.

"아니, 그게 아니라, 와렌."

"응."

"나는 너를 사, 사, 사……."

한다, 한다, 고백한다.

무즈가 더듬으면서도 말을 끝내려던 순간.

"억!"

하는 소리와 함께 무즈는 스르륵 자리에 쓰러졌다. 그 뒤에는 손가락을 튕긴 채 서 있는 리엔이 있었다.

놀란 랑세가 눈을 깜빡이며 물었다.

"마법인가요?"

"응. 어휴, 다행이다."

그녀는 가슴을 쓸어내리는 시늉을 하며 쓰러진 무즈를 챙겨 들었다.

"예? 뭐가요?"

"이 바보가 술 취한 채로 고백하게 내버려 두지 않아서."

"아하하하."

랑세도 결국 웃고 말았다. 와렌은 상황 파악을 못 하는지 고개만 이리저리 갸웃거린다. 저렇게 술에 절어서 하는 성의 없는 고백을 와렌에게 하게 내버려 둘 수 없는 심정은 리엔이나 랑세나 비슷했나 보다.

리엔이 딱, 하고 다시 손을 튕기자 무즈가 동동 떠올랐다. 랑세는 그게 신기해 눈을 동그랗게 뜨고 보지만, 스테인은 무언가 불만이었나 보다.

"선배님, 몸에 부담되지 않습니까. 무즈는 제가 챙겨 가겠습니다."

다시 한번 딱, 하는 소리와 함께 무즈가 스테인의 품에 떨어졌다. 아, 스테인은 랑세가 준 첫 잔도 결국 다 마시지 않아 멀쩡했다.

"응, 그렇지 않아도 시키려고 했어."

"하하, 네."

결국 술집을 나온 것은 두 발로 걷는 사람 셋, 부축을 받고 안겨 나온 사람 둘뿐이었다. 부축을 받는 사람 한 명은 뭐가 그렇게 신나는지 흥얼흥얼 콧노래까지 부른다. 부디 와렌이 내일 아침에 이걸 기억하고 부끄러워하지 않기만을 바랄 뿐이다.

세 사람은 천천히 걸음을 옮겼다. 가로등 불빛이 다섯의 그림자를 비춘다. 흔들, 흔들. 불이 흔들리는 것인지 걸음이 흔들리는 것인지, 그림자가 흔들린다.

"얍."

리엔의 외침과 함께 리엔의 그림자가 별안간 춤을 추기 시작했다. 사람의 소리에 맞춰 홀로 팡팡 뛰어다니는 그림자의 춤에 랑세는 놀라면서도 다시 웃음을 터트렸다. 문득 고향 마법사 영감님이 생각나기도 했다. 얘들아, 이거 봐라, 하면서 보여주던 작은 마법들이.

"선배님."

하지만 스테인이 다시 리엔을 부르자 그림자는 춤을 멈추었다.

"어휴, 깐깐하긴."

랑세는 리엔을 한 번, 스테인을 한 번 바라보았다. 무언가 마법을 많이 쓰면 안 좋은 걸까. 하지만 둘은 어떤 설명도 할 생각이 없어 보였다. 그래, 아직은 딱 여기까지.

"우웅."

따뜻한 곳에 있다 나와 밤바람이 추운지 와렌은 랑세에게 더 안겨 든다. 랑세는 와렌의 어깨를 토닥거리며 걷는 속도를 더 늦추었다.

"와렌은 랑세 양이 정말 마음에 드는 모양이야."

리엔이 신기한 듯 말하자 랑세는 작게 웃었다.

"그러면 다행이고요."

"오늘 더 많은 사람이랑 친해지지 못해서 아쉽지 않아?"

오늘 술잔을 돌리며 이름과 고향을 듣고 하나씩 저세상으로 보내 버렸지만, 결국 다시 웃으며 인사하고 짧게나마 대화를 했던 사람들은 같은 식탁에 앉은 이들뿐이었다.

"아니에요, 괜찮아요."

랑세의 답에 리엔은 푸스스 웃었다.

"괜찮다는 '진짜 괜찮다'와 '아무래도 상관없다'는 괜찮다가 있지. 어느 쪽인지 물어도 돼?"

리엔의 질문에 랑세는 가만히 생각에 잠겼다. 리엔은 이렇게 불쑥 진심을 묻곤 한다. 당황스럽고, 다른 사람이 그리 물었다면 불쾌할 수도 있었겠지만, 어쩐지 이 사람은 나쁘지 않았다. 악의도, 흥미 위주의 호기심도 아닌 것 같으니까. 그러니까, 아무리 우리가 여기까지라도 이것에는 진심으로 답해 주고 싶었다.

"'조금 천천히 가도 상관없어서 괜찮다'예요."

랑세의 대답에 리엔은 다시 유쾌한 웃음을 터트렸다. 그녀의 크고 호탕한 웃음이 달밤에 널리 퍼져 나간다. 마법을 부리지 않아도 그림자가 춤을 추네.

"한밤중에 동네에 민폐 끼치지 마십시오."

케일의 얄미운 목소리가 아니었다면 그 웃음은 더 길게 이어졌으리라. 관리사무실에서 한숨을 내쉬며 나오는 그의 모습에 리엔이 이죽거렸다.

"어머, 내 웃음소리가 얼마나 크다고 그래?"

"항의 들어올 만큼 충분히 큽니다."

"랑세 양 환영회는 왜 안 왔어? 환영 안 해?"

"환영회를 다 갑니까? 그리고 제가 가면 아파트는 누가 지킵니까?"

"어디 적이라도 쳐들어온다니? 이래서 군에 있던 애들은 안 된다니까."

랑세는 반은 장난 같은 둘의 말다툼을 지나쳐 와렌을 잘 추슬러 한 계단을 밟았다. 아, 여기쯤 오니까 좀 무겁다.

그때, 케일이 무심하고 무례한 목소리로 랑세를 불렀다.

"랑세 엔나."

"네?"

케일의 부름에 랑세는 뒤돌아보았다. 그는 자신을 물끄러미 바라보고 있었다. 흔들, 마석 등이 만든 붉은 그림자가 그의 무심한 얼굴 위에서 흔들리고 있었다.

"208호."

"네?"

"와렌 방 호수."

"아, 네."

감사합니다, 습관적으로 말하고는 고개를 돌려 다시 힘겹게 계단을 한 칸 한 칸 올라갔다. 와렌의 방이 208호라고? 지금 와렌을 거기다 데려다 놓으라고 하는 말이겠지? 뭐야, 도와주겠다는 말도 아니고.

터벅, 터벅, 2층 복도를 걸어가다 문득, 문득 그냥 웃음이 나왔다. 그냥, 뭐랄까, 아무렇지도 않게 자신에게 와렌을 맡기는 그의 무심한 말투에 정말로 이 아파트의 일원이 된 기분이었다. 그의 의도인지 아닌지는 알 수 없어도.

"와렌 씨, 와렌 씨, 다 도착했어요. 문 열어 보세요."

"으응."

소위 '보안'이라는 것을 겪어 본 랑세인지라, 와렌의 방문을 함부로 만지거나 하지 않은 채 술에 취한 와렌을 불렀다. 와렌은 정신없는 와중에도 문에 달린 작은 마도구를 이것저것 눌렀다. 습관이란 무서운 것이다. 이 꼴이 되었으면서도 계절이 되면 고향으로 돌아가는 연어처럼 틀리지도 않고 잘도 누르네.

털컥, 털컥, 털컥, 무언가 계속 움직이는 소리가 나더니 끼이익 하고 문이 열린다.

"들어가세요."

"으응."

와렌은 랑세의 품에서 빠져나와 비척비척 방 안으로 걸음을 옮기다 뒤를 돌아보았다. 그리고 해사한 미소를 지었다.

"고마워요, 잘 자요."

그 미소가 어찌나 예쁜지, 무즈가 그녀에게 반한 이유를 알 것 같았다. 그래서 랑세 또한 와렌을 향해 비슷한 미소를 지었다.

"네, 잘 자요."

이런저런 마도구가 가득 쌓여 엉망이 된 방 풍경이 와렌과 함께 문 뒤로 사라진다. 철컥, 철컥, 철컥, 문이 잠기는 소리가 요란하게 나지만, 랑세는 가벼운 마음으로 돌아서서 고요한 복도를 걸어 계단에 올라섰다.

"랑세 양, 들어가는 거야?"

그때, 3층으로 들어가던 리엔과 스테인이 돌아보며 랑세에게 말을 걸었다.

"네, 리엔 님."

"그래, 오늘 즐거웠어. 잘 자."

"안녕히 주무세요, 랑세 씨."

랑세는 역시 미소 지으며 밤 인사를 건넸다.

"네. 안녕히 주무세요, 리엔 님, 스테인 씨."

안녕히 주무세요, 좋은 꿈 꿔요, 평범한 인사말이 오가는 평범한 밤. 흔한 것은 대단하지 않다고 무시당하지만, 시골에서 볼 수 없던 가로등처럼 누군가에게는 흔하지 않은 것. 그래서 이 밤의 인사는 어둠 속 불빛처럼 귀하디귀한 것이리라.

안녕히 주무세요.

실험 대상이 되어 주세요

'랑세, 그건 네 잘못이 아니었다.'

'하지만 엄마는 그렇게 생각하지 않을 거예요. 저도 그렇게 생각하고요.'

남자의 갈색 눈썹이 작게 일그러졌다.

'아니야, 절대 그렇지 않아.'

그 말은 거짓이었다. 엄마의 원망 어린 슬픈 눈이 자신을 스쳐 지나간다.

"아."

랑세는 눈을 떴다. 그 원망 어린 눈이 여전히 눈앞에 있다. 꿈에서 깼는데도. 환영일까, 아니면 꿈속의 꿈일까.

깜빡깜빡, 랑세는 잠에서 완전히 깨기 위해 눈을 여러 차례 깜빡였지만, 눈앞의 눈이 사라지지 않는다. 깜빡깜빡, 그녀의 눈도 깜빡거린다……가 아니라. 잠깐, 이건 사람 눈이 아니잖아. 흰자위가 없는 까만 눈이 왜 자기 앞에 있는가. 이게, 뭐지.

"꺄, 꺄아아악!"

랑세의 비명이 아파트를 울렸다.

"꺄악! 웬 새야! 너 어디로 들어왔어! 나가!"

푸드덕, 푸드덕, 새는 날갯짓을 하며 랑세의 방 여기저기를 날아다닐 뿐, 랑세의 말을 들을 생각조차 없어 보였다.

랑세는 놀란 가슴을 부여잡고 창문 쪽을 바라보았다. 꼭꼭 잘 닫혀 있다. 날씨가 따뜻하다지만 아직 밤에는 추워서 창문을 열어 놓고 잠들지 않았는데. 이 새는 어디로 들어왔나.

얼른 창문을 열었지만, 새는 나갈 생각 없는 듯 푸드덕푸드덕 날아와 랑세의 머리 위에 앉아 꾸룩꾸룩 운다.

"꺄악!"

새라는 놈은 일절 위협이 되지 않는다. 그러나 이렇게 제 몸 위에 앉는 것은 절대 바라지 않았기에 랑세는 손을 휘적거리며 새를 떼어 놓으려 했다. 그럼에도 새는 살짝 푸드덕거릴 뿐 결코 내려올 생각을 하지 않는다.

그뿐인가.

"몇 호실이니?"

새가, 말을 한다.

랑세는 이제 놀라다 못해 경악했다. 혹시 내 귀가 잘못된 것 아닐까? 아직 꿈속이 아닐까?

"몇 호실이냐니까?"

콕콕, 새가 랑세의 머리를 쪼아 대며 대답을 재촉한다.

"아, 아야, 411호실요……."

랑세는 황당해하면서도 혹시나 하는 마음에 일단 대답을 했다. 새가 머리를 갸우뚱한다.

"아, 가깝네. 잠깐만. 갈게, 문 좀 열어 줘."

"어……. 와요? 뭐예요? 무슨 뜻이에요?"

새는 랑세의 머리 위에서 얌전히 입을 닫고 더 말하지 않았다. 랑세는 어찌할 바 모른 채 멍하니 있었다.

그때였다. 바깥에서 문을 두드리는 소리가 났다.

"자, 잠깐만요!"

이 정신없는 상황에서 자신을 구출해 줄 사람은 외부인밖에 없다는 생각이 번뜩 났다. 거기에 더해 새가 창문이 아니라 그냥 문밖으로 나갈지도 모른다. 랑세는 얼른 문을 열었다.

"누, 누구세요?"

문밖에는 처음 보는 장신의 여자가 서 있었다. 붉은색 머리를 높다랗게 묶은 여자는 랑세를 힐끗 보더니 뭐라 혼자 가만히 중얼거렸다.

그러자 놀랍게도 새는 여자의 손으로 날아가더니 그대로 사라졌다. 싹, 하고 흔적도 없이.

"아, 미안. 메신저 개조 중이었는데 여기로 날아올지 몰랐어. 근데 그게 뭐라고 아침부터 그렇게 요란하니?"

다다다, 여자가 사과인지 핀잔인지 모를 것을 쏘아붙이지만, 랑세는 한마디도 알아들을 수 없었다.

"아니, 저기……, 그게 뭔데요?"

그래서 나오는 질문도 애매하고 두루뭉술하기 그지없었다. 랑세의 질문을 들은 여자도 랑세만큼이나 황당해하는 것처럼 보였다.

"뭐래? 요새 학교 과정에서 메신저 안 가르쳐?"

처음 본 여자. 환영회 때도, 회의 때도 본 적 없는 사람이다. 그러면 아마도.

"저, 마법사 아닌데요."

자신이 마법사가 아니라는 것을 모를 사람. 그리고 저 새는 아마도 어떤 마법인가 보다.

아니, 그런데 자신이 마법사라고 해도 자기 새(?)가 남의 방에 무단 침입 했으면 사과가 좀 더 성의 있어야 하는 거 아냐. 정체 모를 새의 정체가 대충 밝혀지자 랑세는 욱, 하고 안에서 화가 치솟았다.

아침부터 일진 사납구나.

"응? 마법사가 아닌데 왜 여기 살아?"

"문관 아파트가 재개발 공사 중이라서 여기 배정되었어요."

"아, 그래? 놀랐겠네. 미안."

"저기요, 그래서 그게 뭔데요?"

마법사의 무례한 태도에 덩달아 랑세의 말투도 뾰족해졌다.

"아, 마법으로 부리는 동물. 벽을 통과하게 개조시키는 중이었어."

아니, 잠깐. 벽을 통과하는 순간부터 동물이 아니지 않나? 랑세가 미처 혼란스러운 머리를 정리하기도 전에 여자는 뒤돌아 가 버렸다.

랑세는 어이가 없어 한숨이 튀어나올 지경이었지만 굳이 그녀를 불러 세우지 않았다. 말다툼이 길어져 봤자 자기만 손해일 것 같아서. 곧 출근도 해야 하는데.

"허?"

하지만 곧바로 랑세는 헛웃음을 토해 내고 말았다. 여자가 바로 랑세의 옆방 문을 열고 쏙 들어가 버렸기 때문이다. 저런 사람이 옆방 사람이라고?

'집을 구할 때는 말이다, 다른 것보다 집주인과 이웃을 봐야 한단다.'

수도로 올라오기 전에 아빠가 조언해 주신 말씀이었다. 아빠, 아무리 이웃을 고르지 못하는 기숙사라지만, 정말 별로인 사람이 이웃인 것 같네요.

랑세는 긴 한숨을 내쉬며 방으로 들어갔다. 아침부터 새에 놀라고, 옆방 사람 만나고, 출근 늦어지겠네. 일단 세수하고 옷부터 갈아입고.

"꺄아아악!"

다시 한번 랑세의 비명이 아파트를 울렸다. 새, 아니, 옆방 마법사의 메신저라는 놈이 또다시 랑세의 눈앞에 갑자기 나타났기에.

"그래서, 아침부터 요란 떤 게 메신저 때문이다?"

랑세는 케일 앞에 고개를 푹 숙였다. 옆방 마법사의 메신저라는 놈은 그 후 두 번이나 더 랑세의 눈앞에 나타났고, 그때마다 비명을 질렀다.

마법사란 놈들은 대체로 정기적으로 출근하는 일이 없어 생활 습관이 불규칙하고 올빼미처럼 밤을 지새우는 경우가 많기에, 랑세의 비명에 그들은 때아니게 강제 아침 기상을 당해야했다. 당연히 마법사들은 범인을 찾아 411호로 몰려와 항의했으며, 기숙사 총관리인인 케일까지 달려와야 했다.

자초지종을 설명하기도 전에 랑세는 출근 시간 때문에 그저 죄송합니다, 죄송합니다, 열심히 사과만 하고 도망치듯 출근했다. 아, 공무원 된 지 두 달도 안 되어 무슨 일이 있어도 출근을 하는 근성을 갖추게 되다니! 장하다, 랑세.

"네에, 죄송합니다."

그리고 퇴근하고 돌아오니 아파트 앞에서 눈을 형형하게 빛내며 기다리던 케일에게 붙들려 버렸다. 물론 해야 할 일은 하나, 죄지은 사람답게 고개를 푹 수그리고 사무실에 앉아 무슨 일이 있었는지 구구절절 설명할 것.

하지만 억울했다.

비명을 질러 다수의 사람에게 피해를 준 것은 분명 잘못한 일이지만, 애초에 그 이상한 마법사가 자기 메신저라는 놈을 잘 관리했으면 별일 없었을 텐데. 랑세는 초등 교육원 교실 속 어린 학생처럼 조심스럽게 손을 들어 올렸다.

"저기, 하지만, 제가 잘못했지만……, 그 410호 분에게도 그, 그, 그 메신저라는 걸 관리를 잘해 달라고 말씀 좀 해 주세요. 제 방에 불쑥불쑥 안 나오게요."

오늘 아침에만 세 번. 그럼 내일 아침에 네 번째 사건이 생기지 말라는 법도 없었다.

랑세의 말을 들은 케일은 눈썹을 한껏 일그러뜨렸다. 원래도 인상이 안 좋은 사람이 얼굴을 구기니 더 안 좋다. 하지만 랑세는 우물쭈물하면서도 해야 할 말을 챙겼다.

"그, 메신저가 부지불식간에 나타나면 저도 놀라서 어쩔 수 없어요. 정말 본능적으로 나오는 거니까요."

케일은 짧게 한숨을 내쉬었다. 랑세는 그 시선을 피하면서도 결코 고개를 숙이거나 사과하지 않았다. 아니, 진짜 잘못한 것은 잘못한 거지만, 그게 아니었다면 벌어질 일이 아니었다고요.

그때였다.

"꺄악!"

케일의 손바닥에서 늑대가 튀어나왔다. 물론 랑세의 비명도. 랑세는 놀란 심장을 부여잡고, 케일은 관자놀이를 누르며 신음했다.

"알 만하군."

"메, 메, 메신저인가요? 저 애도요?"

케일은 성의 없이 고개를 끄덕이고는 회색 늑대에게 명했다.

"410호로 올라가."

늑대가 성큼성큼 달려 나갔다. 휘리릭.

"대, 대체 저 메신저라는 게 뭔가요?"

케일은 세상에 무슨 그런 질문이 다 있느냐는 듯한 표정으로 랑세를 보다 순간 그녀가 마법사가 아니라는 것을 깨달았는지 한숨을 내쉬었다.

"말 그대로, 마법사의 말을 전하는 기능을 하는 마물이다. 마법사의 마력으로 구현되는 존재지."

"아."

그러고 보니 아침에 갑자기 그 새가 사람 말을 했었지. 새가 직접 자신에게 묻는다기보다는 그 옆방 여자가 질문하는 듯했다. 랑세는 그제야 이해가 된 듯 고개를 끄덕였다.

'개조' 중이랬지, 벽이 있어도 뚫고 지나가도록. 아마 절반쯤 성공했나 보다. 벽을 통과할 수 있지만 원하지 않았던 랑세의 방으로 들어온 것을 보면.

"아."

그때, 갑자기 케일이 고개를 들었다.

"문 두드려."

"네?"

랑세가 놀라 되물었지만, 케일은 고개를 저었다.

"너 말고. 문 두드려."

아, 늑대가 410호 앞에 도착한 모양이다. 케일의 늑대는 벽을 통과할 수 없나 보다. 랑세는 일이 돌아가는 모양새를 얌전히 살폈다.

"아미아, 관리사무실로 내려와."

그 마법사의 이름이 아미아였나. 아침에 이름조차도 듣지 못했구나, 그러고 보니.

"시끄러워."

아미아와 대화를 하는 걸까?

"메신저도 관리 못 하는 주제에 무슨 헛소리야?"

케일이 평소보다 더 신경질적으로 외친다.

"헛소리 그만하고 얼른 못 내려와? ……너만 갱신 시험 봐? ……1분 준다. 안 내려오면 조치 취한다."

케일이 아미아에게 메신저를 통해 말을 거는 모습은, 솔직히 미친 사람 같았다.

케일의 혼잣말 아닌 혼잣말이 끝나고 정말로 1분도 안 되어 아미아가 등장했다. 갑자기 아래층까지 달려온 게 힘들었는지 숨이 턱까지 차올라 헉헉거리면서.

"아, 왜?"

"왜긴 왜야."

케일은 어디선가 의자 하나를 더 찾아 아미아를 랑세 옆에 앉혀 놨다. 아미아는 힐끗 랑세를 보면서도 왜 자신이 여기까지 내려오게 되었는지 전혀 눈치채지 못한 듯했다. 저 사람 정말 뻔뻔하네.

그런 아미아에게 케일은 빙빙 돌려 말할 생각도 없었고 그렇게 말할 성격도 아닌 듯했다.

"메신저 관리 잘해. 옆방에 불쑥불쑥 튀어 나가지 않게. 아침마다 애 비명 지르게 하지 말고."

직설적으로 한 소리 들었지만 아미아는 전혀 반성하는 것같이 보이지 않았다. 오히려 고개를 갸우뚱하고 랑세를 바라보았다.

"새 싫어해?"

허어, 랑세는 그야말로 할 말을 잃을 지경이었다.

"아니, 그게 아니라, 새가 좋고 싫고 문제가 아니라 갑자기 나타나면 놀라, 으악!"

다시 랑세의 비명. 아미아에게 말을 다 전한 늑대가 느긋하게 관리사무실 안으로 들어오는 바람에 내지른 비명이었다. 그래도 여러 번 메신저라는 놈을 본 데다가 늑대가 느릿하게 들어온 덕에 비명은 크지 않았고 짧게 끝났다.

랑세의 놀라는 모습에 케일은 다시 한번 한숨을 내쉬었고 아미아는 눈을 깜빡였다.

"메신저를 보면 놀라, 문관들은?"

랑세는 얼굴을 찌푸렸다.

"그럼 마법사들은 안 놀라요?"

"오는 게 뻔히 느껴지는데 왜 놀라?"

"네?"

랑세와 아미아의 대화가 자꾸 어긋나자 케일이 잠시 생각에 잠겼다가 뭔가 깨달았다는 듯 고개를 끄덕였다.

"아미아, 메신저가 오는 걸 느끼는 건 마력 반응 때문이다. 그러니 마법사가 아니면 못 느낀다. 당연히 놀랄 만하지 않나?"

아, 그런 게 있었나 보다. 마법사의 마력으로 만들어진 것이다 보니 다가오는 어떤 기운을 마법사들은 느낄 수 있고 랑세 같은 일반인들은 느끼지 못하나 보다.

"음……. 하지만……, 이번 달 시험 때문에 개조가 급하단 말이야. 얘, 네가 좀 덜 놀라면 안 되겠니?"

확실히 몇 번 봤다고 조금 전에도 덜 놀라지 않았는가.

하지만 랑세는 당사자가 배려하겠다는 것이 아니라 저더러 참으라고 하는 것에 콱 빈정 상했다. 이웃에 대한 배려가 전혀 없지 않은가. 랑세가 그녀에게 뭐라고 따져야 하나 잠시 고민하는 사이.

할짝.

"어?"

케일 곁에 앉아 있던 늑대형 메신저가 슬금슬금 랑세에게 다가와 발을 핥았다.

마법사의 명을 듣는 마물이 자신의 발을 핥다니. 랑세는 얼굴이 벌게져 케일을 바라보았다. 무섭다기보다는 부끄러웠다. 지금 뭐 하는 짓이냐고 따지려던 차에, 굉장히 당황한 케일의 얼굴이 보였다. 부비, 부비, 늑대는 심지어 랑세의 종아리 근처에 머리를 비비적거렸다.

"왜, 왜 이러세요."

꼭 동네 강아지처럼 비비적거리는 모양새였지만, 랑세의 입에서 나온 건 강도를 만났을 때 뱉는 말과 다름없었다.

"돌아와."

케일이 여전히 당황한 낯빛으로 늑대를 불러들였지만, 늑대는 어디서 개가 짖느냐는 표정으로 케일을 보더니 랑세의 발치에서 몸을 숙이고 계속 비비적거렸다.

"케일, 얘 왜 이래?"

이거, 메신저가 마법사의 명령을 안 듣는 것은 드문 일이었을까. 아미아도 꽤 놀란 듯 보였다. 케일은 다시 입을 열어 주문을 외웠고, 늑대는 그제야 케일의 손으로 뛰어들어 사라졌다.

"왜, 왜, 늑대가 저한테……."

"잠깐 기다려."

랑세가 묻지만, 케일도 답을 모르는 듯했다.

"아미아, 네 메신저 소환해 봐."

"응? 응."

후르륵, 소리와 함께 아미아의 손에서 새 모양의 메신저가 튀어나왔다. 무슨 일이 벌어지는지 듣고 있던 터라, 랑세는 다행히도 비명을 지르지 않을 수 있었다. 푸드덕푸드덕, 새는 날아 랑세의 머리 위에 앉았다.

"어머, 돌아와."

아미아도 케일이 했던 것처럼 메신저에게 명령을 내렸지만, 새는 장렬히 무시했다.

"어머, 이래서 아침에 내가 못 찾았나 봐."

"못 찾아?"

"응. 아침에 메신저가 벽을 통과해서 날아가는 것까지는 봤는데 애가 돌아올 생각을 안 해서 직접 입을 통해서 물어봤어."

아미아가 역소환 주문을 외우자 새는 아미아의 손으로 날아가 사라졌다. 두 마법사는 무언가 생각에 빠졌고 한 문관은 그저 얼떨떨한 얼굴로 서 있었다.

"랑세, 아파트 입구에 가 있어 봐. 내가 메신저를 보내 보지."

"네? 네."

얼이 빠졌던 터라 랑세는 시키는 대로 척척 관리사무실 밖으로 나가 아파트 입구 앞에 섰다. 이게 대체 무슨 일이람.

랑세가 멍하니 서 있은 지 얼마 지나지 않아 늑대가 달려 나왔다. 늑대는 다시 강아지처럼 헥헥거리며 랑세의 무릎에 얼굴을 비비적거렸다. 이제 심지어 귀엽기까지 해 랑세는 저도 모르게 늑대의 머리를 살살 쓰다듬었다.

"이거 신기하군."

늑대가 입을 열어 케일의 목소리로 말하지 않았더라면 배까지 긁어 줬을지도 모를 노릇이다. 랑세는 깜짝 놀라 손을 뗐고, 곧 케일이 나타나 늑대를 다시 불러들였다. 따라 나온 아미아도 신기하다는 듯 랑세를 바라보았다.

"쟤 정말 문관 맞아? 마법사 아니야?"

"아미아, 바보 같은 소리 하지 마라. 마법사라고 메신저가 무작정 따르라는 법은 없다."

"그런 법은 없지만, 마력 같은 게 있으니까 메신저가 들러붙은 거 아니야?"

사람 앞에 두고 자기들끼리 떠드네. 랑세는 얼굴을 찌푸리고
한마디 하려 했다.

"얘, 너 마력 검사 해 봤어?"

진짜 말 한마디 하기 힘드네. 아까부터 몇 번이나 말을 채 가
는 거야. 그럼에도 일단 랑세는 순순히 받아 주었다.

"그게 뭔데요?"

"학교 입학할 때 마력 검사를 안 했어? 마법학부 선발을 위
해서."

"지방 학교에는 마법학부가 없어요."

"그래?"

아미아는 고개를 갸우뚱하더니.

"리엔 선배 방에 있지? 좀 물어봐야겠다."

하고는 후다닥 달려 올라간다. 케일도 내내 인상을 찌푸린
채 랑세를 아래위로 훑어보았고 그 시선에 랑세는 어찌할 바
몰랐다. 진짜 이게 무슨 일이야. 그렇지 않아도 저 사람 부담스
러운데.

다행히도 얼마 지나지 않아 리엔이 내려왔다. 그래도 몇 번
본 얼굴이라고 랑세는 리엔이 꽤 반가웠다.

"아, 안녕하세요, 리엔 님?"

"안녕. 네가 무슨 희한한 체질이라며 저게 날 끌고 내려왔
네. 귀찮게."

"아니, 저도 무슨 일인지 모르겠어요. 메신저라는 거 오늘
처음 봤는데 자꾸 저한테 들러붙나 봐요."

랑세가 여차저차 사정 설명을 하자 리엔도 조금 놀랐는지 눈을 깜빡였다.

"그래? 그럼 내 것도 그렇게 되는지 보자."

오늘 이 아파트 마법사 메신저는 다 만나 보겠네.

리엔의 손에서 곧 커다란 사자가 튀어나왔다. 꺄악, 랑세의 비명이 짧게 울렸다. 각오는 했다지만 이토록 큰 짐승은 처음인지라.

털 갈기 부숭부숭한 수사자가 리엔 주변을 몇 번 어슬렁거리더니 곧 이놈도 랑세 근처를 빙빙 돌았다. 그래도 늑대나 새처럼 철썩 들러붙지 않고 대신에 털 달린 꼬리로 툭, 툭, 몇 번 랑세의 몸을 치고는 가만히 앉아 있었다.

"어머."

리엔도 신기한 모양이었다. 리엔은 곧 사자를 없애고 랑세 곁으로 다가왔다.

"랑세 양, 네 몸을 좀 만져 봐도 되겠니?"

"네? 네."

그걸로 이 소동이 가라앉을 수 있다면야 얼마든지. 리엔의 주름 많은 손이 랑세의 몸을 더듬어 내려간다. 허리나 팔 따위가 간지러워 랑세는 몸을 조금 비틀며 흐윽, 하고 웃음을 삼키려 애썼다.

"어머, 이 팔뚝 좀 봐. 너 무슨 검술 같은 것도 배웠니?"

주물주물, 리엔이 랑세의 어깨 근처를 주물럭거리자 랑세는 멈칫했다.

"예. 예. 저, 조금. 고향에서 어쩌다 보니."

"어머, 애. 단단하니 좋다."

저기요, 마법사님, 지금 그런 거 검사하는 시간 아닌데요. 랑세가 얼굴을 찡그리자 리엔은 호호 웃으며 손을 다른 곳으로 옮겼다. 한참 조몰락거리던 리엔이 고개를 끄덕였다.

"마법사로서의 마력은 없어."

"어? 정말요? 하지만 그럼 메신저는……."

"그런데 마력에게 사랑받는 체질이야."

"그게 뭔데요?"

그 말은 랑세와 아미아의 입에서 동시에 튀어나왔다.

"그런 사람 가끔 있어. 메신저 같은 거나 다른 마물이 찰싹찰싹 달라붙는 그런 애들."

랑세는 도통 이해할 수 없었다.

"그거…… 나쁜 건가요?"

다만 걱정이 될 뿐.

리엔은 호호 웃었다.

"아니. 그냥 이렇게 뜬금없이 메신저가 달라붙거나 그런 정도고……. 아, 마물이나 마법 생물이 들러붙기는 해도 해는 안 끼칠 거야. 요새 도시에서 마물 보는 건 드문 일이기도 하고. 아, 그리고 어디 다친 곳 생기면 일반 치료원 가지 말고 마법사에게 치료받아라? 약 열 번 먹어야 할 거 단번에 치료될 거야."

"아……."

해가 되지 않을 거다. 아니, 해가 되는 건 딱 하나.

"그럼 메신저가 아침마다 나타나도 참아야겠네요."

랑세의 울상에 리엔이 까르르 웃었다.

"마법사들은 좀 부지런해져도 돼. 아침에 좀 일찍들 일어나라고 해."

"오후가 되어야 일어나시는 분이 그런 말씀 하시면 안 되죠."

케일의 톡 쏘는 듯한 말에도 리엔은 콧방귀만 뀌었다.

"하여간 말을 못 해. 얘, 아미아."

"네, 선배."

"네가 책임지고 아파트에 방음 마법 걸렴."

랑세의 체질 때문에 메신저가 방을 뚫고 들어가는 걸 막을 수 없어도 다른 마법사들을 깨우는 건 막을 수 있다는 건가. 리엔의 명에 내내 뻔뻔하게 굴던 아미아는 울먹거리듯 말했다.

"선배, 마법사들도 아침에 일어나야 한다면서요."

"말이 그렇다는 거지."

희대의 명판결을 내린 리엔이 설렁설렁 안으로 들어가려는 순간, 랑세가 중얼거렸다.

"그런데 메신저가 꼭 동물 모양이어야 하나요?"

그녀의 말에 모두가 돌아보았다.

"응?"

"마법사의 마력으로 만드는 마물이라면서요. 그러면 동물 모양이 아니어도 되잖아요. 어……, 편지 봉투 모양이라든가 이런 거면 저도 덜 놀랄 것 같아서요."

모두가 눈을 동그랗게 뜨고 랑세의 아래위를 훑었다. 심지어 케일도. 랑세는 마법을 하나도 모르는 문외한이나 하는 멍청한 소리를 했나 싶어 어깨가 수그러들었다.

"혁명이다!"

그 어깨는 아미아가 외친 소리에 화들짝 놀라 펴졌지만.

"혁명이야!"

후다닥, 아미아가 달려와 랑세를 꼭 끌어안고 입을 맞추었다.

"이건 혁명적인 발상이야!"

그리고 다시 아파트 위층으로 달려가 버렸다. 랑세는 이 폭풍에 멍하니 서 있다가 손으로 입술을 닦았다.

흑. 첫 키스였는데. 여자한테 빼앗겼다. 그것도 저런 여자한테.

"배고파……."

퇴근을 막 한 직장인의 즐거움이란 저녁 먹고 다리 뻗고 쉬는 일일 터인데. 아침의 사건으로 케일에게 한 소리 듣고, 거기에 자신에게 마물이 좋아하는 기운이 있다는 걸 확인받느라 늦은 저녁을 챙기게 되었다. 폭풍같이 빼앗겨 버린 첫 키스의 충격도 잊을 만큼의 배고픔이었다. 랑세는 주린 배를 감싸고 터덜터덜 부엌으로 들어갔다.

가까운 음식점에서 사 먹고 싶기도 하지만, 한 푼이 아쉬운 상황에서야 그럴 수는 없지. 아껴 쓴다고 쓰지만, 간간이 나가는 돈을 무시할 수 없는 상황이었다.

외무부의 누군가가 차를 한 잔 사 주면 자신도 다음에는 내야 하고, 옷값도 은근슬쩍 많이 들었다. 깔끔하게만 차려입으면 된다고 하지만, 동네에서 대충대충 입다가 어느 정도 주변과 맞춰 겹치지 않게 입으려니 간간이 나가는 돈이 정말 만만치 않았다. 가벼운 주머니에 울상 짓는 일은 다반사였으니.

"아, 안녕하세요."

"어, 랑세 씨, 안녕하세요."

부엌에는 와렌이 저녁 준비를 하고 있었다. 랑세는 그 곁에 서서 이틀 동안이나 물에 담가 놓았던 콩을 꺼내 냄비에 부었다. 그나마 다행인 건, 마법사들 대부분이 불규칙한 생활을 하거나 각자 방 안에서 규칙을 어기고 화기를 사용해 식사를 준비하기에 부엌이 복잡할 일이 거의 없다는 점이다.

"저기……."

"네?"

와렌이 조심스럽게 랑세에게 말을 건다. 와렌과 꽤 친해지기는 했지만 그녀 쪽에서 먼저 말을 거는 일은 거의 없기에 랑세는 눈을 동그랗게 떴다.

"아침에…… 비명이……."

"아……."

와렌이 사는 곳은 2층, 자신이 사는 곳은 4층. 대체 얼마나 큰 비명을 질렀기에 와렌마저 안단 말인가. 랑세는 부끄러움에 고개를 푹 숙였다.

와렌이 알게 된 것은 가까운 방의 다른 마법사들이 요란을 떤 탓이지만, 와렌은 그걸 설명할 주변머리가 없었다.

"그게요……."

랑세는 아침에 일어났던 일부터 시작하여 조금 전 관리사무실에서 있었던 일을 늘어놨다. 구구절절 사연을 푸는 동안 콩수프가 부글부글 끓어올랐고, 와렌의 식사 준비도 끝났다. 둘은 각자 먹을거리를 들고 식탁에 마주 앉았다.

"하긴. 메신저를 처음 보면 놀랄 거예요."

아, 와렌 씨! 그래도 가장 상식적인 반응이 와렌에게서 나왔다. 랑세는 눈물이 나올 것 같았다.

"그럼 와렌 씨도 메신저가 있겠네요?"

문득 그런 생각이 들었다. 와렌의 메신저라면 어쩐지 굉장히 귀여울 것이라는 그런 생각. 작은 토끼나 새끼 고양이 같은 것이 아닐까.

하지만 와렌은 쓴웃음을 지으며 고개를 저었다.

"저는 계통이 달라서 못해요."

"예? 그런 것도 있어요?"

끄덕끄덕. 와렌이 이어 설명하기를, 마법사들에게는 여러 분야가 있는데 자신은 마도구 개발 분야라서 마력이 많이 드는 그런 메신저는 만들 수 없다고 한다.

"보통 생물 계통이나 원소, 전투, 이쪽으로 일하시는 분들이 메신저를 만들 수 있어요. 그게 마력의 크기와 마력 운용의 섬세함을 보여 주는 척도라서 메신저만 봐도 마법사들의 수준을 알 수 있기도 해요."

"리엔 님 메신저는 사자였어요."

"어마어마하신 거죠."

리엔은 사자, 케일은 늑대, 아미아는 새, 문외한의 눈으로 봐도 딱 등급이 나뉘었다.

"저나 다른 마도구 개발 분야 마법사들은 마력 보유량이 그렇게 높지 않아요. 눈으로 마력의 흐름을 보고 이해하는 정도예요."

그렇게 말하는 와렌의 목소리가 어쩐지 침울하다.

랑세는 수프를 한 숟가락 떠먹으며 가만히 생각에 잠겼다. 문관인 자신이 봐도 등급이 나누어질 정도의 마력 수준, 마도구 개발자들이 가진 마력이란 눈으로 마력의 흐름을 이해할 정도뿐, 이 두 가지의 사실만 꼽아 봐도 와렌이 우울해하는 이유를 알 것 같았다. 자신의 짧은 지식으로 알기에 마력이란 타고나는 것, 어쩌면 노력으로도 극복하기 어려운 어떤 것이니.

"그래도 저는 아침마다 사람 놀라게 하는 메신저 마법 같은 것보다는 세탁기랑 화덕이랑 가로등이 더 좋아요."

랑세는 가능한 한 평범한 이야기를 하는 것처럼 말하려 애썼다. 동정하는 것처럼 들리지 않기를 바라며.

랑세의 말에 와렌은 잠시 멈칫하더니 배싯이 웃었다. 그 웃음에 안심하고 랑세는 콩 수프를 다시 떠먹었다. 아침저녁 골치 썩인 메신저 이야기는 관두고 그저 소소한 이야기를 하며 식사를 계속하기로 했다. 어차피 자신이 더 관련될 일도 아닐 테니.

"얘, 문관."

그때, 부엌에 아미아가 나타나 랑세를 부르며 식탁에 털썩 앉았다. 관련될 일이 아니라 생각하자마자 이렇게 등장하시다니. 아무래도 마력에 사랑받는 체질이란 이런 것인가 보다.

아미아의 무례한 부름에 랑세는 얼굴을 찌그러트렸고 와렌은 흠칫 놀라 주춤주춤 접시를 들고 일어났다. 딱딱하게 굳은 저 모습은 와렌이 랑세를 처음 봤을 때 같았다.

"저기요, 아미아 씨. 제 이름은 랑세예요. 그렇게 부르지 마세요."

첫 키스도 뺏겼는데.

어쩐지 쓸데없는 것까지 떠올라 버려 랑세의 반응은 날카롭기 그지없었으나, 아미아는 아무렇지도 않은 듯 손을 흔들었다.

"까다롭긴. 그래, 랑세."

"왜요?"

"너, 내 실험 대상 안 해 볼래?"

"네?"

정말 뜬금없는 소리에 랑세의 두 눈이 다시 커졌다. 동글동글한 눈이 깜빡거리자 아미아는 꽤 진지한 낯으로 랑세를 뚫어져라 바라보며 말을 이었다.

"내가 형태를 바꾼 메신저를 보낼 테니까, 그게 어떤지 감상 좀 알려 주는 그런 실험이야."

그냥 그런 거면 아무한테나 보내면 안 되나? 랑세가 그렇게 말하자 아미아는 미간을 좁혔다.

"너, 내 옆방인 데다가 메신저가 찰싹찰싹 잘 들러붙고, 갱신 시험에는 비마법사들도 들어오니까 일반인 감상이 필요해."

아까부터 갱신 시험 이야기가 나온다. 대체 저게 무슨 뜻일까. 랑세는 저도 모르게 도움을 바라는 눈빛으로 와렌을 돌아보았지만, 와렌은 등을 돌린 채 말없이 설거지만 하느라 그런 랑세의 절실한 눈빛을 보지 못했다.

"갱신 시험이 뭔데요?"

"몰라?"

아무리 지방 소도시의 구석진 곳에서 살았다지만 관리 시험을 보기 위해 여러 공부를 해 나름 똑똑하다는 소리를 듣고 자란 랑세였다. 이 아파트에 들어온 이래로 자신의 지식이 다가 아니라는 걸 새삼 이렇게 또 깨닫는다.

"마법사들은 일정 기간에 한 번씩 면허증 갱신 시험을 봐야 해. 정식 이름은 마법사 승급 및 자격 갱신 시험, 줄여서 갱신 시험. 그거 하려면 그동안 만든 마법이나 수정한 마법을 제출해야 하고."

"아."

"그러니까, 하자."

"어……."

뭔지는 이제 알았지만, 자신이 그 실험 대상이 되고 싶지는 않아 랑세는 어물거리며 말을 흐렸다. 어떻게 거절해야 할까.

그때.

"한 번에 10에시르."

아미아의 단호한 목소리에 랑세가 멈칫했다.

"참고로 실험은 한 번에 안 끝나서, 최소 서른 번은 해야 할 거야."

아미아는 매혹적인 눈길로 랑세를 보며 윙크까지 날렸다.

"……출근 시간만 아니면요."

아아, 돈에 약한 이여, 그 이름은 랑세여라.

실험 대상이 된 지 사흘째였지만, 옆방은 조용했다. 랑세는 그 조용함이 마음에 들기도 하고 마음에 들지 않기도 했다. 잘은 모르나 마법을 수정하는 것이 하루 이틀에 끝날 일이 아닐 테니 잠잠한 것이겠지만, 그래도 실험 대상이 되었으면 좋겠다. 랑세는 오늘 산 옷을 내려다보며 한숨을 쉬었다.

돈이란 자기 주머니에 들어오기 전까지 자기 것이 아니건만, 인간이란 어쩌면 이리 어리석은지. 들어올 돈을 미리 생각하고 옷을 샀다. 이 예쁜 초록색 옷을 본 순간 홀린 듯 집어 버렸다. 가격도 그다지 비싸지 않았지만, 들어올 '실험 대상비'가 아니었다면 계산대까지 가지 않았으리라.

그러나 정작 그 실험은 하지 않고 있으니 불안해진다. 만약 실험이 취소되기라도 하면 한 달 생활비는 아슬아슬해지고, 마른 빵만 먹으면서 지내야 할지도 모른다. 그렇다고 왜 실험 안하냐고 묻기도 뭣해 이렇게 초조한 마음을 안은 채 옆방만 노려보는 것이었다.

"아, 진짜……."

랑세는 짜증을 내며 오늘 산 옷을 다시 입어 봤다. 아무래도 허리를 조금 줄여야 할 것 같아, 재봉선을 잡으며 시침 핀을 꽂아 넣어 봤다. 아, 이 보들보들한 감촉 진짜 좋다. 그 덕에 짜증이 조금 가라앉는다. 랑세는 배시시 웃으며 혼자 한 바퀴 핑그르르 돌아 보았다.

그때, 문에서 뿅 하고 편지 봉투가 튀어나왔다. 랑세는 다행히도 비명을 지르지 않았다. 실험인가? 드디어 실험인가? 랑세의 기분은 한껏 더 좋아졌다.

"안녕?"

물론 그 편지 봉투가 반으로 접혀 입 모양을 만들어 소리를 냈을 때는 조금 놀라기는 했지만.

랑세는 메신저 가까이에 다가가 봤다. 봉투가 입 모양인 건 그다지 보기 좋지 않긴 하지만 동물보다는……

"읍!"

그 순간 편지 봉투가 랑세의 얼굴에 철썩 달라붙었다.

"읍! 읍! 읍!"

랑세가 봉투를 떼려 했지만, 코와 입까지 막은 채로 편지 봉투는 떨어질 생각을 하지 않았다. 숨, 숨, 숨이 막힌다.

"읍! 읍! 읍!"

랑세는 다급하게 문을 열고 튀어 나가 옆방 문을 두드렸다. 덜컥 문이 열리고 아미아가 튀어나왔다.

"아, 뭐야, 그거, 아하하하!"

"읍읍읍!"

자기 꼴을 보고 뒤집어져 웃는 아미아의 모습에 랑세의 기분은 다시 바닥을 쳤다.

진짜 돈 벌기 힘들다.

아미아는 한참 웃다가 랑세의 기색이 무시무시해지자 그제야 편지 봉투 모양의 메신저를 역소환해 입에서 떼어 냈다. 입이 자유로워진 랑세가 무어라 항의하려던 찰나, 아미아가 손을 저었다.

"아, 미안. 하지만 진짜 웃겼어."

진짜 나빴다. 사람이 고통스러워하는 걸 보면서 웃고 싶어지나.

아미아는 랑세의 불만이 더 커지기 전에 소매에서 10에시르를 꺼내 랑세에게 건넸다.

"그래서? 이건 괜찮아?"

그리고 본론으로 말을 돌린다.

이러면 항의도 못 하잖아. 랑세는 돈을 받아 주머니에 넣으며 궁얼거렸다.

"입 모양으로 움직이는 건 좀 부담스럽긴 한데요, 동물보다는 확실히 메시지가 왔구나, 하고 감이 와서 덜 놀랐어요."

"아하."

아미아는 소매에서 꺼낸 종이에 무언가를 끼적끼적 적어 내려갔다. 그 모습을 보던 랑세는 고개를 갸우뚱거렸다.

"그런데요, 전 그냥 한 말인데, 굳이 모양을 바꿔야 할 필요가 있나요?"

"뭐?"

이런 말을 들을 거라 예상 못 했는지 아미아가 번쩍 고개를 들었다. 그 눈빛이 사람 하나 잡을 만큼 무시무시하게 빛나고 있지만, 랑세는 지지 않고 말을 이었다. 어쩐지 사람은 돈을 받게 되면 쓸데없는 책임감이 생겨 필요 이상의 역할을 하려 한다.

"저야 마법사가 아니니까 동물 형태 메신저에 놀랐지만, 마법사들한테는 놀랄 일이 아니잖아요."

사실 실험이 시작되지 않은 지난 사흘간 이 생각 저 생각 하다 떠오른 것이었다. 혹시 그래서 실험을 중단했나 싶어서. 아미아는 실험을 취소하고도 통보 안 할 만큼 충분히 무례한 사람이니까.

하지만 아미아는 고개를 저었다.

"마법사들한테야 무슨 모양이든 상관있겠니? 동물 모양은 확실히 눈에 띄어. 새 정도는 상관없는데, 늑대가 도시를 지나간다고 생각해 봐."

허어, 랑세는 한숨 같은 신음을 토해 냈다. 상상을 해 보니 그렇다. 케일의 늑대형 메신저가 시내를 뛰어가면 사람들이 얼마나 놀랄 것인가.

"사실 새도 한계가 있어. 새형 메신저가 공중을 날기는 하지만 결국 진짜 새처럼 아주 높이 날지는 못하거든."

아미아는 새 형태의 메신저가 날 수 있는 최대 높이를 손으로 얼추 그려 보았다. 랑세의 눈이 그 손끝을 따라간다. 확실히 늑대나 사자만큼은 아니더라도 새가 자기 머리 바로 위에서 떠다니면 놀라긴 하겠다. 뭐가 되었든 그곳에 있어서는 안 될 것들이 갑자기 나타나면 사람은 놀라기 마련이다.

그러하다면.

"어? 편지 봉투가 둥둥 떠다니면 그건 그거대로 눈에 띄지 않을까요?"

멈칫, 무언가 부지런히 적어 내려가던 아미아는 손을 멈추더니 얼굴을 일그러뜨렸다.

"야! 네가 편지 봉투로 하라며?"

"네?"

이건 또 무슨 뚱딴지같은 소리란 말인가. 자기가 멋대로 사람 입술까지 훔쳐 갈 정도로 흥분해 놓고서는.

"제가 그런 모양이면 덜 놀랄 것 같다고 말하긴 했지만, 그걸 하라고 한 적 없어요!"

"이거나 저거나!"

"이거나 저거나가 아니잖아요! 아미아 씨가 제멋대로 정해 놓고서는 왜 제 탓을 해요!"

지극히 논리적으로 맞는 말을 하자 아미아가 움찔했다. 그러나 싸움이 그렇고 다툼이라는 것이 그렇다. 말이 되는 소리 하는 사람이 꼭 이기는 법은 없다. 아미아는 다시 무어라 꽥꽥 우기기 시작했다.

"아미아! 시끄러워!"

"아이씨……. 또 저기야?"

"아, 거 조용히 좀 해 주세요."

동네 사람들, 아니, 이웃 주민들이 하나둘씩 나타나 시끄럽다 한마디씩 핀잔을 준다. 윽, 그러고 보니 지금까지 복도에 서서 말 같지도 않은 대화를 나누고 있었다.

아무리 뻔뻔한 아미아라도 복도 한가득 쏟아지는 시선에는 견디지를 못하는지 후딱 랑세의 팔목을 붙들었다. 연구에 바빠 방음 마법 걸어 두는 걸 깜박했네. 귀찮아도 진작 해 둘걸.

"야야, 일단 들어와."

어어 하는 사이에 랑세는 아미아의 방에 끌려 들어갔다.

처음이었다. 여기 온 이래로, 타인의 방에 발을 들인 것은.

와렌의 방마저도 그저 입구 근처에서 그 안을 잠깐 본 것이 다였는데. 이 무례한 사람의 방에는 들어와 보게 되었네.

방 구조는 랑세의 방과 똑같았다. 랑세의 방에 있는 것과 똑같은 책상 하나, 식탁과 의자, 침대, 작은 소파가 모여 있는 작은 방.

하지만 이곳에 랑세 아닌 다른 사람이 사는 것이 여실히 티가 났다. 책상 가득한 마법서와 정체를 알 수 없는 것들이 담긴 유리병, 화덕 위에 끓고 있는 작은 솥 같은 것들. 낯선 방 풍경에 랑세는 잠시 망연히 서 있었다.

"뭐 해? 앉아 봐 봐."

조금 전까지 목소리를 높이며 싸웠던 것은 생각도 안 나는 듯 아미아는 빈 의자를 대충 털어 내고 랑세에게 내밀었다.

이쯤 되면 나던 화도 어이와 함께 날아가 버린다. 랑세는 주춤주춤 자리에 앉았다. 정말 정신없는 사람이다.

"그럼 봉투 말고 그럴듯한 모양은 뭐가 있을까?"

그냥 10에시르 몫만 일해 줄걸. 왜 오지랖을 부려서.

"사람 사이에 섞이려면 사람 말고는 딱히 생각나는 건 없어요. 아, 개나 고양이, 쥐 같은 건 눈에 안 띄겠죠."

그래도 성실하게 꼬박꼬박 답하는 게 랑세답다 하겠다.

하지만 기껏 대답해 줬더니 그 답이 시원찮았나 보다. 아미아는 한숨을 푹 내쉬었다.

"그럼 딱히 변한 건 없잖아."

"그런데요. 굳이 사람 눈에 안 띄어야 하나요?"

"뭐?"

아미아는 아미아대로 랑세의 문관적 관점으로 인한 문화 충격을 연타로 맞고 있었다. 아니, 문관적 관점이라기보다는 그냥 일반인적 관점이겠지만, 여하간 아미아에게는 듣도 보도 못한 생각들이었다.

"모든 사람이 메신저라는 존재를 알면, 종이봉투가 둥실둥실 날아다니든 새가 머리 위를 날아다니든 아, 저게 메신저구나, 하지 않을까요?"

"안 돼, 안 돼. 모든 사람이 알면 의미가 없잖아."

"무슨 의미요?"

"메시지를 몰래, 빠르게, 걸리지 않게 보내려는데 저기 메신저 날아가는 게 보이면 안 돼."

다시 한번 랑세의 고개가 갸우뚱한다.

"늑대나 사자나 지나가면 어차피 눈에 띄는 건 마찬가지잖아요."

"세 보이니까 괜찮아."

정말 괜찮은 걸까? 랑세의 머릿속은 혼란스러웠다. 아미아의 말이 말이 되는 것 같기도 하고 안 되는 것 같기도 해서.

하지만 아미아는 두 팔을 번쩍 들고 자신만의 논리를 펼친다.

"봉투나 새는 안 세 보여서 사람들이 의심되는 순간 금방 잡거나 방해할 가능성이 있어! 하지만 생각해 봐. 늑대나 사자는 후딱 지나가면 사람들이 놀라는 게 먼저지, 저걸 잡아야겠다 생각하겠니?"

과연 그럴듯하게 들려 랑세는 저도 모르게 고개를 끄덕거렸다. 하지만 다시 갸우뚱.

"그런데 다른 사람에게 보내는 메시지를 굳이 붙잡는 사람이 있을까요?"

그런 랑세의 의문에 아미아는 몹시도 경악한 얼굴로 외쳤다.

"당연히 있지!"

"있어요?"

"전장 한가운데서 오가는 메신저 같은 경우는 일단 죽어라 잡고 본다고!"

전서구만큼 빨리 죽지는 않아. 그래도 메신저도 잡히면 죽고, 죽으면 마법사한테 타격이 커. 아미아가 웅변하듯 덧붙여 말했지만, 랑세의 귀에는 들리지 않았다. 전장이라.

"메신저는 전쟁에서 쓰이나요?"

그리 묻는 랑세의 목소리가 살짝 떨리고 있으나 자기 말에 취한 아미아는 눈치채지 못한다.

"공관 간 연락이나 다른 데서 가끔 쓰이기는 해도 역시 제일 유용한 곳은 전장이지."

아미아는 덧붙여서 이런저런 설명을 하고, 랑세는 가만히 듣기만 하다 주머니에 손을 찔러 넣었다. 바스락, 10에시르 지폐가 손에 잡힌다. 이거 없으면 당분간 마른 빵만 먹어야겠지만, 그래도 싫어. 랑세는 입술을 깨물고 그 10에시르를 내밀었다.

"저 안 할래요."

"응?"

"이거 돌려 드릴게요. 저 실험 대상, 안 할게요. 못 하겠어요."

잠깐 사이 아미아는 저도 모르게 랑세가 내민 돈을 돌려받고 말았다. 랑세가 자리에서 일어나 고개를 꾸벅 숙이고 뒤도 안 돌아보고 나가려 문을 연 순간이었다.

"잠깐!"

"까악!"

문 앞에서 메신저가 불쑥 튀어나와 간만에 랑세는 비명을 질렀다. 메신저를 이렇게 쓰는 법도 있네.

메신저는 가까이 달려온 아미아의 손으로 금세 돌아갔고, 랑세는 문밖으로 나가지 못한 채 서 있을 수밖에 없었다.

"이렇게 갑자기 안 한다고 하면 어쩌라고!"

랑세는 한숨이 나오는 걸 겨우 욱여 삼켰다.

"죄송해요. 제가 별로 도움이 안 될 것 같은데, 그냥 안 할 게요."

"애! 도움이 되느냐 안 되느냐는 내가 결정해."

진짜, 이 사람 싫다. 랑세는 최대한 침착하게 목소리를 가다듬고 숨을 깊게 들이켰다. 이번에는 지금껏 그랬던 것처럼 휘둘리고 싶지 않았다. 절대로.

"네. 그렇겠죠. 그리고 이 일을 하느냐 마느냐는 제가 결정하는 거고요. 전 아미아 씨 실험에 일조하고 싶은 생각 없어요."

랑세는 숨을 한 번 더 들이켰다.

"그리고 혹시 다른 사람 구해서 실험하실지 안 하실지는 모르겠는데요, 사람한테 그렇게 무례하게 대하는 거 아니에요."

랑세의 한마디 한마디에 아미아의 뻔뻔한 얼굴이 쩍쩍 갈라지는 듯했다. 그런 그녀의 얼굴에 랑세는 약간의 죄책감과 약간의 짜릿함을 동시에 느끼며 다시 한번 고개를 꾸벅 숙였다. 어지간하면 우리 다시 보지 맙시다.

랑세가 뒤돌아 문을 여는 순간.

"야!"

쨍한 목소리가 뒤통수를 휘갈겼다.

그렇지, 쉽게 끝날 리가 없지. 랑세는 마음을 단단히 먹었다. 이 아파트에서 웬만하면 두루두루 친하게 지내고 싶은 마음도 있기에 어지간한 건 다 받아 줬다. 하지만 세상 모든 사람이 자신을 좋아할 수 없으며, 역으로 자신 역시 모든 사람을 좋아할 수 없다. 그러니까.

"저랑 무슨 사이라고 얘, 야, 하세요? 저도 이름 있어요, 아미아 씨. 그렇게 무례하게 굴지 마세요."

"말이면 단 줄 알아?"

"그쪽 말은 말 같지도 않으니 제가 낫겠죠."

마법사들은 대체로 어릴 적부터 마법 전문 교육 기관에 들어가거나 마법사 스승 밑에서 자란다. 그러다 보니 연구에나 몰두하고 마법서만 보는 마법사들 사이에서 자라 그들만의 문화에 듬뿍 젖게 되기 마련이다. 그들 사이에서 꽤 일반적인 말투나 사고방식 따위는 사회에 나가면 기이한 취급을 받기도 한다.

"너 말 다 했어?"

물론 아미아의 이런 성격은 그것과는 거의 상관없이, 그저 못돼 먹은 탓이리라.

"다 했어요. 더 하실 말씀 있어요?"

"야!"

아니면 싸움의 요령을 모르거나.

한껏 차분해져 차갑게 한마디 한마디 던지는 랑세의 모습에 아미아가 씩씩거렸다.

"애가 무슨 책임감도 없니?"

"그래서 돈 돌려 드렸잖아요."

"내 연구 가치가 10에시르뿐이라는 거야?"

"별로, 처음부터 목적도 없이 문외한한테 한마디 들었다고 앞뒤 재 보지도 않고 한다는 것 자체가 가치 있는 연구가 아닌 것 같은데요?"

"야! 너 말 다 했어!"

"아미아 씨는 할 수 있는 말이 그것뿐인가요? 제가 할 말은 진작 다 끝났는데요? 아미아 씨가 더 말을 잇지만 않는다면요."

"야!"

흥분한 아미아는 거의 랑세의 머리채를 잡을 지경이어서, 랑세는 몸을 낮춰 방어 자세를 취하는 순간이었다.

"꺄악!"

회색 늑대, 아니, 케일의 메신저가 둘 사이에 뛰어들어 크와 아앙, 하고 울었다. 아니, 아니, 둘 사이에 뛰어든 건 아니다. 마력에게 사랑을 듬뿍 받는 랑세의 가슴으로 늑대가 뛰어들어와 랑세는 뒤로 발라당 넘어져 버렸다.

"시끄러워! 둘 다 관리사무실로 내려와!"

랑세의 몸을 밟은 채 늑대는 그렇게 포효했다. 랑세는 정말이지 울고 싶었다.

그 심정이 어떻든 간에 랑세는 또다시 관리사무실로 가 케일 앞에서 고개를 숙이고 앉아 있을 수밖에 없었다. 갱신 시험을 준비하거나 다른 연구를 하던 마법사들에게 미안해서지, 결코 아미아에게 미안해서가 아니었다.

"이번에는 또 뭐야?"

케일이 미간을 좁히며 신경질적인 목소리로 물었고 아미아와 랑세는 서로를 향해 손가락질했다.

"이 사람이요……."

"얘가……."

랑세와 아미아가 동시에 말을 하며 각자의 억울함을 토해 내려 하자 케일은 손을 내밀어 두 사람을 막았다.

"랑세부터."

"왜 얘부터야?"

아미아가 격하게 항변하자 케일은 짜증스러운 목소리로 답했다.

"네 녀석이 상식을 지킬 리는 없으니까."

"와! 너무하다."

와. 랑세는 다른 의미로 와, 하고 속으로 탄성을 질렀다. 저 사람, 참 무례하고 신경질적이지만 어떤 면에서는 굉장히 공정하고 올바른 사람이구나.

그러고 보면 처음에도 그랬다. 남자 마법사들의 미친 듯 격한 환영을 폭발로 막아 버린 사람이었으니까. 그리고 환영회에서 돌아왔을 때도…….

"랑세, 대답."

"아, 예."

케일의 재촉에 랑세는 상념에서 깨어났다. 랑세는 숨을 가다듬고 자초지종을 설명했다. 한 번에 10에시르에 실험 대상이 되기로 했던 일, 종이봉투 모양 메신저가 등장한 일, 그 메신저를 두고 토론한 일.

"하지만, 저, 더 이상 하고 싶지 않아서 안 한다고 했어요. 돈도 돌려 드렸고요. 그런데 그거 때문에 아미아 씨가 목소리를 높이셨어요. 그게 다예요."

랑세의 대답에 케일이 잠시 미간을 좁혔으나 고개를 끄덕였다. 랑세가 더 말을 잇지 않자 케일은 턱으로 아미아를 가리켰다. 다음으로 말하라는 뜻인가 보다.

"쟤가 갑자기 실험하고 싶지 않다잖아. 갑자기 그러는 게 어디 있어? 이유라도 제대로 알려 줘야지. 그래서 왜 그러냐니까 그냥 자기가 안 하고 싶다잖아. 그래서 붙잡았더니 내 실험을 비꼬았다고."

"아미아 씨가 무례했잖아요! 애, 쟤, 하면서. 사람이 숨을 못 쉬는 데 웃는 사람의 실험 대상이 되고 싶은 생각은 없어요!"

울컥한 랑세가 목소리를 높이자 아미아는 기가 찬다는 듯 콧방귀를 뀌어 대며 덩달아 목소리를 높였다.

"갑자기 그러는 이유가 뭔데?"

"안 하고 싶어서요!"

"너 돈 필요하다며?"

"이보세요, 돈이면 단 줄 알아요? 10에시르 가지고 생색내지 마세요."

결국 방문 근처에서 실랑이하던 것과 별반 다를 바 없는 꼴이었다. 케일이 탕, 하고 책상을 내려쳐 큰 소리를 낼 때까지 두 사람의 언쟁은 계속되었다.

"그만!"

씨익, 씨익, 두 사람의 격한 숨이 뿜어져 나오고 한 사람의 긴 한숨이 관리사무실을 가득 채웠다. 하필 이 두 사람이 왜 이웃이어서는.

왜기는, 빈방이 411호밖에 없어서 그렇지.

두 사람이 알아서 해결하라고 말하고 싶은 심정이나, 그럴 기미조차 보이지 않았다. 그렇다고 내버려 두면 또다시 아파트가 소란해질 것이고, 갱신 시험을 앞두고 한층 예민해져 있을 다른 녀석들의 항의를 받으리라. 평소 케일에게 도전할 깜냥 없는 녀석들도 시험 앞에서는 앞뒤 가리지 않으므로.

"랑세."

때문에 케일의 목소리는 평소답지 않게 차분해졌다.

"아미아가 무례하지만 않으면 실험을 재개할 의사가 있나?"

랑세가 잠시 멈칫했다. 사실, 아미아의 무례함은 두 번째 이유에 불과한 것. 아미아가 아니라 와렌이었으면 과연 실험 대상이 되어 주었을까. 랑세는 가만히 고개를 저었다.

"아니요."

랑세의 조용하지만 단호한 거절에 아미아가 펄쩍 뛰었다. 케일은 다시 한숨을 내쉬었다.

"아미아, 랑세가 싫다는데 굳이 실험해야 하나?"

"억울해서라도 해야 해! 내 실험이 무시당했다고!"

바락바락, 아미아의 고집 어린 말에 케일은 겨우 눌러 놨던 짜증이 치솟아 소리를 지를 뻔했지만, 다시 꾹꾹 누르고 랑세를 돌아보았다.

"랑세, 아미아가 무례를 사과해도 실험을 거절할 건가?"

랑세는 랑세대로 짜증이 났다. 아무리 두 번째 이유라고 해도 지금껏 피해를 본 것은 자신이었는데. 이게 팔이 안으로 굽는다는 건가. 흥, 공정하다고 한 거 취소다.

"네."

"왜? 뭐가 문젠데?"

더는 케일의 조정이 먹히지 않을 것 같자 아미아는 랑세를 잡아먹을 듯 눈을 부릅떴다.

퇴근하고 뒷정리하고 실험인지 뭔지 때문에 한껏 피곤해진 랑세는 더는 여기에 앉아 있고 싶지 않았다. 여기에 앉아 있기 싫은 것과 말하고 싶지 않은 것 사이에서 갈등한다. 하지만, 결국 진짜를 말하지 않으면 내내 피곤해지리라. 랑세는 짧게 숨을 들이쉬었다.

"메신저가, 전쟁에서 자주 쓰이는 거라면서요? 그래서요."

랑세가 빠르게 내뱉은 말에 관리사무실이 순간 침묵에 휩싸였다. 생각지도 못한 이유에 케일도, 아미아도 말을 잊은 듯 랑세를 바라보기만 했다. 그 시선이 부담스러웠던 랑세는 고개를 벽 쪽으로 돌렸다.

"전쟁에서 쓰인다면 뭐라도 하기 싫어요. 그냥 그거예요."

아미아가 무례한 것은 견딜 수 있어도, 그건 견딜 수 없으니까.

다시 침묵. 이 묵직한 침묵을 깬 것은 아미아의 목소리였다.

"그게 대체 무슨 핑계야? 차라리 내가 싫어서라면 이해를 하겠다."

"지금까지 그 이유를 댔어도 별로 이해하려고 하지 않았잖아요."

"야!"

"어쨌든 싫어요."

"전쟁에서 쓰이는 거라서 싫다고? 그러면 옷도 벗고 밥도 먹지 마라. 그것도 다 전쟁에서 입고 먹는 거니까!"

"그건 전쟁에서만 쓰이는 게 아니잖아요."

"메신저도 그래!"

"메신저가 가장 크게 이용되는 곳이 전장이라면서요!"

"네가 여기서 쓰는 물건 중 많은 게 전장에서 쓰여서 일상으로 흘러들어 온 건 아니? 문관이면 뭐 해? 그 정도 상식이 없어서!"

"적어도 사람 죽이는 건 없겠죠."

"메신저도 사람 안 죽여!"

"죽이라고 명령은 보낼 수 있겠죠!"

"네가 전쟁을 알아? 참전해 봤어? 그게 그런 명령만 보내는 줄 알아? 방어할 때도 쓰인다고!"

탕!

"그만!"

다시 케일이 책상을 내려치자 두 사람의 설전이 멈췄다. 케일이 그답지 않게 목소리를 죽였듯, 랑세 역시 평소 그녀답지 않게 흰 눈을 뜨고 아미아를 보고 있었다. 하지만 아미아는 일절 신경을 쓰지 않는 듯했다.

"흥, 순진하긴. 전쟁도 모르는 문관이 반전 같은 이상주의를 꿈꾸네."

아미아의 비아냥거림에 랑세가 이를 악물었다.

"그러는 댁은 아세요?"

"내가 왜 몰라? 나 참전 마법사야."

아미아는 손가락으로 랑세의 이마를 꼭꼭 눌렀다.

"오 년 전에는 완전 애기였겠네. 너 같은 애들 지키려고 거기서 피 흘린 마법사랑 군인이 몇이었는지 아니?"

오 년 전 전쟁. 제국이 지고 왕국 연합이 이겼지만, 그것이 우리 편 중 누구도 죽지 않았다는 걸 의미하지는 않았다. 당연히 누군가는 죽고 누군가는 상처를 입었다.

랑세는 자신의 이마를 누르는 무례한 손끝을 내쳤다.

"맞아요. 전 어렸죠. 당연히 참전 안 했어요. 그런데 제가 참전 안 했다고, 전쟁을 눈앞에서 보지 않았다고 모른다 단언하지 마세요. 안전함 속에서 안온했다고 생각하지 마세요. 기다리는 사람의 고통도 있어요. 사람이 죽을 때의 고통도 알아요!"

전장에 모두가 나가지 않았기에, 후방에서 그들은 기다려야 했다. 가족을, 친구를, 연인을. 하루하루 피 말리는 고통 속에서 그들의 소식을 기다려야 했다. 까만 옷을 입은 병사가 유품 상자를 들고 마을에 나타날 때마다 혹 내 사람의 소식인가 가슴을 부여잡아야 했다. 그 상자가 내 사람의 것이 아니었을 때, 이기적인 안도의 숨을 내쉬어야 했다.

"그게 전장의 고통이랑 비견되는 줄 알아?"

이 사람에게는 상관없는 것 같지만.

"아니죠, 아니겠죠. 어쨌든 저는 전쟁에서 쓰이는 건 싫어요!"

"야!"

"그만!"

케일이 다시금 말렸다. 그러나 지금껏 둘을 말리기 위해 냈던 차분하거나 신경질적인 목소리가 아니라 더없이 묵직하고 낮은 소리였다.

"고통을 비교하려 들지 마라, 아미아."

"케일!"

"그렇게 따지면 넌 전장을 아나? 넌 후방이었고, 난 최전방이었다."

케일의 한마디에 아미아가 입을 다물었고, 랑세는 고개를 돌려 새삼스럽다는 듯 케일을 보았다. 그러고 보면 리엔이나 다른 이들이 간간이 그가 전쟁에 참여했다는 말을 했다. 그러나 최전방이라니.

케일은 자신을 보고 있는 랑세에게로 시선을 돌렸다. 두 사람의 눈이 마주쳤다. 랑세는 그의 얼굴에서 무언가를 읽었다. 아마도, 고통.

"랑세."

"네."

"누가 참전했었나?"

"……엄마요."

아, 하고 탄식이 나왔다. 케일이었는지, 아미아였는지. 어쩌면 두 사람 다. 케일은 잠시 무언가 생각에 잠기고, 아미아도 더는 랑세에게 시비를 걸지 않았다. 하여 다시 관리사무실 안에는 침묵이 내려앉았다.

"랑세."

케일이 다시 랑세를 부른다. 그 목소리에는 고통이 옅게 묻어났다. 그건 랑세조차도 느낄 수 있을 만큼이었다.

"메신저는 전쟁에서 유용하게 쓰이지만, 더 발전하면 일상에서도 얼마든지 쓰일 수 있다."

"……그래도 전 싫어요."

"실험을 더 하라고 하는 소리가 아니다. 마법에 편견을 가지지 말라는 소리다."

더는 실험 대상이 되라고 설득할 것 같지 않자 랑세는 고개를 끄덕였다. 맞는 말일 터였다. 사실 아미아의 말도 틀리지 않았다. 아니, 아미아의 말은 옳았다. 그러나 제 안의 기억이 전쟁과 연관되고 싶지 않다고 비명을 지르고 있기에 고집을 부렸다. 그걸 이해해 준 그가 고마웠다. 와렌의 방 호수를 알려 주던 그 밤처럼.

"그리고 아미아, 메신저가 오랫동안 동물형인 이유가 있다. 이동이 쉽고 또 말을 전하는 기능만 있는 것이 아니지 않나? 냄새를 맡고 기척을 알아채기 용이하기도 하지."

"하지만……."

"원래 계획은 메신저의 장애 통과 연구였나? 그건 거의 완성 단계였지?"

사실 메신저가 엉뚱하게 랑세의 방에 들어가 그날 아이디어를 얻어 급하게 연구를 틀긴 했지만, 기존 연구는 완성 단계나 다름없었다. 랑세의 아이디어는 기존 마법사魔法史에 없던 것이라 이걸 성공하면 자격 갱신 수준이 아니라 승급까지도 가능하기에 욕심을 부렸다.

"그러니 그걸로 밀고 가라. 급하게 한 연구가 성공할 리도 없고."

아미아는 랑세를 한 번, 케일을 한 번 힐끗 보고 한숨을 내쉬며 고개를 끄덕였다.

"알았어. 갈게."

아미아가 먼저 일어나고 랑세도 주춤 일어나 케일에게 고개를 숙였다. 아미아는 끝까지 랑세에게 사과 따위 건네지 않고 훌렁훌렁 나가 버렸다.

랑세는 계단에 올라서는 아미아의 뒷모습을 보다가 아파트 밖으로 나섰다. 저 사람과 지금 계단에 함께 올라서고 싶지 않았기에. 또한, 조용히 바람을 맞고 싶기에.

아파트 앞 계단에 앉아 하늘을 보았다. 까만 밤하늘에 반짝이는 별과 가만히 숨을 쉬는 달, 조용한 저녁 바람이 끓던 마음을 가라앉혀 준다.

"어머?"

이번에는 비명이 아니라 작은 탄성이 튀어나왔다. 케일의 메신저 때문에. 늑대는 가만히 랑세의 곁에 앉았다. 이게 무언지를 아는 랑세가 힐끗 뒤를 돌아보았지만, 케일은 보이지 않았다.

"왜요?"

랑세는 익숙하게 메신저에게 말을 걸었지만, 늑대는 낑낑거리며 랑세를 바라보기만 한다. 아무리 봐도 이 늑대가 강아지 같아 슬슬 머리를 쓰다듬고 말았다. 마력으로 구현된 마물이라면서 털도 진짜 같았다. 복슬복슬. 진짜 늑대를 이렇게 만졌다가는, 아니, 만지기도 전에 물렸겠지.

반짝이는 별, 숨 쉬는 달, 조용한 저녁 바람, 그리고 따스한 털의 감각. 고요한 시간에 위로가 되는 것들. 그래서 랑세는 늑대에게 더 말을 걸지 않고 가만히 그 시간을 즐기기로 했다.

아마도, 케일은 이런 걸 알아서 자신을 위로하기 위하여 늑대를 보내 주었나 보다. 사람이란 참으로 알 수 없다. 그에게 이런 면이 있을 줄이야. 제 마음 안의 상처를 읽어 주고.

아니, 잠깐.

랑세는 늑대를 쓰다듬다 말고 내려다보았다. 아무래도 이상했다. 전쟁 때문에 제 마음이 다친 걸 이야기하기는 했지만, 전쟁으로 가장 상처받았을 사람은 자신보다는 참전한 케일이나 아미아일 터였다. 제 상처는 따지고 보면 전쟁이랑 직접 관련이 있는 것도 아닌데, 그 사람이 그걸 어떻게 알고.

'랑세, 누가 참전했었나?'

'……엄마요.'

관리사무실 안에서의 대화가 문득 머릿속을 스치고 지나간다. 혹시, 설마.

"저기요."

랑세는 매우 조심스럽게 메신저를, 아니, 케일을 불렀다. 늑대는 끼잉, 소리를 내며 랑세를 올려다보았다.

"혹시, 저희 엄마 때문에 오신 거예요?"

늑대는 답 없이 랑세의 손끝만 핥았다. 간지러워. 그러나 간지러워서 웃음이 나는 것만은 아닐 거야.

"저기……, 저희 엄마 살아 계시는데요?"

늑대가 멈칫한다. 늑대는 케일의 감정도 반영하는 듯 눈을 깜빡인다.

랑세는 웃음이 크게 터질 것 같아 이를 꾹 물었다. 그러나 늑대가 귀를 접고 고개를 숙인 채 끄응, 하는 울음소리를 내자 결국 터지고 만다.

"아하하하!"

이 사람, 재밌네. 무례하지만 공정하고 냉정하지만 다정하다. 역시 사람은 한 면만 있는 것이 아니리라. 너도 나도, 그 누군가도.

"많은 일이 있었지만…… 그래도 엄마는 살아 계셔요."

누군가는 사라져도 누군가는 살아 있다. 랑세는 늑대를 향해 다정히 웃어 보였다.

"그래도 고맙습니다."

그 웃음에 늑대는 끄응, 소리를 한 번 더 내고 휙, 하고 사라졌다. 흔적도 없이 사라진 걸로 보아 케일이 역소환 주문을 외운 듯했다.

랑세는 다시 웃었다. 기껏 위로를 해 주려 했는데 쓸모없다 생각했을까. 아니면 부끄러웠던 걸까. 케일은 오늘 밤 이불을 팡팡 두드릴지도 모른다.

아니요, 괜찮아요. 쓸모없지 않았어요. 우리에게 여전히 상처는 남아 있고, 위로가 되었으니까요. 랑세는 한결 나아진 기분으로 자리에서 일어나 아파트로 들어왔다. 작은 불만 켜져 있는 관리사무실 앞에서 랑세의 걸음이 멈추었다.

케일은 랑세가 들어온 것을 눈치챘을 테지만, 뒤돌아보지 않았다. 창피해서였을까, 아니면 그냥 늘 그렇듯 책을 보고 있는 것일까. 무어가 되었든, 조용히 보내 줬던 메신저를 생각해 랑세는 발소리를 낮추고 모른 척 지나가기로 한다. 그러나 다시 발걸음을 멈추고 그를 향해 속삭였다.

"케일 씨, 안녕히 주무세요."

랑세는 대답을 기대하지 않고 계단을 올랐고.

"……잘 자라."

그의 목소리가 등 뒤로 낮게 지나간다.

그래, 그의 말대로 메신저는 전쟁에서만 사용되지 않고, 살해만을 명령하지 않는구나. 그냥 밤사이 작은 위로를 건네기도 하네.

랑세는 계단을 올라 복도를 걸었다. 메신저에 다양한 용도가 있듯이 케일도 다양한 면이 있고, 어쩌면 저 사람에게도.

랑세는 잠시 410호 앞에서 멈춰 아미아가 있을 방의 문을 보았다. 여전히 짜증 나는 사람이지만, 저 사람에게도 좋은 면이 있을지도 몰라. 그러니까, 그러니까 말이야…….

"아니."

이른 아침, 랑세는 침대 위에서 밤새도록 한 생각을 철회했다.

"아니, 아니, 아니, 아니야!"

눈앞에서 또다시 퍼덕이는 새. 랑세는 메신저의 목을 쥔 채 이를 악물고 외쳤다.

"진짜 싫어!"

"야야, 이건 네 체질 때문이야! 내가 일부러 그런 게, 쩍!"

"정말 싫어! 너무 싫어!"

랑세의 비명이 다시금 아파트를 울렸다. 뭐, 어쩔 수 없겠지. 이웃이 이 모양인걸.

살면서 얼마든지 일어날 수 있는, 그런 하루.

옷을 골라 주세요

덜컹, 덜컹, 세탁 마도구 돌아가는 소리를 들으며 랑세는 소설 한 페이지를 넘겼다. 쉬는 날이면 밀린 빨래를 모두 모아 지하 세탁실의 세탁 마도구에 넣고 책을 읽으며 끝나기를 기다린다. 대강 얇은 책 반 정도를 읽으면 세탁이 끝난다. 그 덕분에 훌륭하게도 휴일마다 책을 읽는 문화생활을 영위하게 되었다.

덜컹, 덜컹, 저 시끄러운 소리가 처음에는 적응이 안 되었지만, 이제는 무시하고 책을 읽을 만큼이 되었다. 그만큼 이 아파트에 익숙해졌다는 이야기겠지.

덜컹, 더더덜컹, 랑세는 소리가 들리거나 말거나 책을 넘겼다. 음모에 빠진 남자 주인공이 뒷골목에서 죽어 가며 여자 주인공을 애절하게 부르고 있다. 소식을 들은 여자 주인공은 남자 주인공에게 달려가고, 피범벅이 된 남자 주인공을 발견한 여자 주인공은 비명을 질렀다.

덜컹!

"꺄악!"

랑세는 자기도 모르게 비명을 질렀다가 합, 하고 입을 다물었다. 그놈의 비명 때문에 관리사무실에 불려 간 게 바로 전주였는데.

하지만 정말 놀라고 말았다. 덜컹, 덜컹, 덜컹, 마도구의 소음이 평소와 달랐다. 거기에 마도구가 덜덜덜 온몸을 흔들면서 떨고 있었다. 남자 주인공의 죽음이 문제가 아니었다.

랑세는 책을 꼭 안은 채 마도구에 가까이 다가갔다. 이도 꼭 물고. 또 비명을 질러서는 안 될 테니까.

그때 다시 펑, 하는 소리와 함께 마도구가 움직임을 멈췄다. 랑세는 조심스레 손을 마도구 쪽으로 뻗어 보았다. 손가락 끝이 바들바들 떨린다.

톡. 랑세의 손이 닿았지만 마도구는 조용했다. 다시 살그머니 톡, 톡.

"아, 이제 괜찮나……. 으악!"

덜컹, 덜컹, 다시 마도구가 덜컹거리기 시작했고 이번만큼은 비명을 참을 수가 없었다. 덜컹, 덜컹, 랑세는 어찌할 바 모른 채 혼자 미친 듯이 흔들리는 마도구를 망연히 바라보았다. 이거, 관리사무실에 알려야 하나.

"아, 고장 났나 보네요."

그때 뒤에서 들리는 소리에 랑세는 얼른 돌아보았다. 웬 남자가 바구니에 빨래를 한가득 들고 세탁실 문으로 들어오고 있었다.

"아, 네, 그게 갑자기 큰 소리가 나더니 혼자 미친 듯이 흔들려요. 그러다 잠깐 멈추었는데 또 갑자기 흔들리고요."

남자는 마도구 한 번, 랑세 한 번 보더니 고개를 끄덕였다.

"랑세 씨 맞죠? 문관."

"아. 네."

"그때, 환영회 때 한번 뵀는데요."

덜컹, 덜컹, 요란한 세탁 마도구 소리를 배경으로 남자는 참으로 평탄하게 인사말을 건넸고, 랑세는 힐끔힐끔 마도구에 시선을 주고 성의 없이 인사를 받았다.

남자는 빨래 바구니를 내려놓고 덜컹거리는 마도구 근처로 척척 걸어갔다. 그리고 퍽, 하고 마도구를 힘차게 내려쳤다. 마도구는 순식간에 멈췄고, 세탁실에는 고요함만이 남았다.

"와."

요란한 소음이 사라지자 랑세는 저도 모르게 탄성을 냈다.

남자는 마도구 앞에 쪼그려 앉아 어딘가를 살펴보더니 옆에 달린 작은 문을 열었다. 손끝으로 톡톡 이것저것 건드려 보다 랑세를 돌아보았다.

"이거 지금은 못 고쳐요."

"아."

"지금 빨래하시던 거 다른 세탁기에 옮겨 두세요."

"아, 네. 감사합니다."

랑세는 얼른 달려가 소매를 걷어붙이고 마도구 위 덮개를 열었다. 그러고는 세제와 물에 축축하게 젖은 빨래를 꺼내 옆 마도구에 얼른얼른 던져 넣었다.

"다 옮기셨어요?"

"네."

"그럼 물 빼겠습니다."

남자가 마도구에 달린 이상한 바퀴를 둘둘 감자 쏴아, 하는 소리가 들렸다. 랑세는 빠끔히 고개만 빼고 덮개가 열린 마도구를 보았다. 과연 통 안에 가득했던 물이 사라지고 있다.

남자는 소매에서 종이를 꺼내 '고장'이라고 써서 마도구에 붙였다. 소매로 제 이마를 닦으며 짧게 한숨을 쉬는 남자의 모습에 랑세는 번뜩 정신이 들었다.

"아, 정말 감사합니다."

"아니에요. 저희 일인데요."

남자는 랑세를 향해 순하게 웃어 보였다. 랑세도 어색하게 웃으며 다시 고개를 꾸벅였다.

"저기, 죄송하지만 제가 성함을 기억하지 못해서요. 그날 많은 분을 뵙다 보니."

그때는 이름 묻고 술 주는 것만을 반복한 터, 이름이 기억날 리 만무했다. 남자는 뒷머리를 긁적이며 고개를 숙였다.

"아, 타루입니다. 마도구 개발계입니다."

와렌과 같은 계열이라는 말에 랑세는 괜히 반가웠다. 그보다는 이 사람이 고장 난 마도구를 처리해 줘서겠지만. 아니, 그보다는 이 사람이 무척이나 상식을 지켜 인사를 한 덕이겠지만.

그러나 이 사람이 반가운 것은 둘째 치고 인사를 나누고 나니 할 말이 없었다. 그것은 타루 역시 마찬가지였나 보다. 둘 사이에는 어색한 침묵이 오갔다.

"저⋯⋯, 빨래를 해야 해서."

결국 랑세가 쓴웃음을 지으며 빨래를 옮겨 둔 마도구를 가리키자, 타루도 정신이 든 듯 고개를 가볍게 숙이고 자신 몫의 빨래 바구니를 챙겨 들어 다른 세탁 마도구 앞으로 갔다.

덜컹, 덜컹, 이제 두 대의 마도구가 부지런히 움직이는 소리가 난다. 랑세는 마도구 앞에 앉아 소설책을 다시 펼쳐 들었다. 죽어 가던 남자 주인공이 여자 주인공을 향해 손을 뻗었고, 여자 주인공은 그 손을 붙든 채 숨겨 놨던 힘을 꺼내기로 한다. 마법이 발휘되고 남자의 상처가 점점 사라진다.

소설에서 마법사가 나오니 랑세는 괜히 한번 옆을 슬쩍 보게 되었다. 잘은 모르지만, 와렌이 저번에 말한 대로라면 마법사들도 능력에 따라 나뉜다고 하니 이 소설 여자 주인공과 저 사람은 다른 거겠지. 이 여자 주인공은 치료 마법사라는 스테인과 비슷한 걸까. 힐끗거리는 랑세의 시선을 느꼈는지 타루가 돌아보았다. 랑세는 얼른 책으로 고개를 돌렸다.

"저⋯⋯."

하지만 그런 보람도 없이 타루가 말을 걸었다. 랑세는 책 사이에 손가락을 넣어 덮고 타루를 바라보았다.

"혹시 시간 있으세요?"

허. 이건 또 뭐란 말인가. 랑세가 눈을 깜빡이며 할 말을 찾
았다. 얼굴이 조금 붉어진다. 혹시…….

"죄, 죄송합니다. 그게 아니라."

타루가 제 말실수를 깨달았는지 얼른 손을 휘휘 저었다. 그
의 얼굴도 붉었다.

랑세는 짧게 한숨을 쉬었다. 모처럼 상식적인 사람을 만났다
싶었더니 역시 마법사는 마법사인가 보다, 하는 그다지 논리적
이지 않은 생각을 했다. 아니, 그보다는 마법사 아파트에서 꽤
시달린 사람다운 생각이란 말이 맞으리라.

"무슨 일 때문에 그러세요?"

랑세는 마음을 가라앉히고 아무 일도 없었다는 듯 물었다.
사실 타루의 말솜씨만을 탓하기에는 자신의 착각도 있으니까.
아이고, 부끄러워라.

"저기, 제 옷 좀 골라 주셨으면 해서요."

"네?"

이건 또 뭐야. 랑세는 저도 모르게 타루의 아래위를 쭉 훑어
보았고, 그에 타루는 다시 펄쩍 뛰었다.

"아, 아니, 그게 아니라……. 제 여자 친구와 극장에 공연
을 보러 가게 되었는데, 마법사 복장을 하고 오면 안 된다고 해
서……. 랑세 씨가 문관이라고 하시기에, 그래서 부탁을 드리려
고……."

타루가 허겁지겁 설명하자 타루를 이상하게 바라보던 랑세
의 시선이 거두어졌다. 하지만 곧장 다시 고개를 갸우뚱하게

되었다.

"하지만 그 소매가 넓고 긴 마법사 옷 대신 그냥 옷 입으시면 되는 거 아닌가요?"

랑세의 의문에 타루는 쓰게 웃었다.

"제가 이 옷 말고는 다른 외출복을 입어 본 게 어릴 때뿐이라 잘 몰라서요."

허. 랑세의 입에서는 감탄인지 한숨인지 모를 소리가 나왔고, 그에 타루의 얼굴이 조금 더 붉어졌다.

"그리고…… 랑세 씨가 읽고 있는 그 책……, 여자 친구가 좋아하는 작가 시리즈라……. 여자 친구랑 취향이 비슷하실 것 같아서요."

랑세는 자신이 읽던 책을 내려다보았다. 이게 세 권에 5에르에 묶어 팔던 헌책방 책이라는 걸, 그래서 생각 없이 시간 때우기용으로 사 왔다는 걸 말해 줘야 해, 말아야 해?

"부끄러운 이야기지만, 저의 그, 이 복장을 여자 친구가 다시 보고 싶지 않다고 그래서……. 마지막 기회라고 그래서……."

그런 말을 하는 타루의 얼굴은 이제 더 이상 남은 곳 없이 새빨개져 있었다. 초면이나 다름없는 사람 앞에서 여자 친구에게 차이기 직전이라는 말을 하려면, 그래서 당신에게 도움을 구한다고 말을 하려면 얼마나 절박해야 할까.

랑세는 거절의 말을 꺼내려다 잠시 입술을 깨물었다. 지난 메신저 실험 대상 사건으로 오지랖 따위 다시는 부리지 않겠다 맹세했거늘 타루의 떨리는 목소리에 마음이 흔들렸다.

덜컹, 덜컹. 세탁 마도구 돌아가는 소리가 들린다. 오늘 타루가 도와주지 않았더라면 무척 곤란했으리라. 그리고 와렌과 아미아가 다르고, 케일과 아미아가 다른 만큼, 이 사람도 아미아와 다르겠지.

"네······. 도와 드릴게요."

랑세가 조심스럽게 그리 답하자 타루의 안색이 확 밝아졌다. 그는 고개를 연신 꾸벅꾸벅 숙였다.

"감사합니다! 감사합니다! 제가 식사 대접이라도 꼭 하겠습니다. 감사합니다!"

그의 인사는 분명 상식적이고 당연한 반응이며 아미아와도 달랐지만, 랑세의 가슴속에는 기묘한 불안감이 슬그머니 차올랐다. 정말, 잘 골라 줄 수 있을까.

"그럼 점심 식사 후쯤 괜찮으세요?"

"네네, 그럼요. 랑세 씨 편한 시간에 맞추면 됩니다."

랑세는 타루와 이야기하여 점심시간 후에 아파트 앞에서 만나 옷을 사러 가기로 했다.

빨래를 개어 정리하고 점심 먹을 준비를 하러 부엌에 내려왔더니 와렌이 식사 준비를 하고 있었다.

"안녕하세요?"

"아, 안녕하세요."

랑세의 인사에 와렌이 방긋 웃어 준다. 그 웃음에 랑세는 저도 모르게 헤헤, 웃음이 나왔다.

랑세는 먹고 바로 나가려고 간단한 빵과 채소 정도만 가지고 내려왔고, 와렌은 무언가 수프 종류를 끓이는 듯했다. 와렌은 길게 늘어진 소매가 자꾸 흘러내려 번거로운지 한 손으로 붙들어 가며 재료를 썰고 볶았다.

늘 저랬을 텐데, 저런 모습 처음 보는 것 같다. 아마도 타루와 옷에 관한 이야기를 나눠서겠지. 문득 처음 공관에서 근무할 때 보았던 회계과 마법사가 떠올랐다. 그 사람은 긴 소매를 휘감아 끈으로 묶었던데.

"저기, 와렌 씨."

"네?"

"그 옷 말이에요."

둘 다 식탁에 앉았을 무렵, 랑세는 결국 궁금함을 참지 못하고 와렌에게 묻기로 했다.

"마법사 옷요, 그 긴 소매 불편하지 않아요?"

와렌은 랑세의 말이 뜬금없었는지 잠시 이해하지 못하는 눈치였다.

"아까 요리할 때도 보니까 자꾸 걷어 내고 하시니 말이에요."

타루뿐만 아니라 와렌도, 아미아도, 케일도, 스테인도, 리엔도, 하다못해 동네의 미친 마법사 영감님도 모두 저런 옷을 입고 있었다. 소매가 무척 넓고 길게 늘어져 불편해 보인다. 소매를 접거나 하면 훨씬 편할 텐데. 아니면 그 회계과 마법사처럼 묶어 두거나.

덧붙인 랑세의 설명에 와렌은 그제야 깨달은 듯 아, 하고 조금 놀란 소리를 냈다.

"이제는 익숙해서요, 그리고 저는 소매 접으면 안 돼요."

"예? 왜요?"

와렌은 배시시 웃으며 소매를 걷어 보여 줬다.

"와!"

랑세는 입을 쩍 벌렸다. 종이와 펜, 용도를 알 수 없는 도구들, 돈 따위가 소매 속 주머니에 주렁주렁 달려 있었다.

"언제든 새로운 아이디어가 생겨나면 바로 적기 위해 펜과 종이를 보관하라고 마법사 복장은 이렇게 만들어졌대요."

와렌은 소매를 다시 내리며 웃었다.

"저는 마도구 계열이라 수리 보조 도구를 달고 다니지만 다른 계열 마법사들은 마법 약이나 마법서 같은 것도 넣고 다녀요."

굉장히 불편한 옷이라고 생각했는데, 어떤 면에서는 굉장히 실용적이구나.

"그리고 또 마법을 부릴 때 항상 신중하라는 의미도 있대요."

"소매가 긴 거랑 신중한 게 무슨 상관인가요?"

"움직임이 불편하니까 당장에 마법을 부리기 전에 한 번 더 생각할 시간을 가질 수 있으니까요."

당장에 마구 마법을 부리던 아미아나 케일을 생각하면 의미만 남은 것 같지만, 어쨌든 랑세는 이해했다.

"신기하네요. 그런데 그런 의미 같은 건 학교에서 배우나요?"

와렌은 수프를 한 숟가락 떠먹으며 고개를 끄덕였다.

"네. 학교 입학하면 교복으로 나누어 주거든요. 그때 사감님이나 선배님이 설명해 주세요."

"그럼 졸업하고 나서는 옷 어디서 사요? 마법사 전용 옷 가게가 있나요?"

지금껏 관심이 없어서 그랬는지는 몰라도 시내를 돌아다니고 여러 옷 가게를 둘러봐도 마법사 옷은 본 적이 없었다. 그래서 전용 옷 가게라도 있나 싶었다.

하지만 와렌은 웃으며 고개를 저었다.

"아니요, 나라에서 지급해 줘요. 자격증 같은 것이기도 하니까요."

"오."

과연, 타루의 사정이 이해가 갔다. 학교에 들어가서 저런 옷만 입고, 졸업하고 나서도 나라에서 주는 옷만 입다 보면 일반 옷은 어떻게 입는지 깜깜 잊어버릴지도.

"아까 세탁실에서 타루라는 분을 만났는데요, 혹시 아세요?"

"네. 학교 동기예요."

아, 역시 아는 사이였구나. 랑세는 세탁실에서 있던 일을 와렌에게 설명했다. 타루가 여자 친구에게 차이기 일보 직전이라는 말은 빼고.

그냥 점심 중 이야깃거리로 한 말이었지만, 어쩐지 와렌의 얼굴이 점점 심각해지고 있었다.

"타루, 왜 그러지……."

"네? 왜 그러세요?"

"아까, 이 옷이 자격증 같은 거라고 했잖아요. 마법사의 자부심 같은 거예요, 이 옷. 마법사 그만둘 때 옷 벗는다고 말할 정도로요."

"아……."

타루는 그 여자 친구를 몹시도 사랑하는 모양이다. 그러니 초면이나 다름없는 사람에게 옷을 골라 달라 부탁하고, 자부심 같은 옷을 포기하려는 거겠지.

"타루에게 물어봐야겠어요."

와렌이 밥도 먹다 말고 벌떡 일어나려 하자, 랑세는 얼른 그녀를 붙들었다.

아까 타루가 비밀로 해 달라고 하지는 않았으니까.

"이건 비밀인데요……."

타루의 사정을 설명했다. 그래도 말 퍼지는 것은 아무래도 꺼려져 비밀이라고 한마디 덧붙이고.

설명을 듣던 와렌은 얼굴을 묘하게 일그러뜨리더니 어색하게 웃었다.

"진짜 배신자가 되려나 보네……."

아니, 대체 옷 한 벌 사는 데 왜 배신자라는 험한 말까지 나오느냔 말이다. 랑세가 도통 이해가 가지 않아 눈을 끔뻑이자 와렌은 배시시 웃었다.

"타루가 혼자 여자 친구가 있어서 다른 사람들이 다 배신자라고 놀렸거든요. 근데 옷까지 바꿀 정도라니."

허어, 랑세는 할 말을 찾을 수 없어 그저 손에 들고 있던 빵을 베어 물 뿐이었다. 그러다 문득 와렌을 훔쳐봤다. 예전 마을에서는 친구들과 옷 가게도 구경하고, 마음에 드는 옷이 없으면 포목을 끊어다가 함께 만들기도 하고 그랬는데. 와렌과 더 친해져도 이건 못 하겠구나.

"아무튼, 그렇게 돼서 먼저 일어날게요. 요 앞에서 만나서 가기로 했거든요."

"네…… 잘 다녀오세요."

"예, 맛있게 드세요."

랑세는 먹은 것들을 대강 정리하고 아파트 앞으로 나갔다. 짙은 회색의 마법사 옷을 입은 타루가 조금은 초조한 얼굴로 랑세를 기다리고 있었다. 그리고 그 옆에 한 사람 더.

"스테인 씨, 안녕하세요?"

"안녕하세요."

스테인이 고개를 가볍게 숙였다. 타루는 스테인과 인사를 나누는 랑세를 보고 허겁지겁 설명을 덧붙였다.

"아, 저기, 혹시 스테인 선배도 동행해도 괜찮지요? 그, 혹시 랑세 씨가 저랑 다니는 거 보고 누가 오해라도 할까 봐."

그 누구는 여자 친구일까. 스테인과도 나쁘지 않은 사이였기에 랑세는 가볍게 그러세요, 하고 말했다.

랑세는 공관 근처 옷 가게가 쭉 늘어선 거리를 떠올리며 그 쪽으로 가자 말했고 옷에 조예가 없는 두 사람은 따라오기 시작했다. 힐끔, 랑세는 스테인을 돌아보았다. 그의 옷도 마법사 옷. 그런데 괜찮은 걸까. 와렌의 설명에 따르면 옷이 곧 마법사의 상징이라는데, 후배가 배신자가 되는 모습을 옆에서 지켜보는 것은. 그러나 스테인은 타루보다 오히려 평온한 표정이었다.

랑세는 타루 쪽을 훔쳐보았다. 저이가 없으면, 스테인에게 한번 물어보기라도 할 텐데. 뭐, 상관할 바는 아니다만. 이만치의 오지랖도 충분하지.

랑세는 걱정을 접고 그저 공관 직원들의 복장을 떠올렸다. 대민지원과의 남자들 얼굴, 아니, 복장이 하나씩 지나가지만 마음으로 고개를 휘휘 저었다. 아니야, 그 아저씨들 복장은 타루에게 어울리지 않을 거야. 차라리 외무부 정책실 귀족님풍이 나을지도 몰라. 곧게 뻗은 바지에 허리가 살짝 들어가고 허벅지를 덮어 주는 튜닉, 그 위에 긴 소매 겉옷을 걸쳐 주고…….

랑세는 타루를 힐끔거리며 이것저것 어울릴 만한 것들을 생각해 내려 애썼다.

"휴일에 애쓰시네요."

랑세가 생각에 빠져 얼굴이 심각해지자 스테인은 다른 뜻으로 오해한 듯했다. 스테인의 말에 타루가 흠칫하자 랑세는 손을 휘휘 저었다.

"아니, 아니에요. 타루 씨에게 어울릴 만한 옷이 무얼까 싶어서요."

"아."

"그나저나 예산은 어느 정도인가요? 위, 아래, 겉옷까지 다 사려면 꽤 들 텐데."

랑세의 질문에 타루가 곁으로 다가왔다.

"그, 시장 조사는 그래도 대강 했습니다. 바지와 상의, 겉옷 가격 합친 평균부터 봤더니 약 40에시르 정도 있으면 되더군요. 저는 100에시르까지는 사용할 수 있습니다. 무리하면 120에시르까지도."

오, 나쁘지 않은 옷을 갖출 수 있겠다. 돈은 중요하지. 얼마 전 결국 외무부 무서운 선배 한 명과 같이 옷 가게에 가서 초록색 치마를 환불했을 때의 슬픔을 떠올리며 랑세는 고개를 끄덕였다.

"그리고……, 또 제가 조사를 해 봤는데요."

타루는 소매 안에서 부스럭부스럭 종이 한 장을 꺼냈다. 종이 안에는 글자와 숫자가 빽빽하게 적혀 있었다.

"최근 유행하는 바지는 길이가 평균 3테시펫에 약간 달라붙는 스타일이고, 상의는 평균 2.5테시펫이더군요. 평균 1.2테시펫 둘레의 튜닉이 가장 많이 시장에 나와 있었습니다. 그리고 난색계의 포목이 현재 시장 최고가를 기록하고 있으며……."

타루의 말이 길어질수록 랑세는 놀란 눈을 끔뻑일 수밖에 없었다. 저런 건 어디서 어떻게 조사할 수 있단 말인가. 아니, 그보다는 저게 왜 필요하단 말인가.

"아니, 저기……."

랑세는 황당함을 금치 못해 스테인을 돌아보지만, 스테인은 새로운 깨달음을 얻었다는 듯 고개를 끄덕이고 있었다. 아무래도 오늘 잘못 나온 것 같다.

"잠깐만요!"

타루의 종이가 한 장을 넘어가자 랑세는 버럭 외쳤다. 랑세의 외침에 타루가 눈을 끔뻑이며 랑세를 바라본다.

"잠깐만요. 정말 조사 열심히 하신 거 알겠는데요, 옷을 그렇게 고를 거면 제가 갈 필요가 없잖아요."

"아. 그럼 옷은 어떻게 고르는 거죠?"

타루가 진지하게 펜을 잡고 바로 메모할 준비를 하며 랑세에게 되물었다. 랑세는 어어, 하면서 답할 말을 찾아야 했다. 랑세가 옷을 고르고 사는 것을 꽤 좋아한다 하여도, 수도의 유행을 선도하는 사람도 아니고 의복 전문가도 아닌 터라 그런 걸 언어로 정리하여 말할 자신은 없었다.

그러나 하나 확실한 것은, 저딴 식으로 옷을 고르는 것은 아니라는 점이다.

"일단요, 어, 일단. 가게에 가서요, 타루 씨가 좋아하는 색이나 어울리는 색의 옷을 고르고요, 타루 씨 체형과 맞는지 맞춰 보시고요. 어, 그리고 입어 보시고, 정말 어울리는 걸 골라 보는 거예요."

랑세는 말끝에 아마도요, 하고 어물어물 덧붙였지만 다행히도 타루는 듣지 못한 채 진지하게 랑세의 말을 받아 적었다.

"아하. 재료를 선택하고 구조도에 맞춰서 추려 나가는 것과 비슷한 형식이겠군요."

고개를 끄덕거리며 메모하는 것을 보면 알아들은 것 같기도 하지만, 또 하는 말을 들어 보면 못 알아들은 것 같기도 하다. 랑세는 고개를 절레절레 저으며 둘을 얼른 상가로 이끌었다.

"어서 오세요!"

랑세가 가끔 들르는 옷집에 들어가자 점원이 반가이 맞이하다 뒤따라 들어오는 두 마법사의 모습에 주춤한다. 마법사 손님이 오는 것은 처음이었을까.

타루는 호기심 가득한 눈으로 옷을 둘러보고 그 옆에 랑세가 따라붙었다. 스테인은 다른 쪽에서 옷을 훑어본다. 그런 셋의 모습에 점원이 조심스레 다가왔다.

"뭐 찾으시는 거 있으세요?"

"아, 이분이 입을 만한 옷을 찾는데요."

점원은 소매가 길고 바닥에 닿을 듯 말 듯한 마법사 옷을 보며 턱을 긁적였다. 짙은 회색에 개성 따위는 없어 보이는 옷을 보며 으음, 하고 침음도 삼켰다. 이 사람에게 어울릴 만한 옷이라.

"평범하지만 그럴듯하게 잘생겨 보일 옷으로요."

랑세는 자신이 말하고도 무슨 말을 하는지 모르겠다는 생각에 얼굴이 붉어졌다. 그러나 점원은 이런 손님, 그러니까 무슨 말인지 모를 주문을 하는 손님을 여러 번 받아 본 덕에 어떤 느낌인지 알아듣고 고개를 끄덕였다.

"일단, 이건 어떠세요."

점원은 획획 여러 벌을 꺼내 타루 앞에 늘어놨다. 여러 가지 색상의 튜닉이 눈앞에 펼쳐지자 타루의 눈이 흔들렸다.

랑세는 튜닉 몇 가지를 살펴보며 타루에게 물었다.

"좋아하는 색 없어요?"

"그, 어, 그……. 일단, 어, 회색이 익숙하기도 하고……."

마법사 옷과 비슷한 색이 익숙하니 거부감이 좀 덜 드는지 타루는 무채색 계열의 튜닉을 가리켰다. 아, 시작이 나쁘지 않다.

"아아, 여기에 조금 밝은 색의 조끼를 입으셔서 포인트를 주는 것도 괜찮죠."

"맞아요."

"이건 어떨까요?"

점원과 랑세가 죽이 맞아 이것저것 골라내자 타루의 앞에는 다시 옷이 쌓이기 시작했다. 호기심 만만하여 눈을 빛내던 처음과 다르게 타루는 몸이 굳어 갔다. 그런 타루의 곁에서 스테인은 엷게 웃고만 있었다.

"그런데 데이트 나갈 거면 좀 밝은 색이 낫지 않나요?"

어째 골라낸 옷이 다 칙칙한 느낌이자 랑세가 고개를 갸웃거렸고 점원은 멈칫했다.

"여자 친구분이 아니신가 봐요?"

점원이 조심스럽게 묻자 랑세와 타루는 격하게 고개를 저었다.

"아니에요!"

"아, 죄송합니다. 이런 거 보통 여자 친구분이 많이 골라 주시니까, 오해했습니다."

어쩐지 뻔한 오해였기에 랑세는 가볍게 넘기면서도 걸리는 것이 있었다.

"저기, 타루 씨, 여자 친구분에게 직접 골라 달라고 하지는 않으셨어요?"

랑세의 질문에 타루가 얼굴을 붉히며 시선을 피하고는 웅얼거렸다.

"그게……, 다음에 올 때 알아서 잘하라고 화내고 가서……."

아, 순간 랑세의 입에서 탄식이 나왔다. 훔쳐 듣고 있던 점원의 입에서도 역시.

"자자, 그럼. 조금 대범하지만 이런 걸 도전해 보시는 건 어떨까요?"

점원은 제 소매를 걷어붙이고는 열정적인 자세로 짙은 남색의 튜닉을 꺼냈고, 랑세 역시 열정적으로 다른 색의 옷을 꺼내 보았다. 마법사 옷이 싫다고 한 사람한테 비슷한 옷은 별로 안 좋을 것 같았으니. 랑세와 점원의 전투적인 자세에 타루는 점점 쪼그라들었다.

"자, 들어가서 입어 보세요."

랑세가 타루의 품에 안긴 옷은 스무 벌. 타루의 눈이 흔들리다 못해 눈썹마저 흔들리기 시작했다.

"어서요!"

랑세가 밀어내고 점원이 당겨서 타루는 가게 한쪽에 마련된 가림막 뒤편으로 가게 되었다. 꾸물꾸물 들어간 타루의 뒤편에서 점원이 아앗, 그렇게 입으시는 게 아니고요, 하는 소리가 들려온다.

랑세는 한숨을 내쉬며 빈 시간에 제가 입을 만한 옷이 있나 둘러보다 지금껏 한마디도 없던 스테인이 문득 떠올랐다. 스테인은 푸른색 옷을 가만히 보고 있었다.

"스테인 씨는…… 괜찮아요?"

랑세가 낮은 목소리로 묻자 스테인이 고개를 들었다.

"뭐가 말입니까?"

"그……, 후배가 마법사 옷을 벗는 것요."

스테인이 입은 옷은 하얀 마법사 옷. 저 사람도 평생을 저 옷을 입고 살게 되는 걸까.

랑세의 질문에 담긴 속뜻을 알아들었는지 스테인은 그 옷과 어울리는 맑은 웃음을 지어 보였다.

"마법사 옷에 담긴 뜻을 들으셨나 보네요."

마법사의 정신이 담겼다는 옷. 스테인은 푸른색 튜닉을 들어 제 몸에 대보며 답했다.

"글쎄요, 분명 좋은 뜻이긴 하지만, 옷을 갈아입었다고 마법사의 본질이 사라지는 것은 아니라고 생각합니다."

"아."

하기야, 랑세가 마법사 옷을 입는다고 마법을 부리지는 못하는 것처럼, 타루가 일반 옷을 입는다고 마법사가 아니게 되는 것은 아니겠지.

"저어……."

그때, 회색 튜닉에 붉은색 조끼, 검은색 바지를 입은 타루가 가림막 뒤에서 나타났다.

"오!"

아니다, 저 옷은 아니다라는 뜻을 담은 탄성이 점원과 랑세의 입에서 나왔다. 랑세의 떨떠름한 반응을 눈치챘는지 타루는 고개를 푹 숙이고 다시 가림막 뒤편으로 갔다.

타루는 꾸물꾸물 다시 옷을 갈아입고 나와서 랑세의 눈치를 보는 것을 몇 번이고 반복해야 했다. 결국 선택된 것은 열여덟 번째로 골랐던 검은색 바지, 흰색 튜닉에 짙은 남색 조끼였다. 조끼는 흰색의 기하학적 무늬가 수놓인 것이었다.

물론 이게 끝이 아니다.

"자, 겉옷 사러 갑시다."

질린 혹은 지친 표정의 타루가 어깨를 늘어뜨리며 기운 없이 고개를 끄덕였다.

"고생하셨어요."

"……랑세 씨야말로요."

오늘 산 옷에 어울리는 겉옷을 찾기 위해 상점 일곱 군데를 들르고 서른 벌이 넘는 옷을 입었다 벗었다 한 타루는 완전히 지쳐 눈이 풀렸고, 옆에서 서 있기만 했던 스테인 역시 적잖이 피로해 보였으며, 일일이 골라 주고 괜찮다 아니다 말해야 했던 랑세도 흐느적거렸다.

이미 아파트에서 제법 먼 곳에 있는 상가까지 걸어왔던 터, 도저히 당장에 돌아갈 기력이 한 치도 남아 있지 않아 가까운 찻집에서 아주 단 후식과 아주 단 차를 시키고 늘어지듯 앉았다.

"이거 입고 가면 좋아할까요?"

차를 한 모금 후룩 마신 타루가 자신 없이 중얼거렸다. 분명 오늘 입었던 옷은 그에게 잘 어울렸다. 평범한 인상의 그가 꽤 멋져 보일 정도였지만, 늘 입던 옷이 아니라 그런지 그 자신은 어색하게 느끼는 듯했다.

그런 태도 때문이었을까, 랑세도 그 옷이 어울린다고 말은 했다만 미묘하게 어긋난 느낌을 받았다. 그래도 랑세는 힘주어 말했다.

"평소 안 입던 옷을 입으면 아무래도 스스로가 어색하게 느껴지니까요, 자신감을 가지고! 허리 딱 펴시고! 어깨 쫙 펴시고! 당당하게 가세요."

"네……. 감사합니다."

랑세는 타루가 보답으로 시켜 준 딸기가 든 과자를 먹으며 이런저런 생각에 잠겼다.

"그런데요, 여자 친구분은 타루 씨 마법사 옷이 왜 싫다고 했어요?"

랑세는 연애를 해 본 적은 없으나, 남자 친구의 옷 같은 것이 마음에 안 든다고 투덜거렸던 마을 친구의 이야기는 들은 적이 있다. 하지만 마법사의 여자 친구라면 마법사에게 마법사 옷이 얼마나 중요한지 알지 않았을까. 랑세의 의문에 타루가 가만히 고개를 저었다.

"모르겠어요. 갑자기 이 옷이 지겹다고 외치고 가서……."

갑자기라……. 평소에 불만을 표한 것이 아니라 갑자기 외쳤다고? 다시 랑세의 가슴속에서 슬금슬금 불안감이 치솟았다.

"그 외치고 가시기 전에 어떤 상황이었는지 말씀해 주실 수 있나요?"

"아, 어……."

타루는 되록되록 눈을 굴렸다. 옷 갈아입고 오라는 말이 워낙 충격이었기에 그 전후 상황이 잘 기억나지 않아 한참 생각해 봐야 했다.

"이런 가게에서 차를 마시면서 이야기하던 중이었는데요……. 랑세 씨가 세탁실에서 읽던 책 있잖아요, 그 책 이야기 중이었어요. 저도 여자 친구가 좋아하는 책이라 읽어 봤거든요."

"아아, 그 마법사 여자가 힘을 숨긴 채 남자 만나던 그거 말씀하시는 거죠?"

아직 끝까지 못 읽었지만 절정 부분까지 보긴 했다. 타루가 고개를 끄덕였다.

"그 책이 사실 말이 안 되는 거거든요."

"예? 왜요?"

"일단요, 마법사가 힘을 숨기는 것 자체는 그렇다 치더라도 마법을 구현하는 장면이나 느낌이 절대 그게 아니에요."

날이 더워 맛이 간 생선 같았던 타루는 어느새 눈을 희번덕거리며 스테인을 돌아보았다.

"그 여주인공이 치료 마법사였는데 마도구 제작을 해내는 거예요. 말이 됩니까, 선배?"

스테인이 고개를 저었다.

"안 되죠."

"그뿐만이 아니었어요. 세상에, 치료계 마법사가 전투 마법을 구현하려면 마력 보존율을 기형적으로 끌어올려야 하는데 현실적으로 절대 불가능하잖아요."

"그렇죠."

"그러려면 특수 도구나 보조 마법사가 마력을 보충해 줘야 하는데 그런 거 없이 한 손으로 해내는 거예요."

"작가가 자료 조사를 안 했나 봅니다."

"그렇죠? 엉터리 맞죠?"

스테인의 맞장구에 맞춰 타루는 하나씩 그 책에 나온 내용을 비판하기 시작했다. 오늘 오전에 읽었던 책이라 랑세는 타루가 지적한 것이 어느 부분인지 다 알아들을 수 있었다.

하지만, 문제는 그게 아니었다.

"호, 혹시……."

"네?"

"지금 하신 이야기, 여자 친구분한테 하신 거예요?"

질문하는 랑세의 목소리가 떨렸다.

"네."

"지금처럼요?"

"네."

맙소사, 랑세는 두 손으로 얼굴을 덮었다. 옷이 문제가 아니었구나.

"왜 그러세요?"

랑세가 몸을 뒤틀며 괴로워하는 모습에 타루가 눈을 깜빡였다. 난 아무것도 몰라요, 하는 순진한 눈을 보니 이 진실을 알려 줘야 하나 말아야 하나 갈등이 격하게 일었다.

"저기요, 그, 일단 그분이 화나신 건요, 옷 때문은 아니에요. 아니, 옷 때문만은 아니에요."

"어, 그럼……."

"눈앞에서 애인이 자기가 좋아하는 책을 그렇게 조목조목 비판했는데 좋아할 사람이 어디 있어요?"

랑세의 말에 타루는 벼락 맞은 사람처럼 딱딱하게 굳었다.

그렇게 큰 충격이었나, 이게? 대체 여자 친구는 어떻게 만난 거지? 랑세의 지적이 무척이나 마음에 들지 않았는지, 타루의 목소리는 한껏 높아졌다.

"하지만 틀렸잖아요. 내용이 기본적인 것부터 완전히 틀렸는데, 그것도 마법에 관한 내용인데, 왜 말하면 안 되는 건가요?"

"때로 사실은 중요하지 않아요!"

지적을 제대로 받아들일 생각이 없는 그의 반응에 랑세의 목소리도 높아졌다.

"아니요! 사실은, 진실은 항상 중요한 겁니다!"

"진실요? 사실요? 중요하죠. 하지만 이건 예의의 문제……."

예의이며, 상대방의 마음을 헤아리는 차원의 문제예요라고 말을 끝맺지 못한 채 랑세는 멈칫하고 말았다. 상대의 마음을 다치게 하지 않기 위하여 제 마음 한 발 양보하고 진실을 적당한 거짓으로 포장하는 일. 삶에서 때때로 필요한 일. 그러나 자신이 하지 못했던 일.

'나 때문만은 아니잖아. 애초에 엄마 때문이잖아!'

"아니, 아니요. 알았어요. 타루 씨의 말이 무슨 뜻인지 알았어요."

과연 자신은 타루에게 잘난 척하듯 충고할 만한 사람인가.

"하지만 제가 지금 드린 말씀을 염두에 두시고 한 번쯤 생각해 보세요."

그래도 빠지지 않는 오지랖에 스스로에게 한숨이 났다.

그나마 하고픈 말의 반 이상을 쳐 낸 것인지라 언뜻 한 발 물러선 것처럼 보여 타루 역시 더 덧붙이지 않았다. 아니, 오히려 제가 이긴 듯 약간은 의기양양해 보이기까지도.

깊은 자기반성의 길로 가는 입구에서 서성이던 랑세는 울컥하여 되돌아와 타루의 뒤통수를 크게 때릴 뻔했다. 그저 다시 자신을 입구로 밀어낸 것은 한 줌 남은 양심과 이성이었다. 흥, 랑세는 속으로 콧방귀만 크게 뀌며 남은 딸기 과자를 와구와구 먹었다. 여자 친구에게 차이든 말든 알 게 뭐람.

의기양양한 타루와 조금은 침울해져 과자만 꾸역꾸역 먹고 있는 랑세 사이의 분위기는 당연히 좋을 리 없었다. 스테인은 이 사태를 조용히 관망만 하다 조심스레 입을 열었다.

"그럼 약속은 언제입니까?"

"내일 밤입니다."

스테인의 말이 반가웠는지 타루가 싱글벙글 웃었다.

"내일 밤 국립 중앙 극장에서 공연하는 〈타타마와 티티리〉요."

'타타마와 티티리'는 왕국에서 전해 내려오는 어떤 연인들에 대한 전설이었다. 집안의 반대로 만나기 어렵던 타타마와 티티리가 사랑을 이루기 위해 고군분투한다는, 흔하다면 흔한 이야기. 이 전설은 작가별로 여러 가지 버전으로 각색되어 책으로도, 연극으로도 사랑받았고 심지어 아이들을 상대로 한 인형극으로도 만들어졌다.

"에세가, 아, 제 여자 친구 이름이에요, 에세가 정말 이걸 보고 싶어 했어요. 중앙 극장 1분기 단원들이 하는 거로 꼭 보고 싶어 했어요. 알아보니 그 배우들이 정말 인기가 많더라고요. 그래서 표 구하기 힘들어서 정말 고생했어요. 에세가 보고 기뻐했으면 좋겠습니다."

싱글벙글, 여자 친구 이름을 대 가며 정말 들떠서 자신이 연극 표를 구하느라 얼마나 고생했는지, 얼마나 기대하는지, 여자 친구가 기뻐했으면 좋겠다고 이야기하는 타루는 정말 행복해 보였다.

랑세는 멍하니 그런 타루를 지켜보았다. 타루는 분명히 에세라는 여자 친구를 깊이 좋아한다. 그리고 그에게는 나쁜 의도가 없다.

사실 모두가 그렇다. 자신도, 그리고 그런 타루의 이야기를 엷은 미소를 띤 채 듣고 있는 스테인도. 그가 문관인 자신에게 환영회를 이야기하지 않은 것도 단순히 자신이 싫어서, 미워서가 아니라 어떤 면에서는 배려 차원이었으리라.

진실은 중요하지만, 때로는 중요하지 않다. 진실이 중요할 때와 아닐 때는 언제일까.

랑세가 쥔 포크 끝에서 얇은 과자 조각이 파사삭 부서져 간다. 참으로 행복해 보이는 사람 하나, 고민에 빠진 사람 하나, 그저 엷은 미소와 함께 이야기를 듣고 있는 사람 하나. 저녁 무렵 찻집에서 흔하다면 흔하고 귀하다면 귀할 광경. 그러나 누구도 신경 쓰지 않고 지나쳐 갈 만한 시간이 이렇게 지나간다.

"그만 일어나지요."

타루의 말이 끊어진 잠시간의 틈을 타 스테인이 말하자 차와 과자를 모두 먹은 셋은 별 거리낌 없이 일어났다. 타루는 피곤하지도 않은지 아파트로 돌아올 때까지 연극의 내용과 배우들의 프로필을 주저리주저리 읊으며 날아갈 듯 가볍게 걸음을 옮긴다. 랑세는 그런 그의 모습을 보며 쓰게 웃었다.

아파트 앞에 도착한 타루는 랑세를 향해 고개를 꾸벅 숙였다.

"오늘 고마웠습니다."

저 사람 머릿속에는 카페에서 자신과 설전을 벌였던 것 따위 이미 사라진 듯했다. 아닌가, 이겼다고 생각하는 걸까.

무어가 되었든 랑세가 답할 말은 하나뿐이었으니.

"네, 내일 잘하고 오세요."

"감사합니다!"

타루는 다시 한번 랑세에게 꾸벅 인사하고는 옷 보따리를 든 채 위층으로 올라가고, 랑세는 그와 함께 올라가기 싫어 어물쩍 입구 근처에서 서성였다. 관리사무실의 케일은 늘 그렇듯이 책을 보며 눈치 한번 주지 않고 있었고, 스테인도 어쩐지 올라가지 않고 랑세 곁에 머물고 있었다. 이 사람도 타루와 올라가기 싫었던 걸까.

"랑세 씨."

"네?"

그런 의문 어린 랑세의 눈빛을 알아차렸는지 스테인이 랑세에게 말을 걸었다. 그는 늘 그렇듯이 작게 미소 짓고 있었다.

"랑세 씨는 타루 군이 에세 양과 잘 안 될 것 같나요?"

깜빡, 깜빡, 랑세는 스테인의 질문이 무슨 의도인지 몰라 눈을 깜빡였다. 스테인은 살그머니 허리를 숙여 랑세와 눈을 맞추고 재차 물었다.

"랑세 씨 생각에는 타루가 내일 가서 잘할 수 있을 것 같나요?"

"어…… . 아까 타루 씨가 틀린 말을 한 건 아니라고 하셨잖아요."

"타루가 지적한 부분이 틀린 것은 아닙니다. 분명히 그 작가가 잘못 쓴 겁니다. 하지만 그 말을 에세 양에게 하는 것은 다른 일이잖습니까?"

깜빡깜빡, 깜빡이는 눈에 눈물이 고일 것 같았다. 으아, 다행이다, 여기 평범하게 생각해 주는 사람이 있어. 랑세는 타루가 다시 내려오지 않나 힐끗 계단을 훔쳐보고는 중얼거렸다.

"글쎄요, 아무래도…… 안 될 것 같아요. 그렇지 않으면 좋긴 하겠지만……, 옷이 문제가 아니에요. 책 내용을 말하는 것도 그렇고, 이걸 사과하지 않고 유야무야 넘어간다 하더라도 연극 내용을 저렇게 입으로 읊는 것을 보면…… . 그걸 또 여자 친구 앞에서 해 버리면……, 분명 안 좋아할 거예요."

"그렇군요."

랑세의 자신 없는 설명을 듣는 스테인은 어쩐지 뿌듯해 보였다. 어, 이게 그렇게 뿌듯하게 들릴 말인가. 그때였다.

"으잇!"

푸드덕푸드덕, 어디선가 아미아의 메신저가 날갯짓하며 나타나 랑세의 머리 위에 자리를 잡았다. 몇 번인가 아미아의 메신저에게 괴롭힘을 당한 랑세였기에 이제 비명은 지르지 않았다. 그저 손만 휘휘 저어 메신저를 날려 보내기 위해 되지도 않는 노력을 반복할 뿐이었다.

"아, 또 왜 그래요."

랑세의 짜증 어린 말에 아랑곳없이 아미아의 메신저가 꽥 소리를 질렀다.

"정말? 정말 타루랑 그 여자 친구랑 잘 안 될 것 같아?"

"예?"

타루의 연애 사업이 이 아파트 초미의 관심사였던 걸까. 랑세가 반문만 하고 답을 안 하자 아미아의 메신저가 다시금 꽥하고 소리를 질렀다.

"아이참, 타루랑 그 여자랑 잘될 것 같냐고!"

"아, 아니요, 글쎄요. 제가 어떻게 알아요."

앞뒤 사정 다 본 스테인에게는 잘 안 될 것 같다고 솔직하게 말했으나 아미아에게 타루의 밑바닥(?)을 설명하고 싶지는 않아 화제를 돌렸다.

"안 되는 거네! 잘되는 거면 잘될 거라 말하지, 자기가 어떻게 아느냐고 말하지 않겠지."

그러나 아미아는 의외로 랑세가 숨긴 진실을 획 잡아챘다. 랑세가 뭐라 할 말을 못 찾는 사이 아미아의 메신저가 다시 입을 열었다. 이번에는 스테인에게.

"스테인, 난 안 된다는 것에 5에시르."

"네, 그러죠."

스테인은 소매에서 작은 수첩을 꺼내 무어라 적었다.

뭐, 뭐야, 지금.

"스테인 씨, 설마, 지금……."

지금, 내기하시는 건가요? 랑세가 삼킨 질문을 알아들었는지, 스테인은 랑세를 향해 아주 포근한 미소를 지어 보였다. 물론 랑세는 그 미소가 외려 소름 끼쳤지만.

"우리 아파트에는 3대 미스터리가 있습니다."

"첫째, 세탁기는 언제 완성이 될까?"

스테인의 말을 아미아의 메신저가 받았다.

세탁 마도구는 완성품이 아니었던 걸까? 랑세의 의문은 뒤로 하고 아미아의 메신저가 케일을 돌아보고 발로 그를 가리킨다.

"둘째, 케일은 언제 잘까?"

탁, 아미아의 깐죽거림이 마음에 안 들었는지 케일은 미간을 힘껏 모으며 책을 덮고는 한숨을 팍 내쉬었다. 푹이 아니다, 팍.

"셋째, 타루는 대체 어떻게 여자 친구를 사귀었는가?"

가르르르, 새가 괴상한 소리로 웃기 시작했다.

"그러니 내기를 안 할 수가 있나. 참고로 첫째, 둘째도 내기가 걸렸어. 아직 결과가 안 나왔을 뿐이지."

"뭐, 이런 상황입니다."

말을 마무리한 것은 스테인. 랑세는 소름이 오스스 돋았다. 타루가 마음에 안 들기는 했지만, 이런 건 너무하잖아.

랑세가 뭐라고 한마디 하려는 순간.

"전 된다에 걸겠습니다."

무즈가 나타나 스테인에게 크게 외쳤다.

모두가 아니라 할 때 예라고 말할 수 있는 사람……이 아니라. 모두가 절망적으로 생각할 때 왜 그는 희망을 품었을까. 그런 아미아의 의문에 답하듯 무즈는 아주 단호하게 말했다.

"전, 사랑의 힘을 믿습니다."

"미친."

아미아의 반응에 랑세는 저도 모르게 고개를 끄덕였다. 당신, 그러다가 와렌에게 장렬하게 차일 거라고. 아니, 아니지, 이런 무례한 짓을 말려야 하지.

"전…… 안 된다에 걸게요."

랑세가 또 미처 말리기도 전에 와렌이 조심스레 나타나 안 된다에 건다 한다. 아니, 와렌, 너마저. 랑세가 입을 뻐끔거리며 와렌을 향한 배신감을 표현했지만, 와렌은 그걸 무슨 뜻으로 이해했는지 랑세를 향해 수줍게 웃었다.

"랑세 씨가 인간관계에 능숙하시니까 제일 잘 아실 거예요. 전 랑세 씨를 믿어요."

아니, 믿어 주는 건 고마운데, 이건 아닌 것 같은데요.

그런 와렌의 말에 무즈의 눈동자가 격하게 떨린다. 여하간

194

하나, 둘, 셋, 거기에 더해 어디선가 꾸물꾸물 꼬물꼬물 마법사들이 한 명씩 더 나온다. 그들이 스테인에게 된다, 안 된다, 말하며 하나씩 거는 통에 랑세는 어어, 하다 그 무리에서 밀려나 버렸다. 우물우물, 꾸물꾸물.

"아, 랑세 씨는 어디에 걸겠습니까?"

인파 속에서 문득 스테인과 눈이 마주치자 그가 빙그레 웃으며 물었다.

"안 걸어요!"

물론 랑세는 버럭 외쳤고.

"다행이군."

그리고 케일의 목소리. 아, 여기 또 안 거는 멀쩡한 사람이 한 명 있었…….

"배당률이 더 떨어지지는 않겠군. 안 된다에 하나 더."

없다. 세상에 믿을 놈은 하나도 없다. 랑세는 절망했다.

이 기괴한 광경에서 탈출하고 싶었던 랑세는 인파 밖으로 빠져나가 계단 쪽으로 향했다. 마침 계단에서는 리엔이 내려오고 있었다. 무언가 흥미로운 것을 발견한 듯한 그녀의 얼굴에 랑세는 한숨을 내쉬었다.

"안녕?"

"안녕하세요?"

힐끗 뒤를 한 번 본 랑세가 침울한 목소리로 리엔에게 물었다.

"리엔 님께서도 내기하러 오셨나요?"

응, 하고 답한 리엔은 이내 밝게 웃었다.

"랑세 양은 내기가 마음에 안 드나 봐?"

언제나 직설적으로 묻는 리엔다웠다. 그러하기에 랑세도 솔직하게 답하기로 한다.

"좋을 리가요. 사람 마음 오가는 일을 두고 내기를 하는데요."

"착한 아이네."

언뜻 비아냥거림같이 들리지만, 또 그 목소리에는 진심이 담겨 있어 랑세는 뭐라고 대꾸해야 할지 몰랐다. 랑세의 반응을 기대하고 한 말은 아닌지 리엔은 곧 어깨를 으쓱였다.

"너무 실망하지 말렴. 아파트에 처박혀 연구 말고 할 게 없는 인간들의 소일거리란다."

"타루 씨 마음은요?"

그가 어떤 인간이든 간에 썩 마음에 들지 않는 일이었다, 내기는. 아니, 타루는 나쁜 사람조차 아니었다. 그저 눈치 없고 쓸데없는 말이 많을 뿐.

하지만 리엔은 다시 유쾌하게 웃었다.

"타루도 알아. 자기도 다른 일에 이렇게 내기하는걸."

당사자가 알고 괜찮아한다는데 제삼자인 랑세가 더 무어라 하랴. 랑세는 불만 어린 입을 꾹 다물고 리엔에게 고개만 한 번 숙인 채 지나쳐 갔다. 등 뒤에서 리엔의 목소리가 들렸다.

"된다에 10에시르!"

"우아아악! 선배님, 어째서요!"

그러게, 어째서일까.

"인간이란 늘 희망을 품어야 하거든!"

랑세는 뒤돌아보았다. 된다에 돈을 건 듯한 마법사들이 만세 삼창을 하고 있었다. 리엔은 그들 가운데서 어린아이 같은 얼굴로 함께 만세를 부른다.

정말로 즐거워 보이는 표정들에 랑세 역시 결국 피시식 웃고 말았다. 뭐, 어떻게든 되겠지.

"에취."

약간은 싸늘한 저녁 바람에 랑세는 재채기를 하며 옷을 추스르고 종종걸음으로 아파트로 돌아왔다. 퇴근하고 오면 피곤하고 배고프니 작은 바람에도 이렇게 재채기를 하고 만다.

"어, 랑세 씨!"

그때, 함께 샀던 옷을 입은 타루가 랑세를 발견하고 손을 흔들었다. 랑세의 충고대로 허리와 어깨를 편 당당한 자세로 있으니 새 옷은 그린 듯이 잘 어울렸다.

"극장 가세요?"

"네!"

랑세는 다시 한번 타루의 아래위를 쭉 훑어봤다. 오지랖 안 부리기로 했으면서도 한번 맡은 일은 반드시 책임을 지게 된다. 뭐, 여자 친구 앞에서 입을 어떻게 놀리느냐는 랑세의 책임이 아니니 옷 정도만 봐 줘도 되겠지. 옷은 충고대로 입었으면서 그건 왜 안 들어 먹는지 모를 노릇이다만.

"그 허리띠 조금만 더 올리시고요, 겉옷 왼쪽에 주름 펴세요."

"아아, 이렇게요?"

"네. 됐어요. 잘하고 오세요."

"네, 감사합니다!"

타루는 자신 있게 외치며 뒤를 돌아보았다.

헉, 지금 보니 아파트 창문마다 마법사들이 얼굴을 내밀고 있었다.

"잘하고 올게요!"

타루의 외침에 마법사들이 한 마디씩 던진다.

"인마! 난 된다에 걸었어! 잘하고 와라!"

"난 안 된다에 걸었으니 마음 편하게 해라!"

그들의 농 섞인 응원에 타루는 밝게 웃으며 걸음을 옮겼다.

그런 타루의 모습 한 번, 아파트 한 번 보던 랑세는 리엔의 말을 떠올렸다. 어찌 되었건 인간은 희망을 가져야 하나 보다.

"잘하고 오세요!"

랑세가 커다랗게, 진심을 담아 외치자 타루는 뒤돌아 손을 흔들며 달리듯이 가 버렸다.

빳빳하게 잘 다린 새 옷과 오는 길에 산 꽃 한 다발, 타루는 두근거리는 마음으로 극장 앞에서 에세를 기다렸다. 저기 멀리 멋들어지게 차려입은 에세가 주변을 두리번거렸다.

"에세!"

타루가 그녀를 부르며 다가가자 에세는 다시 한번 주변을 둘러보다 타루를 발견하고 눈을 크게 떴다.

"너⋯⋯."

"안녕?"

"꽤⋯⋯ 멋지네."

에세가 볼을 붉히며 말하자 타루는 수줍게 웃었다. 조금은, 아니, 솔직히 아주 뿌듯했다. 타루는 에세에게 꽃을 주고는 팔 한쪽을 내밀었다. 에세는 방긋 웃으며 팔짱을 꼈다.

오늘, 잘될 것 같다. 아니, 이미 잘되었다. 타루는 그렇게 믿었다.

⚷

저녁 식사를 마친 랑세는 와렌과 느긋하게 차 한 잔을 나누었다. 오늘 무슨 일이 있었는지 내일 무슨 일이 있을지를 이야기하며. 그리고 오늘 모든 사람의 응원을 받고 데이트에 나간 타루가 잘될지를 궁금해하며. 과연 잘되었을까.

"랑세 씨⋯⋯. 여기 계셨네요."

흐느적거리며 부엌으로 들어온 타루의 모습에 궁금함은 이미 풀렸지만.

축 처진 어깨와 붉어진 눈. 그런 타루의 모습에 랑세는 한숨을 감추지 않았다. 와렌은 얼른 일어나 부엌 저쪽으로 가 차 한

잔을 더 타서 타루 앞에 내밀었다. 그가 잠시 말과 숨을 고르는 사이에 어찌 알았는지 어디선가 마법사들이 나타나 식탁에 한 명씩 자리 잡았다.

"미안해요. 도와주신 보람 없이 잘 안 되었습니다."

아, 하는 탄식이 여기저기서 났다. 그리고 스테인을 중심으로 돈이 나뉘는 소리도. 그러나 돈을 딴 이들도 기뻐하는 기색은 없어 보였다.

"옷이…… 마음에 안 드는 것은 아니었죠?"

꽤 확신이 담긴 목소리로 묻는 랑세에게도 의기양양함 따위는 없었다.

"옷은…… 마음에 들어 했어요. 꽤 멋있다고도 해 줬고요. 꽃도 마음에 들어 하고 극장 좌석도 앞자리라 마음에 들어 했어요."

하고 타루는 보고하듯 있었던 일을 이야기하기 시작했다.

문제는 극장을 나와서부터였다. '타타마와 티티리'는 전설인 만큼 작가마다, 극마다 여러 가지 버전이 있다. 오늘 공연은 티티리가 타타마와 다시 만나기 위해 일곱 산을 넘는 부분을 극적으로 처리하기 위해 마법사의 도움을 받아 각색한 극이었다.

환상적인 무대 효과에 사람들은 감탄을 터트렸지만, 타루는 심드렁했다. 무대 효과를 진짜 마법으로 처리했는데 그 수준이 그다지 높지 않았다는 것은 그렇게 거슬리는 부분이 아니었다.

"문제는요, 그 연극에서 마법사가, 그러니까 마법사 역이 티티리를 공중으로 띄워서 하늘에 올려 보내는 마법을 부리는데요……."

"말도 안 돼!"

타루 주변에 모여 있는 마법사들 사이에서 탄식이 튀어나왔다.

랑세는 힐끔 그들을 보았다. 저렇게 격분할 일인가.

"마법으로 그게 불가능한가요?"

랑세의 질문에 모두가 눈을 크게 뜨며 한목소리로 답했다.

안 돼요!

아, 네.

"일단 그렇다 치는데, 그러고서 하늘 위까지 올라가 별을 만져요."

"으아아! 대체 그게 무슨 짓이야!"

모두가 몸을 뒤틀며 괴로워했다. 랑세는 그게 말이 안 되는지 묻지 않기로 했다. 묻지 않아도 알 것 같아서.

"그래서 극장을 나오면서…… 그 이야기를 했는데……."

타루는 주춤 랑세를 올려다보았다.

"에세의 표정이 안 좋아지는데……, 그때 랑세 씨 이야기가 떠올랐어요."

"아……."

"그런데 멈출 수가 없어서……."

에세는 굳은 얼굴로 걸음을 멈추고 타루를 보았다고 한다. 그러고는 손에 들고 있던 꽃다발을 타루에게 던졌다고 한다.

"옷을 갈아입으면 뭐 하니, 속은 똑같은데라고 했어요."

어디선가 피시식 웃는 소리가 나고 모두의 시선이 그쪽으로 향했다. 하지만 감히 왜 웃느냐고 비난하지 못했다. 웃음의 주인이 리엔이었으니까.

"그 아가씨가 지혜로우면서 시적이었네. 옷을 갈아입으라는 소리는 네 본성을 바꾸라는 비유였겠지. 옷이 본질이 아님은 알고 있었고."

알 듯 모를 듯한 말에 타루는 눈을 크게 떴다.

"알고 계셨어요?"

"알지, 당연히."

"그럼 제게 충고라도……."

"충고는 랑세 양이 이미 해 주지 않았니?"

모두의 시선이 이번에는 랑세를 향했다. 랑세는 그 시선에 뭐든 말해야 할 것 같았다.

"제 말이 떠올랐는데 왜 멈추지 않으셨어요?"

그러게, 충고는 이미 실컷 했는데.

"마법이잖아요! 마법에 관한 사실이잖아요."

타루는 비명처럼 외쳤다.

"차라리 국왕 전하 뚱보라든가, 왕비마마 바보라고 했으면 안 그랬을 거라고요!"

지금 국왕 전하는 말라깽이고 왕비님은 지혜로운 분이시다. 그런 사실을 완전 반대로 말했으면 아무렇지 않았으리라고 타루는 절규했다.

"하지만 우리가 쌓아 온 업적과 사실을 거짓으로 대중에게 말하는데 그걸 어떻게 견디고 참아요!"

모두가 고개를 끄덕인다. 랑세를 제외한 마법사 모두가.

랑세는 얼떨떨하게 그들을 보며 굳어 버렸다. 이건 사실과 예의의 문제이기보다는 신념과 자부심의 문제였나 보다. 최소한 타루에게는, 이곳 사람들에게는.

"그건 이해받으면 안 되는 건가요?"

랑세는 뭐라 할 말이 없었다. 그녀는 마법사가 아니므로. 또한 여전히 아니라고 말하고 싶어도 타루의 절규가 안타까워서.

"타루."

다행히도 답은 다른 곳에서 나왔다.

"선배님……."

"에세 양은 자신의 낭만만큼, 너를 이해할 만큼 너를 좋아한 것이 아니고, 너는 너의 마법만큼, 잠시 네 신념을 양보할 만큼 그녀를 좋아한 게 아니었던 것뿐이야."

리엔의 직설적인 설명에 타루는 고개를 숙였다. 리엔은 타루의 손등을 두드렸다.

"그걸 예의 바르게 조절할 만큼의 능력도 없던 거고."

와, 아닌 듯 나쁘다.

"사람이 무언가를 얻기 위해서는 때로는 포기해야 할 것도 있단다."

다정하게 하는 말 속에 담긴 통렬한 진실에 더 무어라 말하랴.

"타루, 술이나 마시러 가자."

"그래, 덕분에 돈 땄는데 우리가 낼게."

안 된다에 걸었던 이들이 우르르 몰려와 타루를 세워 일으키며 어깨를 두드렸다. 된다에 건 이들도 마찬가지였다. 가자, 가자, 마법사들은 타루를 거의 억지로 밀어내며 술 마시러 가자고 종용했다. 타루도 못 이기는 척 그들을 따라가다 랑세를 돌아보았다.

"랑세 씨도 오세요."

"네?"

"도와주셨잖아요."

"결국 잘 안 되었잖아요."

"그거야 랑세 씨 탓이 아닌걸요. 그냥 제가 에세랑 안 어울렸던 것뿐이에요."

끝까지 자신이 잘못했다고 말하지는 않는다.

"그리고 약속했잖아요."

식사 대접 한번 하기로.

이 상황에서도 약속을 잊지 않는 사람. 저건 저 사람의 특성일까, 마법사들의 특성일까. 그래도 누구를 원망하지 않고 자신의 행동에 책임을 지며 약속을 잊지 않는 사람이, 나쁜 사람은 분명 아니리라. 누군가와 맞지 않는 사람이라도. 랑세는 쓰게 웃으며 그네들을 따라가기로 한다.

웅성거리며 마법사 떼와 문관 하나가 아파트를 나설 무렵.

"타루?"

웬 여자 한 명이 아파트 입구 근처에서 타루를 부른다. 타루의 눈이 커진다.

"에세? 여긴 어떻게……?"

에세는 타루 주변의 사람 무더기에 잠시 주춤했지만, 곧 허리를 펴고 타루를 불렀다.

"잠깐 이야기 좀 해."

"응?"

"아까 내가 심한 것 같아서 다시 왔으니까 잠깐 이야기 좀 하자고."

에세는 타루를 둘러싼 마법사들을 힐끗 보고 흥, 하고 고개를 돌렸다.

"뭐 해요?"

랑세는 타루를 붙들고 있는 마법사를 떼어 내며 그를 재촉했다. 거기에 여자 마법사들이 타루를 에세 쪽으로 밀어냈다.

타루는 그 힘에 주춤주춤 밀려나면서도 어쩔 줄 모르는 얼굴로 랑세를 돌아본다. 아이고, 이 아저씨야, 나를 보면 어떻게 해. 여자 친구가 뭐라고 생각할 줄 알고. 그래도 그 절박한 시선에 또다시 오지랖을 부려 본다.

"마법 빼고……, 정말 지키고 싶은 거 빼고, 양보하세요. 내줄 건 내주고 지킬 건 지키라고요."

랑세가 낮게 속닥거리는 말에 타루는 눈을 크게 뜨더니 고개를 끄덕였다. 그리고 결연한 표정으로 에세의 손을 붙잡고 저기 마당 저쪽 가로등과 나무 아래 마련된 벤치 쪽으로 간다. 둘이 어떤 이야기를 나누게 될지는 몰라도, 그들만의 시간이 필요한 시점.

"뭐 해요, 어서 들어들 가요."

랑세는 아파트 입구에서 입을 헤벌린 채로 타루와 에세를 지켜보는 마법사들을 모두 안쪽으로 밀어냈다. 그들이 주춤거리면서도 시선을 돌리지 않자 여자 마법사들이 이 멍청이들아, 욕을 하며 그들을 발로 뻥뻥 차 냈다.

수군수군, 입구에서 다시 부엌과 회의실로 흩어지자 마법사들은 속닥거렸다.

"이건 말도 안 돼."

"3대 미스터리의 답이 없어."

"확실히…… 저런 사람이 존재한다는 것 자체가 미스터리지."

저런 사람은 에세를 말하는 걸까. 랑세는 힐끗 입구 쪽을 살펴보았다. 멀리서 두 사람이 조용히 대화하는 장면이 눈에 들어온다.

"뭐긴 뭐야, 에세 양이 본인의 낭만보다는 타루를 더 좋아한다는 뜻이지."

마법사들의 바보 같은 대화를 리엔이 끊어 낸다. 하지만 그들은 납득하지 못했나 보다.

"그게 미스터리라고요!"

"이 녀석들아, 돈이나 도로 내놔라."

마법사들의 절규에도 리엔은 태연히 내기 돈을 도로 내놓으라고 외쳤다. 된다에 걸었던, 사랑의 힘을 믿는 무즈 같은 이들도 나서 손을 내밀었지만, 안 된다에 걸었던 이들은 아직 이야기가 안 끝났다며 주머니를 꾹 쥐고 버틴다. 좋아, 두고 보자, 하고 외치는 리엔과 두 편으로 갈라져 우아우아 외치는 이들.

그때, 여전히 바깥을 훔쳐보던 마법사 하나가 꽥 비명을 지른다.

"키스한다아아아아!"

"우아아아아!"

입구는 다시 혼란에 빠졌다. 모두 만세를 외치며, 특히 된다에 걸었던 이들이 안 된다로부터 돈을 다시 뺏어 온다.

그러거나 말거나, 타루와 에세가 어떤 협의에 도달했나 보다. 타루는 마법을 지키고, 에세는 자신의 낭만을 지킨 걸까. 어떤 사과와 양보가 오갔을까. 뭐가 되었든 그 가운데는 서로를 위한 어떤 마음이 있었겠지. 당신의 무례함과 당신의 몰이해를 견딜 수 있을 어떤 만큼의. 그 사실에 랑세는 웃고 말았다.

"마법 같네."

"응?"

랑세가 중얼거리는 말에 리엔이 돌아본다. 랑세는 어깨를 으쓱였다.

"그냥, 에세 씨가 다시 온 거, 다시 잘된 거, 마법 같다고요."

랑세의 말에 리엔이 빙그레 웃었다.

"틀렸어, 이건 마법이 아니야. 큰일 날 소리 하지 말렴."

랑세는 입술을 삐죽였다. 어이구, 마법사들이란. 정말 분위기 깨기는.

그런 랑세의 반응에 다시 리엔이 웃으며 말했다.

"하지만 마법보다 멋진 일이지."

리엔은 또다시 미소 지었다.

"사람을 위한 노력이란 마법보다 멋지고 기적 같은 일이야."

서로가 한 발 양보하고 이야기하며 맞추어 가는 일. 마법으로는 할 수 없는 일. 그래서 마법 같다는 비유도 모자란, 그런 일. 랑세는 사람들 너머 저기 어딘가 있을 타루와 에세를 훔쳐보며 고개를 끄덕였다.

"네에, 정말 마법보다 멋지고 기적 같은 일이네요."

오늘도 어디선가 마법사 옷을 입지 않은 이들이, 마법보다 멋지고 기적 같은 일들을 만들어 낸다.

"아, 좀!"

에세의 외침에 타루가 주춤했다.

"아, 아니, 내 말은……."

"이게 마법에 관한 일이니? 아니지? 그런데 꼭 그런 식으로 말해야 해? 내가 마법까지는 뭐라 안 한다고 했지?"

"아, 어, 미안. 습관이 되어서. 진짜 내가 잘못했어."

타루가 화나서 앞서가는 에세의 뒤를 따라갔다.

미안, 잘못했어.

앞으로 또 그럴 거야, 안 그럴 거야.

안 그럴게, 미안해.

종종, 뒤쫓아 걸어가던 걸음이 어느새 앞의 걸음과 나란히 함께한다. 타루의 연애 전선은 아직은 격전이지만, 이상 무!

물리쳐 주세요

저녁까지 다 먹고 방으로 올라온 랑세는 내일 출근 준비를 하기 시작했다. 준비래 봤자 입을 옷을 잘 다려 놓는 것뿐이지만.

"이거는 할 때마다 신기하네."

옷을 다리는 마도구는 첫날 소란에 대한 사과로 마법사들이 준 물건 중에 있던 것이다. 고향에서는 옷 한번 다리려면 다리미 안에 석탄을 넣거나 화로에 덥힌 인두를 써야 했기에 가능한 잘 구겨지지 않는 재질로 만든 옷을 고르곤 했다. 하지만 마법사들이 준 이 녀석은 물을 채워 주기만 하면 된다. 이유는 모르겠지만 이건 허가받은 마도구가 아니라 한다. 덕분에 밤마다 불법이 주는 편안함에 취해 출근 준비를 마친다.

랑세는 다 다린 옷을 옷걸이에 걸어 놓고 잠옷으로 갈아입으려 했다.

쨍그랑!

"뭐, 뭐야!"

큰 소리와 함께 창문 유리가 깨졌다. 랑세는 비명을 지르며 저도 모르게 눈을 감았다. 두근두근, 격하게 뛰는 심장을 부여잡은 채 살그머니 실눈을 떠 주변을 살펴보았다. 대체 무슨 일이 일어난 거지?

유리 조각이 방 안에 널려 있고 그 가운데에 돌멩이가 있었다. 저 돌이 유리창을 깬 걸까. 그럼 돌은 바깥에서 날아온 것일 테고.

랑세는 후다닥 창가로 달려갔다.

깨진 유리 사이로 들어온 어둑한 바깥 풍경, 도로 한쪽 가로등 아래에 웬 두 놈이 서성인다.

눈이 마주쳤다.

멀리 잘 안 보여도 직감적으로 느꼈다. 눈이 마주쳤다고. 그쪽도 느꼈는지 주춤 물러나는 것이 보인다.

저놈들이로구나. 저놈들이 돌을 던졌구나. 랑세는 숨을 크게 들이쉬었다.

"야 이 새끼들아!"

지난 두어 달간 별의별 일을 다 겪는 동안에도 절대 튀어나오지 않았던 욕설이 입에 담긴다.

"네놈들이 돌 던졌지? 이 썩을 놈의 자식들아!"

욕을 하지 않는 사람은 욕을 몰라서 안 하는 게 아니다. 하면 안 된다고 배웠고 할 필요가 없다고 생각해서지.

"내가 관 뚜껑에 못 박아 줄까!"

그러하니 화가 너무 난 사람의 입에서 욕이 튀어나오는 것은 지당한 일.

랑세의 입에서 험악한 욕설이 마구 튀어나오자 돌을 던졌던 이들이 주춤주춤 도망가기 시작한다.

"어딜 도망가냐! 이 진창 물 마시고 피똥 쌀 놈들아!"

씨익씨익, 소리를 지르다 분을 참지 못한 랑세가 콧김을 푹푹 쉴 때.

"야!"

철퍼덕, 아미아의 메신저가 랑세의 뒤통수로 날아와 부딪혔다. 그렇지 않아도 화가 적잖이 난 랑세는 정색하고 메신저를 휙 잡아채서 목을 꾹 눌렀다.

"꽥!"

"또 뭐예요! 또 뭔데 막 들어와요?"

"꽥! 문! 문 열어 봐!"

어쨌든 메신저를 도로 날려 보내야 하므로 랑세는 메신저의 목을 누른 채 척척척 가서 방문을 열었다.

"헉!"

4층에 사는 마법사들이 허옇게 질린 얼굴로 방 앞에 서 있는 것을 보고 랑세는 숨을 들이켰다.

어, 어……, 그러니까…….

"시끄러워서 와 본 거! 꽥! 누르지! 꽥! 마!"

꽥꽥꽥, 고요한 복도에 아미아의 메신저만이 비명을 지른다.

사람이 창피해서 죽을 수도 있겠구나.

"하도 시끄러워서 뭔 일인가 했네. 문을 두드렸는데도 욕설만 들리고."

메신저를 수거한 아미아가 빈정거리듯 말하자 랑세는 얼굴이 새빨개져서 마법사들에게 고개를 꾸벅꾸벅 숙였다.

"죄송합니다. 정말 죄송합니다."

자신이 화가 난 것은 화가 난 것이라도, 아파트가 떠나가라 소리 지른 것은 잘못한 일이니.

"근데 여기 왜 이래?"

아미아는 랑세의 사과를 듣는 둥 마는 둥 어깨 너머 유리 조각을 보고 묻는다. 그렇지 않아도 메신저로 미리 본 상태이기도 했다.

"와, 심하다."

아미아의 말에 다른 마법사가 고개를 빼꼼히 내밀어 방 상태를 보고는 외쳤다.

"아. 아까 밖에서 누가 돌을 던졌어요. 그래서 그 새, 아니, 그놈한테 한 소리 하느라……."

랑세의 말이 미처 끝나기도 전에 아미아가 불쑥 들어와 돌을 집어 올렸다.

"무관 아파트 놈들이네."

"네?"

"무관 아파트 신입 입소식 때문인가 보네."

"네?"

어째서 아미아와 함께 있으면 반문만 하게 될까. 랑세가 답을 재촉하기도 전, 아미아는 다시 메신저를 소환했다. 푸드덕거리며 등장한 메신저가 랑세에게 날아가려 하자 아미아는 늦지 않게 메신저를 붙들어 뭐라 뭐라 주문을 외우고는 명령을 내렸다.

"케일한테 가서 무즈 데려오라고 해."

휙, 메신저는 랑세에게 들러붙지 않고 날아갔다.

뭐야, 들러붙지 않게 할 수 있는 거였어?

"우어, 무관 놈들 감히!"

그리고 남은 마법사들은 분노에 몸을 떨었다. 유리창이 깨져 놀라고 화났던 랑세보다 마법사들이 더 화가 난 듯 보였다.

"그놈들이 감히 우리 아파트를 침범하다니!"

"복수다!"

"죽여 버리자!"

흥분한 마법사들이 섬뜩한 구호를 외쳐 댔다.

돌 던진 놈들에게 욕을 했던 랑세였지만 마법사들의 흥분이 어쩐지 떨떠름하다. 마법사들의 소란이 창밖을 향해 악을 썼던 랑세보다 더 시끄러워질 무렵.

"시끄럽다."

케일이 무즈를 데리고 나타났다. 합, 케일의 등장에 마법사들이 입을 다물었다.

4층까지 올라오는 것이 꽤 힘든지 헉헉거리던 무즈는 바닥에 깨진 유리를 발견하고는 와, 심하다, 하고 중얼거렸다. 이 소란을 휙 둘러본 케일은 아미아를 향해 물었다.

"뭐야, 아미아?"

"무관 놈들 신입 입소식."

아미아의 짤막한 설명에 케일은 안 그래도 찌푸린 얼굴을 더 찌푸렸다.

"여기를 노릴 줄은 몰랐군."

"그러게. 깜빡했네."

"무즈, 여기 유리창 고쳐 줘라."

"네."

시끌시끌, 와글와글, 자신의 방 앞에서 뭐가 뭔지 하나도 모르게 지나간다. 케일의 등장에 입을 다물었다가 곧 다시 시끄러워진 마법사들 사이에서 랑세는 소심하게 손을 흔들었다. 저기요, 여기요. 그러나 소란 속에 랑세의 목소리는 묻혔다. 아이 참, 아까 격하게 욕을 하던 기세는 어디로 갔담.

"저기, 유리창 고치려고 하니까 들어가도 돼?"

"아. 네."

유리창 고치라는 소리를 듣고 뭔가를 다시 들고 온 무즈가 그 마법사들을 뚫고 랑세에게 물었다. 이 모든 소란은 지금까지 복도에서 벌어진 일.

여하간 랑세의 허락을 받은 무즈는 방으로 들어와 깨진 유리 조각을 한데 모으고 무언가 모래 같은 가루를 그 주변에 툭 툭 뿌렸다. 뭐 하는 거예요, 하고 비명을 지르려다 아, 마법으로 고치려나 보다 싶어 금세 입을 다물었다. 그럭저럭 이 아파트에 적응했나 보다.

"저기, 대체 밖에서 뭐라고들 하는 거예요?"

그나마 저쪽이랑 좀 떨어졌다고 여기는 좀 조용하다. 작업하던 무즈가 힐끗 랑세를 보더니 얼굴을 찌푸렸다.

"무관 놈들이 신입들 오면 담력 시험으로 우리 아파트에 돌을 던지든 어쨌든 시비를 걸어. 그 돌을 도로 받아 오면 통과라나 뭐라나."

"허어."

"보통 우리는 새집으로 이사 가면 방을 보안으로 둘둘 감싸는 게 습관이라 저런 방식으로 하면 첫판은 무조건 실패인데, 오늘은 잘하면 성공할 뻔했겠네."

아아, 이제야 상황 파악이 조금 된 랑세였다. 그러니까, 무관 놈들이 새로 들어온 신입을 놀릴 겸 마법사 아파트에 시비를 거나 보다. 그러다가 마법사를 이기면 통과시키는, 그런 신입 환영회. 만약 저 돌을 도로 던지거나 했으면 저놈은 통과였겠네.

"저열하고 무식한 놈들."

랑세가 이를 뿌득, 하고 갈며 중얼거리자 무즈가 흠칫 놀라 돌아본다. 그 시선이 마땅찮았던 랑세가 날 세워 묻는다.

"왜요? 뭐요?"

"아니 뭐, 마냥 순한 성격이 아닌 건 알았는데, 이 정도는 아니었던 것 같아서."

"저 순한 성격 맞아요. 그런데 이건 잘못하면 사람이 다칠 뻔한 거잖아요. 그런 놈들한테까지 순해지고 싶지 않아요."

으드득, 다시 한 번 이 가는 소리. 무즈는 으음, 하고 침음을 흘리며 모래 가루를 마저 유리 위에 뿌렸다. 무즈의 목덜미에 소름이 돋았다. 와렌 때문에 이 문관에게 몇 번 시비를 걸긴 했는데 자칫 선을 넘었으면 저 욕설을 들어 먹는 건 자신이었겠지, 그 생각에.

"한 발 뒤로 물러나 있어."

랑세가 시키는 대로 한 발 물러나자 무즈가 유리 조각 앞에서 주문을 외우기 시작했다. 낮고 조용하게 읊는 주문은 한마디도 알아들을 수 없는 언어로 이루어졌고, 노래하듯이 들렸다.

무즈의 주문과 동시에 모래 가루에서 옅은 빛이 나기 시작하고, 조금씩 모래는 유리 조각 사이사이로 움직였다. 조심스러운 바람이 유리 조각 주변을 감쌌다. 그 바람은 소용돌이를 만들어 유리 조각을 띄워 모래와 함께 공중에서 빙글빙글 돌렸다.

랑세는 입을 벌린 채 그 광경을 지켜보았다. 다닥다닥, 유리 조각이 자신의 자리를 찾아 달라붙기 시작하고 모래는 사라져 간다. 챙, 하는 소리와 함께 곧 유리가 본래의 모습을 되찾았다.

제 모습을 되찾은 유리는 둥둥 날아 창문에 남은 유리 조각에 찰싹 달라붙었다. 무즈가 남은 모래를 유리에 뿌리고 다시 주문을 외우자 창문은 완전히 제 모습을 갖추게 되었다.

"우와!"

무즈에 대한 평소 감정이 떠오르지도 않을 만큼 충분히 놀란 랑세가 솔직한 탄성을 터트리자 무즈의 어깨와 목이 좀 뻣뻣해진다. 흐음흐음, 헛기침도 낼 기세다. 하기야 마법사들 사이에서 제 마법이 감탄받을 일이 무어가 있겠는가.

랑세는 무즈가 그런 태도를 보여도 상관없었다. 충분히 감탄받을 일이었으니까. 심지어 좀 멋있게 보이기까지 하다.

"랑세 씨!"

그때, 뒤늦게 소식을 들은 와렌이 벌컥 들어왔다. 마침 문을 열어 둔 상태였기에 문 앞을 막고 있던 것은 모여 있던 마법사들뿐이었다.

"아, 와렌 씨."

"괜찮아요?"

와렌은 랑세의 몸을 붙들고 아래위를 훑어본다.

"날아온 돌에 창문이 깨졌다면서요? 어디 다친 곳은 없어요?"

차분한 평소의 와렌답지 않게 다급하게 물어보는 모습, 눈에는 걱정이 한가득 담겨 있다. 랑세는 눈물이 찔끔 날 것 같았다. 그래, 놀라기도 놀랐고, 다칠 뻔도 했다. 정신을 차릴 새도 없이 다른 일이 계속 벌어져서 까먹었지만. 돌이 날아와 창문이 깨지는 일이었는데, 몸 걱정해 주는 사람은 처음이었다. 이 수많은 사람 중, 처음.

"괜찮아요, 고마워요."

랑세는 와렌을 꼭 끌어안았다. 흑. 와렌 씨 최고, 와렌이 최고야. 무즈 따위가 우리 와렌을 넘보게 할 수 없어. 랑세는 정말이지 쓸데없는 생각을 했다

"웬 놈이 이런 거래요?"

아직 범인의 정체를 알지 못한 와렌이 묻자 랑세는 무즈에게 들었던 이야기를 해 줬다. 이야기를 들을수록 하얗게 질려 가던 와렌은 두 주먹을 불끈 쥐었다. 그래 봤자 손이 자그마해서 귀엽기만 했지만.

"제가 창문 보안 해 드릴게요."

"네?"

"여기가 뚫린 걸 알았으니 내일 또 올지 몰라요. 기다리세요."

와렌은 랑세를 내버려 두고 후다닥 달려 나갔고, 그런 와렌의 말에 마법사들이 정신을 차린 듯했다.

"그래, 보안. 새 보안진을 짜자!"

"독약, 독약을 바를까?"

"차라리 이번에는 우리가 선빵을 치는 게 어때?"

한마디씩 던지는 통에 랑세는 정신을 차릴 수가 없었다. 아니, 잠깐만요, 여기 제 방이에요.

"아, 아니요. 뜻은 고맙지만 와렌 씨가 해 주시는 거로 충분할 것 같은데요?"

랑세의 항변에 마법사들은 눈을 부릅떴다.

"이건 우리 마법사 아파트에 대한 모독이라고! 마법사들이

처리해야지!"

뭐래. 지금 자신이 문관이라고 무시하는 건가. 뭐, 지금 당장 할 수 있는 일이 없다는 건 사실이기도 했지만, 기분이 썩 좋지 않았다.

그리고.

"와렌 씨는 마법사 아닌가요?"

와렌에 대한 모욕이기도 했다.

"아, 그러네."

다행히 그 말은 알아들은 듯 그들은 한 발 뒤로 물러났다. 상대가 이런 식으로 나오면 싸우기도 전에 맥 빠지는데 말이야. 뭐, 싸우지 않는 쪽이 더 좋을지도 모르고.

"와렌이 해 준 걸로 충분하지 않을지도 모르지."

그러나 아미아와 케일은 물러날 생각이 없어 보였다.

눈을 번뜩이며 창문을 살펴보는 모습에 랑세는 기분 나쁘기보다는 가슴이 섬뜩했다. 차갑게 가라앉은 그들의 기세가 평소와는 무척이나 달랐기에.

"와렌이면 분명히 마도구로 보안 짤 테니, 거기에 내가 방호막을 쳐 주면 될 것 같은데?"

아미아의 말에 랑세는 어찌할 바 모르고 주변을 둘러보았다. 모두가 그렇다는 듯 고개를 끄덕이고 있다.

"이게 돌 던지는 거로 끝나는 게 아니야. 자기들끼리 마법을 파훼해 내는 게 목적이라서 나중에는 별거 다 던져."

영 꺼림칙해 보이는 랑세의 기색을 무즈가 읽었는지 한마디 덧붙였고, 그제야 랑세는 이들의 기색이 심각한 이유를 깨달았다.

"어, 저야 해 주시면 고맙……, 으앗!"

그때, 창문에서 와렌이 불쑥 나타났다.

"와, 와렌 씨?"

아마도 옥상에서부터 끈으로 연결되어 있을 의자에 앉아 내려온 와렌의 허벅지에는 가지가지 것들이 쌓여 있었다. 흔들흔들. 알아서 튼튼하게 묶었겠지만, 랑세의 눈에는 영 불안해 보였다.

"괜찮아요? 안 위험해요?"

랑세의 걱정에 와렌은 배시시 웃었다.

"괜찮아요. 늘 하는 일인걸요."

덜컹, 와렌은 작은 상자를 창틀에 올려놨고 그 모습에 무즈가 창가로 쪼르륵 달려온다.

"내가 도와줄게."

"응. 고마워, 무즈. 일단 1번 망치 줘."

무즈가 연 상자에는 갖가지 도구들이 번호까지 붙어서 가지런히 정리되어 있었다.

"아, 그럼 저도."

자신의 방에서 일어나는 일인데 모른 척할 수 없었던 랑세도 무즈 곁으로 갔다. 무즈가 살짝 랑세를 노려보지만 지금은 공중에 매달린 와렌이 신경 쓰여 얼른 고개를 돌렸다.

"3번 죔쇠."

탕탕탕, 쾅쾅쾅, 와렌은 랑세의 창문 주변에 무언가를 부지런히 두드리고 조이고 붙였다. 랑세는 멍하니 그런 와렌의 모습을 바라보았다. 강렬하게 빛나는 눈과 능숙하게 움직이는 손.

"5번 파석."

입에 도구를 문 채 말하는 바람에 발음이 뭉개졌지만 충분히 알아들을 수 있었던 랑세는 얼른 5번 번호가 쓰인 도구를 와렌에게 내밀었다. 도구를 받는 와렌의 손은 흉터투성이였고, 단단했다.

작아서 귀엽다는 말, 취소해야겠다. 누구보다도 커다란 손이었다.

탕탕탕, 통통통, 무언가 두드리며 만드는 소리는 무척이나 시끄러웠지만, 아파트의 그 누구도 항의하지 않았다. 얼마나 지났을까. 이마에 땀이 맺힌 와렌이 긴 한숨을 내쉬며 도구를 모두 무즈와 랑세에게 내밀었다. 그때는 이미 복도에 모여 있던 마법사들 모두 흩어졌고 아미아와 무즈만이 랑세의 방에 남아 있었다.

"보안 주문 외울게요."

와렌은 살며시 눈을 감더니 창문 한쪽에 손을 얹고 조용히 노래하듯 주문을 읊었다. 무즈가 했을 때처럼 놀랍고 신비로운 광경은 없었다. 그녀의 주문은 그저 기도처럼 들리기도 했다.

주문을 다 읊고 와렌은 눈을 떴다. 기도든 주문이든 무슨 상관일까. 눈이 맑게 빛나는데.

"내려가서 실험해 볼게요."

탁, 와렌은 발로 벽을 걷어차 가며 쭉쭉 밑으로 내려갔다. 탁, 탁, 탁. 아슬아슬하게 공중에서 내려가는 장면에 덜컥 겁이 난 랑세는 창문에 달라붙어 와렌에게 외쳤다.

"조심해요!"

하지만 와렌은 그저 손을 휘휘 흔들며 웃기만 했다. 밑에서 와렌의 소리가 조그마하게 들려왔다.

"물러나 보세요!"

실험이라고 했으니 무언가를 던지는 걸까. 랑세는 슬금슬금 물러났다.

"던질게요!"

멀리서 와렌의 소리가 들린다. 더불어 휘이이익, 하고 돌멩이 날아오는 소리도.

콰지지직!

"으악!"

창문 양 끝에서 번개 같은 빛이 나오더니 날아온 돌을 유리에 미처 닿기도 전에 구워 버렸다. 그러니까, 돌을 구워 버렸다. 돌을. 잘 구워진 돌은 곧 파사삭, 하고 모래가 되어 바닥으로 떨어졌다.

"와……."

와, 와, 와, 탄성 말고는 할 말을 찾지 못했다.

무즈는 제 마법이 성공한 양 뿌듯한 얼굴로 랑세와 아미아를 돌아보았다. 여태껏 와렌을 못마땅하게 보고 있던 아미아마저도 꽤 놀란 듯 보였다. 거기에 덧붙인 말만 아니었다면.

"마도구계도 생각보다 쓸 만하네?"

하여간 밉상이라니까.

"여기에 추가 보안만 걸면 될 거야."

아미아는 창가로 다가와 와렌이 깔아 놓은 마도구를 둘러보았다. 그사이 와렌은 벽을 타고 올라온다. 아니, 잠깐, 와렌 씨, 계단으로 올라오는 게 낫지 않을까요. 그러나 랑세의 질문이 미처 나오기도 전에 와렌이 먼저 창가에 도착했다.

"야, 이거 엘사마 법칙으로 짠 거니?"

아미아의 질문에 와렌의 어깨가 굳는 게 보였다. 무즈는 와렌이 있는 쪽으로 다가가 아미아를 경계심 가득한 눈으로 보았다. 물론 아미아는 신경도 안 썼지만.

"네, 맞아요."

"그래? 그럼 프리페랑으로 걸면 되겠네."

아미아가 소매를 걷어붙이고 다가가자 와렌의 안색이 창백해졌다. 한 치 알아들을 수 없던 랑세는 와렌과 아미아 사이에서 계속 눈치만 봤고.

와렌은 잔뜩 일그러진 얼굴만 하다가 눈을 꾹 감고 외쳤다.

"아, 안 돼요!"

"뭐가?"

"프리페랑으로 덧씌우면 엘사마랑 충돌해서 견고성이 떨어져요!"

"그래도 파괴력은 높아지잖아?"

"그, 그, 그러면 마도구가 버티지 못하고 떨어진단 말입니다!"

여전히 눈을 꾹 감은 채 아미아가 하는 말을 하나씩 맞받아치는 와렌의 모습에 랑세는 박수를 보내고 싶었다. 잘은 모르지만 와렌은 아미아를 꺼리고 두려워하는 듯 보이던데, 정말 있는 힘껏 자기주장을 펼치려 하는구나. 아마도 마법이라서, 그리고 아마도.

"그리고 파괴력을 높이면 랑세 씨가 다칠지도 몰라요!"

아마도 랑세의 일이라서.

랑세는 가슴이 두근거렸다. 와렌 최고. 지금 랑세가 할 수 있는 일은 없기에 와렌 곁에 섰다. 좌 무즈 우 랑세 사이에 낀 와렌은 여전히 눈을 감고 있기에 그런 사실을 몰랐겠지만.

아미아는 자신을 노려보듯 서 있는 애송이 둘과 눈을 꾹 감고 할 말 하는 애송이 하나를 보고 어이없다는 듯 콧방귀를 뀌었다.

"그래."

콧방귀와 달리 답은 무척이나 순순했지만. 그 답에 놀란 와렌이 눈을 동그랗게 떴다.

"그럼 로톤식으로 짜지, 뭐. 야, 근데 내가 너 잡아먹니? 뭐 그렇게 겁내?"

아미아는 갓 태어난 새끼 사슴처럼 떨고 있는 와렌 곁을 지나쳐 창가로 갔다. 그녀에게 기대하지 않았던 모습에 셋은 어리벙벙한 표정을 지을 수밖에 없었다. 특히나 랑세가.

별로 사이가 안 좋은 자신을 위해서 마법을 걸어 준다. 마법사 아파트가 공격당한 것에 대한 자존심 때문일 수도 있다. 그렇다면, 만일 자존심 때문이라면, 아미아는 자존심을 버릴 만큼 자신을 싫어하지는 않는다는 뜻이리라. 자존심 때문이 아니라면, 공격받는 걸 두고 보지 못할 만큼만. 감정의 무게를 그렇게 딱 잴 수는 없을지라도.

"다 했어. 이 정도면 될 거야. 지속성은 좀 떨어져도, 그놈들도 한 사흘까지 해 보고 포기하니까."

"아, 고맙습니다. 그런데 사흘요?"

아미아는 손을 탁탁 털고 소매를 정리했다.

"응. 걔들도 이것만 붙들고 있을 수는 없으니까."

그렇구나. 사흘만 조심하면 되는구나.

"그런데 무관들이 성공한 적은 있나요?"

돌이 불타서 가루가 될 지경이라면 어떤 무관도 성공했을 것 같지는 않았다. 걔들은 자존심도 없나, 맨날 지면서 계속 도전하게.

"아주 가끔. 삼 년에 한 번 정도?"

답을 한 아미아는 얼굴을 찌푸렸다. 무관의 성공이 곧 마법사의 실패이기에.

"학교 다닐 때 기초 마법 이론 수업이나 응용 수업을 열심히 들은 애들."

"어, 무관 수업에 마법 과목이 있나요?"

"당연히. 전장에서 만나게 되는 적이 무관만 있는 것이 아니니까."

전장 이야기에 랑세가 움찔하지만, 아미아는 별 신경 쓰지 않는 듯했다. 뭐, 그래도 보안 마법을 걸어 준 고마운 사람이니까.

"어……, 아무튼 다들 감사합니다. 차라도 한잔 드시고 가세요."

랑세는 일단 생각을 접고 마법사들이 준 휴대용 화덕에 주전자를 올렸다. 아미아는 소파에 대충 걸터앉고 와렌은 창가에 놓인 도구 상자를 챙기고 무즈는 그 곁에서 얼쩡거렸다.

랑세가 주전자 물을 찻잔에 쪼르륵 따르는 순간.

꼬끼오.

닭 울음소리가 멀리서 들려온다. 남빛 하늘에 가늘게 자리를 차지한 햇살. 창가에서 그걸 발견한 와렌이 조심스럽게 묻는다.

"그런데 오늘 휴일 아니지요?"

찻잔을 쟁반 위에 올려놓고 방긋 웃던 랑세의 얼굴이 그대로 굳었다.

"아, 출근……."

잊고 있었다.

"잘 마실게."

아미아는 까르르 웃으며 쟁반 위의 찻잔을 들고 나가 버렸다. 와렌과 무즈도 우물쭈물 찻잔을 들고 출근 잘 하라는 인사만 남기고 나간다.

고요해진 방 안에서 랑세는 긴 한숨을 내쉬었다. 망했다. 한숨도 못 자고 출근하게 생겼다.

그래도 뭐, 오늘 밤은 일찍 자면 되겠지. 다녀오자마자 푹 자야지. 그럴 수 있겠지, 아마도.

그런데, 과연?

✛━

"피곤해."

랑세는 비틀비틀 방으로 돌아왔다. 새벽에 잠깐이라도 잘 수 있었지만 제시간에 못 일어날 것 같아 꼬박 안 자고 버틴 것이 실수였을까. 종일 졸음이 밀려오는데 일은 일대로 바빠 간신히 버텼다. 이런 날은 민원인 따위 안 왔으면 좋겠어.

랑세는 옷을 갈아입자마자 침대 위로 몸을 던졌다. 얼른 자 버리자. 저녁은 그냥 넘기자. 차려 먹을 힘도 없다. 그대로 눈을 감았다. 내일 아침까지 푹 잠들었으면 좋겠다.

그러나 세상사가 그렇듯 늘 뜻대로 되지 않는다.

얼마나 지났을까. 괴상한 소리에 랑세의 눈이 떠졌다. 아직 깜깜한 밤, 잠에 취해 상황 파악이 안 되어 한동안 침대 위에서 눈을 깜빡거렸다.

파지직, 콰지지직, 파지직. 한밤중 들릴 리 없는, 아니, 대낮에도 듣기 힘든 소리가 어디선가 들려왔다. 어디선가가 아니라 창가에서.

"무관!"

그제야 어젯밤에 일어났던 일이 떠올랐고 랑세는 벌떡 일어나 창가로 달려갔다.

"어머."

와렌이 설치하고 아미아가 보강한 마도구가 열심히 일하고 있었다. 파지직, 돌을 구워 모래로 만들어 버리고, 곧이어 다시 날아온 돌을 태워 버리고.

랑세는 잠시 와렌과 아미아의 마법에 뿌듯해졌지만, 그야말로 잠시였다. 끊임없이 날아오는 돌에 곧 소름이 돋았다. 이 정도로 계속되고 있었으니 미친 듯한 피로에도 자다가 깼겠지?

'삼 년에 한 번쯤?'

설마 지금 도전하는 신입이 삼 년에 한 번 있다는 난놈인가. 랑세는 조심스레 아래를 살펴보았다. 어둑한 길, 가로등 불빛 아래에서 어제 그놈들이 아예 돌을 쌓아 놓고 던지고 있었다.

다시 콰지직, 파지직, 마도구가 여전히 돌을 구워 버리고 있으니 안심이 되지만, 과연 언제까지 버틸 수 있을까. 아미아의 말로는 지속성이 떨어진다고 하는 것 같은데. 랑세는 걱정스레 창밖을 바라보았다.

돌이 한 열 개쯤 더 왔을 때였을까. 쾅, 하는 소리와 함께 돌이 마도구에 직접 부딪혔다. 파지직, 하는 소리와 함께 빛이 나오며 돌이 불에 타긴 했지만, 가루가 될 정도는 아니었던 듯 유리창에 그대로 부딪쳤다. 그나마 빛에 잡힌 사이에 힘과 속도가 떨어졌는지 유리를 깨지 못한 채 밑으로 떨어졌지만.

랑세는 직감했다. 고장 났다. 재빨리 창문을 열었다.

"야이 새끼야!"

사람이 튀어나오자 그쪽은 돌을 던지기 직전의 모습으로 굳었다. 어제보다는 조금 더 잘 보이는 위치에 있었다. 좀 작아

보이는 사내놈들이었다. 옳거니!

"차라리 불알을 떼서 던지지 그러냐!"

맞춤형 욕설이 튀어나왔다.

"아주 불에 구워 버리게!"

예상한 사태였기에 이성이 날아가지는 않았다. 아파트 마법 사들을 모두 깨울 각오를 하고 최대한 험악하게 마구 던졌던 것이다. 당장에 보안 마도구가 고장 난 상태라 2차 피해를 방지 하기 위해서가 그 이유 중 첫째요, 와렌이 밤늦게까지 설치해 준 마도구를 고장 내서 열 받은 탓이 둘째였다. 아, 이성이 온 전히 남은 건 아니구나.

"뇌에 돌덩이 근육 덩어리만 찬 놈들이 여기가 어디라고 똥 을 싸냐! 동네 사람들, 여기 똥 싸는 놈 있어요!"

아파트뿐만 아니라 동네 여기저기 창문에 불이 들어온다. 정 말로 노상방분하는 놈을 구경하고 싶어서인지, 아니면 시끄러 워서인지. 주변 분위기를 눈치챈 놈들은 돌을 모두 그 자리에 버려 버리고 도망을 쳤다.

씨익씨익, 울분을 참지 못하던 랑세는 휙 돌아 척척 걸어 방 문을 덜컥 열었다. 과연. 어제처럼 마법사들이 옹기종기 모여 서 있었다. 어제와 다른 것이 있다면 절반은 하얗게 질렸고 절 반은 키득거리고 있고.

"야, 정말 욕설 한번 마음에 든다."

까르르 웃는 사람 여기 한 명. 아미아는 불알을 태운대, 똥을 싼대, 랑세가 했던 욕을 계속 되뇌며 까르르 웃어 젖혔다. 어린

아이인가, 변 이야기 나오면 웃게. 랑세는 투덜거리면서도 일단 고개부터 숙였다.

"정말 죄송합니다. 그런데 그놈들이 계속 돌을 던져서 마도구를 고장 내 버렸어요. 가만두면 정말 위험할 것 같아서 쫓아내느라 큰소리를 냈습니다. 정말 죄송합니다."

랑세가 사과를 하기도 전에 앞뒤 사정 이미 읽은 마법사들이 괜찮다며 걱정부터 했다.

"이번 놈들은 지독한데?"

"설마, 하루 이틀 더 버티면 되지 않을까?"

물론 랑세 걱정이 아니라 전혀 다른 걱정이었지만. 기대도 안 했기에 실망도 안 했다.

"어, 어떻게 해요!"

그때 아래층에서부터 뒤늦게 올라온 와렌이 눈을 동그랗게 떴다.

"아, 와렌 씨……."

"내 보안구!"

아, 이건 좀 실망.

와렌은 랑세에게 눈짓으로 허락을 받고 창문으로 달려갔다. 반쯤 쪼개진 마도구의 모습에 울먹거린다. 이번에는 어쩐지 랑세가 와렌의 걱정을 해 줘야 할 것 같다.

그러나 그 틈도 없이 아미아가 창가로 다가와 흠, 하고 침음을 낸다.

"이놈들, 기초 마법 수업을 열심히 들은 놈 같은데?"

단순히 끈질기기만 한 놈이 아니라 한다.

"그걸 어떻게 아세요?"

"여기, 모래가 집중적으로 쌓인 곳 보이지?"

과연 불에 탄 돌의 흔적은 거의 비슷한 곳에 모여 있다.

"마도구 방어구로 길이 막히면 그 기구를 찾아서 깨 버리는 게 기초 마법 수업에 나와. 아마 돌이 불에 막힌 걸 보고 마도구인지 알았을 거야. 그래서 여기만 집중적으로 공격한 거고."

잠에서 깰 만큼 지속해서 돌을 던진 것은 높은 건물의 마도구를 맞히기 위해 계속 애썼다는 뜻. 다른 방을 노리지 않은 것은 아마도 첫날 유리를 깨 버린 만큼 만만한 곳이라 생각해서. 랑세는 이를 으득 물었다.

"총집합하자."

그리고 이를 문 것은 랑세만이 아니었다. 아미아의 말에 마법사들이 우르르 복도를 달려 내려가며 집합, 집합, 하고 외친다. 아니, 어디선가 종소리도 난다.

"랑세 씨, 가요."

역시나 화가 무척 나 얼굴이 빨갛게 달아오른 와렌이 랑세의 손목을 끌고 갔다. 오랫동안 마도구를 제작해 온 와렌의 손힘은 꽤 강해 랑세는 영문도 모른 채 질질 끌려갔다.

"와, 와렌 씨, 집합이라니요?"

랑세가 3층 계단에 와서야 겨우 묻자 와렌이 발걸음을 뚝 멈추고 랑세를 돌아본다. 그리고 아, 한다. 그녀가 문관임을 새삼 깨달은 듯했다.

"비상사태가 있을 때 학교나 기숙사에서 총회의를 여는 거예요. 총집합 선언은 누구라도 할 수 있고요."

이게 비상사태라고? 솔직히 랑세는 열은 받았지만 귀찮기도 해서 돌을 돌려줄까, 생각했건만 이들은 아니었나 보다. 이거 말했으면 큰일 날 뻔했다.

0층의 회의실에 들어서자 마법사들이 우글우글 들어차 있었다. 보름에 한 번 있는 정기 모임보다 훨씬 많은 사람이 모인 듯했다. 케일도 짜증스러운 얼굴로 자리에 앉아 있었고, 스테인도 있었다.

"아미아."

케일이 총집합을 선언한 아미아에게 말하라는 듯 턱짓을 했다. 0층에 있던 케일도 한밤중 소란, 정확히는 랑세가 외친 쩌렁쩌렁한 욕설에 앞뒤 사정을 이미 파악했다. 다만 모든 이들 앞에서 의제를 명확히 하고자 아미아를 부른 것이었다.

"무관 놈들의 연례행사가 진행 중이야. 그런데 이번 놈들은 한두 번 해 보고 그만둘 것 같지 않아. 거기에 기초 마법 과목 충실히 듣는 놈들인 것 같아. 문제는 첫날 이놈들이 411호, 문관네 방의 유리를 한 번 깨면서 거기를 집중적으로 공격하기로 한 듯해. 와렌이랑 나랑 설치한 마도구도 오늘 박살을 냈어. 대책 마련을 위해 집합시켰어."

아미아의 빠른 설명에 마법사들은 우우 소리를 냈다. 자치회장인 스테인이 사람들을 진정시켰다.

"자, 이 문제를 해결하기 위해서는 보안 마법을 짜야 할 것 같습니다. 자원하실 분 있습니까?"

스테인의 외침에 마법사 중 절반이 손을 번쩍 들었다. 랑세는 당황했다. 이 사람들이 자신을 걱정해서는 아닐 테고.

"새로운 방어진을 짜 봤습니다. 한번 실험해 보죠."

"야, 어느 미친놈이 1차 실험도 안 한 걸 실전에 쓰냐? 저요, 저는 기존 마도구를 보완한 게 있습니다."

"기존 반응 보안형은 안 먹힐 것 같은데 반사형을 써 보죠!"

이놈들이! 내 방이 실험실인 줄 아나. 아니, 스테인 씨는 뭘 또 진지하게 고개를 끄덕이면서 받아 적고 있어요?

"자, 잠깐만요!"

랑세가 흥분한 마법사들을 말릴 기세로 소리치지만, 그들은 귓등으로도 안 들은 듯 제 할 말만 떠든다. 여기요, 저기요, 하는 소리도 안 먹힌다. 평소 같으면 그냥 아무 말 안 하고 참고 넘어 갔을 테지만 오늘의 랑세는 열받은 랑세다. 랑세는 창문 너머 무관들에게 욕하기 직전에 했던 것처럼 있는 힘껏 숨을 들이켰다.

"아, 쫌 조용히 좀 해 봐요!"

그래도 나오는 말은 점잖다. 일단 목소리가 압도적이었기에 마법사들은 합, 하고 입을 다물었다. 랑세의 외침에 스테인이 곤란한 웃음을 짓는다.

"네, 랑세 씨, 말씀하세요."

표정과 말은 조금 어긋났지만. 랑세는 그를 신경 쓸 계제가 없었다.

"일단 거기는 제 방이고요."

랑세의 이어지는 말에 모든 마법사들의 시선이 쏠린다. 랑세는 그들을 쭉 둘러보았다. 저들은 마법사, 자신은 문관.

"무관 놈들이 마법사 아파트에 도전하는 거라 해도, 제가 어쩌다 끼여 사는 것이라 해도, 전 문관이거든요."

"그래서요?"

"문관답게 해결할게요."

"뭐죠?"

문관답게.

"감사청에 찌를게요."

순간 회의실에 침묵이 감돌았다. 감사청에 찌르는 것이 과연 문관다운 것인가는 둘째 치고 그럴듯하게 들렸다. 일방적인 공격, 깨지는 유리창, 사람이 다칠 수 있는 상황. 이 치졸한 연례 행사에서 벗어날 기회.

"안 됩니다."

그러나 스테인의 조용한 반대에 부딪혔다.

"왜요?"

"우리도 감사 들어옵니다."

야이씨.

"우리가 생활에 사용하는 마도구도 거의 불법이고 아파트 생활 규칙도 대부분 법에 어긋납니다."

"아, 그래도……."

"이를테면 세탁기. 그것도 빼앗길 겁니다."

아아아아, 안 돼. 내 소중한 세탁 마도구, 아니, 우리의 소중한 세탁 마도구.

랑세는 조용히 꼬리를 내리고 자리에 앉았다. 마법사들이 다시 웅성웅성, 와글와글, 해 보고 싶은 실험을 외쳤고 랑세는 한숨을 푹 내쉬었다. 에라, 모르겠다. 될 대로 돼라.

"그럼 회의에서 결론 난 대로 해 봅시다."

"네!"

의욕이 바닥을 친 랑세의 의사는 저 멀리 날아간 지 오래, 랑세가 책상 위에 늘어져 있건 말건 다들 알아서 결론을 내 버렸다. 마법사들이 여차저차 랑세 방의 보안을 보완할 마도구 및 마법의 순서를 모두 정했을 때 즈음, 닭 울음소리가 들렸다. 랑세는 한숨을 내쉬었다. 오늘도 제정신으로 출근하긴 글렀구나.

"나중에 봬요. 전 출근 준비해야 해서."

공관에서는 랑세의 퀭한 얼굴에 모두가 한마디씩 하였다. 여기나 저기나 마법사나 문관이나 제 일이 아니더라도 흥미진진하면 걱정인 척 한마디 던지는 건 똑같았다. 랑세는 그런 생각 하다가 푸 한숨을 내쉬었다. 잠이 모자라니 사람이 꼬이네.

여하튼 랑세는 오늘도 비틀비틀 퇴근하고 일단 쪽잠이라도 잤다. 마법사들이 약속한 시각에 들어오기 전까지.

"안녕하세요, 랑세 씨."

"아, 들어오세요. 타루 씨."

그래도 낯익은 사람이 들어오니 좀 편하다. 타루는 랑세의 허락을 받고 조심스럽게 창가로 다가갔다. 데이트 나갈 때는 일반인 옷을 입지만 아파트라 그런지 여전히 마법사 복장이었다. 와렌과 마찬가지로 마도구계라서 이것저것 짐이 많았다.

뚝딱뚝딱, 마도구를 설치하는 타루의 눈은 여자 친구에게 왜 마법에 대해서 제대로 말하면 안 되냐고 물었을 때처럼 반짝반짝 빛나고 있었다. 랑세는 말없이 그 모습을 지켜보다 그냥 짧은 한숨을 내쉬었다. 어찌 되었건 결과적으로는 제 방을 지키기 위해 온 사람이니 차 한 잔을 끓여 타루에게 내밀었다.

"아, 고맙습니다."

마침 설치가 끝난 타루는 차를 받아 홀짝거리며 한숨 돌렸다.

"다 된 건가요?"

"아, 예. 이번 건 반사형이에요. 어제 와렌이 설치한 건 반응형이라 돌이 날아오면 태워 버리는 형식인데, 반사형은 그대로 맞받아치는 겁니다. 튼튼한 강철판이 있으면 돌이 튀어 나가는 것처럼요. 물론 이건 마도구라서, 돌이 부딪쳐도 힘을 잃지 않고 똑같은 강도와 속도로 다시 돌아가는 형식입니다."

"아하."

시시때때로 여자 친구에게 설명하는 경험이 있어서인지 타루는 랑세가 되묻지 않아도 알아들을 만큼 쉽게 설명할 수 있었다. 타루는 팔짱을 끼고 창문 앞에서 그들이 오기를 기다렸다. 랑세는 슬그머니 그 곁으로 가 말을 걸었다.

"요새 여자 친구분이랑은 잘 지내세요?"

실상 궁금해서라기보다는 말없이 있기 좀 뭐해서.

"으히히히히힛."

그런데 그런 것치고 반응이 격하다. 랑세는 주춤했다. 타루는 한껏 들뜬 얼굴로 떠벌렸다.

"랑세 씨 덕분이기도 합니다만, 사실 그저께 에세를 만났을 때 같이 옷 가게를 갔는데 말이죠⋯⋯."

사랑이 퐁퐁 솟아나는 두 사람의 이야기를 듣자니 랑세는 흐뭇하기보다는 그 입 다물라 말하고 싶어졌지만, 어쩌랴, 화제를 꺼낸 사람은 자신인 것을.

"그래서 그날 밤에 에세가⋯⋯."

"잠깐만요, 거기까지. 더 이야기하면 에세 씨한테 실례예요."

아차. 너무 좋은데 들어 줄 사람이 없어서 이참에 신나게 떠들다 선을 넘을 뻔했다. 타루는 안색이 하얗게 질렸다가 빨갛게 변했다가 급변을 계속하더니 식은땀 흘리며 랑세에게 고맙다고 계속 꾸벅였다.

그러고 나니 침묵. 무관 놈들이 오늘 밤은 포기하고 안 오는 게 제일 좋겠지만, 지금은 좀 와 줬으면.

"어? 왔다."

고맙다, 이놈들아.

랑세와 타루는 길 한쪽에 서 있는 무관 놈들의 인영을 확인하고 창에서 한 걸음 뒤로 물러섰다. 휘이이익, 돌이 날아오고, 그 돌은 타루가 설치한 마도구에 부딪혔다가 팡, 하고 도로 날아갔다.

"으악!"

멀리서 그놈들의 비명이 들렸다. 꼬시다, 이놈들아.

랑세가 얼른 창에 달라붙어 살펴보니 덜 고소했다. 돌이 그

들을 향해 날아갔으나 꼴에 무관이랍시고 피한 모양이었다. 돌
은 그 근처로 처박혔고.

그들은 자기들끼리 뭐라고 뭐라고 떠들더니 다시 돌을 던졌
다. 휙, 팍, 퍽, 으악. 한두 번을 더 던져 보더니 이게 무슨 원리
인지 깨달은 듯 다시 자기들끼리 떠드는 것이 보였다.

타루는 뿌듯한 가운데서 긴장을 놓지 않았다. 와렌의 실력을
익히 알고 있는데, 거기에 아미아 선배의 보안 마법까지 덧씌
웠는데도 실패했지. 그러니.

콰쾅!

역시나.

파악, 하고 다시 돌이 날아와 마도구와 건물 벽의 연결 부위
를 노리기 시작했다. 진짜 공부 열심히 한 놈들이네.

"어제도 이랬는데……."

랑세의 목소리가 떨리고 있었고, 안심을 시키려는 타루의 목
소리도 썩 좋지는 못했다.

"일단 저도 그 이야기는 들어서 접합부 위치를 잘 안 보이는
쪽으로 잡긴 했어요."

그들도 그걸 알아챈 걸까. 돌이 갑자기 멈추더니 저놈들이
무언가 주섬주섬 꺼낸다.

"활?"

"화아아알?"

황당해진 두 사람이 입만 벌린 사이에 휘리릭, 화살이 마도
구의 구석진 곳으로 날아온다. 팍, 화살이 꽂힌 자리에서 파지

직, 하는 소리와 함께 작은 불꽃이 튀었다.

"큰일 났다! 돌만 날아올 줄 알고 철 소재는 설정 안 했는데!"

타루가 비명을 지르는 순간 다시 한번 화살이 날아왔다.

직감했다. 망했다.

"피해요!"

콰당, 랑세는 타루를 끌어안고 옆으로 몸을 날렸다. 콰지지직, 하는 요란한 소리와 함께 마도구가 완벽하게 고장 나는 소리가 났다. 동시에 우당탕, 하며 조각난 일부가 바닥으로 떨어지는 소리도.

방바닥에 엎어진 채로 무슨 일이 일어났는지 상황 파악을 못하고 있는 타루를 내버려 두고 랑세는 재빨리 달려가 창문을 열었다.

"야이씨……."

어제보다 더 심하고 거친 욕의 향연이 시작되었다. 주춤주춤, 저놈들도 사람에게 활과 돌을 날릴 만큼의 대범함은 없는지 도망가기 시작했다.

"이 무덤 흙도 아까운 놈들, 주둥이에, 쿨럭."

그제, 어제, 오늘 소리소리 지른 데다 수면 부족까지 겹친 탓에 랑세는 욕을 하다 말고 쿨럭쿨럭, 기침을 토해 냈다. 그 격렬한 기침 소리에 정신이 든 타루가 일어나 랑세의 등을 팡팡 내리쳐 주며 랑세가 마시다 만 차를 내밀어 줬다.

한숨 돌린 랑세의 눈은 분노로 붉게 달아올랐다. 마도구가 박살 난 타루의 분노에 비교할 바가 아니었다.

"이놈들, 이놈들을 이렇게 둘 수는 없어요."

"아, 네……."

랑세의 욕설과 기세에 잔뜩 쪼그라든 타루는 그저 고개를 끄덕이며 맞장구를 쳤다. 아니, 기세에 쪼그라든 것이 아니다. 당연하다 생각해서다! 정말로!

"이거, 우리가 먼저 치죠?"

"네?"

"먼저 치자고요. 그날 누가 이야기한 것 같은데."

랑세는 타루의 말을 듣지도 않고 척척 걸어 나가서 문을 열었다.

과연, 거기에는 어제처럼 마법사들이 모여 있었다. 랑세는 더 말을 하지도 않고, 사과도 하지 않고 엄지손가락을 내밀었다. 그리고 뒤집었다.

"실패요."

"에이씨……."

랑세의 선언에 마법사들이 아쉬움의 한숨을 내뱉으며 웅성거렸다.

다음 순서가 누구지, 마도구계로 부족한가, 보안이나 전투계가 합동 작전을 펴야 하나……. 그 웅성거림 속에서 랑세가 다시 물었다.

"우리가 먼저 치면 안 돼요?"

"네?"

"화살까지 썼어요. 정말 위험했단 말이에요. 신고도 뭣도 안

240

되면 그냥 같이 가서 먼저 치면 안 돼요?"

랑세의 질문에 마법사들이 당황한 듯했다. 정말 한 번도 생각해 보지 않았던 걸까, 그들은.

"안 됩니다."

아, 또 왜.

또다시 반대를 외치는 스테인을 노려보았다. 하지만 이번에 스테인의 표정은 더없이 굳어 있었고, 진지했다.

"법으로 마법사들이 사람을 향해 공격하는 것은 전쟁 선포 지역 이외에는 불가합니다."

"어……."

법으로 안 된다니 할 말이 없다. 그런데, 마법사도 아닌 문관인 랑세는 몹시 억울했다.

아니, 그렇게 따지면 무관이나 문관이나 사람을 치면 안 되는 건 똑같지 않아?

"그럼 저 짓을 매년 당해야 해요? 쟤들도 사람을 향해서 공격하지는 않지만 정말 위험할 수도 있는 일인데, 정당방위도 안 돼요? 쟤네들 건물에 하면 되잖아요. 그리고 마법사만 사람 공격하면 안 되는 거 아니잖아요. 무관도 문관도 원칙적으로 안 되잖아요!"

억울한 마음을 한껏 담아 항변하지만, 스테인은 작게 미소 지을 뿐이었다. 그는 허리를 낮추어 랑세와 시선을 맞추며 조곤조곤 말한다.

"억울하시죠? 힘이 있는데도 못 쓰는 것이. 그런데, 그게 마법사들을 통제할 방법이라고 믿는 겁니다. 무기로 사람을 해하는 것은 벌을 받아도 정당방위나 구제 요소가 있답니다. 하지만 마법사들은 건물을 공격해도 정당방위 따위 제대로 인정받지 못한 채 마력을 폐쇄당하고, 마법사로서의 인생이 끝나 버립니다. 그게 그들이 마법사를 통제하는 방법이죠."

그들.

스테인은 빙그레 웃었다. 그 웃음은 웃음이 아니었기에 랑세는 소름이 돋았다.

"그런 법을 만든 것이 바로 문관이죠."

주춤, 랑세는 저도 모르게 한 걸음 뒤로 물러서 버렸다. 마법사가 문관을 싫어하는 이유는 단순히 직장 내 따돌림이나 무시 따위가 아니었단 말인가.

스테인이 풍기는 기괴한 기세에 주춤, 주춤, 한 걸음씩 더 밀리다 툭, 등이 어딘가에 닿았다. 벽은 아니었다. 따뜻했다.

"헛소리하기는."

리엔이 웃으며 랑세의 어깨를 잡아 바로 세워 주었다. 허리를 펴고 당당하게 서 있게. 멍해진 랑세는 내버려 두고.

"문관 데리고 정치 운동까지 하게, 우리 자치회장님은?"

"선배님."

"그 법의 초안을 잡았던 사람 중에는 우리의 위대한 선배님들도 계시다는 걸 잊지 말렴. 멍청이들이 힘만 믿고 나대지 않을 최소한의 기준을 마련해 주신 지혜로운 분이라는 걸."

"선배님께서는 그렇게 믿으시겠지요."

스테인은 목소리도 높이지 않은 채 정중한 태도를 유지하며 리엔에게 말했고, 리엔도 결코 여유를 잃지 않았다. 그 주변이 지독한 침묵으로 둘러싸인 것도 신경 쓰지 않은 채.

"무관 애들이 또 왔니?"

"네? 네! 또 왔습니다!"

화제를 돌리는 것이 분명한 리엔의 말에 타루가 반갑게 와와 소리를 지르며 무관 놈들이 하고 간 짓을 일러바쳤다. 리엔은 타루의 말에 푸근한 웃음을 지으며, 저런, 이런, 하며 고개를 끄덕였다.

랑세는 슬그머니 주변의 눈치를 보았다. 다행히도 굳었던 분위기는 타루의 설명에 집중하느라 어느새 사라진 듯했다. 그리고 스테인은, 첫날 그리고 최근까지도 그녀에게 친절하게 대했던, 그냥 스테인 같을 뿐이었다. 정말 갈수록 저 사람은 알 수가 없었다. 어쩌면, 그게 무관의 침략보다 무서운 것인지도 모른다. 그래서 랑세는 스테인에게 세 걸음 이상 가까이 가지 못했다.

"그래도 랑세 양이 욕설로 다 쫓아내던데?"

문득 리엔이 자신을 언급하자 랑세는 고개를 번쩍 들었다.

"누구, 확성 마도구 있니?"

"저, 저 있어요!"

마법사들 사이에서 누군가 손을 흔들다 얼른 방으로 달려갔다. 4층에 살아서 가끔, 정말 아주 가끔 마주치기도 했던 마법사라 랑세도 언뜻 기억이 났다. 마법사는 곧장 다시 돌아와 자그마한 도구를 리엔에게 내밀었지만 리엔은 랑세에게 주렴, 하고 턱짓을 했다.

"어……, 이게 마도구였어요?"

학교에서는 가끔 선생님이, 큰 행사 때에는 시청 시장님이 사용하기도 한 확성기였다.

"아주 간단한 마도구지."

리엔은 친절하게 설명하며 랑세의 어깨를 두드렸다. 토닥토닥.

"목이 쉬었네. 힘내, 랑세 양."

"네?"

아니, 그럼 내일부터는 욕설로 버티라는 건가요. 랑세의 의문에도 아랑곳없이 리엔은 방으로 돌아가 버렸다. 옆에서 마법사들이 원래 계획대로 다시 순서대로 도전해 보자고 하는 말이 와글와글 들리지만, 썩 믿음직스럽지는 않았다. 랑세는 확성기를 만지작거렸다.

"그냥……."

그냥 다 때려치우고 이 확성기로 무관 놈들 머리통이라도 때려 버릴까. 마법사도 아닌데 그냥 경비대 잠깐 다녀오고 끝나지 않을까. 아니, 그러다 앞뒤 사정 알게 되어서 감사가 들어오고, 감사가 들어오면 세탁 마도구를 빼앗기겠지. 저녁참에 잠시 잔 쪽잠 덕에 이성이 아직 남아 있어 다행이었…….

꼬끼오!

멀리서 울려오는 닭 울음소리.

그냥 다 때려치우고 무관 놈들을 패 버리자.

⚿━━━

그냥 다 때려치우고 무관 놈들을 패 버리겠다는 그 결심은 금세 접었다.

졸린 눈 겨우 뜨고 공관에 출근했더랬다. 며칠째 눈은 빨갛고 눈 밑이 새까매지자 공관 사람들은 진짜 무슨 일 있냐고 난리가 났었다. 랑세는 세탁 마도구를 빼앗길 수 없다는 일념으로 진실을 숨기고 지붕 밑에 비둘기가 집을 지어 밤새 구구거리며 괴롭혔다는, 말이 될 듯 말 듯 한 거짓말을 했다.

민원서류를 들고 나르면서, 무관 아파트에 부엌에서 사용하는 부지깽이라도 들고 쳐들어갈까 생각하기도 했다. 그러나 비틀거리며 퇴근할 즈음에는 포기했다. 피곤한 몸이 귀찮다고 비명을 질러서만은 아니었다.

일단 검을 조금 배웠다고는 하지만, 그놈들은 정식 무관이니 상대가 안 될 것이라는 사실이 첫째 이유요, 마법사만이 아니라 문관도 공무원 복무규정이 있다는 사실이 둘째 이유였다. 이런 일로 경비대에 끌려가기라도 하면 파면될 수도 있었다. 어떻게 수도에 왔는데.

그리고 세 번째는 마법사 이웃들 때문이었다.

"이것을 해 보겠습니다!"

"네, 알아서 해 보세요."

또 다른 도전자 마법사가 와서 무언가를 설치하거나 마법을 걸어 놓으면 무관 놈들이 와서 깨 버리고, 랑세가 소리를 질러 쫓아낸 지 벌써 닷새째. 마법사들의 마법이란 별거 아닌가 하는 의심과 진짜 돌을 돌려주고 싶다는 마음이 퐁퐁 솟아날 무렵, 심신의 안정을 위해 《왕국법전》 한 권을 도서관에서 빌려와 마법사와 관련한 규정을 쭉 살펴보았더랬다.

"뭐야, 이거."

그러다 졸리던 눈이 크게 떠졌다. 마법사의 행위 중에 불법으로 규정한 게 한두 개가 아니었다. 이미 설명을 들은 '사람을 향한 마법 사용 금지'뿐만 아니라 인증받지 않은 마도구 사용금지, 마도구 등록 절차도 몇 단계로 이루어져 아주 까다로웠다. 며칠 전 무즈가 유리창을 마법으로 고친 것도 불법, 그리고 평소 마법 개발을 위해 사용하는 재료들도 등급이 제한되어 있었다. 그 외에도 기타 등등 규제가 어마어마하게 많았다.

물론 그만큼 연구비나 생활비 지원법 등이 있었지만, 일단 안 된다는 것이 너무나 많았다. 마법사들의 마법을 무관 놈들이 파훼해 내는 것도 어쩌면 그런 규제가 있어서일지 모른다.

"나 같으면 마법사 안 하고 만다."

이런 소리가 절로 나올 정도로 까다로운 규정을 지켜 가며 마법사를 할 만큼 마법을 사랑하는 이웃들의 자존심이 새삼스러웠다. 하기야 어떤 마법사는 사랑하는 여자 친구와 헤어질 각오까지 하지 않았던가. 물론 자신은 문관이다만, 이제는 마법사 아파트에 살고 있으니. 랑세는 법전을 덮었다.

이웃의 자존심, 신념, 직업의식, 이런 것들을 지켜 주기 위해 자신은 불편함을 얼마나 견딜 수 있을까. 그냥 오늘은 무관 놈들이 포기하고 가 줬으면 좋겠다. 랑세는 긴 한숨을 내쉬었다. 오늘은 제발 좀.

공관에 지각할 뻔했으며, 졸음과 피곤 탓에 커다란 실수를 저지를 뻔했다. 공관에서 근무하기 시작한 이래로 처음으로 윗사람에게 크게 혼이 났다. 자다가도 벌떡 일어날 만큼 크게 혼이 났지만, 잘 잘 수 있을 것 같았다. 너무 피곤해. 너무 졸려.

그나마 내일은 휴일이니 푹 잘 수 있으리라. 이웃의 자존심과 자신의 피로 사이에서 심히 갈등하다 결국 이웃의 자존심을 택해 버린 랑세였다.

"실례합니다."

그때 바깥에서 자신을 부르는 소리가 났다. 오늘은 또 누가 오려나. 환영회 대신에 이런 식으로 인사했으면 아파트 사람들과 다 얼굴 트고 이름 텄을 텐데. 랑세는 쓸데없는 생각을 하며 문을 열었다.

"안녕하세요?"

"아, 안녕하세요. 원소 계열의 하이란입니다."

이제 마법사들의 인사에도 익숙해졌다. 어느 계열인지 먼저 말하고, 그다음에 이름이 나온다. 이 마법사는 기억에 있다. 며칠 전 리엔의 부름에 확성기를 가져다준 이였다.

"들어오세요."

"예, 실례하겠습니다. 와! 방 정말 깔끔하게 잘해 놓으셨네요."

조심스레 방으로 들어온 하이란은 여기저기 둘러보며 종알 거렸다. 여태껏 이곳에 들렀던 마법사들은 입구에서 어색한 인사만을 나누거나 말도 안 되는 말만 하다가 떠나갔건만, 하이란은 그럭저럭 평범하게 방을 칭찬하며 창문을 둘러보았다.

　원소 계열이면 무즈와 같은 쪽이었나. 과연 하이란은 무언가 가루 같은 것을 창가 근처에서 톡톡톡 뿌려 대더니 주문을 외웠다. 가루는 유리창에 다닥다닥 붙어 환상적인 빛을 발했다. 주문을 마친 하이란은 유리창을 톡톡 두드려 보더니 작은 돌을 유리창 근처에 가져다 대었다. 화르륵, 소리와 함께 돌은 가루가 되었다. 와렌의 것과는 다른 모습으로.

　"유리창에 분해 마법을 걸었어요. 돌이나 쇠 같은 성분이 오면 분해가 되는 식을 건 것이죠. 어, 그런데 가장 걱정이 되는 건, 이게 지속력이 좋지 않아서 장기전에는 약해요."

　방을 칭찬할 때만큼이나 자신이 건 마법 역시 발랄하게 설명하던 하이란이 랑세의 졸린 눈을 보고 어색하게 웃었고, 랑세 역시 희미하게 웃으며 답을 했다.

　"밤이 깊어지면 오니까 일단 앉으세요. 차라도 드릴게요."

　"앗, 고맙습니다."

　이제는 마법사들에게 차 대접하는 것도 익숙해져 옆에 다과까지 준비했다. 과자를 야금야금 먹던 하이란은 눈을 동그랗게 떴다. 어머, 정말 맛있어요. 저기, 저쪽 상가 근처에 있는 과자점인데 싸고 괜찮더라고요. 그래요, 저도 한번 사 먹어 볼까 봐요. 이거 제법 좋은데요. 랑세는 이런 평범한 대화에 지금 자신이 꿈을 꾸는 것이 아닌가 싶었다. 너무 졸려서 꾸는 꿈, 백일몽 같은 거.

"아하하, 제가 말이 좀 많죠?"

랑세의 그런 기색을 눈치챘는지 하이란은 유쾌하게 웃었다. 랑세는 어쩌지도 못한 채 그저 다시 어색하게 미소 지었다.

"제가 말하는 걸 무척 좋아하는데요, 방 안에 계속 박혀 있으면 짧으면 열흘, 길면 한두 달 정도는 아무와도 말을 못 해서요. 오랜만에 밖에 나온 거라."

아하, 사람이 그리우셨구먼. 랑세는 말하는 것 좋아하는 마법사를 만난 김에 궁금한 걸 묻기로 했다.

"저기, 하이란 씨, 마법 관련 규정에 대해서 여쭤봐도 될까요?"

랑세의 말에 하이란의 눈이 반갑게 반짝였다. 이 마법사, 오늘 밤새 이야기할 수 있겠는걸.

"말씀하세요!"

"원소 계열이라시기에 여쭤보는 건데요, 얼마 전에 무즈 씨가 여기 유리창 깨진 걸 고쳐 줬거든요. 그런데 그게 불법이라고 하더라고요. 왜 그런 건가요?"

"아아, 제가 알기로는 상공업 보호 때문이에요."

"아."

"마법사가 마력을 쓴다지만 마력은 눈에 보이지 않으니까 보통 계산에 안 넣더라고요. 상공업자들 눈에는 슥슥 손만 휘저으면 되는 일같이 보이니 억울한가 봐요. 마법사들이 이쪽 일에 나서면 제조 공방 같은 곳이 망할 거라고 생각하는 데다,

뭐, 정부는 정부 나름대로 마법사들을 통제하고 싶어 하고, 마법을 독점하고 싶어 하니까요."

환영회 때 들은 이야기에 하나가 덧대어졌다.

"리엔 선배 같은 분들이 나서서 마법을 대중화시켜서 그나마 법이 좀 풀리기는 했는데, 또 마법사 중에서도 반대하시는 분이 있으니까 마냥 쉬운 일은 아니죠, 뭐."

문득 생각나는 장면도 있었다. 스테인과 리엔이 대치하던 그 순간. 문관인 자신을 가운데 두고 대치하던.

"스테인 씨는, 반대하시는 분인가 봐요."

꼭 남의 뒷이야기를 하는 것 같아 어쩐지 말소리가 작아지게 된다. 덕분에 하이란도 고개를 숙이고 속삭이듯 말했다.

"네, 반대파예요. 일단 계보가 다르거든요."

"계보요?"

"어, 음."

하이란은 마법사 세계의 일을 문관에게 어떻게 설명해야 할지 잠시 고민하다 아, 하고 외쳤다.

"그냥, 문관들도 그런 거 있지 않아요? 저도 공관 근무할 때 봤는데……. 어느 과장님 줄 탄 사람들이랑 또 어느 서기관님 줄 탄 사람들이랑 사이가 좋지 않은, 그런 거 말이에요."

"아아."

금세 이해가 갔다. 랑세야 최말단이기 때문에 줄이고 뭐고 탈 게 없다만, 가끔 보기는 했다. 저 사람은 이 사람과 한배를 타서 이 사람이 무너지면 저 사람도 같이 무너지는 구조.

"리엔 선배 계보랑 스테인 선배 계보랑 그 부분에서 생각이 좀 달라서요. 제가 계보도 그려 드릴까요? 여기 마법사들이 대략 세 파로 나누어졌는데요……."

긴 밤 심심했는지 하이란은 소매에서 종이와 펜을 꺼내고 복잡다단한 마법사의 계보도를 그려 나가기 시작했다. 남의 집 싸움이니 그저 흥미로운 이야기라 랑세가 눈을 동그랗게 뜨며 경청하려던 순간, 파사삭, 하는 소리가 들려왔다.

그놈들이 왔다.

둘은 하던 이야기를 멈추고 벌떡 일어나 창을 관찰했다. 파사삭, 돌이 분해돼 가고 있지만 둘 중 누구도 긴장을 풀지 못했다. 하이란은 엄지손가락을 꾹꾹 깨물어 가며 돌이 분해되는 광경을 지켜보았다.

"딱 스무 번, 스무 번 더 버틸 수 있어요."

스무 번. 랑세의 비공식적인 계산으로 평균 열몇 번에 깨졌던 마법에 비교하면 꽤 길었다. 그러나 랑세의 인내심만큼이나 저놈들의 인내심도 장난이 아니었으니.

"열아홉, 열여덟, 열일곱, 열여섯, 열다섯……."

하이란과 랑세는 무의식 중에 돌이 날아오는 숫자를 세기 시작했다. 숫자가 줄어들수록 확성기를 쥔 랑세의 손에 땀이 흘렀다.

넷, 돌이 끊이지 않았다.

셋, 다시 돌이 날아와 재가 되었다.

둘, 또다시 돌이 날아온다.

돌이 재가 되는 순간 랑세는 창문을 열어 확성기를 손에 쥐고 입을 벌려 숨을 들이켜고자 했다.

탕!

돌이 랑세 바로 옆 창틀에 부딪혔다. 한 치, 단 한 치만 빗나갔어도 랑세가 맞았을 것이다. 랑세, 하이란 그리고 무관 놈들 모두 창창 얼어 버렸다. 랑세의 손이 부르르 떨렸다.

"못 참아."

못 참겠다. 화가 났고 짜증이 났다. 졸려서가 아니었다. 피곤해서가 아니었다. 오늘 한 실수로 혼나서가 아니었다. 참아 주니 도가 지나쳤다.

자존심? 중요하다. 감사? 중요하다. 그래도 이건 아니었다. 참는 자가 이기는 거라고? 세상 그런 헛소리는 없을 거다. 랑세는 확성기를 불끈 쥐고 외쳤다.

"못 참아, 못 참아, 못 참는다! 이 새끼들아, 거기 서!"

랑세는 그렇게만 외치고 방을 뛰쳐나갔다. 하이란은 놀란 눈을 깜빡였다. 뭔가 바람이 지나간 것 같은데.

"그 잘난 돌, 네놈들 주둥아리에 쑤셔 줄 테다!"

랑세의 외침이 멀리서 들리고 그제야 하이란은 정신이 들었다. 뭐라고? 돌을 돌려준다고?

"아, 안 돼요!"

하이란은 랑세의 뒤를 쫓아 달렸다. 방 앞으로 달려온 마법사들도 어리벙벙한 표정이었다.

"랑세 씨, 돌 돌려주면 안 돼요!"

하이란의 비명에 마법사들의 정신이 돌아왔다.

"뭐? 돌을 돌려준다고?"

"아, 안 돼!"

"문관, 뭐 하는 거야!"

"랑세 씨! 랑세 씨!"

우르르르, 마법사들이 랑세의 뒤를 쫓아 달려가기 시작했다. 이미 랑세는 성큼성큼 계단 두세 개씩을 건너뛰어 내려가고 있었고, 마법사들은 정신없이 달렸다. 우당탕, 벌써 한두 놈 넘어졌다.

"이 새끼들 거기 서!"

아파트 입구를 휙 지나가는 랑세. 곧이어 입구가 미어터져라 튀어 나가는 마법사들의 모습에 케일마저도 눈을 크게 뜬다.

"헉, 헉, 문관이 왜 이렇게 빨라!"

한 줄로 길게 달리는 사람들.

"닥치고 달려!"

"랑세 씨! 랑세 씨!"

랑세는 제 뒤에 누가 쫓아오는지 몰랐다. 오로지 저 앞에서 도망가는 두 놈만을 바라보며 쫓았다. 엄마 밑에서 검술을 십 년 배웠고, 동네 마을 언덕을 뛰어다녔던, 멀리 있던 학교까지 매일 걸어 다녔던 튼튼한 두 다리가 도망가는 무관 놈들의 뒤를 바짝 뒤쫓았다.

"야, 그렇게 당당하면 멈춰! 이 돌 줄 테니까!"

무관들이 돌을 받으면 일은 끝난다. 그러나 그들은 멈추지 않았다. 아니, 못 했다. 걸리면 죽을 것 같거든. 눈을 형형하게 빛내는 욕설 걸쭉한 여자와 그 뒤를 쫓아오는 마법사 떼에게.

한밤중, 도시를 한 줄로 길게 가로지르는 기괴한 추격전이 시작되었다.

"혁혁, 랑세 어디 있어?"

랑세의 빠른 발을 집 안에 처박혀 연구만 하던 마법사들이 따라잡을 수 있을 리가 없었다. 그저 조금 더 젊고 조금 더 절박한 이들이 랑세의 어렴풋한 그림자를 쫓아 선두에서 달리고, 나머지가 그 뒤에 쪼르륵 따라붙을 뿐이었다. 그러다 보니 마법사들이 한 줄로 쭉 따라 달리는 꼴일 수밖에.

"뭐, 뭐야, 당신들!"

야간 순찰을 하던 경비대원들이 이 희한한 꼴에 기겁하며 따라붙어 달리려 한다. 아니, 솔직히 좀 빠른 걸음일 뿐이었다.

"체력 훈련이에요!"

누군가 외친 거짓말에 경비대원은 기가 찼다.

"그걸로 훈련이 돼?"

느려 터져서.

"되거든요!"

우르르르, 한 줄로 달려가는 마법사들의 꼴에 경비대원은 그냥 코웃음을 치며 지나쳤다. 수상하긴 하지만 위험해 보이지는 않으니 적당히 정신 나간 놈들이라 생각을 하며.

"야, 누가 탐색 주문 좀 써 봐!"

선두에 선 이조차 랑세를 놓치자 이들은 거친 숨을 몰아쉬며 탐색 마법을 할 만한 이를 찾았다. 가장 처음 랑세의 뒤를 쫓았지만 가장 끄트머리로 처졌던 하이란이 도착해 헉헉거리며 손을 들었다.

"내가 할게! 아까 같이 있었거든."

하이란은 숨을 깊게 들이쉬어 잠시 진정을 하고 소매에서 마력 압축분을 꺼내 공중에 띄우고 주문을 외웠다. 오늘 본 랑세의 얼굴과 이름, 향기와 목소리, 그 모든 기억과 소매 끝에 묻었던 랑세의 머리카락 같은 것들이 압축분에 하나씩 아로새겨지며 빛을 발했다. 그 빛은 어딘가를 가리켰다.

"저쪽!"

하이란이 작은 골목들이 모여 있는 거리를 가리켰다.

"달려!"

마법사들은 하이란을 앞장세워 다시 움직이기 시작했다. 하지만 달리기가 느린 하이란이 선두에 서니 그냥 우글우글 뭉쳐 걷는 거나 다름없었다.

순찰을 한 바퀴 돈 경비대원은 다시 마주친 마법사 무리를 보고 혀를 찼다. 쯧쯧, 저놈들 저럴 줄 알았지. 체력은 국력인데, 마법사 놈들이란.

"야, 어떻게 해?"

"쉿. 조용히 해."

그 무렵, 이상하고 무서운 여자 하나와 마법사 떼에게 쫓기던 남자 둘은 골목 어딘가에서 숨을 죽였다. 아니, 숨을 죽이려 애썼다. 이미 지칠 만큼 달려 숨을 고르기도 힘들었다. 처음 병사가 되어 훈련을 받던 날 같았다. 그러하니 제대로 도망가지도 못한 채 골목 어딘가 쓰레기통 뒤에서 몸을 숨긴 채 그들이 떠나길 기다릴 뿐이었다. 슬그머니 머리를 빼 보았다.

어두운 밤거리, 숨 쉬는 소리조차 들릴 그런 밤. 사방은 고요했다. 여자의 욕설도 발소리도 무엇도 안 들렸다. 하지만 그들은 쉽게 뛰어나오지 않았다.

여자는 집요했다. 골목이 많은 곳으로 일부러 들어왔건만, 여자는 끈질기게 자신들을 쫓았다. 분명 어딘가 근처에 있다면 기다리고 있으리라.

무관들은 억울했다. 선배들은 마법사들이 별거 아니라고 했다. 기초 마법 수업을 들은 정도면 얼마든지 해낼 거라 했다. 마법사들이 끈질기다는 것도, 무시무시한 욕설을 뱉는다는 것도, 달리기를 잘한다는 것도, 그 어떤 것도 말해 주지 않았다. 하기야, 그러니 신입 굴리기겠지. 둘은 몸을 슬쩍 내밀어 보았다.

"야! 저쪽이야, 저쪽!"

움찔, 둘은 얼른 쓰레기통 뒤로 몸을 숨겼다. 다다다, 발소리가 들리고 마법사 떼가 움직이는 소리가 났다. 반대 방향으로. 그리고 다시 고요.

"가, 갔나?"

"그, 글쎄?"

둘은 잠시 침묵을 지키며 주변 상황을 살폈다. 배운 대로 속으로 숫자를 세며 시간이 얼마나 지났는지 계산해 봤다. 멀리서 무슨 소리가 조금씩 들리긴 하지만, 이 근처에서는 아무 소리도 나지 않았다.

"갔나 봐."

"그렇지?"

"달려온 쪽으로 나가면 안 걸릴 거야. 야, 빨리 가자."

무관들은 안도의 한숨을 내쉬며 쓰레기통 뒤에서 슬금슬금 나와 터덜터덜 골목 밖으로 나섰다.

"잡았다, 요놈들."

거기에 뭐가 있는지도 모른 채.

눈빛 형형한 여자와 마법사들이 그들을 둘러쌌다.

털썩, 무관들은 저도 모르게 주저앉았다. 죽었다, 이제.

골목 앞에서 무관들을 놓친 랑세는 속도를 늦추고 그 근처를 들쑤셨다. 그러다 마침 뭐 때문인지 모르지만 뒤따라온, 아니, 뭐 때문인지 안다, 그놈의 자존심 때문이겠지, 마법사들과 합류하게 되었다. 마법사들은 랑세의 기세에 당장은 못 나서고 자기들끼리 수군거리다 조심스럽게 입을 열었다.

"저기, 힘든 건 알겠지만, 좀만 더……."

"닥치세요."

씨알도 안 먹혔다. 랑세의 험악한 기운에 마법사들이 어깨를 수그렸다. 랑세가 숨을 내뿜을 때마다 앞머리가 흔들거렸다.

"어차피 전 문관이에요. 지면 제가 진 거지 너희들이 지는 거 아니니까 닥치세요."

"네……."

화가 어찌나 치솟았는지 말이 마구 나오고, 마법사들은 그 앞에 감히 무어라 할 수 없었다. 말 잘못했다가 먼저 잡히는 건 무관 놈들이 아니라 자신들일 수도 있으니까. 다만 마법사들은 일이 어떻게 될지 궁금해 랑세의 곁을 떠나지 않았다.

랑세는 그런 마법사 떼를 내버려 두고 아무 말 없이 발꿈치를 들어 살그머니 주변을 수색하기 시작했다. 가죽 신발이 돌길 위에서 소리도 없이 움직이기 시작했다. 마법사들은 자신도 모르게 랑세의 걷는 모양새를 따라 하거나 발에 음소거 마법을 걸고 숨소리도 죽인 채 그 뒤를 쫓았다.

한밤중, 살그머니 도둑놈처럼 걷는 이들이지만, 도둑 같지는 않았다. 저렇게 떼로 다니면 어디 몰래 털지도 못할 테니. 아무튼 그리 조용히 다니니 어디선가 거친 숨소리가 들렸다. 랑세는 눈이 뜨이듯 귀가 번쩍 뜨였다. 아하, 숨었구먼. 그러나 정확히 어딘지 알아내기는 힘들었다. 그럼 구멍 앞에 불을 붙이고 너구리가 튀어나오길 기다려야지.

"여기."

랑세가 뒤따라온 마법사들을 향해 손짓하자 하이란과 무즈가 조심스레 달라붙었다.

"제가 뭐라 외치면 달려가는 흉내만 좀 내 줘요."

둘은 처음에 이해하지 못해 잠깐 멈칫했지만, 곧 무슨 뜻인지 눈치채고 고개를 끄덕였다. 그들은 수신호로 마법사들에게 랑세의 뜻을 전달했다.

그리고 다음은 모두가 아는 대로.

어두운 골목 앞에 풀썩 주저앉은 무관 둘, 그를 둘러싼 마법사들과 문관 하나. 그 문관은 허탈한 한숨을 내쉬었다. 그래, 허탈한 한숨. 그들을 잡아 기쁘지도 않았고 화가 더 나지도 않았다. 그저 허탈했다.

"야."

랑세는 주저앉은 무관들 앞에 아주 불량한 자세로 쭈그려 앉아 그들과 눈을 마주쳤다. 허탈한 이유는 단 하나였다.

"꼬마야."

무관들은 너무 어렸다. 아직 솜털도 다 떨쳐 내지 못한 어린 애들. 열여섯이나 열일곱쯤 돼 보이는, 소년에서 청년으로 건너는 다리 어딘가에서 서성이는 아이들이었다. 이제 학교를 갓 졸업했으려나. 랑세는 눈썹을 일그러뜨렸다.

딱 동생의 나이와 비슷하리라. 동생이 살아 있다면 맞이했을 나이.

"돈 준다는데 왜 도망치니? 응?"

그래서 허탈하고 허탈했다. 그 허탈함은 목소리에 묻어나지 않는지 소년 무관들은 랑세 앞에서 달달 떨 뿐이었다. 그 나이 때 아이들이 제일 듣기 싫어하는 꼬마라는 소리를 듣고서도 감히 뭐라 반발하지 못할 만큼.

"응? 아직 어린놈들이 큰 꼴을 당하고 싶어서 매일 밤 사람을 괴롭히니?"

물론 허탈한 것치고는 말에 분노가 넘실거려서 그런 것 같긴 하다만.

랑세는 어린 두 녀석의 꼬락서니를 쭉 살펴보고 한숨을 푹 내쉬며 뒤돌아보았다. 마법사들도 생각보다 어린 무관의 모습에 꽤 당황한 듯 보였다.

"이제 막 학교 졸업한 애들인가 본데요? 고급 장교 양성 학교가 아니라 그냥 일반 무관 학교 출신? 그런 거 같아요."

한참 무관들을 살펴보던 하이란이 그리 말하자 무관 아이들은 저도 모르게 고개를 끄덕였다. 뭐 아무튼, 그게 중요한 건 아니고.

"근데 그 짓은, 돌 던지는 짓은 하루 이틀만 하면 안 되니? 사람 다칠 만큼 꼭 던져야 해?"

무관 아이들은 서로 힐끗힐끗 돌아보다 우물쭈물 입을 열었다.

"시, 실패하면 선배님들이 저희를……. 흐, 흐으윽, 죄송합니다, 죄송합니다!"

아이들은 울먹거리더니 두 손을 싹싹 비비며 빌기 시작했다. 아이들이 미처 끝맺지 못한 말은 듣지 않아도 알 것 같았다.

'누나, 으어어엉, 형들이, 형들이…….'

종종 듣던 말이었으니까. 그래서 맞고 돌아온 동생 녀석 앞세우고 형이란 놈들을 족치던 날도 있었으니까.

왜 힘을 가진 놈들은 그렇게 되는 걸까. 그런 힘, 왜 약한 사람 괴롭히는 데 쓰게 되는 걸까. 랑세는 긴 한숨을 푹 내쉬었다. 허탈했지만, 새로운 화가 치솟았다. 잡은 건 새끼 너구리였고, 잡아야 할 건 큰 너구리였으니.

"야."

"네? 네?"

"앞장서."

"네?"

"너희 아파트로 가자고. 네 선배라는 놈들 꼴 좀 보자."

"아, 안 돼요! 저희 죽어요!"

"내 알 바 아니고. 돌은 돌려줄 테니까, 네 선배 놈들 오늘 좀 잡자."

"아, 안 돼요! 저희 진짜 죽어요!"

"선배 손에 죽을래, 내 손에 먼저 죽을래?"

"누, 누님 손에 죽겠습니다!"

퍽, 퍽, 결국 랑세의 손이 나갔다. 랑세는 아이들의 뒤통수를 차례로 한 대씩 후려갈겼고, 아이들은 주춤주춤 일어났다. 랑세에게 겁이 났는지, 아니면 이기지 못할 머릿수에 겁이 났는지, 이도 저도 아니면 그냥 체념했는지.

무관 둘을 앞세우고 그 뒤를 문관 하나, 또 문관 뒤에 마법사들이 줄줄이 따라가기 시작했다. 경비대 사람들은 순찰 한 바퀴를 또 돌다 혀를 찼다. 대체 쟤들은 뭐 하는 걸까.

"저기……."

멀지 않은 곳에 무관 아파트가 보였다. 엿새 넘게 도전하는 신입들이 궁금하고 신기했는지 무관 놈들이 밖에 나와 낄낄거리며 아이들을 기다리는 것이 언뜻 보였다.

랑세는 다시 한번 한숨을 쉬고 뒤돌아보았다.

"저기요, 제가 가서 '문관'으로서 해결하고 마법사 자존심에 해 안 가게 할 테니까, 저기 어디 숨어 있기라도 하세요."

"예?"

"아이씨, 진짜 말귀 못 알아들어요? 마법사들이 우르르 가면 마법사가 져서 오는 거라고 생각할 거 아니에요. 내가 뒤집어 쓸 테니까, 가라고요."

"아니, 그래도……."

"제가 죽도록 처맞을 것 같으면 그때 구해 주시든가요."

랑세는 마법사들을 쭉쭉 밀어내고는 두 놈을 다시 앞세워서 무관 아파트 앞으로 다가갔다.

"어?"

웬 여자와 두 녀석이 같이 오니 '어른' 무관들은 눈을 깜빡였다. 랑세는 다시 한숨이 나올 것 같았다. 덩치는 어린놈들 두 배는 될 것 같은 놈들이.

랑세는 확성기를 꾹 쥐었다. 리엔이 이 확성기를 제게 쥐여 준 것은 아마도 목소리로, 말로, 문관답게 해결하라는 뜻인지도 모른다. 랑세는 돌을 무관들에게 던졌다. 과연 썩어도 준치라는 걸까. 랑세가 던진 돌을 그들은 공이라도 잡듯 확 잡아챘다.

"뭐야?"

랑세는 두 팔을 쭉 뻗어 탈탈 흔들었다. 팔에 달라붙는 좁은 소매는 마법사가 아니라는 증거.

"저기요, 이 두 녀석 선배들이시죠? 제가 마법사 아파트에 살기는 하는데, 문관이거든요?"

"뭐?"

"문관 아파트 재개발 들어가서 마법사 아파트에 강제로 입주한 문관이라고요."

"아아, 거 미안하게 됐습니다."

하나도 미안해 보이지 않는 태도. 랑세의 눈썹이 슬쩍 올라갔다.

랑세가 문관이란 걸 알게 된 어린 무관들은 눈을 크게 떴다. 마법사도 아닌데 창문을 마법 도구로 둘러쌌다고? 그런 의문은 어른 무관들도 마찬가지였나 보다.

"이웃이 보기 안타까워서 마법사님들이 조금 도와주긴 했어요."

"아하, 그럼 우리가 이겼군."

"이겨요?"

랑세는 입술을 한껏 비틀어 올리며 웃었다.

"이긴 거겠죠. 사람 움직이지 못하게 법으로 손발 꽁꽁 묶어놓고, 돌 던지고 괴롭혀 잠 못 자게 해서 돌 돌려받으면 이기는 거겠죠. 하기야, 이제 막 들어온 신입들을 매로 다스리는 거 말고는 할 줄 아는 일도 없는 대가리 텅텅 빈 놈들 눈에는 이긴 거겠죠."

으악, 시작인가. 어린 무관들은 손으로 입을 막았다. 밤마다 들었던 무시무시한 욕설의 향연이 시작되는 건가. 어른 무관들도 제법 당황한 것 같았다.

"뭐, 뭐라고?"

"그 나이 돼서 말 더듬고 싶어요? 대가리에 돌밖에 없죠? 여기 던질 돌, 저기 던질 돌. 이봐요, 공무원 복무규정 몰라요? 무관도 복무규정 있잖아요."

"이, 이건 우리의 전통이다! 문관은 끼어들지 마!"

"또 더듬으시네. 전통 좋아하네. 이미 충분히 끼어들 권리가 있거든요? 그리고 사람 다치는 전통, 위로 고발 올라가면 전통이고 뭐고 박살 날 걸 몰라서 그래요? 요새 전쟁 끝났다고 몸이 찌뿌둥할 텐데 그런 짓 할 거면 운동장이라도 도시든가. 그 전통 존중해서 한 사흘 참았거든요? 어린놈들이 고생하는 것도 안타까워서 참아 줬는데, 사람이 보자 보자 하니까, 정말."

차, 참으셨던 건가요? 어린 무관들은 그렇게 말하고 싶었지만 할 수 없었다. 어쨌든 죽을 것 같았거든.

"그리고요, 제가 무관 복무규정도 봤는데요, 비무장 민간인 공격하면 어떻게 되는지 뻔히 알면서 그 짓거리를 해요? 사람 패는 양아치랑 무관이랑 구분도 못 해요? 허우대는 멀쩡하면서 정신을 못 차리셨네. 그리고 말이죠……."

조곤조곤, 랑세는 결코 목소리도 높이지 않고, 욕도 하지 않고 말로 사람을 패기 시작했다. 아니, 패는 정도가 아니었다.

상대가 얼마나 못난 놈인지, 얼마나 치졸하고 저열한지, 얼마나 무식하고 생각 없고 인간 밑바닥도 디디지 못할 천하의 나쁜 놈인지 조목조목 흠 하나씩을 잡아 패고 있었다. 랑세의 말을 듣고 있다 보면, 영혼이 조각조각 나고 먼지가 되어 부서지다 끝내는 지옥 불에서 불타 없어져 듣고 있는 자신이 세상에 한 치 쓸모도 없는 존재가 되는 기분이었다.

그것은 당사자인 무관뿐만 아니라 뒤에서 훔쳐 듣고 있던 마법사들 또한 그랬다. 벌써 소심한 몇몇은 더 깊은 지옥에 떨어지지 않기 위해 옆 사람의 손을 꾹 붙든 채 의지했다. 무서워, 무서워 죽을 것 같아.

"······그러니 다시는 이런 짓 마시라고요. 그건 마법사들뿐만 아니라 댁들 후배들한테도 못 할 짓이라고요. 머리가 있으면 알아들으시겠죠?"

랑세가 말을 마치자 죽음 같은 침묵이 깔렸다. 영혼이 촘촘히 썰린 무관은, 곧 정신이 돌아왔는지 하얗게 질렸던 얼굴이 붉게 달아올랐다. 그리고 곧 주먹이 올라갔다.

"야!"

"아아아악!"

털썩, 랑세가 그대로 엎어졌다. 다시 한번 말하지만, 주먹만 올렸을 뿐이었다. 하지만 랑세는 바닥을 뒹굴었다.

"아아악! 사람을 치냐, 응? 지금 사람 쳤어?"

끔뻑끔뻑, 당황한 무관은 눈만 끔뻑였다.

"사람 살려요! 나 죽어요! 도와주세요!"

그런 무관을 내버려 두고 랑세가 어딘가를 향해 소리를 질렀다. 무관들과 훔쳐보고 있던 마법사들의 시선이 그쪽으로 돌아갔다. 순찰을 하던 경비대원들이었다.

"어어어?"

멀리 있는 경비대원의 눈에 보이는 것은 도로에 엎어진 여자와 덩치 커다란 남자. 경비대는 순찰봉을 휘두르며 달려온다. 무관은 당황해 어쩔 줄 모르고 랑세는 그를 향해 속삭였다.

"너 걸리면 맷값 물어 주는 거로 안 끝날걸."

랑세가 심신의 안정을 위해 읽었던 법전에는 마법사에 대한 규제만 있는 것이 아니었다. 마법사만큼은 아니더라도 무관과 민간인 사이의 규제도 엄연히 있었으니. 자신이 주먹을 들어 맞서 싸운다면 문관 복무규정에도 걸린다만, 일방적으로 맞는다면 이야기는 완전히 달라진다. 아무리 멍청한 무관이라도 랑세가 한 말을 못 알아듣지 않았으리라.

"야, 튀어!"

무관들은 달리기 시작하고 그 뒤를 경비대가 쫓으려 했다.

"저, 저 좀 도와주세요!"

일을 더 복잡하게 만들기 싫었던 랑세가 경비대를 향해 외쳤다. 경비대원들은 저쪽 한 번, 이쪽 한 번 보다가 다친 사람이 급하다고 생각했는지 랑세에게 다시 돌아왔다.

"괜찮습니까?"

"네에, 그냥 좀 몇 대 맞은 거라서……."

"그놈은 뭡니까?"

"잘 모르겠어요. 강도인가 봐요……."

"허어, 참."

비틀거리며 일어나는 랑세를 부축한 경비대원이 물었다.

"치료원으로 가시죠."

다치지도 않은 채 치료원에 가면 걸리지 않을까. 랑세가 어떻게 거절을 할까 고민하던 차.

"치료는 제가 해 드려도 될까요?"

스테인이 치료 마법사 자격증을 내밀며 다가왔다. 그제야 뒤에 남겨 둔 마법사들이 떠오른 랑세가 그쪽을 보았다. 랑세는 저도 모르게 피식 웃고 말았다. 아무리 맞은 척한 거라지만, 여차하면 정말로 랑세가 맞을지도 모른다는 생각에 다들 나와 각자 손에 무언가를 들거나 주문을 외우기 직전의 모습으로 서 있었다. 그래, 며칠 수면 부족의 고통 속에서 자존심을 지켜 준 보람은 있구나. 그녀의 미소에 마법사들이 달려왔다.

"괜찮아요?"

"얼마나 아파요?"

"많이 다쳤어요?"

우르르르, 아까 체력 훈련을 하던 마법사들이 다가오자 경비대가 주춤 물러났다. 아는 사이입니까. 네 이웃이에요. 그냥 이분들이랑 갈게요. 그러세요.

절뚝절뚝, 랑세는 하이란과 타루에게 몸을 기대며 비틀거리는 걸음을 걸었다. 경비대원들은 불안한 눈을 하면서도 신원 확실한 마법사들에게 랑세를 맡기고 한밤중 강도질을 하려던 무뢰한들을 찾아 떠났다.

"갔죠?"

힐끔, 뒤를 돌아보니 경비대원들은 보이지 않았다. 절뚝거리던 랑세의 걸음이 멀쩡해졌다. 그리고 다시 침묵.

"뭐, 저 때문에 지게 되어서 미안해요."

랑세가 그리 말하자 어디선가 픽, 하는 웃음소리가 났다. 케일이었다.

"저게 진 거라고 생각하는 사람은 아무도 없을 거다."

끄덕끄덕, 마법사들은 격하게 고개를 끄덕였다. 비록 돌은 돌려줬지만, 오늘 지옥 밑바닥에서 불타고 있을 무관들의 영혼을 생각하자면 결코 진 것이 아니었다. 약간의 동정심마저 들 정도였으니까. 끝내 경비대원에게 쫓긴 것까지 포함하면 어쩌면 승리 그 이상.

"그래요, 우리가 이긴 겁니다!"

"아까 그 녀석들 얼굴 봤어요?"

"꼴좋다, 무관 놈들."

"랑세 씨 최고!"

침묵이 거짓말이었던 것처럼 마법사들은 또 신나게 깔깔거렸다. 어떤 녀석은 두 팔 번쩍번쩍 만세 삼창도 한다.

랑세는 그 꼴들이 골치 아프면서도 우스꽝스러워 헛웃음이 나오고 말았다. 승리도 아니고 패배도 아닌 애매한 상황에 자신에게는 그저 그런 감정만이 남았는데, 마법사들은 아니었나 보다. 뭐, 하나라도 기뻐하면 됐지.

"자, 이제 다들 돌아가자."

케일이 말하자 마법사들과 문관은 힘들게 가로질렀던 길을 느적느적 되돌아가기 시작했다.

랑세는 제 옆에 선 케일을 힐끔 올려다보았다. 시선 안에 입을 꾹 다문, 단단해 보이는 턱이 들어왔다. 매일 관리사무실에서 책이나 읽는 사람이 웬일이래.

"왜 오셨어요?"

랑세가 묻는 말의 뜻을 금세 알아들은 케일은 눈썹을 치올렸다가 내렸다. 평소 자기 모습을 뻔히 알기에. 뒤늦게나마 따라온 이유가 별건가.

"걱정했으니까."

자존심 때문은 아니라 한다. 말만 그럴듯한 것일지도 모르겠지만, 그래도 이런 순간에 당신을 걱정했다는 말을 듣는 것은 결코 나쁜 기분이 들지 않는다.

"고맙습니다."

"뭐, 걱정할 필요도 없어 보이긴 했지만."

케일은 오늘 뒤에서 지켜보았던 광경이 떠올라 피식피식 웃음을 흘렸다. 늘 찡그린 얼굴만 보다가 이런 웃음 짓는 것을 처음 본 랑세인지라 눈을 깜빡였다. 졸리긴 졸린가 보다, 별 희한한 게 눈에 다 보이는 것을 보니.

터벅터벅 걷는 느린 걸음들. 거리 위에 마법 가로등이 만들어 낸 짧은 그림자가 진다. 여러 그림자가 소곤거리며 섞일 때, 랑세는 문득 스테인을 돌아보았다.

"저기요, 스테인 씨. 규제법 만든 게 문관이라고 하셨죠?"

그 걸음 사이사이 생각하던 것.

"네, 그랬지요."

"당장에 억울할지도 모르겠지만 전 다행이라고 생각해요."

스테인은 아무 말 하지 않았다. 다만 미소는 거둔 채.

"아마 마법사가 가장 강해서 그럴 거예요. 아니면 저 같은 평범한 사람을 보호할 방법이 없으니까요."

"하지만 그로 인해서 우리가 받는 피해는요?"

"그런 건 고쳐 나가야 하겠지만, 전 적어도 마법사들이 제 힘만 믿고 날뛰는 멍청한 무관처럼 안 된 게 다행이라고 생각해요."

움찔, 몇몇 마법사들은 학생 시절 신입생을 굴리던 기억이 떠올라 몸을 움츠렸다. 오늘 무관을 향한 비난에서 절대 자유롭지만은 않을 터였다.

하지만 스테인을 똑바로 바라보고 있던 랑세는 그네들의 모습을 보지 못했다. 스테인은 랑세를 향해 엷게 웃었다.

"문관답군요."

그 안에 담긴 많은 뜻.

"그럼 제가 문관이지 마법사인가요? 그럼 안 된다는 법 있나요?"

랑세의 말에 저쪽에서 무거운 목소리가 들려왔다.

"안 될 게 있나. 세상에 마법사만 사는 것이 아닌데."

또 케일이었다. 케일의 말에 스테인은 시선을 피한 채 입을 다물었고, 랑세도 더 덧붙이지 않았다. 아직은 그들의 몫과 내 몫은 다르니까. 우리의 몫이라는 것은 없으니까.

그들의 대화에 마법사들마저 침묵하게 되고, 밤길은 고요하기만 하다. 각자 무슨 생각을 하는지 마법사들을 입을 다문 채 걷기만 하고, 한 뭉치로 달려왔던 그들은 어느새 조금씩 갈라져 두 패로 나누어 걷는다.

랑세는 눈을 가늘게 떴다. 이게 하이란이 말한 그것인가 보다. 당신은 이쪽이고 당신은 저쪽이구나. 세상에 마법사만 있는 것이 당연히 아니듯, 마법사들도 모두가 같은 생각을 하라는 법은 없으니. 랑세는 그들의 모습에 신경 쓰지 않기로 한다. 그저 저기 혼자 불쑥 걷는 케일이 새삼스러웠을 뿐.

"저기, 랑세 씨, 나중에 그렇게 말 잘하는 법 알려 주실래요? 진짜 오늘 감동받았어요."

침묵이 지나치게 무거웠는지 하이란이 평소보다 목소리를 한 톤 높이며 다가왔다. 격의 없이 다가오는 모습에 랑세는 마음이 조금 가벼워져 작게 웃었다.

"그거, 제가 가르친다고 되는 일 아니에요."

"예? 왜요? 제가 문관이 아니라서요?"

랑세는 다시 웃었다. 설마 오늘 자기가 저지른 일이 문관답다고 생각하는 건 아니겠지.

왜 아니긴. 하이란의 가슴속에 문관에 대한 편견이 랑세 덕에 이만큼 쌓였는걸.

"아니요. 전 이거 배운 게 아니고요, 그냥 제 가족들이 말을 이런 식으로 하다 보니 영향을 좀 받았어요."

"헉."

그런 말을 매일 들으며 자랐단 말이야? 하이란이 바르르 몸을 떨었고 랑세는 미소 지었다.

"설마 저한테 그랬겠어요. 그냥 손해 볼 일 생기면 그러셨어요. 아빠가 장사하시거든요."

"아하, 무슨 장사 하시는데요?"

"책 장사요."

"와! 부럽네요."

"그래요? 전 책 많이 안 읽어서 그냥 그랬는데."

작은 마을 땅 한곳에 대대로 내려온 서점의 주인. 그의 다정한 웃음과 함께 때때로 내뱉던 독설들이 떠오른다. 정의롭지 않은 일 앞에서 웃음을 거둔 채 쏟아붓던 입담들, 거기에 웃곤 했는데.

'누나, 누나, 너무 아파, 너무 아파.'

그리고 제 곁을 떠난 한 사람도 아빠의 말에 그렇게.

랑세는 하이란이 곁에서 떠드는 말들로 그 기억을 지워 내고 웃음을 지어 보였다.

"아, 해 뜬다."

아파트에 돌아올 때 즈음에는 가늘게 해가 뜨고 이제는 익숙한 닭 울음소리가 들린다.

"오늘 또 출근하시기 힘들겠어요."

하이란의 말에 랑세는 픽 웃었다.

"오늘은 휴일이에요. 푹 자고 내일 출근해야지요."

이 밤 이 난리를 친 것이 모두 오늘 푹 자기 위해서였다.

"어쨌든 고생했어요. 좋은 게 좋은 거죠. 일단 이겼잖아요."

"그래, 문관. 수고했어!"

마법사들이 한 명씩 랑세의 어깨를 두드리고 지나간다. 랑세는 기지개를 쭉 켰다. 정말 밤새 뛰어다녔더니 피곤하기 그지없었다.

"잘 자요, 고생했어요."

"네, 고마웠습니다."

"잘 자요!"

오늘 한꺼번에 나왔던 마법사들도 모두 자기 방으로 돌아간다. 케일은 관리사무실로. 항상 자리를 지키던 이가 오늘 자기 뒤까지 쫓아왔으니 얼마나 큰일이었는지 새삼 실감이 되어 랑세는 케일에게 한 번 더 인사를 보냈다. 감사했어요, 하는 말 없이 한 번 더 고개만. 케일은 늘 앉던 그 자리에서 그런 랑세를 가만히 바라보았다. 그리고 성의 없는 태도로 짧게 인사를 받고 다시 책을 폈다.

그런 태도에 오히려 안심되었다. 늘 보던 그 광경이니까. 그리하여 이곳에 평안이 되돌아온 것 같았으니까. 그리하여 아파트는 다시 새벽의 고요함을 맞이한다.

"자자, 이제 정말 자자."

랑세는 침대에 뻗어 푹 잠들었다. 오늘은 꿈도 꾸지 않고, 어떤 꿈도 꾸지 않고 잠들면 좋겠다. 어떤 추억도 떠올리지 않고 잠들면 좋겠다. 그렇게 자고 일어나 식사하고 아무렇지도 않은 휴일을 보내며 또 다른 내일을 맞이하고 싶다. 일찍 출근해서 혼도 나지 않을 그런 평범한 날을.

그러니까, 자자…….

"늦었어!"

세상일은 늘 마음처럼 안 되지만.

"말이 돼, 하루 꼬박 잔 게? 내 휴일!"

랑세는 비명을 내지르며 부엌에서 튀어나왔다. 아침 먹으러 나온 와렌이 출근 안 하냐며, 하루 내내 보이지 않아 걱정했단 말을 하지 않았더라면, 지각이 뭐야, 그냥 출근도 못 했겠지.

"랑세 씨, 잘 다녀와요!"

"어, 문관? 출근해? 잘 다녀와!"

아파트에서 튀어 나가는 동안 어딘가를 가던, 아직은 낯선 마법사들이 랑세를 향해 손을 흔든다. 랑세는 잠시 멈칫했다. 그리고 그들을 향해 웃었다. 그래, 이거면 됐지.

"다녀올게요!"

안녕, 오늘.

안녕, 내일.

돌봐 주세요

조금은 이른 아침이었다. 며칠 전 난민을 태운 보트가 도착하는 바람에 외무부는 무척이나 바빴다. 어제까지 일이 많아 늦은 시간에 퇴근한 랑세는 아침에 먹을거리 장도 못 본 채 방으로 돌아와 옷도 안 갈아입고 자 버렸다.

오늘은 휴일이니 마음 놓고 오후까지 잘 생각이었건만, 배가 고파 깨고 말았다. 랑세는 귀찮아, 귀찮아를 연발하며 침대에서 기듯이 내려와 옷 두어 번 탁탁 털고 느릿느릿 방을 나섰다. 가까운 가게에 가서 일단 뭐라도 장을 보고 한 끼 때운 후 한잠 다시 자야겠다 싶었다.

"안녕하세요."

관리사무실에 있던 케일은 고개만 까딱하고 인사를 받으며 다시 책을 본다. 책에 빠져들듯이 집중하는 모습에 잠시 눈이 갔다. 약간은 어둑한 그림자가 진 옆얼굴을 보자 사람들의 내기가 떠올랐다. 낮에도 밤에도 저 자리가 빈 것을 본 적 없었다. 정말 저 사람은 언제 자는 거지. 사람들이 내기할 만하네. 랑세는 쓸데없는 생각을 하며 문을 열었다.

멍, 그때 들린 강아지 울음소리. 랑세는 아래를 내려다보았다. 털이 복슬복슬한 강아지가 랑세의 발밑에서 학학거리고 있었다. 털이 곱지 못하고 지저분한 것을 보니 떠돌이 강아지 같았으나, 귀여움은 여느 강아지와 다를 바 없었다.

"애, 넌 어디서 왔니?"

아침부터 뜬금없는 마주침에 랑세는 빙긋 웃으며 강아지에게 물어보았다. 답을 할 수 있을 리가 없지만. 강아지는 그저 헥헥거리며 랑세를 볼 뿐이었다.

랑세는 강아지가 귀여워도 당장 배고팠기에 일단 가게로 가기로 했다.

"어머."

그런데 강아지는 자꾸 랑세를 따라온다. 뭘 바라는 걸까. 랑세는 제 옷 냄새를 맡아 보았다. 아무리 못 씻고 잤다지만 강아지가 좋아할 냄새는 안 나는데. 하긴 강아지 중에 사람이 반가워 무작정 따라오는 놈들이 있긴 하니까. 일단 그다지 위협적으로 느껴지지 않으니 랑세는 내버려 두기로 했다.

쫄레쫄레, 아침 고요한 골목에 강아지 한 마리가 여자를 따라간다. 가게에 도착해 문을 여는 순간까지도 강아지가 랑세의 뒤를 따라 들어오려 했다.

"어어, 개는 안 됩니다."

"아, 얘 제 개 아니에요. 떠돌이 개인 모양인데 자꾸 따라오네요."

그 말에 가게의 도제가 얼른 뛰어나와 쉿쉿 손짓을 하며 문을 닫았고 강아지는 문 앞에서 낑낑거렸다. 랑세는 힐끗 눈짓한 번 하고 사야 할 것들을 고르기 시작했다. 빵 몇 개와 간단한 먹을거리를 대충 장바구니에 집어넣고 계산을 마칠 때까지도 강아지는 문 앞에 있었다.

"얘, 너 자꾸 따라오지 마."

하지만 강아지는 랑세 곁을 떠날 생각이 없어 보였다. 랑세는 혹시나 해 장바구니에서 강아지가 먹을 만한 걸 살짝 떼서 내밀어 보지만 강아지는 먹이를 외면하고 랑세의 종아리 곁에서 헥헥거린다.

"가, 난 너 책임 못 져."

단호하게 이야기하지만 강아지는 알아들은 눈치가 아니었다. 랑세는 얼굴을 찌푸리고 다시 걸었다. 일단 배가 고프니 얼른 가야지. 설마 아파트 안까지 쫓아오지 못할 테니. 쫄래쫄래, 강아지는 꼬리까지 흔들며 랑세를 뒤따라간다.

아침에 가게를 갈 때와 달리 랑세의 기분은 썩 좋지 못했다. 이 녀석이 어디까지 쫓아올지 걱정이 된 탓이었다. 과연 녀석은 아파트 앞까지 따라붙었다.

"너 정말 가."

쉿쉿, 가게의 도제가 하듯 손짓으로 강아지를 쫓아 보지만 강아지는 떠나지를 않았다. 랑세는 얼른 입구로 들어가서 문을 닫아 강아지가 들어오지 못하게 했으나.

박박박박, 문을 긁는 소리가 들렸다. 아이씨, 찜찜하게. 랑세가 문 근처에서 떠나지를 못하고 있자 케일이 책을 덮고 눈썹을 치켜세웠다.

"왜?"

"아, 저기……, 떠돌이 개가 아침에 따라붙었는데 떠나지를 않네요."

"개?"

마침 문에서 박박거리는 소리가 난다. 케일은 얼굴을 찌푸리며 문을 열었고 강아지가 덥석 랑세에게 날듯이 뛰어들었다. 랑세는 저도 모르게 강아지를 끌어안았다. 강아지는 헥헥거리며 랑세의 품에서 애교를 피우기 시작했다.

"얘, 너 왜 이래?"

랑세가 당황하여 어쩔 줄 모르는 사이, 케일은 강아지를 덥석 안아 올렸다. 강아지는 버둥거리며 랑세에게 다가가려 하고 케일은 그런 강아지를 꾹 끌어안았다. 강아지와 케일은 정말이지 어울리지 않았다. 하물며 저를 방해하는 케일을 향해 으르렁거리는 강아지라면.

"이거, 개 아닌 것 같다."

심지어 개도 아니란다.

"네?"

케일은 개를, 아니, 개 비슷한 짐승을 들어 온갖 곳을 샅샅이 훑어보았다. 강아지는 랑세에게 애교를 피웠던 것과 달리 케일에게는 이를 드러낸다. 물론 케일은 전혀 신경 쓰지 않았다.

"내가 확신은 못 하겠군."

케일은 반항하는 짐승을 한쪽 팔로 꾹 끌어안고 메신저를 소환했다. 늑대형 메신저는 개 같은 짐승을 보고 으르렁거렸다. 그 모습에 랑세는 흠칫 놀라고, 케일은 더욱더 미간을 좁혔다.

"아미아 데려와."

케일의 명령에 으르렁거리던 늑대는 휙 뛰어나가려다 랑세 근처에서 멈칫했으나, 케일이 뭐라 주문을 외우자 계단을 뛰어 올라갔다. 낑낑, 끙끙, 그 짧은 사이에도 짐승은 랑세에게 다가가려 끊임없이 꼼지락거렸다. 랑세는 그제야 떠올랐다, 제가 마력에게 사랑받는 체질이라는 걸.

"마물……인가요?"

그 이름부터 두려워져 랑세는 귀여우나 의심스러운 짐승을 들고 있는 케일에게서 한 걸음 물러섰다. 무해하게 웃는 그 모습을 알면서도. 하기야, 무언들 세상에 해 끼치겠다고 얼굴에 미리 써 놓았겠냐마는.

"마물이라기에는 알지 못하는 종류고, 그보다는 마법 생물인 것 같은데……."

"어, 그게 다른 건가요?"

"달라."

아니, 다르면 뭐가 다른지 설명 좀 해 주시죠.

그때, 아미아가 부스스한 머리를 긁으며 내려왔다.

"아, 왜?"

케일은 짐승을 내밀었다.

"이거 뭐지?"

"개 아냐? 아니, 개면 불렀을 리가 없지. 내가 어떻게 알아? 이런 건 리엔 선배 불러야지."

"출장 가셨다."

그제야 아미아는 짐승을 성의 있게 살펴보기 시작했다. 그러면서도 끊임없이 투덜거렸다. 강제로 기상당한 탓이리라.

한참 이리저리 살펴보던 아미아는 짐승의 털을 쓱쓱 쓰다듬으며 입을 열었다. 그 손길에 짐승은 또 헥헥거리며 애교를 피웠다.

"마법 생물이네. 어디 실험체였던 것 같은데? 합성체인지 형성체인지는 나도 몰라. 그런데 어디서 났어? 우리 아파트에 생물계는 리엔 선배밖에 없잖아."

어으, 저 두 사람이 만나면 하여간 마법 모르는 사람을 배려할 줄 모른다. 어쨌든 짐승은 케일의 손에 넘어갔으므로 더 신경 쓰지 않아도 될 것 같아 랑세는 스스슥 뒷걸음질 쳐 이 자리를 떠나려고 했다.

끼이이이잉!

짐승이 구슬픈 소리로 울며 버둥거리지 않았더라면.

짐승은 떠나려는 랑세의 마음을 아는 듯 애절하게 울부짖으며 케일의 품에서 벗어나려 애썼다. 하지만 케일은 단단한 품에서 놔주질 않았다. 다만 조금은 짜증 난다는 듯 한숨을 쉬었다.

"잠깐만, 랑세."

케일의 말이 아니었더라도 떠나지 못했으리라.

"마법 생물이라 아무래도 네 체질이 마음에 드나 보네."

아미아가 흐으응, 웃으며 짐승의 턱을 살살 긁었다.

랑세는 터덜터덜 짐승 곁에 가 머리를 쓰다듬었다. 그 손길
에 짐승은 다시 헥헥거리며 랑세의 손바닥을 핥았다.

"그런데 얘는 어디서 났어?"

"몰라요. 아침에 가게 가려고 문 열었는데 거기서부터 따라
왔어요."

"응? 진짜?"

아미아는 랑세의 대답에 다급하게 문을 열고 주변을 살펴보
더니 꺅, 비명을 질렀다. 돌아오는 아미아의 품에는 상자 하나
가 있었다. 상자에는 담요와 약간의 먹이, 물이 담긴 그릇이 있
었고, 거친 글씨로 '길러 주세요'라고 상자에 쓰여 있었다.

"얘 누가 버린 건가 봐."

아침에 못 봤는데. 하기야 졸린 눈 비비며 겨우 나오는 길이
었으니 못 보고 지나쳤을 수도 있었겠다.

"어떤 놈이 마법 생물을……."

마법사들은 꽤 화가 나 보였다. 그건 랑세도 마찬가지였지
만, 그들이 화가 난 것은 누군가 버렸다는 그 자체보다는 이 짐
승이 마법 생물이라는 사실 때문인 듯했다. 랑세는 분노 서린
기운 사이에 슬그머니 발을 들여 물었다.

"마법 생물이 뭔데요? 마물이랑 뭐가 다른가요?"

"달라. 마물은 순수한 마력으로 탄생한 거야. 마법사들도 만들 수 있긴 하지만 보통은 마력의 샘 안에서 태어나는 거야. 마력의 샘 자체가 요새는 별로 없어서 메신저 말고는 도시에서 마물 볼 일이 없어. 그런데 마법 생물은 보통의 짐승에 마력이 깃든 거야."

마법 생물이 강아지 같은 눈을 하고 랑세를 향해 버둥거리자, 결국 랑세는 그것을 받아 머리를 살살 쓰다듬었다. 정들면 안 되는데.

"원래 그렇게 태어난 생물도 있지만, 얘는 아마 탄생은 일반 개, 그러니까 보통의 강아지였을 거야. 그런데 후천적으로 마력을 주입한 거야."

늘 제멋대로 구는 아미아였지만, 지금 마법 생물을 설명하는 목소리에는 약간의 동정심이 섞여 있었다. 가만가만 털을 쓰다듬는 손길도 다정하다.

"그렇게 마법 생물을 '만들게' 되면 마법사가 끝까지 책임을 져야 하는데, 어느 미친놈이 이걸 가져다 버린 거지."

아미아가 이를 으득 물며 케일을 돌아보았다.

"이거 주인 놈은 어디 출신일까?"

"지금 생물계가 있는 곳이 몇 곳 있긴 한데."

하지만 흐리는 말끝이 아무래도 어딘가를 특정하기 힘든 것 같다. 케일은 잠시 더 생각하다 고개를 저었다.

"리엔 선배 정도나 아시겠지."

아무래도 생물계 쪽은 리엔이 두루두루 다 알고 있는 듯했다. 랑세는 말없이 마법 생물의 머리를 쓰다듬었다.

"그럼 얘는 어떻게 해?"

아미아의 질문은 랑세도 묻고 싶던 것이었다. 케일은 얼굴을 찌푸렸다. 그도 딱히 답이 있는 문제는 아니었기에.

"돌려보내야겠지?"

"그런데 누군지 알아야 돌려주지요."

"리엔 선배 언제 와?"

닷새 후라고 케일은 짧게 답했다.

이 닷새 동안 이 마법 생물은 이 아파트에 자리 잡게 되는 걸까. 그런데 단순히 머무는 것이 아니라 그동안 돌보고 보호할 사람이 필요할 텐데. 랑세는 털을 살살 만지다가 문득 시선을 느껴 번뜩 고개를 들었다. 아미아와 케일의 시선이 랑세를 향하고 있었다.

"아니요, 전 안 해요."

랑세는 둘이 더 무어라 하기 전에 단호하게 강조했다.

"동물을 돌보는 건 책임이 필요하고, 전 그런 책임을 질 자신 없어요. 전 못 해요."

여태 털을 쓰다듬던 손을 떼는 모습에 아미아가 한마디 얹는다.

"와, 매정해라."

"괜히 책임감도 없이 버린 사람보다 처음부터 안 거두는 사람이 나을지도 몰라요."

물론 지지 않는 랑세였다.

랑세는 그대로 뒤돌아 계단에 올라서려 했다. 마법 생물이 애처롭게 울어도, 뒤돌아보지 않고 가려 했다. 계단 위로 두 걸음 올라섰을 때.

멍, 케일의 품에서 벗어난 마법 생물이 달려와 랑세의 종아리에 얼굴을 비빈다. 따뜻한 체온. 메신저와도 달랐다. 마력이 전해 주는 온도가 아니라, 정말 피가 흐르는 생물이 가지는 온도가 발밑에서 올라온다.

랑세는 긴 한숨을 내쉬었다. 케일, 저 사람 일부러 손에서 힘 푼 걸 거야. 랑세는 괜히 케일을 노려보았다.

멍.

"닷새만 돌보는데 도와주라, 야."

아미아의 말에 랑세는 얼굴을 찡그리며 발밑을 내려다보았다. 마법 생물, 아마도 처음에는 강아지였을 짐승이 랑세의 발밑에서 신나게 깡충거린다. 만져 달라는 듯 덤벙덤벙 뛴다. 무언가 신난 모습이지만, 눈만큼은 절박하다. 애정을, 관심을 갈구하는 모습. 어쩌면 마력 때문에 달라붙은 거라도, 그저 지금 바라는 것은 온전한 애정.

"……어차피 저 혼자 못 돌봐요. 전 출근도 해야 해요."

랑세의 기어들어 가는 목소리에 아미아가 다급하게 말을 얹었다.

"괜찮아, 괜찮아. 얘가 너한테서 떨어지면 울잖아, 그래서 도와 달라는 거야. 돌보는 건 다 같이 돌보자고. 집합! 집합!"

랑세는 다시 긴 한숨을 내쉬었다. 그 한숨과 함께 배에서 꼬르륵 소리가 났다. 정말이지 아직도 아침을 못 먹었다.

아미아의 발의로 회의가 열리고 마법사들이 모였다. 모인 이들 거의 다 잠에서 깬 지 얼마 안 되어 짜증이 넘실거리는 상태였다. 낮에 일하는 마법사는 몇 없기에 당연한 일. 투덜투덜, 입이 댓 발은 나와 회의실에 들어왔던 마법사들은 곧 눈을 동그랗게 떴다.

멍!

사람 무리가 들어오자 강아지, 아니, 마법 생물도 눈을 동그랗게 뜨며 멍멍 짖었다. 그러나 어린 새끼에게서 나는 소리는 귀엽기만 했다. 마법사들의 짜증은 그 조그맣게 꼬물거리는 생물의 모습에 살그머니 가라앉았다.

"와!"

심지어 감탄을 내뱉을 정도. 관리가 안 되어 털이 부스스하고 때도 꼬질꼬질하지만 작고 동그란 것은 늘 귀엽기 마련이니.

랑세는 제게서 도통 떨어지지 않는 강아지를 품에 안고 아침에 사 온 빵을 우물거렸다. 보통의 강아지라면 너 먹는 거 나도 좀 달라 조르고 있었을 텐데 마법 생물이라 그런가, 그저 사람이 들어올 때마다 멍멍거릴 뿐이었다.

"아휴, 귀여워라."

"너무 귀엽다."

다들 강아지의 모습에 눈이 감실감실 감긴다. 다들 강아지, 아니, 마법 생물, 아니, 귀찮다, 강아지라고 하자, 생긴 건 일단 강아지니까, 아무튼 마법사들은 강아지에게서 눈을 떼지 못

했다. 랑세와 가장 먼저 친해진 덕에 곁에 앉은 와렌은 그런 강아지의 귀여움을 가장 가까이에서 지켜보았다. 물론 걱정은 좀 되었다.

"그런데 랑세 씨, 우리 아파트 동물 사육 금지인데요……."

와렌의 흐려지는 말끝에는 어차피 규칙 지키는 놈 없으니 상관없지 않을까 하는 마음이 묻어 있었다. 랑세는 강아지의 털을 쓰다듬으며 답했다.

"제 개 아니에요. 개도 아니고 마법 생물이에요. 우리 아파트 앞에 누가 가져다 버린 것 같아요. 제 체질 때문에 들러붙어 있긴 하지만."

"뭐라고?"

누군가 가져다 버렸다는 말에 모두가 어이없다는 얼굴이었다. 랑세는 품 안에서 꼼지락거리는 강아지를 내려다보았다. 네 주인이 너를 버린 것은 보통 사람으로서도 나쁜 짓이고 마법사로서도 정말 나쁜 짓인가 보다.

"그래서, 얘를 주인에게 돌려주려고 하는데 그때까지 임시로 보호하려고. 주인을 찾으려면 리엔 선배 정도는 계셔야 하는데 선배는 출장 중이서. 닷새 후에 오신대."

그때 아미아가 스테인과 케일을 달고 들어와 그리 말하자 마법사들은 당연하다는 듯 고개를 끄덕였다. 제가 만들거나 제 소유가 아니더라도 마법 생물을 보호하는 것은 마법사들의 의무이기도 하지만.

"어우, 너무 귀엽다."

귀엽기도 해서 말이다. 다들 랑세 품 안에 있는 강아지를 뺏어 올 자신은 없어 어찌할 바 모르고 발만 동동거렸다. 그나마 적극적이고 랑세와 한번 함께 길게 이야기를 나누어 봤던 하이란이 근질거리는 두 손을 꼼지락거리며 다가왔다. 하이란이 랑세의 곁으로 스윽, 다가오자 와렌이 스윽, 하고 옆으로 살짝 비켜났다. 하이란은 두 손을 쭉 뻗어 내밀었다.

"랑세 씨, 한번 안아 봐도 돼요?"

"아."

어차피 자신의 개도 아닌 바에야. 그러나 랑세는 자신에게 집착하던 강아지의 의사를 묻는 듯 아래를 내려다보았다, 강아지는 그냥 헥헥거리고 있을 뿐이었다. 그 마법 실험이 무언지 모르겠다만 강아지가 말할 수 있게 하는 실험이면 안 되었을까.

"으음, 너 좀 가 볼래?"

랑세는 일단 강아지를 들어 하이란에게 내밀었고, 강아지는 하이란의 품에 무사히 안착했다. 강아지는 놀란 눈을 깜빡이다 랑세에게 발을 뻗고 낑낑거리기는 했지만, 랑세가 제 곁을 떠날 기색이 없어서인지 아니면 하이란의 품이 편한지 더 반항하지 않고 얌전히 안겨 있었다. 최소한 케일의 품에 있을 때보다는 편해 보였다. 하긴 지금 강아지를 안은 품새도 하이란이 훨씬 나아 보이기도 하고.

"너, 내 옆을 떠나서도 괜찮구나?"

무엇보다 더는 칭얼대지 않는 강아지의 모습이 반가운 랑세였다. 그러나 그 말이 끝나자마자 강아지는 낑낑거렸다. 애정을 갈구하는 눈으로.

랑세는 어색하게 웃었다. 그 마법 실험, 사람 말을 하게 하는 실험은 아니어도 사람 말을 알아듣게 하는 실험인지도 몰라.

하이란은 그런 랑세 한 번, 강아지 한 번 보더니 짧게 웃었다.

"우리 집이 고향에서 농장을 해서 동물 다루는 법은 조금 알아요. 아마 그래서 얘도 저를 좀 편하게 여기는 것 같지만 이 강아지, 랑세 씨를 주인으로 인지한 모양이에요."

"어음, 그거보다는 제가 마력에게 사랑받는 체질이래요. 그래서 마법 생물이 들러붙는다고 하더라고요."

주인이라는 말이 부담스러웠던 랑세가 얼른 사정을 이야기하지만, 하이란은 고개를 저었다.

"처음 시작은 그럴지 몰라도, 지금은 주인이라고 생각하는 것 같아요."

아, 안 되는데, 랑세가 얼굴을 일그러트리며 중얼거렸다. 정 들면 안 되는데. 대화가 여기까지 진행되자 아미아는 손뼉을 짝짝 쳐서 주의를 집중시켰다.

"보다시피 저 녀석이 랑세에게서 잘 안 떨어지려고 해. 그런데 랑세는 출근해야 하잖아. 그러니 돌아가면서 돌봐야 해."

그 문제는 쉽게 해결될 듯 마법사 대부분 나, 나, 내가 먼저, 하면서 손을 들었다. 그러나 밥과 집만이 문제가 아니다. 랑세는 주변이 조금 조용해졌을 때 즈음 손을 들었다.

"저기요, 저번에 아미아 씨나 케일 씨가 저한테 메신저가 안 들러붙게 무슨 주문 외우신 것 같던데요, 그런 주문으로 얘한테 뭔가 해 줄 수 없나요? 퇴근하고서는 제가 돌본다 하더라도 그동안 저 없다고 울거나 난리 나면 안 되잖아요."

아, 하고 모두 고개를 끄덕이다 눈을 희번덕하게 떴다.

"메신저 제어 주문이 마법 생물에게도 먹힐까?"

"아냐, 그건 순수 마력, 그것도 자기 마력으로 만든 거잖아. 마법 생물한테는 어려울걸."

"마법 생물에게 깃든 마력을 파악하면 재 하나 정도는 통제할 수 있을 거야."

"누가 그런 거 하지?"

"리엔 선배님은 하시겠지만……. 어, 나 보지 마. 나 생물학 때문에 유급했어."

"자랑이다."

그 난리 난 상황을 조용히 관망하던 스테인이 입을 열었다.

"마법 실험으로 생성된 마법 생물이라 들었습니다. 그 마법이 혹시 인체에 해가 되거나 공격성이 있는지 여부는 확인되었습니까?"

잠시 침묵. 그리고 강아지 주변을 둘러쌌던 사람들이 우르르 떨어져 나갔다. 귀여움에 날아갔던 이성이 돌아온 탓이었다. 하이란과 준準주인인 랑세는 아직 강아지를 안고 있었는데, 물론 둘 다 이성이 날아가서는 아니었다.

여하간 스테인은 질문의 답을 듣지 않아도 알겠다는 듯 피식 웃으며 말을 이었다.

"그럼 일단 실내에서 지내게 하는 건 무리일 것 같습니다."

"스테인 선배가 검사하면 안 되나요?"

"아니요, 생물학은 어느 정도 배우긴 했지만 제 활동 범위는 인간까지입니다."

누군가의 질문에 스테인이 그리 답하자 케일은 짧게 한숨을 쉬었다.

"이것도 리엔 선배 몫이군."

얘를 어쩐다. 모두가 수군수군하자, 사람들의 반응이 무슨 뜻인지 알았는지 강아지는 끼잉끼잉 칭얼거렸다. 하이란은 생각에 잠긴 눈으로 강아지의 입을 열어 본다거나 귀를 살펴본다거나 엉덩이를 살펴보았다. 오랫동안 목축업에 종사했던 집안에서 자란 만큼 동물에 대한 애정이 넘쳤고, 동시에 객관적으로 판단할 힘이 있었다. 하이란은 마지막으로 발톱까지 확인하더니 고개를 끄덕였다.

"당장에 눈에 보이는 문제는 없습니다. 마법 생물학 관점에서 구체적으로 파악하기는 힘들어도 일단은 그쪽으로도 큰 문제는 없어 보이고요. 단지 만약을 대비해서 실외에 지낼 곳을 만들고 목줄을 채워 두면 될 것 같아요. 음, 그리고 목줄에 제어 마법을 응용해서 심어 두면 랑세 씨가 곁에 없어도 될 거예요."

줄줄이 해결책을 말하자 랑세의 눈이 반짝였고, 그보다 반짝인 건 마법사들이었다. 아니, 반짝인 정도가 아니었다. 그들은 광란했다.

"뭐? 뭐로 어떻게 응용하는데?"

"그게 마법 생물에게도 가능해?"

"도식을 내놔 봐!"

강아지가 위험한 생물일지도 모른다는 말에 저만큼 떨어져 벽에 붙어 바들거렸던 녀석들이 도로 그 주변에 우르르 달려들었다. 랑세는 저만치나 밀려났고. 어휴, 저놈들을 어쩌냐, 하는 긴 한숨을 내쉬었다.

마법사 무더기 속에서 하이란이 소리 높여 외쳤다.

"이따가 봐요! 누가 목줄이랑 집을 만들지나 결정해요! 아, 너 저리로 가, 애가 부담스러워 하잖아!"

하이란의 외침 끝에 강아지의 끼이잉, 하는 소리가 들리고 마법사들은 다시 우르르 물러났다. 그중 절반은 눈을 희번덕하게 떠서 하이란을 바라보고, 반은 감실감실한 눈으로 강아지를 보았다. 애야, 네가 마법 생물이 아니었더라도 이 아파트에 사는 것은 어렵지 않았겠구나.

"그럼 주문은 하이란이 걸고, 집이랑 줄은 누가 만들래?"

와렌과 타루가 손을 들었다. 둘의 눈이 마주쳤고 와렌은 순간 주춤했다. 타루는 와렌 한 번, 하이란 한 번 눈치를 살펴보더니 작게 속삭인다.

"괜찮아?"

와렌은 하이란의 눈치를 슬쩍 보더니 작게 고개를 끄덕였다. 이 맥락 없는 문답에 랑세는 고개를 갸우뚱했으나 질문은 뒤로 미루기로 한다. 지금 급한 건 그게 아니었으니까.

"주문 도식 받으면 어울리는 재료를 찾아서 저희가 같이 하겠습니다."

타루의 답에 다들 고개를 끄덕였다.

이어서 먹이는, 목욕은, 약은, 화장실은, 같은 스테인과 아미아의 질문이 이어지고, 마법사들은 각각 손을 들어 마법 생물을 임시 보호하기 위한 순서를 정했다.

그 폭풍 같은 회의 사이에서 랑세는 눈을 깜빡였다. 뭐야, 부담 느꼈는데 별로 할 일 없잖아. 정도 안 들겠네. 다행이다. 마음이 한결 가벼워진 얼굴로 작게 미소 짓는 순간 강아지와 눈이 마주쳤다. 하이란의 품속에서 강아지는 랑세를 향해 눈을 깜빡였다. 야, 나 보지 마. 나 보지 말라고.

멍!

강아지는 풀쩍 뛰어 하이란의 품에서 탈출했다. 도도도, 강아지 발바닥이 탁자와 맞닿는 소리가 났다. 회의실은 고요해지고 모두가 강아지를 바라본다. 강아지는 모두의 시선을 무시하며 탁자 위를 가로질러 갔다. 그러고는 폴짝, 랑세의 품에 안착했다. 따스한 온기. 랑세는 난감한 웃음을 흘렸다.

"아우, 부러워라!"

랑세의 눈에 쌍심지가 켜졌다. 그렇게 부러우면 네놈이 안 든가.

그때, 하이란이 소매에서 빈 병을 꺼내 랑세에게 불쑥 내밀었다.

"네? 뭐예요?"

"피 좀 받아 갈게요."

"네?"

"그 주문에 랑세 씨 피가 필요하거든요."

하하, 주인으로 인지한 사람의 근본적인 기질이 필요한 주문이라, 하고 덧붙여 설명하는 건 하나도 귀에 안 들어왔다. 랑세는 그냥 강아지를 내려다보았다. 할 일이 없는 게 아니구나, 이 똥강아지 녀석아.

랑세가 강아지를 옆에 내려 두고 하이란에게 손을 내미는 동안 마법사들은 각자 방으로 돌아갔다.

"그거 아파요?"

피를 줘서 마법이 성공하면 강아지 곁에 내내 있지 않아도 되기에 생각 없이 손을 내밀었다만, 아픈 건 역시 싫었다. 하이란은 웃으며 작은 기구를 꺼냈다.

"잠깐 따끔한 정도예요. 피를 뽑는 것도 많이 뽑는 게 아니고 두어 방울이면 되니까요."

바느질하다가 찔리거나 새 책을 넘길 때 베인 정도라고 하이란은 설명했지만 랑세는 얼굴을 찌푸렸다. 그게 얼마나 아픈데.

"아프면 말씀하시지요. 치료해 드리겠습니다."

스테인이 곁에서 엷은 미소를 지으며 서 있자 랑세는 그냥 고개를 끄덕였다. 그냥 아프고 말련다. 언젠가부터 스테인이 미묘하게 불편해 조금 거리를 두고 싶었다.

"자아, 찌를게요. 따끔할 거예요."

하이란은 바늘이 꽂힌 대롱 같은 것을 들고 랑세의 손끝을 노렸다. 그 바늘 끝을 바라볼 자신이 없어서 랑세는 고개를 돌렸고, 순간 강아지와 눈이 마주쳤다.

멍멍!

강아지가 갑자기 짖기 시작했다. 이를 드러낸 채 격하게 짖으며 하이란에게 달려들려 하자 스테인은 급히 강아지를 안아 들었다. 하지만 강아지는 멈추지 않고 하이란을 향해 짖어 댔다.

"아얏!"

하이란은 랑세가 놀라 정신없는 사이에 바늘로 손끝을 찔렀다. 피를 유리병 안에 모으며 하이란이 미소 지었다.

"제가 랑세 씨를 공격한다고 생각한 모양이에요. 충성스러운 아이네요."

랑세의 작은 비명 때문인지 강아지는 멈추지 않고 짖어 댔다. 랑세는 피가 맺힌 손가락을 닦아 내며 한숨을 내쉬었다. 정들면 안 되는데 저런 소리 들으니 더 정들 것 같잖아.

"손 좀 내밀어 보시겠습니까. 얼른 상처를 치료해 드리겠습니다."

"그렇게 안 아픈데요."

"피 때문에 개가 더 짖는 것 같습니다."

멍멍이 아니라 왈왈 수준으로 짖어 대는 게 적잖이 시끄러워 랑세는 결국 스테인에게 손을 내밀었고, 스테인은 랑세의 손을 감싸고 주문을 외웠다. 짧은 주문 후 랑세의 손끝에는 상처 따위 흔적도 없었다. 랑세는 손을 강아지에게 내밀어 보이며 말했다.

"얘, 별일 없지? 괜찮지? 하나도 안 아프고 별일 아니었으니 그만 짖어."

랑세의 손끝을 본 강아지는 귀신같이 울음을 멈췄다. 얘 진짜 똑똑하네. 정말 사람 말 알아듣게 하는 마법 실험을 한 거 아닌가? 랑세는 저도 모르게 강아지의 머리를 쓰다듬었다. 강아지는 그 손길에 또 좋다고 헥헥거리며 랑세를 핥으려 바둥거렸다.

"랑세 씨 혈액으로 주문진을 만들어 목줄에 인지시키면 돼요. 이제 끝이에요."

"아, 다행이네요."

랑세가 자리에서 일어나 회의실 밖으로 나가려 하자 강아지는 다시 낑낑거렸다. 어휴. 랑세는 한숨을 감추지 못했다.

"그런데 그거 오래 걸려요?"

"한 한두 시간 정도 걸릴 거예요. 마도구계가 도구 준비할 시간도 걸리니까요. 전 타루에게 가 볼게요."

하이란이 나가 버리고 랑세는 어색하게 서 있었다. 마법이 완성될 때까지는 꼼짝없이 강아지와 함께 있을 수밖에 없을 것 같다.

모두가 빠져나간 회의실은 고요했다. 랑세는 괜히 강아지 머리를 쓰다듬으며 침묵을 지켰다. 스테인이 전과 같이 느껴지지 않는 탓이었다. 스테인 역시 그 거리감을 느꼈는지 침묵했지만, 곧 미소 지으며 먼저 말을 걸었다.

"마력에게 사랑받는 체질이라니 정말 그런 것 같습니다. 아무리 작은 상처라지만 이렇게 빨리 낫는 것을 보면 말입니다."

"네……."

그리고 할 말이 없다.

"랑세!"

그때 아미아가 뛰듯이 들어왔고 두 사람의 고개가 돌아갔다. 아미아가 이토록 반가운 것은 처음이리라.

늘 그렇듯이, 아미아는 주변 분위기 따위 신경 쓰지 않고 다다다 말을 쏟아 냈다.

"강아지 빨자."

"네?"

"씻기자고. 엘마스가 물 받아 놓고 있어."

그러고 보니 아까 회의에서 목욕도 정했었지. 목욕을 담당하겠다고 했던 마법사가 준비 끝났나 보다. 랑세는 예, 예, 답하며 서둘러 문을 나섰다.

과연 대문 앞에 커다란 대야에 물을 담고 있는 마법사가 있었다. 물이 주전자나 바가지가 아니라 손끝에서 나오고 있다는 게 좀 다르지만. 대야에 물이 다 찼기에 랑세가 그 안에 강아지를 넣으려 하자 엘마스라는 마법사가 손을 내밀어 막았다.

"잠시만요, 찬물이라서요."

"아, 네."

엘마스는 다시 주문을 외우자 곧 물에서 약한 김이 올라오기 시작했다. 너무 뜨거운 게 아닐까 걱정이 되어 랑세는 손끝을 대야에 넣어 봤다. 딱 좋았다. 체온보다 약간 더 높은 느낌. 강아지가 아니라 자신이 들어가고 싶은 심정이었다. 좋아요, 한번 넣어 볼까요.

"얌전하네요."

다행히도 강아지는 아무런 반항 없이 물속에 들어갔다. 엘마스는 신기하다는 듯 강아지에게 물을 끼얹으며 중얼거렸다.

"우리 집 애는 물만 닿으면 죽을 것같이 난린데."

"개 키워 보셨나 봐요."

"예, 본가에서 키워요. 그 녀석들 못 본 지도 꽤 되었네."

벅벅벅, 엘마스는 가지고 온 비누로 강아지를 문질렀다. 엘마스는 빗까지 챙겨 와 살살 빗겨 가며 엉킨 털을 풀어냈다. 모든 것이 순식간에 착착착 이루어졌다.

강아지가 얌전히 앉아 사람의 손길을 털어 내지 않는 덕도 있었으나 무엇보다 엘마스의 솜씨가 보통이 아니었다. 개를 키워 본 사람이 과연 다르긴 다르구나. 랑세는 그저 감탄만 하며 쪼그리고 앉아 조금씩 깨끗해지는 강아지를 지켜봤다.

헹구자, 엘마스가 그리 말하며 손끝에서 다시 물을 뿜어냈다. 물이 뿌려지자 강아지는 몇 번 몸을 털기는 했으나 비누가 모두 씻겨 내려가도록 내버려 두었다. 까만 땟국물이 대야에 가득 찼다.

"너, 엄청 꼬질꼬질했구나."

지저분하다고 생각은 했지만 씻기고 나니 더했다. 누렇다고 생각한 털이 사실 하얀색이었으니.

"일단 물부터 비우겠습니다. 애 좀 들고 계셔 보세요."

"아, 네."

엘마스는 대야를 번쩍 들어 화단 쪽에 물을 뿌려 대충 비우고 다시 강아지를 대야에 넣게 했다. 에취, 야외에서 찬 바람을 맞아 그런가 개가 가볍게 재채기를 했다. 랑세는 놀랐다. 개도 재채기하네. 엘마스는 개를 수건으로 대강 닦아 낸 후 손을 들었다.

"제가 손에서 따뜻한 바람이 나오게 하겠습니다. 그사이에 살살 빗질을 좀 해 주세요."

"아, 네."

엘마스가 주문을 외우자 곧 손에서 훈풍이 나오기 시작했다. 마법이란 거 무척 좋네. 저렇게 손에서 나오면 머리 감고 말리기 좋겠다. 랑세는 쓸데없는 생각을 하며 개털을 빗질했다.

"와! 원래는 귀여웠는데, 지금은 아주 잘생겼는걸."

옆에서 쪼그리고 앉아 하는 일 없이 개 목욕을 지켜보던 아미아가 꽤 근사하게 변신한 강아지를 향해 감탄을 날렸다. 강아지는 그걸 알아들었는지 멍멍거리며 답을 했다. 강아지에게서는 이제 꽤 향긋한 냄새가 났다.

"다 되었습니다, 우리 아가씨."

엘마스는 목욕이 끝난 강아지를 향해 그리 인사하며 코에다 가볍게 쪽, 하고 뽀뽀를 했다.

아, 정 주면 안 되는데. 뽀송뽀송하고 하얗게 변한 강아지는 정말이지 원래 모습보다 백배는 예뻐져 랑세마저도 강아지를 꼭 끌어안게 되었다. 헥헥, 강아지의 응답은 그것이었고.

"자, 이제 밥 먹여야지요."

"그런데 개는 뭐 먹어야 하나요? 다 먹던가?"

"사람 먹는 건 다 먹는데요, 짜거나 양념한 건 안 됩니다."

소금값도 비싼데 잘되었네.

"아까 배를 보니까 홀쭉한 게 계속 못 먹은 것 같았습니다."

엘마스가 강아지의 배를 콕콕 눌러 보았다.

이상하다, 아까 먹이를 줘 보려고 했을 때 받아먹지도 않더구먼. 랑세는 강아지를 보며 마음속으로 물었다. 너 배고프니, 하고. 그러자 순간 강아지가 할짝, 랑세의 턱을 핥았다. 얘 진짜 사람 마음 읽는 마법 실험을 한 건 아닐까.

"꽤 배가 고플 텐데, 고기라도 사 먹이는 게 괜찮을 것 같습니다."

"고기요?"

고깃값. 순간 랑세는 머릿속에서 계산하기 시작했다. 개가 먹으면 얼마나 먹겠는가 싶은 생각 반, 자신이 벌면 얼마나 벌겠는가 싶은 생각 반.

또로록, 랑세가 눈을 굴려 개를 내려다보았다. 정 안 주려고 했는데, 돌보는 건 또 다른 일. 제 몸에 반응하는 강아지인 데다 돌보겠다고 말하지 않았는가. 다행히도 다른 마법사들이 모두 나서 자기가 별 할 일도 없는데, 먹잇값 정도야.

"얘는 얼마나 먹어요? 고기 사게요."

랑세가 오랜 고심 끝에 그리 말하자 아미아가 눈을 번쩍 떴다.

"야, 네가 그걸 왜 사?"

"네?"

마법으로 고기도 만드나.

"다 같이 돌보기로 했잖아. 다 같이 돈 모아서 사는 건데, 네가 왜 돈 내?"

아미아의 입에서 나오는 말치고는 꽤 상식적이고 정상적이라 랑세는 놀란 눈을 껌뻑일 수밖에 없었다. 이 사람 보게, 나보고 돌보라고 할 때는 언제고.

아미아는 허리에 손을 얹고 땍땍거렸다.

"내가 애 좀 돌봐 달라는 건 애 곁에서 떠나지 말아 달라는 거지, 쓸데없이 돈 쓰라는 이야기가 아니었어. 네가 할 만한 일만 시켜, 난."

마법 실험을 당하는 것도, 무관들의 괴롭힘을 견디는 것도, 강아지의 곁을 떠나지 않는 것도 모두 랑세가 홀로 할 수 있는 일. 그러나 개의 먹잇값을 감당하는 것은 홀로 할 수 없는 일.

"대충 닷새 먹을 치만 사면 되니까, 그렇게 돈은 많이 안 들 겁니다."

랑세가 답할 말을 못 찾는 사이, 개를 돌보는 것이 능숙한 엘마스가 이미 개에게 들어갈 비용을 모두 계산해 냈다.

"한 50에시르 정도면 충분할 겁니다."

"적지는 않네요."

랑세의 말에 엘마스가 쓰게 웃었다.

"한 생명을 책임지는 일인데 적으면 안 되지요."

품에 안긴 따뜻하고 묵직한 어떤 생명. 랑세는 잠시 강아지를 더 꼭 끌어안았다. 두근두근, 작은 심장 소리가 들리는 것은 착각일까, 아니면 진짜 느끼고 있는 것일까. 혹은 자신의 심장 소리일까?

그때, 아미아가 손을 불쑥 내밀었다.

"자, 돈 줘."

"네?"

"돈 모아서 하기로 했잖아. 인당 1에시르씩 걷으면 되겠네."

랑세는 입술을 삐죽이면서 주머니에서 1에시르를 꺼내 아미
아의 손에 탁 소리가 나게 내려 두었다. 물론 아미아는 신경도
안 쓰고 엘마스에게서도 1에시르를 받아 폴랑폴랑 날아가듯 아
파트 안으로 들어가 버렸고.

랑세는 강아지를 번쩍 들어 눈을 마주쳤다. 얘, 사람 마음 읽
는 실험은 네가 아니라 저 사람이 받아야 할 것 같다, 그치?

멍! 개가 짖고 랑세는 피식 웃었다.

"너, 가서 저 사람 물라고 하면 물 수 있겠어?"

또다시 멍!

그 충성스러운 답변에 랑세는 확신했다. 나, 얘한테 정든 것
같아.

아미아가 사람들의 돈을 걷으러 간 사이에 타루와 와렌, 그
리고 하이란이 내려왔다. 타루 뒤에 숨듯이 온 와렌의 품에는
나무판 같은 재료가 한가득 있었다. 와렌은 랑세를 보자 반가
워하며 이번에는 랑세 뒤에 섰다. 랑세는 강아지를 안은 채 힐
끔 와렌을 돌아보았다. 와렌이 사람을 두려워하는 것은 오래간
만에 보는 것 같다. 마법사들 사이에서는 그래도 괜찮은 것 같
은데. 토닥토닥, 랑세는 괜히 와렌의 어깨를 두어 번 두드렸고
와렌은 살짝 웃었다.

둘이 그러거나 말거나 하이란과 타루는 강아지에게 목줄 달린 목걸이를 매 줬다. 찰칵, 하는 소리에 랑세가 호기심 어린 눈으로 바라보자 타루가 설명하기 시작했다.

"랑세 씨 혈액을 기반으로 해서 목걸이에 마법진을 새겼습니다. 마법진이라는 건 입으로 외우는 주문을 고정하는 식이지요. 이렇게 하면 굳이 입으로 주문을 외우지 않아도 마법이 물건에 새겨지고 지속됩니다. 마석 등도 마석에 진을 새긴 것이지요."

역시 여자 친구에게 설명하던 가락이 있다. 마법 문외한인 랑세도 얼추 알아들을 만큼이 되는 걸 보면.

"자아, 랑세 씨, 강아지를 내려 두고 한번 저 멀리 가 보시겠어요?"

"아, 네."

랑세는 강아지에게 달린 목줄을 하이란에게 맡기고 저쪽으로 가 봤다. 힐끔, 뒤돌아보니 강아지가 멍멍거리면서 따라오려다가 줄이 당겨져서 그 자리에 멈추었다. 으음, 조금 마음이 좋지 않았지만 테스트니까.

랑세는 다시 앞만 보고 저만큼 갔다가 뒤돌아보았다. 강아지는 짖지도 않고 이쪽을 보지도 않았다. 하이란과 타루가 손을 흔든다. 더 멀리 가 보셔도 돼요, 하고 외치는 소리에 스스슥 뒷걸음질 쳐 보지만, 강아지는 얌전하다. 아, 실험 성공이다. 다행이다.

그런데 왜 이렇게 마냥 기쁘지는 않을까. 그냥, 가슴 한쪽이 서늘한 기분. 랑세는 제 기분을 애써 감추고 강아지와 마법사들

쪽으로 터덜터덜 돌아왔다.

"랑세 씨, 그래도 오가다가 얘 한 번씩 안아 주고 쓰다듬어 주고 해 주세요."

엘마스가 그리 말하자 랑세는 눈을 깜빡였다.

"예? 마법은 성공한 거 아닌가요?"

그런 랑세의 질문에 엘마스가 쓰게 웃었다.

"마법은 성공했지만 마법만으로 이 아이를 충족시킬 수는 없 잖아요."

랑세는 강아지를 바라보았다. 목줄에 걸린 마법으로 더 이상 랑세가 가까이 있을 필요는 없지만, 여전히 동그랗고 까만 눈 동자에는 랑세의 애정을 바라는 마음과 랑세를 향한 애정이 담 겨 있었다. 씻기고 밥을 먹이는 일로 끝나지 않는 것, 그것이 생명을 책임진다는 의미. 마법은 모든 문제의 답이 아니다. 그 걸 알기에 정을 주기 싫었던 것인지도 모른다.

"네, 알았어요."

랑세는 강아지의 턱을 슬슬 긁어 주었고 강아지는 신나게 꼬 리를 흔들었다.

"저……, 그럼 이제 제가 집을 지을게요."

그때, 와렌이 입구 한쪽에 쌓아 둔 재료를 들어 올리며 말 했다.

"집도 뭐 특별한 것이 있나요?"

"네, 이것도 랑세 씨 혈액으로 만든 진이 바닥에 일부 새겨져 있어요. 편하게 느낄 거예요."

뚝딱뚝딱, 와렌은 들고 온 도구로 집을 짓기 시작했다. 작은 지붕이 달린 집이 와렌의 손에서 금세 만들어져 간다. 가지고 온 나무판의 모양이 마음에 안 들면 톱 같은 것으로 잘라 내는데, 보통의 톱과는 다른 듯 건드는 순간 슥, 하고 모양이 만들어졌다. 저거, 편하겠다.

와렌이 집을 만드는 동안 도구를 건들지 못하도록 엘마스가 강아지를 꼭 끌어안고 있었다. 강아지는 뚝딱거리는 소리가 거슬리지도 않은지 와렌이 하는 양을 소리 없이 바라보고 있었다. 사람들의 시선이 모여들면 모여들수록 와렌의 망치질 속도는 빨라졌다.

"다, 다 했어요."

금세 만들어진 집 앞에 하이란이 마법으로 톱밥과 자잘한 쓰레기를 날려 보내자, 엘마스가 강아지를 내려놓았다. 강아지는 안에 쿠션까지 딸린 집 앞에서 몇 번 고개를 갸우뚱거리더니 랑세를 돌아본다.

"얘, 저 언니가 집 지어 줬잖아. 네 집이야, 들어가 봐."

그 말에 강아지는 다시 집을 돌아본다. 와렌은 그 누구보다 긴장한 표정으로 두 손을 꼭 잡고 강아지를 바라보았다. 들어가라, 들어가라.

멍.

"들어갔다!"

강아지는 집 안으로 들어가 쿠션 위를 몇 번 밟더니 편안한 표정으로 자리에 누웠다. 와렌은 정말이지 환하게 웃으며 폴짝

폴짝 뛰었다. 들어갔다, 들어갔어! 강아지와 그런 와렌의 모습에 랑세도 웃을 수밖에 없었다.

"수고했어요, 와렌 씨. 쟤도 마음에 들어 하는 것 같아요."

"네, 네! 고마워요."

랑세의 인사에 와렌은 제정신으로 돌아왔는지, 주변 사람들의 모습에 얼굴이 새빨개지더니 도망가듯 아파트 안으로 뛰어들어갔다.

"와렌 씨! 도구 가져가요!"

랑세의 외침에 후다닥 다시 나와 도구만 빼앗아 들고 다시 뛰어갔지만.

이 소란에 강아지는 다시 집 밖으로 나와 랑세의 발치에서 서성거린다. 랑세는 강아지의 머리를 쓰다듬었다. 이제 집도 있고, 줄도 있고. 그러니 조금 떨어져 있어도 괜찮겠지. 엘마스가 말한 대로 나중에 나와 쓰다듬어 주면 되겠지.

시간은 이미 정오가 넘었고, 빨래도 식사도 해야 할 일이 많기만 하다.

"일단 저도 할 일 하고 또 올게요."

랑세의 말에 모두 당연하다는 듯 고개를 끄덕였고, 랑세는 뒤돌아 아파트 안으로 향했다. 멍, 강아지가 잠시 짖었지만 그야말로 잠깐이었다. 랑세는 미련 없이 계단 위에 한 발을 올렸다.

그때, 누군가 계단에서 우다다다 달려 내려왔다.

"얘들아! 이거 봐라!"

그 목소리가 고향의 미친 마법사 영감님을 생각나게 해 랑세는 저도 모르게 발걸음을 멈췄다. 그는 손에 있는 것을 번쩍 들며 외쳤다.

"마법의 뼈다귀다!"

마법의 뼈다귀?

"뭔데, 그게?"

"아까 하이란이 보여 준 도식을 응용한 건데. 자자, 봐 봐."

그가 뼈다귀를 강아지 앞에 던져 주자 강아지는 바로 반응하며 뼈다귀를 잡아 물려고 했다. 그러나 뼈다귀는 공중에 붕, 하고 떴다. 강아지는 순간 당황한 것 같았지만 곧장 폴짝폴짝 뛰면서 뼈다귀를 잡으려 노력했다. 뼈다귀는 잡힐 듯 말 듯 움직였고 강아지는 멍멍 짖으며 뼈다귀를 따라다녔다. 뼈다귀는 강아지와 정말 딱 한 발 차이의 거리에서 나풀나풀 날아다녔다.

"봤지? 얘 이거 가지고 노는 동안 심심하지 않을 거야!"

뼈다귀를 가져온 마법사는 허리에 손을 얹고 뿌듯하게 웃었지만, 아미아는 그의 등짝을 후려쳤다.

"야, 강아지가 놀다가 화내겠다. 얼른 한 번은 잡게 해 줘!"

"아니야! 이게 강아지 운동도 되고 훨씬 좋다고!"

"너나 운동해라, 이 멍청아!"

아미아가 결국 뼈다귀를 손으로 잡아챘다. 강아지가 아니라 사람 손에는 잡히는 모양이었다. 뼈다귀를 차지하게 된 강아지는 신나게 꼬리를 흔들었고, 그 모습에 마법사들은 웃었다.

등짝을 문지르던 마법사는 그럼 식을 조금 고쳐서 열 번에 한 번 잡게 해 줄까, 하는 소리를 하고, 누군가는 다섯 번에 한

번은 잡게 해 주라고 잔소리를 한다. 강아지는 뼈다귀가 다시 공중에 뜨자 빙글빙글 돌며 놀았고 꼬리를 신나게 흔들었다.

마법사들이 무슨 주문을 외웠는지, 그 뼈다귀는 이제 마법사들 사이를 날아다녔다. 랑세는 빙그레 웃으며 그 광경을 뒤로한 채 계단에 올라섰다.

빨래도 돌리고, 점심도 먹고, 낮잠도 잠깐 자고, 그 사이사이 랑세는 강아지에게 들렀다. 하지만 오랜 시간 함께 있지 않았다. 있을 필요가 없을 것 같았다. 강아지는 마법사들에게 둘러싸여 있었고, 그때마다 다른 마법사들이 있었다.

그뿐인가. 강아지의 집 옆에는 그 마법사들이 가져온 각종 장난감이 가득 쌓여 있었다. 그것도 전부 마법이 새겨진 마도구들이었다. 세상에, 왕실에서 기르는 강아지도 이처럼 호화롭게 살지는 않을 터였다. 마법의 뼈다귀뿐만 아니라 모양을 바꾸는 공, 재질을 바꾸는 공, 계속 근처를 날아다니는 나비 모형, 소리가 나는 강아지 모양의 인형 등등. 강아지는 심심할 틈이 없어 보였다.

멍!

그래도 강아지는 랑세를 보면 반갑다고 장난감을 내팽개치고 줄이 팽팽해질 때까지 뛰어나왔다. 그럼 랑세는 한숨 같은 웃음을 지으며 그 옆에 쪼그려 앉아 안아 주거나 등을 쓰다듬어 주었다.

저녁도 먹고 조금 여유로운 시간. 강아지는 랑세의 품 안에서 한껏 애교를 피우고 있었다.

"자, 저쪽이야."

그때, 타루가 여자 친구 에세와 무어라 떠들며 다가오고 있었다. 랑세는 강아지를 안은 채로 잠시 주춤하여 에세를 올려다보았다. 에세 역시 랑세의 모습에 멈칫했다. 타루가 웃으며 에세의 어깨를 두드렸다.

"랑세 씨, 제 여자 친구 에세예요. 에세, 우리 아파트에 문관한 분이 사신다고 이야기했었지? 그분이야."

"아⋯⋯."

에세의 눈에 순간 동정심이 스친 건 착각이었을까. 아니 뭐, 스쳤다고 해도 기꺼이 받을 마음인지라. 랑세는 웃으며 손을 뻗으려다가 강아지 때문에 고개만 까닥였다.

"랑세입니다. 반가워요."

"아, 에세예요. 저기, 타루가 아파트에서 귀여운 강아지를 보호하게 되었다고 해서 보러 왔어요."

에세는 무언가 민망한 듯 주절주절 변명하듯 덧붙였다. 하긴, 이 귀여운 녀석이 생겼는데 애인에게 말을 안 할 수가 있나. 랑세는 타루의 연애를 응원하며 기꺼이 강아지를 내밀었다.

"얘, 너 목걸이 만들어 준 오빠 여자 친구야. 얌전히 있어야 해?"

"어머, 세상에, 귀여워라."

강아지는 저 귀여워하는 소리를 알아들었는지 에세의 품에서 꼬리만 흔들며 얌전히 안겨 있었다.

에세의 고운 손이 복슬복슬한 강아지의 털을 쓰다듬어 내려간다. 세상에, 귀여워라, 착하기도 하지, 우쭈쭈, 언니가 뭐 줄까, 뭐 먹고 싶은 거 있어? 처음에는 억지로 끌려온 낯이었지만 금세 강아지에게 흠뻑 빠진 듯했다.

"진짜 임시로 보호만 하기에는 너무 예쁘네요. 그런데 원래 버린 주인 새, 아니, 주인 놈이 얘를 도로 데려간다고 해도 잘 길러 줄까요?"

에세의 지나며 한 물음에 타루와 랑세가 한 대 맞은 듯한 얼굴을 했다. 정말 그러네. 여기에 버렸던 놈이 다른 데에는 못 버릴까.

하지만 곧 타루가 고개를 저었다.

"리엔 선배님이 나서서 처리하면 그렇게는 못 할 거야. 아, 그 선배님이 생물 계통뿐만 아니라 웬만한 마법사들 사이에서는 발언권이 절대적이시거든. 정 안 되면 우리 아파트에서 공동으로 이렇게 돌봐 주는 방법도 있을 거고."

"그래? 그럼 다행이지만."

정말이지 그렇게만 돼도 다행일 텐데. 에세는 그저 타루의 말에 고개를 끄덕이며 강아지를 둥개둥개 흔들어 주었다.

"얘 정말 귀엽네. 아, 그런데 이름이 뭐야? 자꾸 얘, 얘, 하게 되네."

그 순간, 또다시 타루와 랑세는 한 대 맞은 듯한 얼굴을 했다. 이름, 이름이라. 그러고 보니 강아지가 버려졌던 상자에도 이름 같은 것은 없었다.

"아니 뭐, 나중에 원래 주인이 다시 데려갈 텐데 굳이 이름을 붙여야 할까 싶기도 하고요."

이번에는 랑세가 변명하듯 덧붙였다. 하지만 에세는 눈을 동그랗게 떴다.

"그래도 닷새 같이 있는 것도 같이 있는 거잖아요. 이름 없이 불러도 괜찮아요?"

아, 음. 그렇게 말하니 또 할 말이 없고, 마법사가 아닌 사람이 말하니 상식 같다. 아니, 잠깐, 나도 마법사 아닌데.

"애, 너 이름 필요하니?"

멍! 강아지는 대답했다. 다만 사람들은 그 뜻이 무엇인지 모를 뿐이었다.

그 밤, 다시 한번 마법사들이 모이게 된다. 아, 물론 문관과 강아지, 그리고 어느 마법사의 여자 친구까지 포함이다.

"아니, 나는 왜……."

어쩌다가 우르르 모인 마법사들 사이에 낀 일반인 에세를 향해 역시나 일반인인 랑세가 동정심 가득한 눈길을 보내며 손도 꼭 잡아 줬다. 그나마 다행인 것은 정식 총집합은 아닌 데다가 외부인이 있어 회의실까지는 개방하지 않았다는 점일까. 그냥 아파트 입구에서 강아지에게 관심 많은 이들이 오글오글 모여 강아지 이름에 대해 열띤 토론을 할 뿐이었다.

"아까부터 나는 이 녀석을 샤비라고 불렀어. 우리 본가에 있던 아이는 샤미였거든!"

"엇. 난 샤피드라고 부르고 있었어. 애가 하얗잖아!"

토론이라기에는 뭣하고 각자 부르던 이름이나 붙이고 싶은 이름을 말하는 것뿐이었지만.

물론 이 토론 아닌 토론에서 랑세는 한 발 물러서 있었다. 정은 붙었지만, 이 강아지의 미래가 어떻게 될지 모르기에 여전히 더 정 주기 싫은 것도 있거니와 적당한 이름을 찾을 재주도 없기 때문이었다. 그냥 다른 이들이 신기할 뿐이었다.

"저렇게까지 하고 싶은가."

샤비냐, 샤피드냐, 아니다, 헤리다, 아니다, 야히다……. 세상에, 낮 동안 오가면서 장난감만 준 게 아니라 자기들 멋대로 이름까지 붙여 가며 불렀던 모양이다. 랑세가 신기했던 것은 어차피 떠날, 아니, 떠날지도 모를 아이에게 왜 저렇게 이름을 붙여 주고 싶어 하냐는 것이었다.

"뭐가요?"

어쩌다가 타루에게 휩쓸려서 랑세 곁에서 한 발 떨어져 마법사들을, 남자 친구와 언뜻 비슷한 사람들을 구경하던 에세가 랑세의 혼잣말을 듣고 그리 물었다. 랑세가 생각하던 바를 말하자 에세는 고개를 갸우뚱했다. 애초에 이름이 무어냐고 물어 마법사들을 혼란에 빠트린 그녀였다.

"어차피 헤어질 거라서 이름을 안 붙일 거면, 잠은 왜 잘까요?"

그래서일까. 에세는 랑세의 의문이 한 치도 이해가 안 가는 것이다.

"네?"

"어차피 다시 졸릴 건데 잠은 왜 자나요? 어차피 다들 평생을 같이할 수 없는 건데 사람을 왜 만나고 왜 살아요?"

다소 직설적으로 쏘는 말에도 악의는 없는 듯했다. 그저 순수한 의문만 가득할 뿐. 랑세는 넋을 잃고 에세를 바라보았다.

"헤어질지도 모르죠. 섭섭할지도 모르지만, 그래도 그때까지는 저 강아지랑 함께 있는 거잖아요. 그럼 최선을 다해야 하지 않을까요?"

랑세는 강아지를 둘러싸고 일대 토론을 벌이고 있는 마법사들에게 시선을 돌렸다. 네가 맞아, 내가 맞아, 드잡이하기 직전의 모습이다. 저들은 설마 모를까. 아무리 괴상하고 기이한 마법사들이라지만, 정을 주었다가 헤어지는 것이 어려운 일이라는 점을 저들이 모를까. 그럼에도 저렇게 아낌없는 관심을 강아지에게 쏟는 것은, 그리고 자신은 차마 그렇게 못 하는 것은.

"겁이 나나 봐요."

그래요, 겁이 나나 봐요. 한 번 그렇게 보내고 나니 정 주는 게 겁이 나나 봐요.

랑세가 기운 없이 흐리는 말을 들은 에세는 입을 뻥긋했다가 닫았다. 흐리는 말끝에 많은 것이 담겨 있음을 금세 알아차린 덕이리라. 에세는 쉬운 일이 아니긴 하죠, 하고 조심스럽게 말하고만 말았다. 오늘 잠시 만난 당신에 대해 더 무엇을 알까. 쉽고 흔한 위로와 용기를 주는 말조차도 때로 상처가 되는데.

"아씨, 난 그 이름 싫다니까!"

어느 마법사가 빽, 하고 지른 소리에 랑세와 에세 사이에 어색하게 흐르던 침묵이 깨졌다. 에세는 긴 한숨을 내쉬었다. 아, 랑세도. 에세는 성큼 한 발 그들에게 다가가 조금 목소리를 높였다.

"이보세요, 사람들이 우기면 뭐 하나요. 강아지 의견은 안 들어 보나요?"

에세의 외침에 마법사들의 시선이 쏟아져 내린다. 하지만 에세는 전혀 위축되지 않고 허리 위에 손을 얹은 채 그 시선을 맞받아쳤다. 랑세는 그냥 이유 모를 웃음이 났다. 타루, 열심히 해요. 에세 씨는 멋진 사람이니까.

"강아지 의견을 어떻게 들어요?"

"어떻게 듣긴요. 각자 저쪽에 서서 원하는 이름 불러요. 그럼 강아지가 제일 마음에 드는 쪽으로 가겠지요."

오오, 멋져, 똑똑해. 마법사들 사이에서는 감탄이 튀어나오지만 에세는 하나도 뿌듯한 얼굴이 아니었다. 마법사들은 자기들끼리 쑥덕거리더니 아파트 마당 한쪽에 쪼르륵 가로로 줄을 지어 자리 잡았고, 엘마스가 강아지를 붙든 채로 입구에 섰다.

"엘마스 씨는 붙여 주고 싶은 이름 없어요?"

강아지를 꽤 아끼던 엘마스였기에 랑세는 그리 물었다. 하지만 엘마스는 가볍게 고개를 저었다.

"이미 저 녀석들이 충분히 애를 혼란스럽게 하는데 하나 추가하고 싶지는 않아요. 랑세 씨는요?"

랑세는 가만히 강아지를 바라보다 얍, 하고 두 손으로 강아지의 귀를 막았다. 너, 듣지 말래. 아니, 아니다. 이미 실컷 말했구나, 듣는 데서. 랑세는 귀의 감촉이 좋아 그냥 손을 내버려 둔 채로 변명하듯 중얼거렸다.

"강아지 이름을 지어 본 적이 없어서요."

"저놈들은 지어 봤게요?"

"아니, 그리고 일단 제가 저기 있으면 경쟁이 안 되지 않나요?"

"하긴. 그것도 그러네요."

엘마스와 랑세의 말이 길어지자 저쪽에서 기다리는 마법사들이 난리를 쳤다. 아, 좀 어서, 빨리 강아지 내려놔!

엘마스가 알았다고 외치며 강아지를 바닥에 내려놨다. 엘마스가 강아지의 엉덩이를 두어 번 톡톡 밀어 대자, 마법사들은 각자 부르고 싶은 이름을 부르기 시작했다. 샤피드, 샤비, 헤리, 야히, 오로이……. 아니, 고양이라고 부르는 저놈은 누구야. 뭐가 되었든 강아지는 쫄래쫄래 두어 걸음 걷다가 멈춰 서서 랑세를 돌아본다. 그러고서는 쫄래쫄래 다시 랑세에게 다가와 발치에서 꼬리를 흔든다.

"얘, 저쪽에 너 마음에 드는 이름 있으면 가 봐."

흔들흔들, 헥헥. 강아지는 랑세 곁을 떠날 생각을 하지 않는다. 얘, 가 보라니까. 아휴, 고집 어지간하네. 랑세는 이대로라면 승부 아닌 승부가 안 날 것 같아서 입구 안쪽, 강아지가 자신을 못 보는 쪽에 서 있기로 했다. 바깥이 다시 소란스러워졌다.

고요한 입구 안쪽에서 랑세는 혼자 서성였다. 바깥은 어떻게 돌아가고 있을까. 그때, 갑자기 입구에 달린 작은 창문이 툭,

하고 열렸다. 고개가 저도 모르게 관리사무실을 향해 돌아갔다. 계속 이쪽을 보고 있었던 걸까. 하기야 이 소란이면 누구라도 돌아보겠다마는.

"여기, 창문 열어 주신 거예요?"

끄덕, 케일이 성의 없이 고개를 끄덕였다. 랑세도 고마워요, 하고 작게 말하고 그 틈새로 바깥을 살펴보았다.

멍멍멍, 강아지는 몇 번 저쪽으로 뛰어갔다 이쪽으로 뛰어갔다 하지만 뱅글뱅글, 어느 이름도 마음에 안 드는지 그 누구에게도 다가가지 않고 앞마당을 돌기만 했다. 멍멍멍.

"잠깐, 잠깐만요!"

그때, 에세가 모두를 멈추게 하고. 엘마스도 무언가를 눈치챘는지 소란을 가라앉혔다. 그리고 불안한 목소리로 중얼거렸다.

"설마……."

"아무래도 이상해서요. 잠깐만요."

에세가 마법사들이 모여 있는 쪽으로 가더니 힘차게 외쳤다.

"얘!"

멍!

강아지는 바로 반응하며 에세를 향해 달려갔다. 샤피드, 샤비, 헤리, 야히, 오로이, 고양이, 뭘 불러도 혼란하던 아이가 에세를 향해 간다. 마법사들은 당황했다.

"얘!"

"야!"

"어이!"

"이봐!"

강아지는 잠시 멈칫하며 자신을 '애'라고 부른 마법사와 에세 사이에서 어쩔 줄 몰라 한다. 에세가 손뼉을 치며 애, 애, 애, 하고 부르자 그제야 그쪽으로 갔다. 에세는 강아지를 품에 안고 단호하게 선언했다.

"애 이름은 '애'예요!"

랑세가 처음 강아지를 향해 불렀던 호칭. 그리고 누군가 '이름'으로 부르기 전까지 부지런히 부르던 호칭. 애정도 별반 없이 낯설고 어린 것을 부르는 그런 호칭이 이름이 되었다. 조금은 서글픈, 그런 이름.

랑세는 문을 열고 고개를 빠끔히 내민 채로 기운 없이 중얼거렸다.

"얘……."

에세의 품에서 강아지, 아니, '애'가 꼬물꼬물 빠져나오더니 랑세를 향해 달려와 그 품에 안겼다.

"아우, 뭐야!"

"하필 애야."

"조금 습관 들이면 다른 이름도 적응하지 않을까?"

랑세는 애의 털을 쓰다듬으며 중얼거렸다. 미안해, 더 예쁘게 못 불러 줘서. 그런데도 너는 나에게 정이 들어 버렸네. 어쩌나. 애야, 미안하다.

"애."

그때 케일이 강아지를 부르자, 강아지는 썩 마음에 들지 않는 표정이긴 했지만 반응을 하긴 했다.

"진짜 얘군."

랑세는 긴 한숨을 내쉬고는 강아지를 안아 들고 입구로 나왔다.

"얘는, 얘예요."

멍멍, 강아지가 답하고 마법사들은 우우, 하며 아쉬움의 탄식을 내뱉었다. 이 한밤중 소란의 허무한 끝을 본 에세는 손을 크게 흔들었다.

"얘, 잘 있어! 나중에 내가 맛있는 거 가져다줄게!"

멍멍, 얘는 알아들었는지 답을 하며 꼬리를 흔들었다. 에세는 타루를 개처럼 끌고 가고, 다른 마법사들도 얘, 넌 내일 아침에 내가 다른 이름으로 부를 거야, 얘, 잘 자라, 내일 보자, 하고 한마디씩 던지며 방으로 돌아갔다.

그제야 고요해진 입구에서 랑세는 얘를 내려 두고 작게 인사했다.

"잘 자."

할짝, 강아지는 랑세의 볼을 핥았다. 랑세는 어색하게 볼을 문지르며 방으로 돌아왔다. 밤새도록, 그 촉촉한 따스함이 생각났다.

"얘, 잘 잤어?"

강아지는 어떤 마법사가 챙겨 준 먹이를 먹다 말고 랑세를 향해 멍멍 짖었다. 랑세는 강아지를 꼭 한 번 안아 주며 언니가 돈 벌어 올게, 내가 낸 건 1에시르뿐이지만, 어쨌든 너 먹잇값 벌어 올게, 하고 중얼거렸다. 강아지는 멍멍거리며 랑세의 출근하는 뒷모습을 향해 자꾸만 짖어 댔고, 랑세는 그 소리에 자꾸만 발걸음을 멈추고 손을 흔들게 되었다.

정이란 것이, 들지 않겠다고 맹세한들 안 드는 것인가. 안 그러겠다고 해 놓고서도 자꾸만 강아지의 모습이 눈앞에 아른거렸다. 하얀 털과 까만 눈. 오늘 업무 중간 점심시간에도 동료들에게 강아지 이야기를 꺼내게 되었고, 그에 누군가는 자신은 고양이를 기른다며, 우리도 개를 기른다고, 어릴 때 병아리를 기른 적이 있다고 이야기를 꺼냈다. 그에 다시 눈앞에 얘의 얼굴이 떠올랐다.

'어차피 다들 평생을 같이할 수 없는 건데 사람을 왜 만나고 왜 살아요?'

괜찮지 않을까 싶었다. 닷새. 원래 주인에게 돌아가든, 아파트에 남든, 어찌 되었든 지금 정 붙은 만큼은 괜찮지 않을까.

퇴근 후 아파트로 돌아가는 길, 랑세는 알고 지내던 정육점에 가서 고기가 붙은 뼈를 조금 샀다. 다 같이 먹잇값으로 차출한 돈이 있긴 하지만, 마법사들처럼 멋들어진 장난감은 줄 수 없으니 이것이라도 조금 줄까 하고.

"이름도 얘가 되어 버렸으니까."

미안하기도 하고.

그래도 기다려 주는 존재가 있다는 사실에, 돌아가는 걸음이 조금은 가볍고 들뜨게 된다.

서둘러 걷는 걸음에 해가 다 지기도 전에 아파트가 있는 마을 근처까지 도착했다.

"랑세 씨!"

그때, 아파트로 향하는 골목 앞에서 와렌이 랑세를 발견하고 큰 소리로 외쳤다.

"어, 와렌……."

"큰일 났어요!"

"예?"

"강아지가, 아니, 얘가 아픈 것 같아요!"

"네?"

강아지가 아프다는 이야기에 랑세는 달리기 시작했다. 랑세의 달리기를 그 누구도 따라갈 수 없음을 잘 알면서도 와렌은 최선을 다해 뒤따라 달렸다. 실은, 평소보다 조금 늦는 그녀를 데리러 나가던 길이었으니까.

"얘!"

랑세는 아파트 입구에 곧 도착했다. 강아지 주변을 둘러싼 채 이런저런 의논을 하던 마법사들 모두가 랑세를 돌아보았다.

강아지는 랑세가 자신을 부르자 비틀거리며 일어나 꼬리를 한 번 흔들었다. 그러나 그뿐이었다. 평소처럼 달려 나오려 애쓰지도, 짖으려 애쓰지도 않았다. 아니, 못 했다.

"얘, 너 왜 이래?"

랑세는 뼈가 든 봉지를 옆에 던지듯 내버려 두고 강아지를 안아 들었다. 강아지를 길러 본 적은 없지만, 축 처진 꼬리와 귀, 그리고 무엇보다 이렇게 펄펄 끓는 열이 나고 있다는 것이 분명 좋은 신호가 아니라는 것쯤은 알았다.

강아지는 그런 상황에서도 얘, 얘, 하고 부르는 랑세의 손등을 살짝 핥았다. 하지만 그 혀조차도 뜨거워서, 랑세는 눈물이 왈칵 날 것 같았다.

"얘 왜 이래요?"

이번에는 마법사들에게 묻는 말이었다. 하이란이 고개를 저었다.

"모르겠어요. 아까 아침나절하고 정오에 밥을 줄 때까지만 해도 괜찮았던 것 같은데, 집 안에 틀어박혀 나오지 않더라고요. 놀기 싫은가 보다 하는데, 엘마스가 보다가 얘가 아무래도 아픈 것 같다고 했어요. 그러더니 열도 오르고 숨소리도 이상하고 그래서……. 일단 랑세 씨 체질에 애정을 느낀다고 하니까 돌아오시면 좀 낫지 않을까 싶었는데."

와렌이 랑세를 찾으러 골목으로 나온 이유였다. 랑세는 강아지를 쓰다듬으며 얼렀다. 호흡은 조금 편해졌으려나. 그러나 여전히 색색거리는 숨소리가 자꾸만 심장을 찌르는 듯했다.

하이란은 옆에서 덧붙여 설명했다.

"일단 엘마스가 마법 생물은 아니더라도 동물 병을 봐줄 치료사를 찾으러 갔고요, 다른 친구들이 마법 생물 쪽을 전공한 사람을 찾으러 갔어요."

"동물 병을 봐주는 치료사도 있나요?"

"고향에서도 가끔 보긴 봤고요, 엘마스 말로는 수도에서도 말이나 소, 양을 봐주는 치료사가 있긴 하대요."

그러나 말을 돌봐 주는 치료사라면 어느 귀족가나 공용 마차소 본부에나 있을 것이고, 도시에 소나 양을 기르는 집 자체가 적으니 찾으려면 쉽지 않을 일일 터였다. 그리고 마법 생물을 전공한 사람은, 어제 의논한 바에 따르면 리엔 마법사 정도나 잘 아는 것 같고.

랑세는 얼굴을 일그러트렸다. 할 수 있는 게 아무것도 없었다. 기다리는 것 말고는.

"애, 조금만 기다려 봐, 널 돌봐 주실 분이 오실 거야."

헥헥거리던 얼굴과 흔들거리는 꼬리 대신에 그저 끄응, 하는 신음 같은 소리뿐. 그래도 랑세는 끊임없이 괜찮아, 괜찮아, 괜찮아질 거야, 하고 얘에게 속삭였다. 마법사들 역시 차마 큰 소리를 내지 못하고 숨죽인 채로 그 모습을 지켜보았다.

"랑세 씨!"

얼마나 지났을까. 마법사 아파트 앞으로 공용 마차 한 대가 다급하게 멈추고 엘마스가 뛰듯이 내렸다. 뒤이어 웬 노인 한 사람도 함께. 아마도 저이가 동물을 돌보는 치료사인가 보다. 엘마스는 랑세의 품에 안긴 강아지를 가리켰다.

"선생님, 얘예요."

"오, 그렇군. 이름이 뭔가?"

"얘예요."

"이름이 뭐냐니까?"

"……이름이 얘입니다."

"아…….."

노인은 민망한 얼굴을 하며 랑세에게서 강아지를 받아 들었다. 강아지는 낯선 노인의 품에 안기면서도 아파서 그런지 어떤 반항도 하지 못했다.

치료사가 강아지를 살펴보는 동안 랑세와 마법사들은 입도 뻥긋하지 않고 숨을 죽였다. 얘를 보는 노인의 표정이 점점 심각해지고 어두워졌기에. 귀도, 입도, 이빨도, 엉덩이도, 배도 꼼꼼히 살펴보던 노인이 허어, 하고 한숨을 쉬었다.

"대체 무슨 병인지 모르겠네. 일반적인 병은 아닌 것 같은데……. 혹시 변 본 것 있나?"

"저쪽에요."

엘마스가 강아지가 화장실로 사용하던 화단 한쪽을 가리켰다. 노인은 그쪽으로 가 작대기를 가지고 변도 뒤적거려 보았지만, 고개를 저었다.

"일단 해열제는 주겠네. 하지만 근본적인 원인은 알 수가 없으니 조금 더 두고 보자고."

아픈 이유를 모르는 것은 어쩌면 진짜 강아지가 아니라 마법 생물이라서 그런지도 모른다. 그 때문에 어떤 마법사들도 치료사의 진단에 토를 달지 않았다. 그저, 지금 당장은 이 고열로 인한 고통이라도 조금 가라앉기를.

치료사는 강아지가 먹는 해열제를 만들어 주었다. 약초로 만들어 뭉친 약은 쾨쾨한 냄새가 났고, 강아지는 먹을 생각 따위 전혀 없어 보였다. 랑세는 강아지를 달랬다.

"애, 애, 열이라도 내려야지 편해지지 않겠니? 너 내 말 알아 듣잖아. 잠깐 쓰고 맛없겠지만, 그래도 먹어야 해."

강아지는 끄응끄응거리며 랑세의 품을 파고들다가, 랑세가 어린 동생을 달래듯 계속 어르자 결국 고개를 빼끔히 빼내고는 약을 받아먹었다. 치료사는 꽤 놀란 얼굴을 했다.

"똑똑한 아이구나!"

치료사의 칭찬에 랑세를 비롯하여 모든 마법사들이 뿌듯한 얼굴로 고개를 끄덕였다. 세상에, 그 와중에 아픈 얘마저도 살짝 꼬리를 흔든다.

"아무튼, 내일 다시 오겠네. 일단 오늘은 이걸로 좀 기다려 보라고."

"예, 고마워요."

아미아가 모아 뒀던 돈에서 얼마를 꺼내 치료사에게 줬고, 치료사는 자리를 떠났다. 약이 효과가 얼마나 좋든 간에, 먹은 지 얼마 되지 않아 열이 뚝 떨어질 리는 없다. 그걸 알면서도 마법사들과 랑세는 조금 초조해진 기분으로 강아지를 지켜보게 되었다.

"저기, 마법 생물이라서 약이 안 맞거나 그런 건 아니겠죠?"

랑세가 문득 든 걱정에 그리 묻자 엘마스가 고개를 저었다.

"그럴 수도 있지만, 아까 그런 열이 계속되면 얘가 제대로 된 치료를 받기도 전에 큰일 치를 수도 있었어요. 응급 처방 정도면 괜찮을 겁니다."

"그러면 마법 생물을 전공하는 마법사분들은 언제쯤 오시
죠?"

랑세의 질문에 마법사들은 모두 고개를 숙였다. 얼굴이 조금
빨개지기도 했다. 왜, 왜 그러지?

아미아는 조금은 차갑게 입을 열었다.

"몇몇 선배들 빼고는 마법 생물을 전공했다고 해서 치료법
까지 통달하지는 않아. 보통 생물을 데리고 실험하고 분석하는
게 특기들이지."

"예?"

"리엔 선배나 그 연배의 몇몇 빼고는 치료법을 모를지도 모
른다는 뜻이야."

아마도 그 차가움은, 부끄러움은, 그들 스스로를 향한 것이
었나 보다. 이용할 줄 알되 돌보지 않는 것, 당장에 필요가 없
기에 몰라도 된다고 생각했던 것, 책임이라고 당당하게 말해
놓고서는 사실은 책임을 질 능력조차 없었던 것임을, 문관 앞
에서 고백하게 되어 버렸다.

그 부끄러움과 냉소는 기실 랑세에게는 한 치 중요하지 않았
다. 그저, 아직 열이 내리지 않은 것이, 애가 어렵게 숨을 쉬고
있는 것만이.

"리엔 님이 돌아오시려면 나흘 남은 거죠?"

"그렇지."

"저기, 혹시 물어볼 수는 있지 않을까요? 최소한 오실 때까지

덜 아프게, 어떻게 하라든가, 뭘 먹어야 하고, 어떻게 재워야 하고……."

"아!"

미처 아무도 생각하지 못한 것이었다.

"메신저, 누구 어느 분이 메신저라도 보내시면……."

"알았어, 무슨 소린지. 내가 보낼게. 눈에 안 띄고 빨리 가는 게 내 거니까."

아미아의 메신저는 새의 모습이었고, 얼마 전에 투명화 마법도 성공해 냈다.

"누구, 리엔 선배 어느 지방으로 가셨는지 아는 사람 있어?"

마법사 무리 중에서 와렌이 조심스럽게 손을 들었다.

"같이 간 무즈 이야기로는 파타텐 지방이라고……."

"허, 머네."

아미아가 조금 곤란한 얼굴을 했다.

메신저는 멀리 갈 수 없는 것일까.

"내가 도와주지."

그때 케일이 나섰다. 여태껏 관리사무실 창문으로 오가는 이야기를 모두 듣고 있던 터였다. 그 역시 강아지가 걱정되기도 했거니와, 어느 입주자의 눈에 한가득 눈물이 어려 있던 터였기에.

"아, 고마워. 좀만 나눠 줘. 안 섞이게 조절 잘 하고."

케일은 아미아의 등에 손을 댔고, 아미아의 손에서 메신저가 튀어나와 잠시 랑세에게 날아왔다가 아미아의 주문에 하늘 높이 떠올랐다. 메신저는 더없이 빠른 속도로 남쪽 지방으로 힘차게 날아갔다.

그렇게 새를 날려 보낸 후 아미아는 얼굴에서 식은땀을 흘리고 약간 비틀거렸지만, 케일이 곧 잘 붙잡아 줬다.

"아, 이 속도라면 내일 아침쯤에 도착할 거야. 그때까지는 기다려."

아미아의 말에 랑세는 고개를 끄덕였다. 일단 물어볼 사람이 있다는 게 어딘가. 랑세는 강아지를 잘 추슬러 안은 채 가만히 앉아 있었다.

"계속 여기 계실 거예요?"

와렌의 말에 고개를 끄덕였다. 치료사를 부르는 일도, 리엔에게 묻는 일도, 마법 생물학 전공자를 찾는 일도 자신은 할 수 없기에. 못난 이름 지어 버린 못난 임시 보호자가 할 수 있는 일은 곁에 있는 것뿐이기에.

"그럼, 저, 랑세 씨 저녁 먹을거리는 제가 가져다 드려도 될까요?"

와렌이 조심스레 묻자 랑세는 작게 고개를 끄덕이며 억지로 조금 웃어 보였다.

고마워요.

천만에요. 저도 제가 할 수 있는 일이 이것뿐인걸요.

"다들 일단 들어가. 좋은 생각이 떠오르면 다시 내려오고. 지금은 애가 쉴 수 있게 내버려 두는 게 제일 나을 것 같다."

일단 약도 먹였고, 랑세도 있고, 리엔도 불렀겠다, 당장 누구도 무언가를 더 할 수 있는 일은 없어 케일은 주변을 정리했다. 모두 동의하는 바였기에 그들은 군소리 없이 방으로 돌아갔다.

랑세는 가만가만 강아지를 쓰다듬으며 조용히 곁을 지켰다. 얼마 지나지 않아 역시나 와렌이 다가와 따뜻한 수프를 내밀고 곁에 조용히 앉았다. 가만가만 사람 숨소리, 가만가만 아픈 강아지 숨소리가 섞여 밤이 내리고 별이 올라오는 시간을 채웠다.

"안 올라가나?"

별도 달도 아주 높이 떠오른 시간, 케일이 나와 그리 물었다. 랑세는 고개를 저었다.

"아직 열이 덜 떨어졌어요. 제 체질 때문에 조금 안정되었다고 아까 그래서요. 제가 곁에 있는 게 나을 것 같아요."

케일은 두 번 묻지 않고 다시 안으로 들어갔다. 그리고 얼마 지나지 않아 무언가 툭, 하고 랑세의 발치 앞에 내려와 앉았다. 뭔가 천을 말아 둔 것 같은데.

"침낭."

"네?"

"아."

와렌은 그게 무엇인지 아는지, 선배가 던져 둔 침낭을 둘둘 풀어냈다. 커다란 겉옷 같기도 하고 이불 같기도 하다.

"이 안에 들어가면 푹신하기도 하고 따뜻하기도 해서 바깥에서도 바로 누워 자기 좋아요."

"아, 네."

차마 고맙다는 말이 바로 떨어지지는 않았다. 대문 앞에서 자라는 소리인가 싶으면서도, 그래도.

"고맙습니다……."

"그래."

날씨가 쌀쌀하기도 했거니와 챙겨 준 마음 그 자체가 고마워 결국에는 고맙다는 인사를 했다. 랑세는 얘를 잠시 내려 두고 와렌의 안내를 받아 침낭 안에 꾸물꾸물 들어가 다시 얘를 받아 들었다. 그냥 침낭은 아니고 마법이라도 걸린 건지 무척이나 따뜻하고 푸근하다. 종일 강아지를 안은 채로 앉아 있는 것도 쉬운 일이 아닌지라, 대문 앞에 누워 있는 노숙자 꼴이면서도 금방 잠이 들 것 같았다.

"제가 옆에 있을 테니 걱정하지 말고 주무세요."

"그래도 대문 앞인데……."

랑세가 조금 부끄러워하며 웅얼거리자 무언가 눈앞에 빛이 뿌려졌다. 마법……인가. 고개를 들어 보니 케일이 내려다보고 있었다.

"가림막과 안정화 마법이다. 걱정하지 말고 자라."

"고맙……습니다."

랑세는 개집 옆에 누워 가만히 얘를 쓰다듬으며, 얘가 나아지기를 기다리며, 숨소리에 귀 기울였다.

조금은 편해진 소리가 부디 나아지고 있다는 증거이기를. 그래서 내일 리엔 선배를 부르느라 애쓴 아미아에게 미안해질 만큼 나아지기를.

대문 앞에 누워 있는 이 한 명, 옆에 앉아 있는 이 한 명, 서 있는 이 한 명이 그렇게 기원한다. 그리고 차마 잠들지 못한 채 침대 위에서 설치는 쉰 명의 사람들도, 그렇게 밤을 보낸다.

"랑세."

마법이 걸린 침낭이라고 해도 바닥에서 자는 데다 애가 걱정이 되어 뒤척거리다가 새벽녘에 잠깐 눈이나 붙인 참이었다. 랑세는 케일이 저를 부르는 목소리가 잠시 꿈인가 싶었다. 지금 제가 어디 있는지를 깨달아 얼른 눈을 뜨고 품을 보았다. 열은 조금 내렸지만 애는 여전히 상태가 좋지 않아 보였다.

"랑세."

케일이 재차 부르자 랑세는 고개를 들었다. 케일의 손에는 아미아의 메신저가 붙들려 있었다. 아, 맞아, 메신저가 아침에 도착한다고 했지.

메신저는 랑세가 일어난 것을 발견했는지 꽥꽥거리며 제 할 말을 한다.

"랑세! 랑세! 리엔 선배 오고 계신대!"

"네?"

"일정 끝나서 마침 오시는 길이었대! 소식 들으시고 지금 무즈마력까지 쭉쭉 뽑아서 오시겠대! 오후 늦게면 도착하실 거야!"

아미아의 메신저가 이처럼 반가운 것은 처음이리라. 랑세는 여전히 고통에 끙끙거리는 강아지를 쓰다듬으며 작게 웃었다.

"들었지? 너 치료해 주실 분이 곧 오신대. 조금만 참자."

똑똑한 애는 랑세의 말에 제 볼을 랑세의 손에 비비적거렸다. 아, 다행이다. 그때까지는 힘들겠지만 마법 생물 치료를 할 줄 아는 마법사님이, 아니, 어쩐지 가장 유능한 마법사님이 오신다는 거잖아. 조금만 참아, 힘을 내. 랑세는 마음속으로 몇 번이고 같은 말을 반복했다.

그때.

"랑세, 출근 안 하나?"

케일이 묻자 랑세는 눈을 동그랗게 떴다.

"네?"

랑세는 곧장 알아듣지 못하는 자신의 얼굴을 꽤 한심하게, 아니, 그보다는 평소처럼 짜증스러운 낯으로, 아니, 그보다는 걱정스러운 낯으로 보는 케일의 모습에 퍼뜩 깨달았다. 출근해야 한다.

당연한 일임에도 당장에 멈칫하고 말았다. 품 안에서 숨만 겨우 쉬고 있는 강아지 때문이었다. 그러나 아직 연차가 차지 않아 휴가를 마음대로 신청할 수 없는 신입 공무원이 강아지 때문에 공관 일을 쉴 수 있을 턱이 없었다.

"가, 얼른 다녀와! 너 없는 동안 우리가 돌보고 있을게!"

그때 아미아의 메신저가 꽥꽥거렸다. 아미아치고는 꽤 의외의 말이라 랑세는 놀란 눈을 깜빡였다.

그 불신의 눈빛을 눈치챈 것일까. 메신저는 다시 비명처럼 꽥 소리를 질렀다.

"너 할 만큼 하는 거라니까!"

"아, 네. 얘, 나 일하러 다녀올 테니까 조금 더 쉬고 있어?"

랑세는 품에 안겨 있는 강아지를 달래며 조심스럽게 케일에게 넘겨주려다가 다시 멈칫했다. 케일도 멈칫했다. 강아지도 멈칫했다. 이 아픈 와중에도 얘는 케일과 상성이 안 좋은 것 같았다.

랑세가 강아지를 침낭 위에 내려 두려던 찰나, 와렌이 문을 열고 나왔다. 밤새 중간중간 잠에서 깰 때마다 와렌이 담요 하나 두른 채 자신 곁을 지키고 있는 것을 보았다.

"랑세 씨, 아침을 제가 좀 했어요. 드시고 출근하세요."

"아, 고마워요."

역시 와렌 최고. 아픈 사람을 간호할 때 제 몸 챙기기가 쉽지 않다는 것을 알아주는구나.

와렌은 강아지를 내려 두려는 랑세의 손을 보고 자연스럽게 손을 뻗었고, 랑세는 주춤거리다가 와렌의 품에 강아지를 넘겨주었다. 강아지도 와렌은 나쁘지 않은지 얌전히 그 품에 안겼다.

"잘 먹을게요."

미리 인사를 하며 들어가는 랑세의 뒤에서 와렌은 강아지를 조심스럽게 쓰다듬고 있었다.

랑세는 터덜터덜 부엌으로 들어갔다. 와렌의 이름이 새겨진 냄비 안에는 따스한 수프가 끓고 있었다. 랑세는 그릇에 제 몫의 수프를 떠 자리에 앉았다.

"맛있네."

여태껏 와렌과 부엌을 공유했지만 와렌의 음식을 먹어 본 것은 처음이었다. 혼자 있는 부엌이 고요하고 싫어 일부러 달그락거리는 소리를 내며 먹었다.

채소로 만든 수프는 맛은 있었지만, 속에서 잘 받지 않았다. 걱정 탓이리라. 그럼에도 꾸역꾸역 먹었다. 아픈 사람, 아픈 것을 돌보는 일은 사람을 무척이나 지치게 하고 마음을 갉아 낸다는 것을, 경험으로 알고 있었다. 그렇기에 자신이 알아서 중심을 잡아야 했다. 무너지고 망가지는 것은 한 번으로 족했다.

그리고 리엔이 곧 온다 하지 않았는가. 마법에 대해서 잘 모르지만 무즈의 마력 쭉쭉 운운한 것으로 보아 마법적인 방법으로 오는 모양이었다. 빨리 오시겠지. 다른 마법사들도 애를 무척이나 아끼니까 그동안 괜찮을 거야. 일만 끝나고 얼른 와야지.

부대끼던 속도 조금은 편해져, 랑세는 서둘러 수프를 모두 마셨다.

하루 종일 일이 손에 잡히지 않았다. 실수하면 안 된다는 마음으로 겨우겨우 정신을 집중하고 민원실 문이 닫히자마자 후다닥 달리기 시작했다. 애매한 거리라 공용 마차도 잘 안 다니기에 그저 숨이 턱까지 차오르게 달리는 수밖에. 아무리 달리기를 잘하는 랑세라지만, 한참 달리다 보니 걸음이 비틀거렸다.

"랑세 양, 타렴!"

그때 뒤에서 누군가 랑세를 불렀다. 말에 타고 있는 리엔이 었다.

"리엔 님!"

그녀가 눈물이 날 만큼 반가웠다. 아니, 이미 났다, 찔끔.

꽤 지쳐 보이는 얼굴이지만 리엔은 무리 없이 능숙하게 랑세를 끌어당겨 말 위에 앉혔다.

아니, 이 팔로 어떻게 저를 말에 태우셨어요.

마법이야.

아, 네.

리엔은 랑세가 앉아 자신의 허리춤을 붙드는 것을 확인하자마자 말 허리를 찼다.

"꼭 잡아! 히랏!"

헉, 부지불식간 출발하는 바람에 숨이 들이켜졌다. 랑세는 리엔의 허리를 꼭 붙들었다. 그러고 보니 말 따위는 타지 못하는데. 으악.

리엔도 랑세만큼이나 마음이 급했는지 서둘러 말을 몰았고 랑세는 덜그럭덜그럭 떨어지지만 않게 말 위에서 겨우 버텼다.

"엄마야!"

아파트 앞에서 급하게 말이 멈추자 정말로 떨어질 뻔했다. 랑세가 그러거나 말거나 리엔은 훌쩍 말 위에서 내렸다. 마침 마법사들이 강아지 집을 둘러싼 채로 서 있었다.

"선배님!"

"그 아이가 얘구나."

아미아가 강아지의 이름도 알려 주었던 걸까. 어찌 되었건 리엔의 등장에 모든 마법사들이 길을 터 주며 고개를 숙였다.

랑세는 리엔의 뒤를 조심스럽게 따라갔다. 강아지는 누구의 품에도 안겨 있지 않은 채, 집 앞 방석 위에서 쉬고 있었다. 리엔이 애를 향해 무릎을 꿇자 마법사들은 숨 쉬는 소리조차 내지 않았다.

"얘, 안녕?"

리엔이 마력을 섞은 목소리로 말을 걸자 강아지가 실눈을 뜨고 바라본다. 가만가만, 리엔이 낮지만 다정한 목소리로 말을 걸었다. 안녕, 우리 친구는 어디가 아플까, 하고 묻는 말 사이사이에는 알아들을 수 없는 주문이 섞여 있었다. 랑세의 귀에 그 주문은 여태껏 들어 본 마법사들의 주문 같지 않았다. 마치 사제들이 신을 찬양하는 노래 같았다. 평온하고, 평안한 소리들.

하지만 리엔의 낯은 결코 평안하지 않았다. 점점 굳어 가 슬퍼하는 얼굴로 애의 여기저기를 살펴본다. 그럴수록 랑세와 다른 마법사들의 낯도 굳어 갔다. 랑세는 입술을 꾹 깨물었다.

얼마나 시간이 지났을까. 리엔이 끝내 긴 한숨과 함께 자리에서 일어났다. 그리고 랑세를 돌아보았다. 리엔은 아무 말도 하지 않은 채, 그저 랑세를 바라보기만 했다.

새액, 새액, 강아지의 거친 숨소리만이 들린다. 쏴아, 하고 바람에 나뭇잎 흔들리는 소리가 들린다.

"아······."

가만히 저를 보며 침묵하는 리엔의 모습에 랑세는 고개를 떨어트렸다. 치료사가 환자 앞에서 저런 얼굴로 아무 말을 하지 못한다는 것이 무엇을 의미하는지 알고 있었다. 무릎을 꿇고 빌어도, 멱살을 잡고 화를 내어도 아무것도 변하지 않는다는 것을 알고 있었다. 그들도 안타깝지 않을 리가 있겠는가. 그저, 인간의 손이 할 수 있는 일에 한계가 있는 것일 뿐인데. 마법사도 인간일 뿐인데.

"저……."

겨우 끄집어낸 목소리가 한없이 떨렸다. 랑세는 치맛자락을 꾹 쥐고 침을 크게 한 번 꿀꺽 삼켰다. 모두 인간이기에 할 수 없는 일투성이여도, 작으나마 할 수 있는 일 하나가 있었다.

"얼마나……, 얼마나 더……."

사실은 해야 할 일이었다.

랑세가 꺼낸 말에 몇몇이 리엔이 그리 침묵하며 가만히 서 있었던 이유를 그제야 깨닫고 탄식 같은 소리를 내었다. 리엔은 길게 한숨을 내쉬며 손을 뻗어 랑세의 머리를 가만히 쓰다듬었다. 애를 쓰다듬을 때와 한 치 다를 바 없는 손길에, 그 온기에 마음이 가라앉는다.

"글쎄다……. 오늘이거나, 내일이거나……."

생각보다 더 이르다. 그나마 서둘러 리엔이 오지 않았더라면 아무것도 모른 채 품속에서 차게 식었을 애를 안고 있었겠지. 리엔은 조심스럽게 랑세에게 물었다.

"내가 데려가 맡아 주련?"

랑세는 잠시 흠칫했다. 저도 모르게 애를 바라보게 되었다.

끝을 안 봐도 된다. 대신 봐 줄 사람이 있다. 하지만…….

랑세는 고개를 저었다. 눈앞에 보이지 않는다고 끝을 모를 터인가.

그리고.

"제가…… 맡기로, 짧지만, 그렇게, 약속했으니…….."

거기까지 말하던 랑세는 이를 꾹 물고 다시 고개를 저었다. 얘가 섭섭해하겠네. 내가 너의 끝을 보고자 하는 것은, 책임감 때문만이 아닌 것을.

랑세는 가만히 엎드려 있는 애에게 시선을 돌렸다. 딱, 그냥 사흘뿐이었는데. 기실 그조차도 계속 함께 있는 것도 아니었는데. 왜 그렇게 정이 들어 버렸는지.

"아니, 아니요. 그냥, 얘랑 있고 싶어서요…….."

"힘들 텐데…….."

리엔의 말은 마음이 힘들 것이라는 뜻일 터였다.

랑세는 고개를 끄덕였다. 많이 힘들 것이다.

"해 봤으니까요. 그러니까, 괜찮을 거예요."

그보다도 더 정이 든 사람을 떠나보내 놓고도 이렇게 살아 웃고 있으니까, 괜찮을 거예요.

리엔은 그런 랑세가 안쓰러우면서도 대견해 가만히 등을 쓰다듬어 주었다. 랑세는 가볍게 고개를 끄덕여 고마움을 표하고 애 곁에 앉았다. 애는 슬금슬금 발을 랑세의 허벅지 쪽으로 뻗었다.

"애, 좀 낫니?"

그나마 조금 고통은 가신 듯 보이는 모습에 그리 물었다. 아마도 리엔의 마법 덕이겠지. 그러다, 문득 떠올랐다. 지금 아무 쓸모 없는 질문임을 알면서도 원인이라도 알고 싶었다.

"그런데 얘는 왜 아픈 거죠?"

리엔이 다시 긴 숨을 내쉰다. 하지만 이번에는 슬픔이나 허망함 같은 것이 묻어나는 한숨이 아니었다.

어쩌면 부끄러움, 어쩌면 한심함, 어쩌면 분노.

"부작용, 아마 실험 부작용이겠지. 그러다 저도 덜컥 겁이 나니까, 나한테라도 데려다 놓으면 낫지 않을까 싶어서 버렸을 거야."

랑세는 축 처진 얘의 귀를 막아 버렸다. 이미 들었겠지만, 더 듣지는 말렴. 랑세는 리엔만큼 화를 내지는 않았다. 다만 차마 말하지 못했다. 겁이 나서, 그래서 버렸다는 말이 무슨 뜻인지 알 것 같다는 말을.

"그래요……."

어찌 되었든 이제 와서 그게 무어가 중요하다고. 그저 랑세는 얘의 머리를 가만가만 쓰다듬었다. 오늘도, 어쩌면 내일 아침도 이곳에서 다시 시간을 보내야 할 것 같다. 가는 길을 지켜 주는 것이 사람으로서 할 수 있는 일이니까. 그러니까.

그런 랑세 곁에 와렌이 털썩 앉았다. 그냥 아무 말 없이. 손 끝으로 잠시 얘의 털을 살짝 건드리고, 또 랑세의 어깨에 가만 히 기대면서. 그래서 랑세도 와렌의 손등에 잠시 손을 올렸다 가 뗐다. 이 밤, 또 함께 보내겠네.

"어, 음······."

그리고 그 곁에 하이란이 앉았다. 와렌은 잠시 움찔했지만 그저 시선만 피할 뿐이었다. 털썩, 또 빈자리 어딘가에 엘마스가 앉았다. 저쪽 곁에는 누군가가, 또 이쪽에는 다른 누군가 한 명씩 풀썩풀썩 자리에 앉았다. 모두들 슬픈 얼굴이었지만, 그래도, 곁을 지켰다.

랑세는 놀란 눈을 잠시 깜빡이다 엷게 미소 지었다. 얘가 가장 따른 것은 자신이었지만, 정이 든 것은 이 아파트에 살고 있는 모든 마법사일 테니까. 그러니까, 아마도 마지막일 밤을 함께 보내고자 하는 것이겠지.

아미아는 그런 동료와 후배의 모습을 바라보다 입술을 깨물었다.

"미안······."

아미아가 랑세에게 중얼거리자, 랑세는 잠시 그녀를 바라보았다. 무슨 뜻으로 하는 말인지 금세 알아들었음에도 고개를 저었다.

"결국 제가 결정한 거니까요······."

아미아는 긴 한숨을 내쉬며 쉴 새 없이 머리를 쓸어 올렸다. 랑세는 아미아의 몹시도 화가 난 듯한 얼굴을 보다 그저 시선을 피했다. 지금 저 사람의 감정까지 챙길 힘은 없었으니까.

그저 손끝도, 눈도, 얘에게 집중한다. 가만가만, 조용히, 마지막은 편안하게 갈 수 있게.

"있잖아요······."

그때 하이란이 손안에 든 장난감을 흔들었다. 낚싯대처럼 생긴 장난감 끝에는 마법이 걸린 돌이 여러 모습으로 바뀌고 있었다. 아마도 누군가 만들어 두고 간 장난감이겠지.

"얘는 이 장난감 정말 좋아해요. 랑세 씨는 출근하시느라 못 봤죠?"

흔들흔들, 고양이도 아닌데 이런 장난감을 좋아하려나 싶어 의심하는 마음으로 흔들었더랬다. 얘는 그 끝에서 모양이 바뀌는 돌을 홀린 듯이 바라보다 발을 뻗어 잡으려고 애썼지. 지금도 얘는 몸에 기운이 없어 움직이지 못할 뿐, 눈만은 그 흔들리는 장난감의 궤적을 따라가고 있었다. 랑세의 눈도.

"어, 맞아. 그리고 얘가 제일 싫어하는 건 저거, 저 뼈다귀다?"

처음 랑세가 봤던 잡히지 않는 뼈다귀는 결국 얘의 분노를 사서 이렇게 저렇게 뜯기고 말았다는 이야기를 누군가 했다. 하나씩, 하나씩, 마법사들은 얘와 함께했던 일들을 꺼냈다. 랑세가 아는 이야기도, 모르는 이야기도 했다. 얘가 좋아하는 것, 얘가 싫어하는 것, 얘가 잘 먹는 것, 얘의 습관, 얘의 엉킨 털, 꼬질꼬질한 모습과 깨끗하게 씻긴 모습의 차이.

짧은 시간 동안 얘에 대해서 많은 것을 알게 되었다. 더 긴 시간 함께했더라면 얘에 대해서 더 많은 것을 알게 되었겠지. 어쩌면 돌보는 것이 조금쯤은 귀찮은 날도 있었을 거야.

"얘는 랑세 씨 다음으로 엘마스를 좋아하는 것 같아요."

"난 익숙하게 돌봐 주니까 그런 거고. 안는 법도 요령이 있다고."

더 긴 시간 함께한다면 애 또한 이들에 대해서 더 잘 알았을 거야. 저 사람 이상해, 저 사람 좋아, 저 사람 싫어. 랑세는 그런 생각을 하다 문득, 까맣게 밤이 내려앉은 앞마당에 불을 피우는 케일을 보게 되었다. 어느새 또 말없이 나와 여기를 따스하게 덥힐 거리를 준비한다. 성실한 관리인 같으니. 그렇게 안 생겨서.

"얘는 확실히 케일 씨는 안 좋아하는 것 같아요."

랑세의 말에 무엇이 우스운지 모두가 와르르 웃는다. 케일의 눈썹이 한껏 치켜 세워졌다.

"난 원래 동물이랑 상성이 안 좋다."

"아, 맞아. 전장에서 케일 태운 말들은 진저리를 쳤지."

리엔의 말에 케일의 눈썹이 더더욱 올라갔다.

"타고나길 이런 걸 어쩝니까?"

"아휴, 저 싸가지. 그냥 지지를 않아요."

더없이 무거웠지만, 그래도 이렇게 간간이 웃음 나는 분위기에 얘는 그저 편안해 보였다. 그러기 위해서 여기 앉아 있는 것이지만, 온전히 얘를 위해서만은 아닐 터였다.

"자, 일단 이거라도 먹읍시다."

그때, 스테인이 한 솥 가득 끓여 온 수프를 다른 마법사들과 함께 나누어 주기 시작했다. 스테인은 랑세에게 수프를 넘겨주며 품속의 얘를 보고 쓰게 웃었다.

"마지막은 방 안에서 함께 보내도 될 테지만……."

랑세는 어깨를 으쓱이며 주변을 돌아보았다. 이 모두가 한방 안에서 보내기는 요원한 일일 터다. 그냥, 밤과 별과 달과 사람들과 이렇게 보내는 게 어쩌면 더 나을지도 모르고. 스테인도 더 길게 말하지 않고 남은 수프를 돌린 후 빈자리 아무 곳에나 앉았다.

가만가만, 쓸데없는 이야기 한두 마디. 꾸벅꾸벅, 누군가는 졸고 흥얼흥얼, 누군가는 잠시 애조 띤 가락을 입으로 외운다. 그 어떤 소리도 그다지 크지 않아서 얘의 숨소리는 잘 들렸다. 누군가의 숨소리에 집중하며 보내는 그런 밤.

어제는 침낭 속에서 조금이라도 눈을 붙였지만, 랑세는 이 밤 자지 않고 얘만을 바라보며 보냈다. 이 시간은 되돌아오지 않으며, 잠시라도 놓쳤다가는 그 잠시를 끊임없이 되뇌며 후회할 것을 알기에.

하늘을 오랜 시간 보다 보면 그 자리에 가만히 있을 것 같은 것들이 찬찬히 움직이고 있다는 점을 알게 된다. 달도, 별도, 서서히 자리를 옮기고 붉은색이 가느다랗게 실선을 만들어 올라온다.

끄응끄응, 얘가 마치 랑세를 부르듯 신음을 내 랑세는 퍼뜩 얘를 자세히 바라보았다. 랑세만이 아니었다. 모든 마법사들이.

얘는 랑세의 손바닥에 얼굴을 잠시 비빈다. 밤새 편안했던 호흡이 어느덧 다시 거친 소리를 내었다. 랑세는 저도 모르게 리엔을 돌아보지만 얘가 혀로 랑세의 손을 살짝 핥아 저를 보게 한다. 랑세는 그런 얘의 볼을 쓰다듬었다.

"아……."

해가 뜨는 것을 기다렸을까, 얘의 몸이 심하게 한 번 떨렸다.

그리고 더 들리지 않았다. 아직 몸은 차가워지지도 않았는데, 숨소리는 더 이상.

랑세는 가만히 그런 애의 몸을 다시 한번 쓰다듬었다. 아래서부터 무언가 치고 올라오는 것을 끝끝내 삼켜 내지만, 목 뒤로 넘기지 못한 것들이 눈에서 떨어진다. 뚝, 뚝, 하고 하얀 털 위에 떨어지는 작은 물방울들.

"애……."

그리고 그 순간.

털과 같은 색의 빛이 애의 몸에서 나기 시작했다. 랑세는 눈물 그렁한 눈을 동그랗게 떴다가 환하게 주변을 밝히는 빛에 저도 모르게 질끈 감고 말았다. 빛이 얼마나 강한지 감은 눈조차도 부시다. 그리고 점점 무릎 위의 무게가 가벼워지는 게 느껴진다. 뭐지, 이게 뭐지.

"어어?"

랑세는 억지로 실눈을 뜨고 앞을 보았다. 애의 몸이 온데간데없다. 다만, 그 자리에 나풀거리며 날아다니는 하얀 나비만이.

애의 털색과 같은 하얀 나비 한 마리. 팔락팔락, 나비는 힘겹게 날갯짓을 해 랑세의 머리 위에 앉는다. 랑세는 정신을 차릴 수 없었다. 뭐지, 꿈인가.

"어, 음……. 리엔 선배 말이 틀릴 때도 있네. 그놈이 실험한 마법이 이건가?"

그때, 아미아의 어색한 목소리가 한쪽에서 들렸고 랑세는 시선을 돌렸다. 모두들 이런 모습 따위 예상하지 못했는지, 표정들이 랑세와 다를 바가 없었다. 아니, 조금 다르기는 했다.

와렌은 힐끔 아미아를 보고, 다시 힐끔 케일을 본다. 리엔도 이상하다는 표정으로 케일을 보았다. 그러나 곧 고개를 끄덕이며 쓴웃음을 지었다.

"늙으면 죽어야지. 어쩌나, 랑세 양, 내가 잘못 알았나 봐. 오늘내일하는 게 아니라, 오늘내일 나비로 변할 모양이었나 보네."

팔락팔락, 나비는 랑세의 머리에서 코끝으로 움직인다. 바로 눈앞에 나비로 변한 애의 모습이 들어온다. 팔락팔락, 힘겹게 날갯짓하는 모습.

툭, 툭, 랑세의 눈에서는 다시 눈물이 떨어졌다. 이를 꾹 물었다. 일그러진 얼굴을 겨우 펴며 마법사들을 돌아보고는 힘겹게 웃었다. 고마워요.

"다행, 다행이네요."

팔락팔락, 나비는 랑세의 곁을 떠나 저쪽 하늘을 향해 날아갔다. 랑세와 다른 마법사들에게 미련이 없다는 듯, 꽃을 찾는 게 낫겠다는 듯 멀리, 멀리 날아간다. 랑세와 마법사들은 하늘과 나비가 구분이 안 될 때까지 저 멀리를 바라보았다.

"고마워요, 정말로……."

랑세는 자리에 쪼그리고 앉아 두 손으로 얼굴을 가리고 삼킬 것을 참지 않은 채 모두 쏟아 냈다.

애, 잘 가.

애, 안녕.

저도 주세요
....

똑똑.

퇴근 후 저녁까지 잘 먹고 침대에서 늘어져 있던 랑세는 갑작스럽게 들리는 노크 소리에 벌떡 일어났다. 이제 아파트에서 누가 부르는 소리가 들리면 겁부터 나기 시작한 랑세였다.

똑똑, 한 번 더 들린 노크 소리에 랑세는 일단 문을 조심스럽게 열었다. 어, 아무도 없네.

"랑세."

아니구나, 밑에 있었구나.

케일의 늑대 메신저가 랑세를 올려다보고 있었다. 케일이 메신저 다루는 솜씨가 좋은 건지, 아미아의 메신저처럼 당장에 들러붙는 것은 없었다. 물론 늑대가 조금 초조하게 발을 내밀었다 말았다 하기는 한다만.

"왜 그러세요?"

퇴근할 때 눈인사 잠깐 했을 때는 아무 말 없었는데. 갑자기 메신저까지 보낼 일이라니.

"우편 왔다. 사인."

"아, 네. 알려 주셔서 감사합니다."

그럴 만한 일이네. 랑세가 늑대에게 상으로 머리를 한 번 쓰다듬어 주자, 좋다고 방싯거리더니 금세 사라졌다. 랑세는 일단 신분패를 챙겨 계단을 따라 내려갔다.

그런데 우편 올 게 뭐가 있나. 왕국의 우편제는 아직 전면 국영화가 진행되지 않아 랑세 같은 일반 평민이 우편을 보내려면 상인 조합에 돈을 지불하고 맡겨야 했다. 당연히 만만한 가격은 아니었기에 급한 소식이 아니면 잘 사용하지 않는데, 누가 보냈으려나.

"집인가……."

하긴 급한 일은 없더라도 안부 편지 한번 올 때가 되긴 했다. 아파트에 입소하자마자 여기 주소를 알려 주고 간단하게 사정을 알린 편지를 보낸 게 마지막이었으니까.

0층에 도착하자 관리사무실 앞에는 상인 조합의 복장을 갖춰 입은 사람이 커다란 상자를 앞에 두고 랑세를 기다리고 있었다.

"랑세 엔나 씨?"

이런 일 하다 보면 편지 받는 사람을 기다리며 관리인과 한두 마디 수다를 떨기 마련이다. 그러나 이 아파트 관리인 케일은 그럴 만한 상대가 아닌지라 상인 조합 사람은 어색한 분위기를 견디기 어려운 상태였다. 랑세가 내려와도 눈 한 번 돌리지 않는 사람이니. 덕분에 상인 조합 사람은 인수인이 나오자 반갑기만 했다.

"아, 네, 저예요."

랑세는 그에게 신분패를 내밀고 상자를 내려다보았다. 보낸 사람의 주소가 적혀 있었다. 집 맞네. 그런데 편지가 아니라 상자라니, 대체 뭘 보내셨나. 더군다나 이렇게 큰 상자라면 우편 요금도 만만치 않았을 텐데.

"여기 사인요."

"아, 네."

상인 조합 사람이 내민 작은 공책에 랑세는 대충 사인을 하면서도 수없이 고개를 갸우뚱거렸다. 상인 조합 사람은 금세 나가고, 랑세는 급한 마음에 일단 상자를 열어 보았다. 그리고 곧 허, 하고 이상한 소리를 내고 말았다.

상자 안에는 고향의 특산품인 팔렝주 세 병과 팔렝주를 만들고 남은 술지게미로 만든 과자가 몇 상자나 있었고, 팔렝주와 같이 먹으면 좋은 건과도 있었다. 그리고 랑세가 그나마 좀 좋아하는 작가의 신간 두 권도 들어 있었다. 그리고 편지 한 통.

"음⋯⋯."

랑세는 편지를 당장에 열지 않고 봉투 끝을 가만히 만지작거리다 도로 상자에 넣었다. 여기서 쪼그려 앉아 편지 읽는 것도 웃기니까.

랑세는 상자를 번쩍 들어 일단 부엌으로 갔다. 팔심 좋은 편이긴 하지만 팔렝주가 세 병이나 든 상자의 무게는 만만치 않았다. 부엌에는 마침 아무도 없었다. 그러고 보니 아까 식사 시간에 와렌도 없어서 혼자 먹고 올라간 참이었는데.

여하간 랑세는 늘 앉던 식탁에 앉아 편지를 상자에서 꺼냈다. 다시 말하지만 편지를 꺼내기만 했을 뿐, 봉투는 아직 열지 않았다. 편지 봉투의 동글동글한 필체는 분명 아빠인데.

랑세는 한동안 편지 봉투만 만지작거리다가 에잇, 하고 봉투를 뜯었다. 그냥 편지만 왔다면 한 사흘 더 갈등했겠지만 이 팔렝주의 용도를 알아 두어야 할 테니까.

　사랑하는 딸에게.

　랑세, 아빠다. 그동안 잘 지냈니? 아빠는 그동안 잘 지냈단다. 엄마도, 루세도 모두 건강하게 잘 있단다. 우리 딸이라면 분명 우리 안부보다 상자 속의 팔렝주와 과자를 왜 보냈는지가 궁금한 것 같으니, 그것부터 이야기해 줄게.

역시 아빠였다. 딸을 너무 잘 아신다.

　팔렝주는 공관의 상관분과 기숙사 관리인이나 기숙사감(그런 게 있는지는 모르겠다만)께 드리라고 챙겼단다. 나머지 하나는 혹시나 해서 넣었어. 가까이 지내는 다른 높은 분이 있다면 드리렴. 돈으로야 얼마 안 되는 것이지만, 이제 갓 취직한 사람에게 큰 걸 바라는 사람은 없을 테니 성의 차원에서 드리는 거란다. 이런 건 아빠가 챙겨 줘야지. 윗사람에게 잘 보여야 네 운신이 편할 거야. 세상살이가 으레 그렇지 않겠니?

마음에 안 들면 손님이라도 말로 족족 패는 아빠가 이런 말을 하는 것이 좀 웃기긴 하다.

건과는 딸렝주를 드리면서 같이 드리고, 과자는 새로 사귄 친구들과 나누어 먹으려무나. 혹시 모자랄지 몰라 따로 종이봉투에 포장한 것도 있단다. 남으면 네가 먹으렴. 과자를 먹으면서 재미있게 읽을 만한 책도 넣었단다. 책은 마음의 양식이니 손에서 멀리 떨어뜨려 놓지 말렴.

랑세는 편지를 읽다 말고 다시 상자 속을 뒤적거렸다. 동네에서 가장 맛있는 과자점 상호가 적힌 상자가 있었다. 이 안에 든 것이 팔렝주 술지게미로 만든 과자로, 외지로 나가는 사람들이 선물로 곧잘 사 가는 것들이라 꽤 유명했다.

아빠는 여러 친구에게 나누어 주라는 듯 가장 작은 상자로 포장된 것을 여러 개 넣었다. 랑세는 하나씩 세어 보았다. 일단 와렌 씨 주고, 하이란 씨랑 엘마스 씨, 아, 타루 씨랑 무즈 씨, 그리고……. 아미아에게도 줘야 하나 싶어 잠시 고민을 하게 되었다. 미운 이웃이지만 또 마냥 미운 것도 아니고. 여차저차 신세진 일도 많으니. 음음, 하고 고민하기 시작하자 마음이 또 복잡해진다. 그럼 스테인 씨에게는 줘야 하나 말아야 하나. 그 사람이 친구인가 아닌가. 또 공관의 동료들에게 다 나누어 줄 만큼은 안 되는데.

랑세는 일단 그 생각은 잠시 옆으로 치워 놓고 팔렝주와 건과를 꺼내 보았다. 일단 이건 확실히 줄 사람이 정해져 있다. 한 병은 민원실의 과장님, 한 병은 이 아파트의 어르신인 리엔 님, 그리고 또 한 병은……

랑세는 잠시 병 끝에 달린 리본을 만지작거렸다. 익숙한 리본. 아빠 서점에서 선물용 포장을 할 때 쓰는 점잖은 갈색 리본.

"음……."

케일 씨에게 줘야 하겠지. 아빠도 관리인에게 주라고 했으니까. 무심한 듯하지만 은근히 신경 많이 써 주는 사람이니 고맙기도 하고. 그리고 얘가 떠날 때……

에이, 그래, 그렇게 하자. 랑세는 상자를 대충 닫고 다시 편지를 꺼내 들었다.

수도 생활은 어떠니? 공관 업무는 할 만하니? 아빠는 늘 걱정이란다. 가끔은 편지를 써 주려무나. 아빠도, 주세도 그리고 엄마도 너를 걱정하고 있어.

랑세는 미간을 좁혔다. 이래서 편지 읽기가 망설여졌던 것이다. 엄마가, 과연 걱정을 할까. 그렇게 자식 걱정을 할 사람이면 그딴 말을 했을까.

아니, 분명히 걱정을 할 것이다. 그냥, 그 소리가 듣기 싫었을 뿐이다. 랑세는 입술을 깨물었다.

엄마도 건강이 많이 좋아졌어. 그러니까, 랑세……

"랑세 씨?"

때마침 와렌이 들어왔다. 랑세는 편지를 접으며 와렌을 반겼다.

"안녕하세요, 와렌 씨. 아까 식사 때 없으시더라고요."

"아, 네. 오늘 마탑 본부에 일이 있어서……."

하고 말을 흐리며 와렌은 식탁 위의 커다란 상자에 시선을 보낸다. 아, 마침 잘되었다 싶어 랑세는 얼른 상자에서 과자 한 상자를 꺼냈다.

"이거, 고향에서 아빠가 친구들과 나누어 먹으라고 하더라고요. 팔렝주 만들면서 나오는 걸로 만든 과자예요. 아, 물론 술은 다 날아가서 취할 염려는 없고요, 향만 살짝 스칠 거예요. 맛있어요."

"어, 아, 제가 받아도 될까요?"

"그럼요, 그럼요. 아빠가 친구랑 나누어 먹으라고 했는걸요."

랑세가 과자 상자를 와렌에게 내밀자, 와렌은 꽤 오랫동안 상자를 가만히 내려다보다 환하게 웃었다.

"고맙습니다! 잘 먹을게요!"

때아닌 선물은 사람을 기쁘게 한다. 주는 사람도, 받는 사람도. 와렌의 웃는 얼굴만 봐도 좋다.

와렌은 상자를 열고 당장에 확 풍겨 나오는 술 냄새에 잠시 깜짝 놀란 표정을 지었지만, 곧 두려움 없이 과자 하나를 꺼내 입에 넣었다. 오물오물, 눈을 데구루루 굴리며 먹는 모습에 랑세는 자기도 모르게 긴장했다. 자신이야 좋아하는 과자지만 남들 입에도 맞을까, 하는 생각이 문득 드는 바람에.

"맛있어요!"

와렌의 진심 어린 감탄에 랑세는 한숨 놓았다.

"아, 다행이네요."

와렌은 과자를 하나 더 입에 집어넣고 우물거리다가 무언가 생각난 듯 상자를 식탁에 내려놓고는, 소매를 뒤적거리더니 작은 주머니를 꺼냈다.

"저기, 제가 오늘 마탑에 갔다가…… 스승님께 좋은 찻잎을 얻었거든요. 지금 같이 먹을까요?"

"아, 지금 꼭 안 그래도……."

혹시나 받은 선물에 부담을 느껴 차를 주는 것일까 봐 손을 저었지만 와렌은 다시 웃었다.

"같이 먹어요."

"아, 네……."

와렌이 가끔씩 보여 주는 저 미소에 자신은 너무 약했다. 랑세의 허락에 와렌은 얼른 물을 끓여 와 차를 우리기 시작했고, 랑세도 아까 씻어 둔 제 몫의 컵을 꺼냈다. 더불어 식탁 한가운데를 차지하고 있던 상자도 옆으로 치웠고. 따뜻한 차와 과자, 수다 떨기 딱 좋은 시간이다.

"아, 이 차 좋네요."

"네, 스승님이 차를 좋아하셔서 다양한 차를 수집하시거든요."

"신기하다."

랑세가 신기했던 것은 차를 좋아하는 사람이 차를 수집한다는 점이 아니었다.

"스승님이랑 계속 친분을 유지하시나 봐요. 저는 학교 선생님들이랑 졸업하고 다시 연락한 적 별로 없었거든요."

랑세의 질문에 와렌이 잠시 멈칫했다. 아, 저 표정 안다. 이것도 마법사에게 일상적인 일인가 보다.

아, 하고 와렌이 고개를 끄덕였다. 이제 와렌도 랑세의 표정을 얼추 읽는다. 이건 마법사에게 보통의 일이에요라는 뜻으로 끄덕인 것이었으니.

"스승님이 보통 상관이 되는 경우가 많으니까요."

"아, 맞아요. 저번에 법전 읽다가 봤어요. 일단 마탑으로 매일 출근은 안 하셔도 정기적으로 보고는 올려야 한다고요. 스승님이 그런 분들이셨군요."

심신 안정용으로 읽던 법전은 그 후에도 여차저차 몇 번 더 펴게 되었고, 마법사로 사는 게 절대 편한 일이 아니라는 것을 새삼 다시 느끼게 되었다.

그와 관련한 이야기가 몇 개 더 오가고, 와렌은 과자를 하나 더 씹으며 물었다.

"고향에 계신 분들은 모두 다 잘 지내신대요?"

잠시 랑세의 손끝이 움찔했다. 편지의 서두에 가족 모두 잘 지내고 있다고 쓰여 있었다. 그러나 자신이 떠날 때의 그 상황이 잘 지내는 거라면, 그게 정말 잘 지내는 걸까.

"예, 뭐……."

그래도 구구하게 말하기가 뭣해 대강 얼버무리자, 와렌도 멈칫했다. 자신이 괜한 걸 물었나 싶어서. 잠시 어색한 침묵이 흐르고, 와렌은 수습할 양으로 웅얼거렸다.

"아버님께서 그래도 랑세 양을 이렇게 챙겨 주실 정도면……, 어……, 음, 잘 지내시는 걸 거예요……. 저희 아버지는 잘 지내셔도 안 챙겨 주시는데……. 음, 이게……."

망했다. 와렌은 고개를 푹 수그리고 말했다. 자신은 정말 입을 열면 안 될 것 같았다. 사실은 부러워서 물은 안부였기에 속내가 불쑥 튀어나왔고, 그에 더 싸한 침묵이 자리에 흐르고 말았다. 어색해라. 처음 만났을 때만큼은 아니지만, 최근 느껴 보지 못한 어색함이 자리에 넘실거렸다.

"와렌? 이제 왔어? 스승님은 잘 계셔?"

그때 무즈가 부엌에 들어왔고, 와렌과 랑세는 벌떡 일어났다.

"앉아! 앉아!"

"무즈 씨, 여기, 여기 과자 좀 드세요!"

무즈는 때아닌 환영에 당황하고 말았다.

"어……, 이 과자는 뭐지?"

무즈는 일단 시키는 대로 자리에 앉았다. 와렌만 있다면 더 좋았을 테지만, 그래도 랑세가 생각보다 나쁜 사람이 아닌 건 꽤 오래전에 깨달은 바인지라.

랑세는 어차피 무즈에게도 한 상자 줄 생각이었기에 과자를 꺼내 무즈에게 내밀었다.

"고향에서 보내 준 거예요. 팔렝주 빚을 때 나오는 술지게미로 만든 거예요. 취하지는 않아요. 술 냄새가 살짝 날 뿐이고요."

환영회 날 정신없이 취해서 와렌에게 사랑 고백을 할 뻔했던 무즈의 모습을 보면 술이 약한 게 틀림없으리라. 랑세는 팔렝 출신 사람들이 타지 사람에게 이 과자를 줄 때면 하게 되는 설명을 덧붙이며 얼른 먹으라는 듯 내밀었다.

무즈는 상자를 조금 의심스러운 눈빛으로 살펴보았다. 아니, 의심스러운 눈이라기보다 호기심 가득한 눈이라는 말이 더 옳으리라. 상자의 만듦새라든가 상호를 적은 글씨체라든가를 살피더니 상자를 열고는 과자의 냄새부터 킁킁거리면서 맡고 하나씩 뒤적거리는 모습이.

"아, 마법사 티 좀 내지 말고 먹어요!"

입맛 떨어지게 하지 말고.

랑세가 덧붙인 말에 무즈는 흠칫하고는 와렌의 눈치를 봤다. 와렌 역시 비슷한 눈치이니, 무즈는 얼른 하나를 집어 우걱우걱 먹기 시작했다. 입가에 과자 부스러기를 묻혀 가며 먹는 모습에 와렌은 쓰게 웃으며 손을 뻗어 과자 가루를 털어 냈다.

"와, 와렌……."

"묻히지 좀 말고 먹어. 그러다 맨날 선배들에게 혼났잖아."

펑, 하고 소리가 나도 모자라지 않을 만큼 무즈의 얼굴이 빨개지지만 와렌은 딱히 이상하게 생각하지 않는 것 같았다.

랑세는 어버버버, 하며 어쩔 줄 몰라 했다. 와렌, 무즈에게 마음 있는 것 같지 않은데 저러는 거야? 무즈 죽겠네…….

"맛있지?"

"아, 어……."

우적우적, 무즈는 얼굴을 붉힌 채로 어쩔 줄 몰라 했다. 무즈는 하나를 더 집어 먹으며 랑세에게 시선을 돌렸다. 맨날 와렌만 봐도 좋지만, 지금은 부끄러워 어떻게 해야 할지 몰라서.

"이 과자는 어디서 난 거야?"

"아, 고향에서 친구들이랑 나눠 먹으라고 아빠가 보내 주셨어요."

우적, 무즈는 힐끗 와렌의 눈치를 살폈다. 우적, 와렌은 힐끗 랑세의 눈치를 살폈다. 랑세는 다시 와렌의 눈치를 살피고 둘의 눈이 마주쳤다. 아아아아, 다시 이상해지잖아. 무즈, 저 쓸모없는 인간 같으니. 과자 도로 뺏어 버릴까 보다.

"친구? 내가 너랑 친구?"

다행히도, 정말로 다행히도 무즈는 심술궂게 한마디 던졌고 랑세는 고개를 팩 돌렸다.

"아, 먹기 싫으면 먹지 말든가요."

"무즈 나빠! 랑세 씨가 신경 써서 챙겨 주셨는데!"

"먹을게! 먹을게! 고마워! 잘 먹을게!"

무즈는 누가 과자를 뺏어 갈까 품에 끌어안고 두세 개 더 집어 먹었다. 와렌은 무즈에게도 스승에게서 얻어 온 차를 끓여 준다며 자리에서 일어났고, 식탁에는 무즈와 랑세만이 남았다.

무즈는 힐끗 물을 끓이는 와렌의 뒷모습을 훔쳐보더니 몸을 바짝 낮추고 입을 벙긋거렸다.

'와렌 앞에서 가족 이야기 하지 마.'

야이씨, 랑세는 무즈의 입 모양을 읽고 성질이 났다. 와렌 씨만 가족 이야기 하기 싫은 줄 아냐. 나도 싫다, 이놈아. 눈치껏 해 줄 테니 꺼져라, 이놈아.

랑세가 입을 벙긋거리며 손짓 발짓으로 의사와 감정을 전달하자 꼭 무즈의 머리채를 잡기 직전의 모양처럼 되어 버렸다. 물론 무즈라고 가만히 있을 리가. 티격태격, 서로 소리 없는 다툼을 하기 시작했다.

"랑세 씨?"

그 순간을 와렌이 차를 들고 오다가 봤고, 랑세는 주춤하며 어색하게 웃었다. 탈탈탈, 무즈의 머리를 적당히 털었다.

"아하하, 아뇨. 무즈 씨 머리 위에 뭔가가 묻어서요."

"어어, 응. 고, 고마워, 문관."

으르렁, 컹컹, 와렌이 잠시 몸을 돌린 순간 랑세와 무즈는 서로 이를 드러내고 공격성을 표했다. 물론 와렌이 몸을 돌리자 다시 둘 다 방긋방긋 웃었다.

이게 대체 뭐 하는 짓이람. 와렌이 차를 내밀자 또 수줍어하면서 환하게 웃는 무즈를 보고 랑세는 그냥 자신이 한심해졌을 뿐이었다. 와렌이 무슨 사정인지는 모르겠으나, 상처받지 말라고 주변에서 단속할 만큼 신경 써 주는 사람이 있는 게 뭐랄까, 부럽다고 하면 치졸해 보이고, 그냥 그랬다. 더 표할 말 없는 그런 느낌. 그냥 그런 기분 때문에.

"드시고 계세요."

"아, 어디 가세요?"

"과자를 드릴 분들에게 좀 드리고 하게요."

"아, 네. 잘 다녀오세요."

그래, 너희들끼리 잘 놀아라 싶어 랑세는 일단 상자를 챙겨 자리에서 나왔다. 일단 가장 가까이에 있는 관리사무실로 갔다. 늘 그렇듯이 책을 읽고 있는 케일이 보였다. 음음, 랑세는 잠시 헛기침을 하고 관리사무실의 문을 두드렸다.

"왜?"

무뚝뚝한 목소리로 고개도 돌리지 않고 묻는다. 랑세가 어, 케일 씨, 하고 다시 부르자 그제야 고개를 든다.

랑세는 리본이 묶인 팔렝주와 건과 상자를 내밀었다. 케일의 미간이 미세하게 좁혀진다. 저건 뭐지, 하는 그런 눈.

"고향에서 아빠가 보내 주신 팔렝주예요. 신세 진 분들께 드리고 싶어서요."

조금 더 좁아진 미간.

"신세?"

"뭐, 제가 들어와서 여러모로 소란스럽기도 했고, 또 얼마 전에……."

랑세는 말끝을 흐렸고, 케일은 팔렝주를 내민 랑세의 손을 잠시 가만히 바라보았다.

"할 일이었는데."

겸양의 표현이라기보다는 진심으로 그렇게 생각하는 것 같 았다. 그래도 랑세는 괜히 성질이 뻗쳤다. 고마우면서도 괜히. 미안하면서도 괜히. 아, 와렌 씨처럼 그냥 좀 받으면 안 되나. 이놈의 마법사들이란.

랑세는 케일의 책상에 팔렝주와 건과를 내려놓았다. 그리고 고개를 꾸벅 숙였다. 이게 아마 일반인과 마법사의 차이일지도.

"그래도, 고맙습니다. 여러 가지로 신세 졌습니다. 앞으로도 잘 부탁드려요."

"······뇌물인가?"

"아이씨."

랑세의 입에서 거친 말이 나오기 직전까지 되자 케일은 픽, 하고 웃으며 팔렝주를 받았다. 전장을 호령하던 마법사라고 해 도 문관의 거친 욕설은 꽤 견디기 힘들지도. 지난 무관 사태 때 봤듯이.

"고맙다. 잘 마시마."

"네에."

진작 받을 것이지. 랑세는 다시 한번 고개를 꾸벅 숙이고 리 엔의 방을 향해 갔다. 아빠는 높은 사람에게 챙겨 주라고 했고, 리엔은 분명 높은 사람인 것 같긴 하지만, 그건 마법사들 사이 의 이야기일 뿐이다. 자신에게는 그냥 고마운 사람이었다. 얘 가 아플 때 아무리 끝날 무렵이었다고 하더라도 신경 써서 달 려와 주기도 했고, 별로 바라지 않긴 했다만 환영회도 열어 주 었고.

랑세는 리엔의 방인 307호실 앞에 도착했다. 제대로 인사 한 번 드려야지. 랑세가 문을 두드리려고 할 때였다.

"그럼 그 새끼를 그냥 두자고요?"

문을 두드리려던 손이 멈칫했다. 아미아의 목소리가 방에서 들렸다. 리엔이 무어라 말을 하는 것 같지만 아미아처럼 목소리를 높이지 않아서 잘 들리지 않았다. 들어가면 안 될 분위기인가.

"내가 그 새끼를 직접 처리할 거라고요!"

아미아의 목소리 뒤에 더 덧붙여진 다른 목소리가 언뜻 들리지만, 누구인지는 알 수 없었다.

"선배 혼자 잘났지!"

아미아가 꽥 지르는 소리가 들리자 랑세는 발을 동동 굴렀다. 아니, 아미아는 위아래도 없나. 선배한테 저래도 되나. 리엔 님이라면 봐주시려나.

"알아서 해요!"

순간 문이 덜컥 열렸다. 씩씩거리며 나오던 아미아는 랑세를 보고 멈칫했다. 아미아는 랑세 한 번, 리엔 한 번 보고 한숨을 폭 내쉬며 머리를 쓸어 올렸다.

방 안에는 앉아 있는 리엔과 아미아를 따라 나오려는 듯한 스테인이 서 있었다. 넷 다 곤란한 표정이 되었다. 아니, 리엔 빼고.

"어머나, 랑세 양. 나 찾아오는 길이었어?"

"아, 예. 안녕하세요."

어색하지만, 인사부터 하고.

"무슨 일이니? 아니, 일단 들어오렴."

리엔이 랑세에게 들어오기를 권하자 랑세는 힐끗 아미아와 스테인의 눈치를 살폈다. 아니, 방 주인이 들어오라니까 들어가면 되지, 뭐. 왜 눈치를 본담. 랑세는 아미아와 스테인에게 가볍게 인사하고 방으로 들어갔다.

리엔의 방은 책과 서류가 여기저기 널려 있어서 부산하긴 했지만, 그래도 햇빛이 잘 들어오는 따스한 느낌이었다. 랑세는 실례가 안 될 만큼만 방 안을 둘러보고 자리에 앉았다. 그러자 나가려던 스테인과 아미아가 도로 들어온다. 예? 가시려던 길 아니었어요? 어쨌든 얼굴을 한번 보려고 하긴 했으니 랑세는 신경 쓰지 않고 팔렝주를 리엔에게 내밀었다.

"저기, 아빠가 고향에서 팔렝주를 조금 보내 주셨어요. 신세 진 분들께 드리고 싶어서요."

"어머, 어머, 나 주는 거야?"

"네."

리엔은 다른 이들처럼 멈칫거리지 않고 랑세가 주는 팔렝주와 건과를 냉큼 받았다. 고마워라. 역시 어르신이다.

"아유, 뭘 이런 걸 다. 잘 마실게. 고마워, 랑세 양, 신경 써줘서. 아버님께도 감사하다고 전해 드리렴."

"헤헤, 저야말로 감사드려요."

기꺼이 받아 주는 것도 고마운 일이니.

리엔은 랑세가 보는 앞에서 리본을 풀고 병뚜껑을 열고는 냄새를 맡았다. 팔렝주 특유의 상큼한 향기에 리엔은 흐뭇한 미소를 지었다. 팔렝주를 꽤 마음에 들어 하는 그 모습에 랑세도 흐뭇한 미소를 지었다.

"나는 뭐 없어?"

그때 아미아가 끼어들어 랑세는 눈썹을 치켜세웠다. 저러면 주고 싶은 마음도 사라진단 말이지. 하지만 일단 랑세는 상자에서 과자를 꺼내 아미아와 스테인에게 내밀었다. 아까부터 사람들에게 하던 인사와 과자에 대한 설명을 덧붙여서.

"헤엥, 고마워. 상자에 뭐가 많이 든 것 같아 궁금해서 남았더니 과자 얻었다!"

말은 얄밉지만 그래도 신나서 상자부터 풀고 과자를 하나 입에 집어넣는 아미아의 모습에, 랑세는 입술을 삐죽거리기는 했어도 기분은 나쁘지 않았다. 스테인 역시 가벼운 인사와 함께 금세 받았다. 아미아처럼 당장에 상자를 열어 먹지는 않았어도.

"그런데 랑세 씨."

아미아가 랑세 손의 상자가 궁금해서 자리에 남았다면, 스테인은 할 말이 있어서 남았나 보다.

"그때 마법 생물을 버린 마법사가 누군지 알아냈답니다."

화기애애하던 자리가 순간 차갑게 얼어붙었다. 아직 마음에 상처가 남은 랑세도, 애를 돌보라고 종용해서 미안해졌던 아미아도, 굳이 말을 꺼내고 싶지 않았던 리엔도, 그 말에 입을 다물고 말았다. 아미아가 발끝으로 스테인의 발을 쳐 내지만, 스테인은 아주 태연하게 말을 이었다.

"아미아 씨나 저는 사적인 복수를 하려고 하지만, 리엔 선배님께서는 안 된다고 하시네요."

"어……."

"어찌 되었건 마법 생물을 끝까지 돌보신 건 랑세 양 아닙니까. 어떻게 생각하시나요?"

랑세는 입술을 꾹 깨물었다. 아까 문안에서 벌어졌던 설전은 이것 때문이었나.

아미아는 한숨을 푹 내쉬었다. 혹시나 리엔 선배가 랑세에게 이야기할까 봐 자리에 남았는데 저 새끼가 말할 줄이야. 아니, 그러고도 남을 새끼지.

"넌 왜 쓸데없는 이야기를 하고 그래."

아미아의 비난에도 스테인은 흔들림 없이 랑세를 바라보았다. 랑세는 몸이 떨리고 정신이 멍해졌다. 리엔은 그런 랑세의 손을 가만히 붙잡았다. 거칠지만 따뜻한 손.

"나는 재판에 넘길 거라고 했단다."

"아, 어……."

"내가 그 녀석을 재판에 넘기면 스테인은 마법사에 관한 새로운 법령이 생길 거라고 걱정하는 거고."

리엔은 아미아를 힐끗 돌아보고 피식 웃었다. 아미아는 흥, 하고 콧방귀를 뀌었다.

"나는 그 새끼 면상을 직접 갈기려던 참이고. 그것 때문에 네가……, 아니, 내가 진짜 화가 나서 그런 거거든?"

"어머나, 그렇게 약하게 이야기하지 말렴. 네가 면상만 갈기고 끝낼 리가 없잖니?"

"말이 그렇다는 거죠."

둘의 만담 아닌 만담에 랑세는 저도 모르게 짧게 웃고 말았다. 그날 자신에게 무척이나 미안해하던 아미아가 떠올랐다. 랑세는 정신을 차리고 고개를 끄덕였다. 생각이 대강이나마 정리되었다.

"저는 잘 모르겠어요. 음, 그 사람이 밉긴 한데, 저도 주인이 아니었고 다 같이 돌본 거였으니까요. 그리고 음……, 그 사람이 버리지 않았다고 한들 달라진 건 없었을 테니까요. 아, 음, 저도 한 대 때리고 싶긴 한데, 그렇다고 그렇게 하는 게 옳은 건 아니겠죠."

잘 모르겠다고 말한 것치고는 아무래도 리엔의 말에 조금 더 기울어진 것 같긴 하다. 여하간 랑세의 대답에 다시 자리는 조용해졌다.

"그렇군요. 알겠습니다."

스테인이 그리 말을 마무리하며 자리에서 일어났다. 리엔은 도로 자리에 앉으라는 듯 손짓을 했다.

"앉아, 앉아. 랑세 양이 가져온 팔렝주 맛이라도 보고 가렴."

리엔의 말에 스테인의 미간이 좁아졌다.

"당분간 마시면 안 되는 거 아시지 않습니까."

"어머, 한 잔도 안 되니?"

"아무리 무즈의 마력을 뽑아 쓰셨다지만, 그 거리를 달려오신 게 선배님의 건강을 얼마나 해쳤는지 모르십니까?"

"술에 영양가가 얼마나 많은데."

"그 무슨 말도 안 되는 말씀입니까?"

랑세는 또 고개를 떨어트리고 말았다. 아마도 얘 때문에 서둘러 달려온 게 보통 어려운 일이 아니었나 보다. 그런 사람에게 술 선물이라니, 진짜 되는 일 없네.

"가져온 애 민망하게 눈앞에서 무슨 말이니!"

아니, 그게 더 민망한데요.

"저기⋯⋯, 건강 때문에 못 드시는 거면 보관하셨다가 나중에 다른 분께 선물로 드리셔도 되고요⋯⋯."

랑세가 어물어물 말을 잇자 리엔은 물끄러미 술병을 내려다보았다.

"이미 뜯었잖아?"

"아⋯⋯."

랑세가 어쩔 줄 몰라 하자 리엔은 가만히 생각에 잠겼다가 아, 하고 소리를 냈다.

"내가 안 마셔도 랑세 양이 상관없는 거면, 뭔가에 상품으로 걸어 볼까?"

"네?"

리엔은 랑세를 향해 눈을 찡긋했다.

"가끔 있거든, 기숙사에서는. 오랜만에 마법사 대회를 열어 보자."

"네?"

랑세가 계속 반문을 하지만, 리엔은 메신저를 꺼냈다. 사자가 튀어나와 랑세에게 안기기 직전, 리엔의 지시로 멈추고 포효했다.

"집합!"

랑세는 또다시 고개를 떨어트렸다. 또 생기겠구나, 골치 아픈 일이. 또는 골 때리는 일이.

다른 사람도 아니고 리엔이 발의한 집합이니 모이는 사람 수와 속도가 아주 달랐다. 회의실은 마법사들로 바글바글해져 숨쉬기도 힘들 정도였다.

그 사이에서 랑세는 탁자에 고개를 처박았다. 분명히 퇴근하고 쉬던 중이었던 것 같은데 어쩌다가 이렇게 되었을까.

마법사들이 적당히 모이자 리엔은 랑세에게 받은 팔렝주를 탁자 위에 올려놨다.

"얘들아, 아니, 여러분, 오래간만에 마법사 대회를 합시다."

오오오, 마법사들 사이에서 탄성이 튀어나왔다. 에이, 그게 뭐예요, 같은 아주 게으르지만 합리적인 반응을 기대했던 랑세로서는 꽤 의외였다.

"종목은요?"

"알아맞히기로 가나요?"

아하, 대회라고 해 봤자 뭔가 앉아서 시험 같은 걸 보는 건가 보다. 그러면……

"그런 종목은 안 됩니다."

스테인의 목소리에 랑세는 얼굴이 괜히 일그러졌다. 어쩐지 불길해서. 아니, 왜. 어차피 마법사들 일인데.

"문관은 마법 지식을 모르지 않습니까. 랑세 씨가 참여할 수 있는 걸 해야지요."

야이씨, 랑세는 스테인을 노려봤다. 스테인은 그저 빙그레 웃었고. 저 새끼가. 아아, 처음 만났을 때는 분명 친절한 스테인 씨였는데, 어쩌다 어느덧 '새끼'로까지 격하된 것일까.

"그것도 그러네."

리엔 님, 당신마저.

랑세는 배신감이 일렁거리는 눈으로 리엔을 바라보지만, 리엔은 팔렝주를 손에 쥐고 고개를 갸우뚱할 뿐이었다.

"그런데 상품 협찬자가 참여해도 괜찮을까?"

"상품이 팔렝주인가요?"

누군가 손을 들고 묻자 리엔은 빙그레 웃으며 팔렝주를 번쩍 들었다.

"그래! 랑세 양의 고향 특산품인 팔렝주!"

그 순간 랑세는 케일과 문득 시선이 마주쳤다.

또 너냐. 사고 칠 거라는 의미로 술을 준 거냐.

아니요. 그런 거 아니에요.

하긴, 리엔 선배라면.

소리 없는 대화가 오가는 동안 리엔은 마법사들에게 상품을 설명하기 시작했다.

"이 술로 말할 것 같으면, 랑세 양의 아버님께서 딸을 생각하시며 석 달 열흘 동안 한 방울 한 방울 받아 낸 것이야!"

네?

"자식을 생각하는 마음이 한 방울 한 방울 담겨 있는 애정 넘치는 술이란 말이지."

네네?

"이런 술을 상품으로 협찬해 준 랑세 양에게 다시 한번 사의를 표하는 바야!"

와와와, 어쩐지 잔뜩 들뜬 마법사들이 환호했다.

다시 한번 케일과 시선이 마주쳤다. 케일은 굉장히 당혹한 얼굴로 술을 가리켰다.

정말이냐. 그런 귀한 걸 준 거냐.

정말일 것 같은가요. 리엔 님이 사기 치시는 거라고요. 우리 아빠 그냥 서점 주인이에요. 저 술에 가게 상호 붙은 거 보세요.

"저기, 아버님의 그런 애정이 담겨 있는 술이면 랑세 씨가 상품으로 받아 도로 가져가도 좋지 않을까요?"

하이란의 말에 맞다 맞다, 하며 모두 손뼉을 쳤다. 각 개인의 선악과 대중의 선악은 다르다고 누가 그랬는가. 면 대 면으로 만나면 그나마 멀쩡한 사람들이 무리 지으면 왜 다 이 모양인가.

랑세가 어버버버버 어쩔 줄 몰라 하는 사이 리엔이 고개를 끄덕였다.

"좋아. 그럼 랑세 양도 참가할 수 있는 대회가 뭐가 있을까?"

아니, 잠깐만요. 진짜 저도 하게 되는 건가요? 마법사들이랑 경쟁을요?

"아니, 저기요, 제가 마법사도 아니……."

랑세는 손을 들어 그냥 팔렝주는 리엔 님께 맡겼으니 알아서 처분하라, 대회에서 도울 일이 있으면 하겠다, 대회는 참가 안 해도 된다, 그리고 그 술 우리 아빠가 만든 거 아니다, 하고 말하려 했다.

그러나.

"그런데 문관이 과연 경쟁이 될까요?"

말하는 스테인의 한없이 온화한 눈을 보자 몹시도 화가 나는 것이었다. 아니, 진짜 저 새끼가. 이제 보니 자신을 곤란케 하려고 이 상황까지 몰고 온 게 아닌가 싶었다. 대회를 열자고 한 리엔 님은 그냥 요란하게 놀고 싶어 하신 것 같고.

마법사와 경쟁해서 이긴다 한들 월급 한 푼 늘어나는 것 없다만, 저 스테인의 빙그레 웃는 미소는 정말이지 꼴 보기 싫었다.

"그래요. 뭐, 마법 지식으로는 승부가 안 되긴 하겠죠. 그럼 법전 외우기로 겨루실래요? 그것도 안 되잖아요."

랑세는 조심스러운 태도 따위 가져다 버리고 팔을 걷어붙인 채 뻐딱한 자세를 취했다. 부리부리하게 눈을 빛내는 모습에 몇몇이 흠칫했다. 저거, 분명 무관 놈들 쫓을 때 저런 눈이었는데.

"그렇군요. 마법사가 할 수 있고 랑세 씨도 할 만한 종목이 뭐가 있을까요?"

뭐 있나. 지식 쪽은 절대 안 되고.

랑세는 저를 주목하고 있는 마법사들을 쭉 둘러보다 저도 모르게 웃음이 튀어나왔다. 물론 비웃음 또는 코웃음이다.

"달리기요?"

무관 놈들을 쫓을 때 마법사들의 달리기가 떠올라서였다. 물론 이걸로 시합하자 할 생각은 없었다. 그건 마치 자신에게 마법 지식 대회를 하라는 것과 같지 않은가. 그냥 스테인이 얄미워서 한 소리였다.

그러나.

"그렇군요. 달리기. 좋은 생각입니다."

네?

"어떻게 생각하십니까, 선배님. 마법사 달리기 대회."

네? 그런 게 있나요?

랑세가 당황한 만큼 리엔도 꽤 놀란 듯 보였다. 스테인은 허리를 살짝 숙이고 은밀하고 어두운 비밀을 말하는 간신 같은 자세로 리엔에게 속닥거렸다. 아니, 자세는 분명 속닥거리는 건데, 소리는 잘 들렸다.

"랑세 씨는 보통의 달리기를 잘하는 데다 마력의 사랑을 받습니다. 이만하면 할 만하지 않을까요?"

"흐음……."

리엔의 표정은 썩 변하지 않았다만 랑세의 눈에는 고심하는 듯 보였다. 내심 자존심 때문에 아무 말이나 한 것이 일이 커질 것 같은 느낌인지라, 랑세는 리엔이 거절하고 그걸 핑계로 물러나고 싶었다.

그러나.

"이게 선배님이 말씀하시는 다 같이 살아가는 길 아니겠습니까?"

움찔, 리엔의 눈썹이 움찔거렸다. 앞뒤 사정 하나도 모르지만, 듣고 있는 랑세 역시 좋은 기분은 아니었다. 저 새끼가 진짜.

"흐음……."

앞의 흐음과 뒤의 흐음은 느낌이 달랐다. 리엔은 톡톡, 손끝으로 탁자를 두드리며 무언가 생각에 잠겼다가 힐끗 랑세를 돌아보았다. 오늘 여럿이랑 눈 마주치네. 리엔은 해 볼래, 하고 묻는 것 같았다.

랑세는 잠시 주먹을 꼭 쥐었다. 잘은 모르지만, 리엔이라면 자신을 위험에 빠트리거나 곤란하게 할 것 같지 않았다.

리엔이 슬그머니 턱짓한다. 할래?

랑세는 고개를 끄덕였다. 해 보죠. 아, 진짜, 이런 데서 자존심 세워 봤자 좋은 거 없는데. 에라 모르겠다.

리엔은 탁자를 탕, 소리 나게 쳤다.

"좋아. 그럼 달리기로 하자. 단, 랑세 양은 마법사와 짝을 지어서 달리는 거로."

움찔, 이번에는 스테인의 눈썹이 올라갔다. 리엔이 빙그레 웃었다.

"자치회장님께서도 다 같이 살아가는 길에 대해 동의하시는 바인 것 같으니 말이야."

랑세는 그냥 눈을 감았다. 아무래도 자신은 무언가의 계파 싸움 한가운데 서 있는 듯했다. 어쩌면 상품은 팔렝주가 아니라, 그냥 랑세 자신일지도.

"좋습니다. 그럼 달리기로 하는 것에 동의들 하십니까?"

스테인이 그리 묻자 마법사들 모두 동의하는 듯했다. 뭐, 동의하지 않는다 한들 말할 수 있는 분위기도 아닌 것 같고. 스테인은 탁자를 가볍게 내리쳤다.

"그럼 달리기로 결정되었습니다. 일자는 돌아오는 휴일로 하지요."

와아아, 하고 소란이 일고, 케일이 긴 한숨을 내쉬며 일어났다.

"그럼 장소를 준비하는 건 내 몫인 것 같군. 도와줄 사람?"

"어? 케일 씨는 안 하세요?"

문관인 나도 하는데 마법사인 너는 안 하냐는 원한이 묻어나는 질문이었지만, 랑세의 질문에 마법사들 모두 당황하다 와하하 웃었다.

하이란이 랑세의 어깨를 가볍게 치며 사정을 설명해 줬다.

"랑세 씨, 케일 선배가 참가하면 우리가 발 떼기도 전에 경기 끝나요."

책만 보던 사람이 의외다 싶었다.

"나도 참가하면 경기 끝이지? 그럼 나도 장소 준비하는 거다?"

케일이 찬사받는 꼴이 싫었는지 아미아가 일어났고.

"아, 난 어차피 못 뛰어. 나도 장소 준비."

리엔이 그렇게 마무리했다.

그래, 여럿이서 도와서 준비하면 좋겠지. 아니, 이게 아니라 달리기 장소 준비하는 게 뭐라고 경기 참석하자마자 끝낼 수 있는 사람이 셋이나 있어. 랑세는 옆에 앉아 있는 하이란의 허리를 쿡쿡 찌르고 낮은 목소리로 물었다.

"저기, 근데 마법사의 달리기가 정확히 뭐예요?"

물론 그런 랑세의 질문에 하이란의 눈이 동그랗게 떠졌다.

"모르고 하겠다고 하신 거예요?"

제가 그렇죠, 뭐. 제가 지금 여기 와서 알고 한 일이 뭐가 있겠어요. 랑세는 그런 말을 꿀꺽 삼키고 우물거렸다. 다행히 말하는 것 좋아하는 하이란은 아는 것을 기쁘게 설명해 줬다.

"저기 장소 준비하는 마법사들이 만든 장애물을 통과해서 달리는 거예요."

아, 학교 체력 단련 시간에 하던 장애물 달리기 같은 건가.

"보통 마물이나 마법 생물 같은 게 장애물로 있어요."

그럴 리가.

"소규모지만 다른 공간으로 연결되는 구멍도 있고요, 폭발물 같은 것이 있기도 해요. 환상 마법 같은 게 깔려 있기도 하고요. 그런 걸 파훼해서 종료 지점까지 가장 먼저 도착하는 사람이 이기는 거죠."

"네?"

랑세는 급히 리엔을 돌아보지만 리엔은 케일, 아미아와 무언가 의논을 하는 듯했다. 우리를 고난에 빠트릴 장애물에 대한 의논을.

"어, 하지만 위험하지는 않을 거예요. 그 정도 장애물은 무관들도 통과하긴 하거든요."

하이란의 말 따위는 귀에 들어오지 않았다. 다만 빙그레 웃고 있는 스테인의 얼굴만이 눈에 들어왔을 뿐이었다. 그래서 순순히 하자고 한 거냐.

"건투를 빕니다, 랑세 씨."

스테인의 말에 랑세는 주먹을 불끈 쥐었다. 두고 보자, 이 자식아. 숨겨진 힘의 봉인을 풀어 주마. 내일부터 특훈이다.

랑세는 이튿날부터 마을을 달리기 시작했다. 아무래도 업무가 업무인지라 종일 책상에 앉아 있을 때가 대부분이었다. 그러니 자연히 체력이 떨어졌다.

아파트의 마법사들보다 달리기를 월등히 잘한다지만, 랑세는 제 성에 차지 않았다. 평소 출근 준비를 하는 시간보다 훨씬 일찍 일어나 운동하기 적당한 옷을 입고 온 마을을 달리기로 했다. 며칠 만에 그 실력이 다 되돌아오랴마는, 그래도 뭐라도 하는 것이 낫지 않은가. 숨겨진 힘을 모두 보여 주려면.

그러면서도 뭔가 부족한 것 같았다. 여기에 뭐 더 할 만한 게 있으면 좋을 텐데.

이른 아침, 아침 장사를 준비하려는 상인들이 마차와 우차에 짐을 싣고 가는 모습이나, 자신처럼 운동을 하며 체력 단련을 하려는 이들의 모습이 종종 눈에 띄었다.

"하나, 둘, 하나, 둘."

이를테면 목검을 등에 지고 달리는 무관이라든가.

랑세는 달리다가 그들의 뒤통수가 익숙해서 잠시 멈칫했다. 그 녀석들이네. 꼬마, 아니, 청소년 무관들.

"야! 무관들!"

랑세에게 그들의 뒤통수가 익숙했던 만큼, 그들도 랑세의 목소리가 익숙했다. 어찌 잊으랴, 지금도 아프면 꾸는 악몽에 나오는 목소리인데.

그들은 랑세의 부름에 움찔했지만, 뒤도 돌아보지 않고 뛰는 발걸음에 속도를 높였다. 물론 랑세가 재빨리 달려가 뒷덜미를 잡는 게 먼저였다.

"얘! 너희들 부르는데 왜 답을 안 해? 나 기억 안 나?"

두 무관은 헤실헤실 비굴하게 웃는 낯으로 랑세를 돌아보았다.

"헤헤, 누님, 부르신지 몰랐습니다."

"아휴, 기억이 안 나기는요, 설마요. 그동안 잘 계셨습니까?"

아이들의 비굴한 얼굴을 보자 랑세는 지금 제가 무엇 하나 싶어 목을 큼큼 다듬고는 한껏 다정하게 물었다.

"응, 덕분에 잘 지냈어. 뭐 좀 물어볼게 있어서."

그 다정한 목소리가 더 무섭다는 듯 무관들의 얼굴은 하얗게 질렸다. 랑세는 짧게 한숨을 쉬며 이 녀석들이 등에 멘 목검을 가리켰다.

"이거, 이 목검 파는 곳 아니?"

"네? 이거 사셔서 어쩌시게요?"

아이들은 더 하얗게 질리고 말았다. 요새 저희 그 아파트 근처에도 안 갔어요, 요새 근무만 열심히 하고 딴짓 절대 안 합니다. 징징징징, 아이들의 우는 소리에 랑세는 다시 한숨을 내쉬었다.

"너희들 패려고 하는 게 아니라 내가 간만에 연습 좀 하게!"

버럭, 지르는 소리에 무관들은 쪼그라들면서도 학교 근처 전용 무기 판매소에 가면 살 수 있다, 그러나 신분증을 가지고 등록을 해야 살 수 있다, 등등 자세히 알려 줬다.

랑세의 고맙다는 말 한마디에 그들은 곧장 꽁지가 빠져라 도망치기 시작했다. 저 누님 검도 쓰시나 봐, 우와 제대로 걸리면 진짜 죽겠다, 그들이 속닥거리는 소리가 새벽 거리에 퍼지지만, 이번 달 남은 월급과 저축할 금액을 이리저리 계산하는 랑세의 귀에는 들리지 않았다. 랑세는 잠시 몰랑몰랑한 제 손을 내려다보았다.

"정말 오랜만에 해 보겠네……."

딱히 특별한 뜻이 있어서 그만둔 것은 아니었지만, 이렇게 오랜만에 다시 검을 잡는 것은 이상한 기분이 들게 했다. 그것도 마법사들을 이기기 위해서라니.

"어머, 랑세 양, 정말 진지하구나."

퇴근길, 아파트 입구에서 랑세의 손에 들린 목검을 본 리엔이 까르르 웃었다.

이보세요, 이게 누구 때문인 것 같은가요, 랑세는 입술을 삐죽이면서 변명하듯 덧붙였다.

"아무런 재주도 없으니 뭐, 할 수 있는 거라도 해 보는 거죠."

달리기를 잘한다뿐, 마법사도 무관도 뭣도 아닌 평범한 문관

일 뿐이니까. 랑세의 목소리가 조금 침울하게 내려앉지만 리엔은 짝짝 손뼉까지 치며 랑세를 독려한다.

"재주가 없기는. 그런 소리 마. 세상에 그런 사람은 없어."

그냥 착한 어른들이 위로차 하는 말 같아 랑세는 피식 웃기만 했다. 리엔도 어린아이들이 어른 말을 어찌 생각하는 줄 알아 다른 말 더 덧붙이지 않고 손에 든 물을 마시며 물었다.

"짝은 누가 하기로 했어?"

"아, 와렌 씨가요."

리엔의 물음에 랑세는 그날이 떠올랐다. 토론인지 회의인지 집합인지 아무튼 그 아무짝에도 쓸모없는 것이 끝난 후, 비척비척 걸어가던 랑세의 뒤로 와렌이 슬그머니 붙어 왔다.

'저……, 랑세 씨.'

'와렌 씨? 왜 그러세요?'

불러 놓고 우물쭈물하기를 한참.

'달리기 때 짝……, 혹시 정하셨어요?'

이제 방금 회의실에서 나왔는데 그랬을 리가. 랑세는 고개를 저었다. 와렌의 질문이 어떤 의도인지 알면서도 그럼 와렌 씨가 해 주시지 않겠어요라고 차마 먼저 부탁하지 못했다.

그리하여 계단 위에는 한참 동안 고요한 침묵이 흘렀다. 그러다 끝내 와렌이 용기를 내어 앞섶을 꾹 붙들고는 입을 열었다.

'저, 저, 제가 미약하지만, 그래도 마법사인데 혹시, 괜찮으시다면 저와 달리지 않으시겠어요?'

그 긴긴 부탁에 랑세는 또 냉큼 대답하지 못했다. 그 침묵에 와렌은 몹시도 떨고 있었다. 랑세는 결국 쓰게 웃고 말았다.

'와렌 씨가 해 주신다면야 저야 고맙죠. 그런데, 혹시 저랑 달리게 되어서 와렌 씨에게 불이익이 있을까 봐 겁나서 얼른 답을 못 했어요.'

랑세는 턱 끝으로 스테인이 사는 311호 쪽을 가리켰다. 이 달리기가 비록 리엔의 변덕으로 시작했지만, 결과적으로는 계파 싸움 비슷한 것임을 깨달았기 때문이다. 저야 비마법사이니 계파 싸움에 휘말린다 한들 스테인과 입씨름이나 한 번 더 하게 되는 것으로 끝이지만, 마법사들은 다를 테니까.

와렌은 그게 무슨 뜻인지 알아들었는지 고개를 저으며 랑세를 와락 끌어안았더랬다.

'없어요, 없어요. 그런 거 없어요. 저 생각해 주셔서 정말 고마워요! 진짜 이길 수 있게 도와 드릴게요!'

그때까지는 훈훈했다.

'아버님 선물을 다시 돌려받으셔야 하잖아요! 소중한 거잖아요! 힘내요! 저 이만 준비하러 가 볼게요!'

랑세는 손을 흔들며 가는 그 뒷모습을 망연히 볼 수밖에 없었다. 그런 거 아닌데.

하지만 가족이, 아버지가 잘 지내는데도 저를 챙겨 주지 않는다며 부러웠다고 우울하게 중얼거리던 얼굴과 가족 이야기는 하지 말라는 무즈의 충고가 떠올라 오해를 바로잡기 위해 굳이 붙잡지는 않았다. 뭐가 되었든, 일단 시합에는 참여하는 거고, 이기면 좋은 거니까.

"와렌이랑 친하게 지내니 합이 잘 맞겠네. 좋은 결정이야."

리엔의 말에 정신을 차린 랑세는 고개를 끄덕였다. 어쨌든 와렌과는 가까운 편이고, 마법에 대해서는 잘 모르나 지난번 창문 사건 때를 떠올려 보면 실력이 대단한 듯했으니까.

"그런데, 설마 시합장이 여긴가요?"

실은 아파트 입구에서 멈춘 것도 이것 때문이었다. 크지 않은 아파트 앞마당에 커다란 가림 천막이 설치되어 있었다. 달리기 시합을, 그것도 마법으로 된 장애물이 있는 달리기 시합이라면 이곳에서는 못 할 것이라고 생각했다. 어디 학교 운동장을 빌리거나 하려나.

"응. 이 천막 안에서."

"이 작은…….. 아, 마법."

"응, 이 천막 자체에 공간 왜곡 마법이 걸려 있어서 내부가 보통보다 훨씬 크단다. 아마 작은 산의 숲 크기는 될 거야."

리엔은 랑세를 향해 눈을 찡긋했다.

"마탑에서 훈련용으로 사용하는 거, 저거 몇 개 없는 거라서 내가 쌔볐단다."

"쌔……."

막내 루세가 동네 상점에서 물건을 훔치다가 걸린 이후로 처음 듣는 말에 랑세는 이마를 짚었다.

어머, 요즘 애들 사용하는 말 아니니?

아니요, 그 유행은 십 년 전에 끝났어요. 그리고 고운 말 사용하세요.

어머, 어머, 너도 잔소리 시작하니? 그리고 그게 네가 할 말이니.

그건 그러네요.

한참 둘이 말도 안 되는 대화를 나누고 있을 때.

"아미아! 잘못하면 사람 죽는다!"

"케일! 이 정도로 안 죽어!"

천막 안에서 괴상한 비명들이 들렸다. 케일의 짜증 가득 섞인 목소리와 아미아의 유쾌한, 하지만 듣는 쪽은 화가 나는 목소리가.

"치워!"

"꺄악! 케일! 내가 한 거 망가트리지 마!"

"아미아! 저쪽 탄다!"

"어어어! 알았어! 끌게!"

랑세의 팔뚝에 오소소 소름이 돋았다. 랑세는 떨리는 손끝으로 천막을 가리켰다.

"설마…… 저게 함정 설치하는 건가요?"

끄덕, 리엔은 흐뭇하게 웃으며 고개를 끄덕였다. 아니, 그렇게 웃지 마세요. 대체 뭘 설치하는 것인가요, 저들은.

으악, 꺄악, 아미아, 하는 소리가 계속 천막에서 들려온다. 리엔은 마시던 물을 내려놓고 자리에서 일어나 시린 무릎을 툭툭 두드렸다.

"이제 나도 가서 도와야겠다. 랑세 양은 저녁 식사 잘 하고."

"아, 네. 감사합니다."

리엔이 천막 앞에서 짧게 주문을 외우자 천막에 문이 생겼다. 랑세는 아파트로 들어가지 않고 고개를 빼낸 채 안을 조금이라도 훔쳐보려고 했다. 지금 훔쳐본다고 뭐 이길 수 있는 것은 아니니, 그냥 궁금해서. 아니, 정말로.

"얘들아, 좀 조용히 알아서 하면 안 되니?"

리엔이 그리 말하며 문을 여는 순간 훅, 하고 바람이 불어왔다. 무척이나 습하고 뜨거운 바람이었다. 철컥, 문은 금세 닫히고 바람이 만든 뜨거운 기운이 잠시 근처를 떠돌았다.

랑세는 닫힌 문을 멍하니 바라보았다. 이거, 정말 보통 일이 아니구나. 다시 검을 쥔 손을 내려다보았다. 휙, 하고 휘둘렀다.

"으아악! 연습! 연습하자!"

이기는 게 문제가 아니다. 살아남아야 한다.

랑세는 남은 날의 휴식 시간을 모두 연습에 매진했다. 물론 마법사들도 각자 마법을 차곡차곡, 기대감 그리고 두려움과 함께 쌓아 올려 갔다. 누군가의 준비가 모자라든 말든, 결국 시간은 지나고 날은 오기 마련이니.

시합 날이 밝았다.

천막 앞에 마법사들과 문관 한 명이 모여 있었다. 그렇지 않아도 좁은 안마당에 천막까지 설치해 두었더니 바글바글, 와글와글, 발 디딜 틈도 없었다.

와렌과 랑세는 어깨를 바싹 붙여 서로 의지하며 서 있었다. 그런 랑세의 손에는 목검이, 와렌의 손에는 기다란 낚싯대 같은 것이 들려 있었다. 사실, 마도구 제작과 관련된 마법사들 손에는 뭔가 이상한 물체가 다 있었다. 마법사들의 전공에 딱히 관심이 없는 랑세도 눈치챌 만큼 기기묘묘한 물건들.

"그건 어떤 마도구예요?"

남들 건 관심이 없어도 와렌 것에는 관심을 둬야지. 랑세가 묻자 와렌이 손끝을 들어 쉿, 하는 모습을 만들어 내고는 까치발을 해서 랑세의 귀에 속닥거렸다. 아, 남들이 알면 안 되긴 하겠구나. 저, 저 모습들 좀 보라지. 모두 모르는 척하면서 귀가 커다래지는 게 보인다고.

"이건 마력 탐지기예요. 시합장 안에서 장애물이 설치된 곳을 십 보 앞서서 알려 줄 거예요."

"아, 정말 꼭 필요한 거겠네요. 멋져요, 와렌 씨."

실은, 이 마도구는 필요한 것을 떠나 굉장한 물건이었다. 천막 자체에 걸린 공간 확장 마법 때문에 장애물을 설치할 때 상대적으로 적은 마력을 사용해 보통의 탐지기로는 잡기 어렵다. 그러나 와렌은 섬세하게 마력을 구분하는 식을 입력해서 장애물을 최소 십 보 앞에서 감지할 수 있도록 만들어 낸 것이다.

마법 문외한인 랑세는 그저 필요한 마도구이기에 감탄한 것뿐이지만, 와렌은 그 칭찬이 더 듣기 좋았다.

'그래도 저는 아침마다 사람 놀라게 하는 메신저 마법 같은 것보다는 세탁기랑 화덕이랑 가로등이 더 좋아요.'

"꼭 이겨요!"

"그래요! 힘내요!"

두 사람이 주먹을 꼭 쥐고 맞부딪치는 모습에 웬 놈이 버럭 외친다.

"웃기지 마시지. 팔렝주는 우리 것이다."

이런 삼류 악당 같은 대사를 날리는 놈들이라니. 랑세는 이마를 짚었다. 그쪽도 진심이라기보다는 악당 역에 심취한 것처럼 보이니, 진지하게 상대해 줄 필요가 없겠지. 아니, 허리에 손을 얹고 하하하 웃지 말라고. 진짜 악당은 저기 뒤에서 입 다 물고 있으니까.

그 악당, 스테인은 멀리서 랑세와 눈이 마주치자 빙그레 웃었다. 심지어 손까지 흔든다. 진짜 무슨 생각인지 모르겠다. 랑세는 눈인사만 슬쩍 하고 고개를 돌렸다.

"자, 모두 준비되었니?"

그때 리엔이 천막 앞에 서서 확성 마도구로 소리를 높였고, 그에 마법사들은 모두 조용해졌다. 케일과 아미아가 천막에 문을 만들었다.

"북쪽으로만 쭉 가면 돼! 거기 출구에서 가장 빨리 나오는 사람, 이 천막에서 가장 먼저 빠져나오는 사람이 이기는 거야. 모두 알지?"

"예!"

"모두 최선을 다해! 다치지 말고! 하나, 둘……."

둘까지 세자 모두 몸을 낮추고 달릴 준비를 한다. 랑세 역시 마찬가지였다. 랑세는 검을 쥔 손을 앞으로 내밀고 달릴 준비를 마쳤고, 와렌은 마도구를 들지 않은 손으로 랑세의 옷자락을 붙들었다.

"셋, 출발!"

리엔의 신호와 함께 케일과 아미아는 천막의 문을 열어젖혔다. 와아아아, 하는 소리를 지르며 우르르르 마법사들이 열린 문으로 뛰어 들어가기 시작했다. 랑세 역시.

"흡."

그러나 들어간 순간, 숨을 들이켜고 발을 멈출 수밖에 없었다. 그날, 천막 사이로 뜨겁고 습한 바람이 나오는 것은 알았지만, 이런 것이 안에 있을 줄이야.

천막 안은 비가 몹시도 내린 숲 같았다. 축축하고 뜨겁고 답답한 공기. 랑세는 주변을 두리번거렸다. 나무도 생전 보지 못한 형태였다.

학교에서 배운 적은 있었다. 환경에 따라 나무의 모양은 다르다고. 수도와 팔렝이 얼마나 멀건 환경은 비슷해 나무는 썩 다르지 않았는데. 여기는 저기 어디 더운 지방의 숲인가 보다.

그러나, 무엇보다 놀란 것은 숲 때문이 아니었다.

"와렌 씨? 다른 사람들은 어떻게 된 건가요?"

제 옷자락을 붙들고 헉헉거리면서 달려온 와렌을 제외하고 다른 마법사들은 보이지 않았다. 와렌은 주변을 둘러보더니 고개를 끄덕였다.

"아무래도 사람이 많으니 입구에서부터 다른 길로 들어가도록 마법이 걸려 있었나 봐요. 역시 리엔 님은 대단해요······."

그러게. 이건 마법 문외한인 랑세가 생각하기에도 엄청난 마법 같았다. 그러나 감탄은 잠시, 서둘러야 했다.

"가요."

"네."

축축하고 눅눅한 기운이 가득한 숲을 가로지르기 시작했다. 그런데 열 걸음도 채 옮기기 전에.

"잠깐만요!"

와렌이 소리를 높였다.

삐삐삐삐, 마도구에서 요란한 소리가 나기 시작했다. 이게, 어딘가에 장애물이 있단 이야기지. 랑세도 멈춘 채로 와렌과 와렌의 마도구를 바라보았다.

낚싯대처럼 생긴 마도구의 끄트머리가 빙글빙글 돌다가 어디선가 멈추었다. 와렌과 랑세가 있는 곳에서부터 열 걸음 떨어진 곳.

"저쪽은 피해 가죠."

"네, 알았어요."

어떤 장애물이 있는지 궁금하긴 하지만 호기심 때문에 사람이 죽는 일도 생기는 법. 랑세는 굳이 찔러 보지 않기로 했다.

랑세와 와렌이 조심스럽게 그 곁을 지나치려는 순간.

"으아아아악!"

공간이 종이처럼 찢어지며 누군가가 튀어나왔다.

랑세는 검을 똑바로 잡고 덤비면 다 때릴 준비를 했다. 그러나 그 누군가는 데구루루 굴러서 랑세 앞에서 멈췄다. 아는 얼굴이었다. 악당 역에 심취했던 마법사. 이름은 모르지만.

"뭐, 뭐야? 이봐요, 괜찮아요?"

마법사는 고개를 들어 주변을 둘러보다 랑세와 눈이 마주치고 으아아악, 소리를 질렀다. 순간 랑세도 놀라 으아악, 소리를 질러 버렸다. 그 소리에 놀란 와렌도 으악, 다시 놀란 마법사도 으악, 몇 번이고 비명을 주고받다가 그는 벌떡 일어났다.

"이공간 전이였나 보다!"

그러고는 달려간다. 아마도 함정은 다른 입구 쪽으로 가는 마법이었나 보다.

와렌과 랑세는 놀란 가슴 부여잡고 다시 달리기 시작했다. 그때 펑, 하고 무언가가 바로 앞에서 터졌다. 저런. 아까 그놈이 무언가를 건드린 듯했다. 이거, 빨리 달린다고 절대 유리한 게 아니군. 스테인 놈, 랑세는 이를 으득 물었다.

"이봐요! 괜찮아요?"

원한은 원한, 시합은 시합, 그리고 걱정은 걱정. 혹여 이 사람이 크게 다치면 안 될 것 같아 일단 랑세는 함정 쪽을 향해 외쳤지만, 답은 들리지 않았다.

"크게 다쳤나 봐요!"

"가, 가서 봐요!"

와렌과 랑세는 서둘러 폭발이 일어난 쪽으로 달려갔다. 커다란 구덩이가 나 있었다. 둘은 아래를 내려다보았다. 그 마법사가 있었다. 정말로 다행히도 구덩이 아래에는 몽실몽실하게 보이는 솜 뭉치 같은 것이 있었다. 아, 이 시합에서 정말 누구도 다치지 않게 안배했구나.

그는 정신을 잃지는 않았으나 모든 의욕을 잃어버린 듯 보였다. 저런. 마왕은 처치되었다. 랑세와 와렌은 그를 무시하고 다시 달려가기 시작했다.

삐삐삐삐.

다시 경보음이 울리기에 랑세는 마도구를 돌아보았다. 그러나 마도구는 어느 한 방향을 가리키는 것이 아니라 뱅글뱅글 돌고 있었다. 와렌은 꽤 당황한 듯 보였고, 랑세는 본능적으로 목검을 꾹 쥐고 사방을 경계했다.

끼룩, 끼룩, 수도에서는 절대 들을 수 없는 괴상한 새소리와 어디선가 나뭇잎이 흔들리는 소리, 그리고 저 멀리 어느 마법사의 비명이 들려온다. 랑세가 침묵하며 숨을 고르자 와렌 역시 바짝 긴장하여 아무 소리도 내지 않았다.

삐삐삐삐.

경보음이 커진다고 느낀 순간 휙, 무언가가 그들을 향해 날아왔다.

"이럇차!"

까강, 하는 소리와 함께 그것은 랑세가 휘두른 목검에 튕겨 나갔다. 무언지 확인하기도 전에 휙휙휙 날아온다. 까강, 까강, 까강, 랑세는 모두 남김없이 쳐 냈다.

퍽!

아니, 하나 빼고.

"랑세 씨! 랑세 씨!"

와렌은 보고 말았다. 날아온 것은 끈적끈적한 액체가 담긴 공으로 몸에 맞자마자 터졌다. 아프지는 않았다. 다만 기분이 나쁠 뿐.

랑세는 굉장히 분노한 얼굴로 액체를 내려다보았다. 끈적끈적하고 냄새나고 색깔도 누렇다. 까맸으면 별생각 안 했을 텐데, 누리끼리하니 더 기분 나쁘다.

"괜찮아요, 가죠."

그래도 달리는 데 큰 방해는 안 되니, 랑세는 소매 끝으로 얼굴에 묻은 것만 대충 닦아 내고 다시 달리기 시작했다. 와렌도 얼른 마도구를 고쳐 쥐고 랑세의 뒤를 따랐다.

얼마나 달렸을까. 또다시 경보음이 들리자 둘은 멈춰 섰다.

"꺄악! 피하세요!"

우두두두 소리와 함께 하늘에서 도토리가 떨어졌다. 아니, 이런 지방 숲에서도 도토리가 난단 말인가?

뭐든 안 나겠어요.

그건 그러네요.

다행히 경보음 덕에 일찍 피해서 다리에 두세 개 맞은 게 다다.

"으악!"

갑자기 도토리가 떨어진 장소가 푹푹푹 꺼지는 것을 제외하면, 무사하다.

달리다가 다시 경보음, 이번에는 거미줄이 날아오고 랑세는 겨우 쳐 냈다.

다시 달리다가 또 경보음, 공간이 찢어지며 넘실거리는 불길이 앞을 가로막는다. 크지는 않아도 지나가면 화상을 입을 만큼은 됐다. 랑세는 목검으로 불을 퍽퍽 때려 한 사람이 지나갈 만큼만 꺼 버렸다. 마법의 불인지 곧 다시 타올랐으나 자신과 와렌이 무사히 통과할 만큼의 시간은 벌었다.

또 경보음, 또 함정.

"헉헉."

크게 무리가 되는 것은 없었지만, 굉장히 번거롭기 그지없었다. 거기에 고요했다. 멀리서 희미하게 다른 마법사들의 비명이 들리기는 해도 마주친 것은 아까 그놈이 유일했다. 불길한 새소리와 눅눅한 공기, 아마 혼자 달렸으면 견디지 못했으리라.

랑세는 열심히 마도구를 조작하며 따라오는 와렌을 돌아보았다. 시선을 느낀 와렌이 고개를 들었고 눈이 마주쳤다. 와렌은 랑세의 시선을 다른 뜻으로 이해했는지 마도구를 흔들어 보였다.

"이 근처에는 아무것도 없는 것 같아요."

그런 뜻이 아니지만, 굳이 덧붙이지 않았다.

"네, 다행이네요. 가요."

한동안 마도구가 잠잠하기에 랑세는 거침없이 달렸다. 뾰족한 잎사귀가 얼굴에 작은 생채기를 남기고, 울퉁불퉁한 바닥에 다리가 아파 와도 쉬지 않고 달렸다.

갑자기 해가 저물고 달이 뜨다가 갑자기 노을이 진다. 이 괴상한 공간에 깜짝깜짝 놀라면서도 일단은 달렸다. 물론, 아주

거침없지만은 않았다.

"허, 허헉."

와렌은 랑세에게 쉬자고 말하지도 않고 최선을 다해 따라오고 있으나, 원래 모자란 체력이 장애가 되는 듯했다. 땀범벅이 된 옷과 발갛게 달아오른 얼굴. 랑세는 멈춰 섰다.

"좀 쉬었다 가죠."

랑세의 말에 와렌의 낯이 울 것같이 변했다.

"미, 미안해요, 저 때문에."

랑세는 고개를 저으며 와렌 옆에 주저앉았다.

"아니에요, 저도 쉬어야 했어요."

그런 것치고 랑세는 땀 두어 방울 흘린 게 다였다. 랑세는 어찌할 바 모른 채 발을 동동거리는 와렌의 손을 붙잡아 자리에 앉혔다.

"괜찮아요. 어차피 혼자 가는 것 따위 의미 없어요."

꼭 당신이 마도구를 가지고 있어서가 아니라, 당신이 장애물을 피하는 데 필요한 사람이라서가 아니라.

'랑세, 달릴 때는 앞만 보면 의미 없어. 반드시 옆을 봐야지.'

랑세는 떠오른 생각에 미간을 잠깐 찌푸렸지만, 와렌은 자리에 앉느라 그 얼굴을 보지 못했다. 다행이었다. 이런 표정 보면 와렌은 또 전전긍긍 미안해했을 테니까.

'혼자 가는 길은 낙오되기 쉬워.'

우리는 혼자가 아니었는데, 함께였는데 왜 낙오되었을까. 아니, 우리가 낙오된 것이 맞을까. 낙오된 것은 엄마가 아니었을까. 우리를 두고 혼자 갔기에 저 뒤에 남겨진 사람.

"후우, 이렇게 달려 본 거 처음이에요."

와렌이 한숨처럼 내뱉는 말에 랑세는 문득 정신이 들어 고개를 돌렸다. 아무 생각 말아야지. 생각 말고 달려야지. 여기를 뚫고 지나갈 수 있는 능력을 준 사람은 엄마지만, 지금은 아무 생각 말아야지.

"처음요? 학교 다니실 때도 이런 경기 있었다면서요?"

"네. 더 크게 하긴 하는데, 이렇게 장애물을 돌파하는 경우는 별로 없어서요."

응? 이건 또 무슨 소리란 말인가.

"그럼 어떻게 하셨는데요?"

"그냥 장애 발생의 원인을 찾아 해체한 후에……, 아."

와렌은 말하다가 이제야 깨달았다는 듯 감탄을 내뱉으며 눈을 깜빡거렸다. 그리고 마도구를 내려다보았다. 이런 마도구나 유사한 것이 있다면 그냥 피해 가면 되는 일. 그러나 늘 악을 쓰며 하나씩 모두 해체하고서야 지나갔다.

"헤, 헤헤헤……."

와렌은 자신이 상당히 바보 같은 짓을 해 왔다는 듯 얼굴이 빨개져 쑥스러운 웃음을 지었고, 랑세 역시 작게 웃음을 터트렸다. 장애물이 있다고 꼭 돌파할 필요는 없다. 먼 길이 될지라도 돌아가면 된다. 그게 이득일지 손해일지는 끝에 가 봐야 안다. 둘은 한참 킥킥거렸지만, 그 웃음은 곧 마도구의 경보음에 멈추고 말았다.

랑세와 와렌은 벌떡 일어나 주변을 경계했다. 아까 그 누리끼리한 액체가 날아왔을 때처럼 마도구는 멈추지 않았다. 랑세는 검을 꾹 쥔 채 몸을 낮추고 무엇이 날아오든 쳐 낼 준비를 마쳤다.

"저쪽요!"

그때 마도구가 하늘을 향해 뻣뻣하게 솟구쳤다. 랑세는 하늘을 바라보았다.

"어?"

"어엉?"

둘은 입을 헤벌리고 말았다.

둥실, 둥실, 슈우우욱, 둥실, 둥실, 슈우우욱, 하얗고 축축하고 흐늘흐늘한 그런 놈이 하늘에 떠 있었다. 수많은 다리를 흐늘거리다 몸을 오그렸다. 랑세는 모르는 것이었다.

그러나 와렌은 알았다.

"랑세 씨!"

와렌은 순간적으로 랑세를 끌어안고 바닥에 엎드렸다. 철퍼덕, 커다란 소리와 함께 쓰러졌으나 하나도 소용없었다. 그놈이 몸을 쭉 뻗어 땅을 향해 날아오기 시작했으니까. 그러고는 랑세를 향해 몸을 부딪쳐 왔다.

아프지는 않았다. 다만, 하얗고 투명하고 끈적끈적하고 뭔가 다리가 많은 괴상한 생물체가 둥둥 떠다니는 모습은 꽤 징그러웠기에 랑세가 비명을 질렀다.

"이, 이게 뭐야!"

"해파리요!"

답은 와렌에게서 나왔다. 해파리, 해파리가 뭐지?

"바다에서 사는 생물이에요."

랑세의 눈이 동그랗게 떠졌다.

"여긴 숲인데요?"

"그러니까, 아마도 마법 생물일 거예요."

아아, 마법이란 정말 징글징글하구먼.

"이거 원래 작은 동물이지만 독에 쏘이면 아파요. 그런데……."

와렌의 흐려진 말끝이 무슨 뜻인지 알아들었다. 해파리형의
마법 생물은 랑세를 공격하지 않고 그저 치근덕거리고 있을 뿐
이었다.

"이것도…… 체질 때문일까요?"

"아마도요."

랑세는 해파리의 머리를 쓰다듬었다. 으음, 기분이 썩 좋지
는 않구먼.

그러나 해파리는 기분이 좋은 듯 랑세에게 더 치댔다. 이 커
다란 놈이 공격했으면 답이 없었을 터이니, 지금은 체질에 감사
하자. 그런데 진짜 크다. 이 머리 위에 와렌과 둘이서 올라탈 수
도 있……

"얘, 아니, 있잖니, 해파리야."

랑세가 해파리에게 말을 걸자 와렌은 고개를 갸웃거렸다. 해
파리도 같이 갸웃.

"너, 우리 태우고 달릴, 아니, 날 수 있겠니?"

"랑세 씨?"

해파리는 말을 못 알아들은 듯 자꾸 머리만 갸웃거렸다. 으음, 랑세는 잠시 생각하다 해파리의 머리를 쓰다듬으며 그 위에 올라타는 시늉을 한다. 손짓 발짓, 해파리도 발짓 발짓.

이런 적 있었다. 팔렝 강가, 국경선 너머 외국인들과 말이 안 통할 때 손짓 발짓을 하던 적이. 그렇다고 외국인이 해파리라는 것은 아니지만.

수없는 손짓 발짓 끝에 합의가 이루어진 듯, 해파리가 몸을 숙였다.

"흐흐."

랑세의 수상쩍은 웃음에 와렌은 조금 두려워졌다.

"라, 랑세 씨?"

랑세는 휙, 하고 해파리의 머리 위에 올라탔다. 그리고 와렌에게 손을 내밀었다.

"타요."

"네?"

"한번 쉼 없이 날아 보자고요."

랑세는 와렌의 손을 덥석 잡아 끌어 올렸다. 당황한 와렌은 저도 모르게 꺅, 소리를 지르면서도 해파리 위에 앉았다.

"꼭 붙잡아요!"

랑세는 해파리의 몸을 톡톡 두드렸다.

"가자!"

해파리는 다리를 쭉 펴 날아오르기 시작했다. 미끌미끌하면서도 축축한 해파리 머리 위에 올라앉아 균형을 잡는 일은 쉽지 않지만, 길 곳곳에 놓여 있는 함정을 피하고 막아 가며 달리던 것보다는 수월했다.

더군다나 해파리가 오른 하늘의 공기는 아래의 공기와는 달리 건조하고 시원했기에 지금껏 흘린 땀을 말릴 수 있을 정도였다. 랑세의 입가에서는 기분 좋은 미소가 흘러나왔다.

"꺄악!"

와렌은 놀라서 랑세의 등에 얼굴을 묻고 허리를 잡은 채 비명만 지르고 있었다. 거기에 눈도 꾹 감고.

아니, 창문에 마도구를 설치하겠다고 지붕 위로 냉큼 뛰어가던 사람이 이게 뭐람. 어쩐지 실소가 흘러나왔다.

"와렌 씨, 와렌 씨, 저 밑을 한번 보세요."

"꺄악, 무서워요!"

"저번에 마도구 설치하겠다고 지붕 위로도 올라가셨잖아요. 거기만큼도 안 높아요."

"그, 그건 마도구를 설치하려고 한 거였잖아요."

아, 그때는 마법 때문이었나. 하지만 말이에요, 와렌 씨. 랑세는 제 허리를 붙든 와렌의 손등을 톡톡 쳤다.

"마법 생물 위에 탔잖아요. 이것도 마법이라면 마법이지요. 사람이 하늘을 나는 마법은 없다면서요. 이런 경험 언제 해 봐요."

타루와 연극 이야기를 할 때 언뜻 들었다. 사람이 공중을 나는 마법은 없다고.

"단기적으로는 가능하……."

마법 문외한이 마법을 이야기하는 바람에 냉큼 반박하려던 와렌은, 상대가 랑세임을 깨닫고 말끝을 흐리다가 가늘게 실눈을 뜨고 아래를 내려다보았다. 그래, 이것도 마법.

"어머."

비명이 감탄으로 바뀌었다. 자신들이 통과하던 숲이 보였다. 공간을 확장하고 마법으로 여러 차례 꺾는 바람에 왜곡되어 보이는 부분이 있었지만, 분명 푸르른 숲이었다.

그리고 나무 사이사이에 종종 보이는 마법사들. 예전의 자신처럼 장애물을 해체하기 위해서 끙끙거리기도 하고, 폭발로 튕겨 나가기도 하고, 그냥 장애물을 성큼 뛰어넘거나 마법을 파훼하는 그런 모습들이 보였다. 작고 작은 사람들, 하늘 위에서 보면 한없이 작기만 한 이들.

"우와아아!"

"멋지죠?"

"정말로요!"

"이대로 결승선을 통과하면 더 멋질 거예요."

"정말로요!"

스테인 이놈, 두고 보자. 랑세는 일그러지는 스테인의 얼굴을 기대하며 흐뭇한 미소를 한껏 지었다.

"해파리야, 조금만 더 힘내."

바다 생물 해파리는 랑세의 독려에 더 힘차게 하늘을 날아올랐다. 아무것도 방해하지 않는 이 자유로움!

그러나.

삐삐삐삐.

와렌의 손에 있는 마도구가 울기 시작했다. 랑세와 와렌의 눈이 동그랗게 떠졌다. 설마, 이 인간들이 공중에도 장애물을 설치했나.

랑세는 조심조심 한 손으로 해파리의 머리를 고쳐 붙들고, 다른 한 손으로는 목검을 꾹 쥔 채 주변을 둘러보았다. 아니, 주변을 둘러볼 필요도 없었다.

"오호호호호!"

아미아가 나타났다. 그것도 저 아래 자그마한 모습으로 있는 것이 아니라 하늘을 나는 랑세와 눈이 마주칠 만큼 거인처럼 거대하게 부푼 모습으로, 연극처럼 과장된 웃음을 지으며, 그것도 새까만 옷을 입고.

랑세는 기가 막혔다. 놀라서 기가 막힌 것도 있고, 한심해서 기가 막힌 것도 있다.

"문관 용사여! 너는 못 지나간다! 오호호호!"

뭐야, 저 삼류 연극 같은 대사는.

그러나 아미아는 자기 역할에 심취한 듯 끊임없이 웃어 댔다. 오호호호, 오호호호, 아무리 확장시켜도 결국은 천막이라는 한정된 공간인지라 그 웃음이 메아리쳐서 더 듣기 싫었다.

그리고 대사는 삼류라도 그 거대한 모습은 일류라 와렌도 당황하고 해파리도 더 앞으로 나아가지 못했다. 아미아가 막고 있는 곳은 북쪽 출구. 저 마왕, 아니, 아미아를 지나쳐야 결승선을 통과할 수 있었다.

"감히 내 부하 해파리를 이용하다니, 용서할 수 없다!"

이 해파리, 설마 아미아의 작품이었냐! 아미아는 손을 휘저어 해파리와 랑세를 잡을 듯 달려들었지만, 해파리는 재빨리 피했다. 획, 획, 때아닌 공중전이 벌어졌다. 해파리는 아미아 앞에서 파리라도 된 듯, 그 손길을 피하기 위해 이리 획, 저리 획, 날아다녔다.

꺄악, 꺄악, 와렌의 비명이 등 뒤에서 들리고, 랑세도 비명을 지르고 싶었지만, 꾹 참은 채 목검을 든 손을 내려다보았다.

'엄마는 적이 나타나면 어떻게 해?'

'어떻게 하긴? 그냥 베고 넘어가는 거지.'

'여보, 애한테 무슨 소리야!'

그런데요, 이 목검을 가지고 저 거대한 적을 베긴 어려울 것 같은데요. 전설 속의 용사라면 검 안에 검기라도 불어넣고 마왕을 향해 달려들겠지만, 자신은 용사가 아니었고 검기를 만들어 낼 능력도 없었다. 아니, 진짜 검기라는 것도 없었다.

"오호호호! 네 능력은 그것밖에 안 되는 것이냐, 문관 용사여!"

아미아가 긁는 소리에 랑세는 빠득, 이를 갈았다. 그때.

삐삐삐삐.

마도구가 힘차게 울었다. 그것도 아래를 가리키며.

"랑세 씨! 저쪽요!"

동시에 와렌이 비명처럼 외쳤다. 와렌이 가리킨 방향에는 아미아가 있었다. 거대한 아미아가 아닌 보통의 아미아가. 아미아는 무슨 거울 앞에서 손으로 입을 가린 채 웃고 있었다. 랑세는 보통 아미아 한 번, 거대 아미아 한 번 바라보았다. 거울 앞에서 웃는 아미아의 모습과 똑같이 거대 아미아는 웃고 있다. 아, 저 거울 덕분에 크게 보이는 것뿐이었구나.

"해파리야!"

해파리도 지금껏 도망 다니던 게 짜증 났는지 힘차게 몸을 움츠렸다.

"와렌 씨, 꼭 잡아요!"

랑세의 외침과 함께 해파리가 다리를 쭉 폈다. 콰과가가가, 공기가 갈라지는 소리가 귀에 들리는 듯했다. 맞닿는 바람으로 눈도 뜨기 힘들었지만, 랑세는 최선을 다해 아미아에게 시선을 떼지 않았다.

"어어어?"

해파리를 탄 랑세가 자신을 향해 날아오는 것을 그제야 눈치챈 아미아가 당황한다. 그리고 동시에 거대 아미아는 사라졌다.

"으악!"

"꺄악!"

해파리가 땅 가까이 내려오며 랑세와 와렌은 바닥으로 미끄러졌다. 데구루루, 와렌은 굴러가고, 랑세는 엄마에게 배웠던 낙법을 사용하며 무사히 자리에 안착했다.

벌떡 일어난 랑세는 아미아 앞에 놓인 거울을 향해 목검을 휘두르며 달려갔다. 저걸 깨 버리면 다시 크게 부풀지는 않겠지.

"야야야! 안 돼!"

아미아는 랑세가 뭘 하려는지 눈치채고 비명처럼 소리를 질렀다. 안 되긴 뭐가 안……

"비싼 거야!"

흥, 손해는 댁이 보지, 내가 보나. 댁 때문에 내가 얼마나 고생을……

"마탑 거야! 리엔 선배가 훔쳐 온 거야! 도로 돌려줘야 해!"

아. 그제야 랑세가 멈칫했다.

"케일! 거울 확보해!"

그때 어디선가 케일이 나타나 거울을 집어 올렸다. 굉장히 의욕 없는 얼굴로 한숨을 쉬고는 한심하다는 눈으로 아미아를 바라보며.

"케일! 막아 줘!"

"네가 알아서 해."

그러고는 휘적휘적 가 버린다.

랑세는 그 광경을 멍하니 바라보았다. 아, 전방에서 싸웠으니 저 사람이 진지하게 나섰다면 꼼짝도 못 했겠지. 고맙습니다.

곧 흐흐흐 음흉하게 웃으며 랑세가 아미아를 향해 달려갔다. 아미아가 주문을 외우기 전에 처단해야 했다. 선수 필승.

"랑세 씨!"

삐삐삐삐.

그때 와렌의 비명과 마도구의 경보음이 동시에 울렸다. 펑, 소리와 함께 랑세 주변에 작은 폭발이 일어났다. 흙이 조금 솟구친 정도였지만 걸음을 막기에는 충분했다. 랑세는 옆을 보았다.

"그렇게는 안 됩니다."

스테인이 천천히 다가왔다. 진짜 마왕의 등장인가. 치료계인 만큼 전투용 큰 마법은 사용하지 못하지만, 달리는 사람을 막을 정도의 마법은 사용 가능한가 보다. 저 인간이 진짜. 이렇게 된 거 자기가 달려가면 되지, 막긴 왜 막아.

랑세는 아미아와 스테인 사이에 껴 어쩔 줄 몰라 하며 검만 꾹 쥐고 있을 뿐이었다. 아미아 역시, 랑세를 막아야 하는지 스테인을 막아야 하는지 판단하지 못한 채 서 있을 수밖에 없었다.

"마법사를 해할 수는 없을 겁니다."

얼씨구, 그러니까 지금 자신이 아미아를 쥐어 패기라도 할까 봐 막았다는 건가. 하려고 했던 일은 기껏 해 봐야 밀어 넘어뜨리고 뛰어 넘어가려는 정도였는데.

하이란이 그려 주었던 계보도가 떠올랐다. 아마도 저 사람은 마법사 권리 신장을 주장하는 계파. 문관이 마법사를 패는 꼴은 못 보겠다는 건가. 그렇다면…….

"여기까지 잘 오셨군요. 하지만……."

"에잇!"

랑세는 스테인이 말을 마치기도 전에 아미아에게 달려들었다.

"한 발이라도 다가오면 아미아 씨는 다칠 줄 알아!"

아미아의 뒤로 달려 들어가 손을 붙들고, 목검을 아미아의 목에 가져다 대었다. 날도 없는 목검이기에 목숨에 위험은 없을 터였다. 하지만 랑세는 충분히 악당처럼 보였고, 아미아도 스테인도 꽤 당황한 듯 움직이지 못했다.

"야야야! 뭐 해?"

"가만히 있어요, 아미아 씨. 와렌 씨!"

랑세는 저쪽에서 놀란 얼굴로 바라보고 있는 와렌을 향해 외쳤다.

"먼저 가요!"

"아! 네!"

와렌이 힘껏 달리기 시작했다. 랑세의 눈에는 그냥 걷는 수준이지만, 어쨌든 최선을 다해 달리고 있다.

"이런!"

그때 스테인이 아미아와 랑세를 내버려 두고 와렌 쪽으로 달려갔다. 그래, 뭐, 달려오는 게 아니라 달려가는 거니까 아미아에게 뭘 할 필요는 없겠지. 랑세가 아미아를 버리고 와렌을 엄호하려고 했다.

그러나.

"으아악!"

"모오오옷 가!"

아미아가 제 목을 휘감은 랑세의 팔을 앙, 물어 버렸다. 으악, 꺄악, 둘이 쓰러져서 엎치락뒤치락 원초적인 몸싸움을 벌이려는 순간! 스테인이 와렌의 뒷덜미를 채기 직전!

"와렌!"

"우왓!"

무즈였다. 무즈는 거의 엎어지듯 달려와 스테인의 다리를 붙들었다. 쿵, 하고 스테인이 넘어졌다.

그 소리에 당황한 와렌이 뒤를 돌아보았다. 놔, 놔, 스테인이 무즈의 품에서 다리를 빼내려고 하지만 무즈는 죽어라 버티며 와렌을 향해 외쳤다.

"와렌! 가!"

"무즈!"

"어서!"

와렌은 주춤주춤 뒤로 물러서다 다시 달리기 시작했다.

"무즈, 어서 놔!"

"못 보냅니다, 선배님!"

엎치락뒤치락, 여기서도 두 사람이 얽혀 몸싸움을 벌였다.

으아아앙, 와렌은 젖 먹던 힘까지 다 짜내 달리기 시작했다. 동료들의 희생을 헛되게 할 수 없었다. 저기서 장애물을 돌파한 누군가가 다가오지만 와렌보다는 멀었다.

"이, 이겼다!"

와렌이 힘껏 외치며 천막 북쪽 출구에서 튀어나왔다. 헉헉헉, 거친 숨을 몰아쉬며 바닥에 철퍼덕 주저앉았다.

"어머? 와렌이네. 혼자 왔니? 랑세 양은?"

눈앞의 리엔이 고개를 갸우뚱하며 묻는다.

와렌은 눈을 동그랗게 떴다. 짝과 동시에 통과해야만 인정하나? 동료들의 희생은 아무 쓸모가 없었나? 글썽글썽, 와렌의 눈에 눈물이 차오르려던 순간 촥, 하는 소리와 함께 천막 문이 다시 열렸다.

"……도착."

너덜너덜해진 랑세가 출구에서 목검을 내던지며 주저앉았다.

"와렌, 랑세, 승리!"

리엔의 선언에 와렌이 꺄악, 소리를 지르며 랑세를 끌어안았다. 그 바람에 뒤로 다시 넘어진 랑세는 하늘을 보며 한숨을 쉬었다. 그야말로 상처뿐인 승리였다. 그것도 아무짝에도 쓸모없는.

"뭐야? 문관이 이긴 거야?"

누군가가 비명처럼 외치는 소리에 랑세는 한숨을 내쉬었다. 뭐야, 내가 이기는 건 기대도 안 했다는 거야? 랑세는 저를 끌어안고 있는 와렌의 등을 툭툭 쳐 주며 짜증스럽게 외쳤다.

"저만 한 거 아니거든요. 와렌 씨 없었으면 못 이겼을 거라고요."

뭐, 기대 안 했다는 듯한 말에 기분 더럽지만, 또 한편으로는 와렌이 아니었으면 이기지 못했을 거라 진심으로 믿기 때문에.

와렌은 그 말이 감격스러웠는지 랑세를 한껏 꼭 끌어안았다.

"랑세 씨, 랑세 씨, 저 방해된 거 아니었나요?"

"아니요, 진짜 와렌 씨 없었으면 저기 함정 어디에서 구르고 있었을걸요. 왜 그렇게 이야기하세요?"

"고마워요!"

두 여자가 뜨거운 우정을 나누는 사이, 천막에서 너덜너덜해진 마법사들이 하나둘씩 기어 나오기 시작했다. 또 어디선가 케일이 나타나 마법사들을 점검하기 시작했다.

"엘마스, 트라밀, 데메트, 안 나왔나?"

"저기 함정에 있었어요!"

누군가의 대답에 케일은 짜증을 팍팍 내며 천막 안으로 들어갔다. 아마도 아직 빠져나오지 못한 마법사들을 찾아야 하나 보다. 랑세는 문득 생각했다. 처음에 마왕 흉내를 내던 마법사는 함정에서 나왔을까, 하고. 케일이 부디 그도 구해 주길 바랄 뿐이었다.

"쟤는 뭐 저렇게 귀찮은 일을 한다니."

아직까지도 널브러져 있는 랑세의 옆으로 리엔의 발이 보였다.

"저기 남아 있는 사람들도 구해 줘야 하잖아요."

리엔의 왼발이 뒤로 한 걸음 물러나 축을 만들고, 오른발이 크게 한 걸음 앞서 나간다. 리엔이 그 상태로 무릎을 꿇고 랑세를 향해 속삭인다.

"그냥 이렇게 하면 된다는 뜻이야."

기다란 마법사 옷자락을 바닥에 끌며, 리엔은 한 손으로 커다랗게 원을 만들었다. 순간 흙모래로 만들어진 원이 푸른빛을 발한다. 그 빛에서 거대한 바람이 불기 시작했다. 리엔의 주문은 늘 노래 같았다.

"으아아아악!"

그 노래 끝에 어울리지 않는 비명이 들려왔다.

"꺄악!"

"으악!"

천막이 완전히 걷히고, 마법으로 만든 공간이 사라져 버렸다. 왜곡된 공간이 정상적인 공간으로 돌아오며 위에 있던 놈은 아래로 떨어지고, 아래 있던 놈은 위로 던져지고, 꺾인 공간 사이에 있던 이들은 다른 이들 위를 덮쳤다. 깔린 쪽, 떨어진 쪽 모두 비명. 그 사이에서 무사히 서 있던 케일이 또 한숨을 내쉬며 제 손에 잡힌 마법사 한 명을 대충 던져 놓고 휘적휘적 걸어 나왔다.

"자! 다들 잘 들어! 오늘의 승리자는 와렌과 랑세야!"

리엔이 다시 한번 선언하고, 와렌은 벌떡 일어나 랑세를 일으켰다.

와렌 씨 힘 좋네요, 마법인가요?

아뇨, 기계를 들다 보면 자연히 힘이 세지더라고요.

리엔의 선언에 누군가는 기쁘게 박수를 보냈고, 누군가는 야유하며 박수를 보냈다.

"자, 약속한 대로 여기, 우승 상품!"

결국, 팔렝주는 랑세의 손에 돌아왔다. 랑세는 떨떠름한 얼굴로 받았다가 옆에서 열심히 박수를 보내고 있는 와렌에게 술을 넘기며 어깨동무를 했다.

"오늘 승리는 와렌 씨랑 함께 해낸 거니까요!"

"와, 멋있다, 문관!"

타이밍 좋게 아미아가 외쳤고, 박수 소리는 더 커졌다.

랑세는 주변을 둘러보았다. 정말 기뻐서 박수를 보내는 이들은 아마도 리엔의 계파일 테고, 야유하며 의무적으로 박수를 보내는 이들은 다른 계파일 테고. 아, 싫다. 왜 그런 걸 고민해야 하는 걸까.

"축하합니다."

아, 그래. 저기 언뜻 미소 짓고 있지만 굳은 얼굴, 저걸 보고 싶어서 참여했던 거지. 랑세는 스테인을 향해 아주 환하게 미소 지어 주었다. 그러나 생각했던 것만큼 뿌듯한 기분은 들지 않았다. 모두와 친하게 지낼 수는 없어도 누군가에게 미움받는 일이라는 거니까, 결국.

"자! 뒤풀이하러 가자! 내가 계산한다! 장소는 '노래하는 개구리'!"

"선배 만세!"

"만세!"

"선배님 최고!"

뭐, 공짜 술 앞에서 계파 따위는 없어 보이지만.

"응? 잘 봤지? 문관과 마법사가 힘을 합치면 이렇게 우승도 할 수 있단다."

아, 그래. 솔직히 말하자. 리엔의 옆자리에 강제로 앉혀져 속 긁는 소리에 억지웃음을 짓는 스테인의 모습을 보는 건 무척 통쾌했다. 아무 의미 없는 승리라지만 이거 하나는 좋네. 어쩐지 술잔을 잡은 스테인의 손이 부들부들 떨리는 것처럼 보이기도 한다.

"자, 이런 좋은 날 술 한잔 안 할 수 없지."

"선배님, 술은 안 됩니다."

여태 아무 소리 못 하고 가만히 있던 스테인이지만, 리엔이 술을 따르려 손을 움직이자 바로 입을 열며 술병을 뺏어 갔다.

밀주蜜酒를 홀짝이며 스테인의 굳은 얼굴을 감상하던 랑세는 입술을 삐죽였다. 계파가 다르고, 생각이 크게 다르며, 때때로 충돌하는 사이지만, 스테인이 리엔의 건강을 챙기는 것은 진심처럼 보인다. 치료 마법사다운 직업 윤리 의식 때문일까.

"하여간 까다로워서."

"그렇지 않아도 시합 준비 때문에 무리하시지 않았습니까."

"아미아랑 케일이 거의 다 했어."

리엔이 제 이름을 언급하자 저쪽에 앉아 있던 아미아가 손을 번쩍 들었다.

"그럼, 오늘 회심의 마법을 꽤 많이 사용했다고! 스테인, 내 마력도 좀 챙겨 줘라!"

아미아는 이미 꽤 취한 듯 보였다. 얼굴도 붉고 목소리도 평소보다 세 배는 크다. 어이구, 그래도 저 소리가 귀에 거슬리지 않는 것을 보면 랑세 자신도 꽤 기분 좋게 술이 오른 듯했다.

"리엔 선배님께서는 오늘 마법 생물까지 불러내셨습니다. 보통 일이 아니었습니다."

아미아와 스테인의 입씨름이 계속되는 와중에 문득 랑세의 귀에 걸리는 말이 있었다.

"그 해파리……, 아미아 씨가 만든 거 아니었어요?"

"아니야! 난 마법 생물 잘 못 다뤄. 리엔 선배님 작품이었지."

"아미아 씨가 해파리더러 부하라고 하셨잖아요!"

"야! 일단 대사는 치고 보는 거야."

대체 무슨 소리인지 알 수 없어 랑세는 한숨만 내쉬며 술을 한 잔 더 들이켰다. 그러고 보니, 천막이 사라지면 해파리는 어디로 가게 되는 걸까. 귀에 걸렸던 만큼 마음에도 걸린다. 또 다른 누군가와 대화하며 웃고 있는 리엔을 슬그머니 훔쳐본다.

여유를 머금은 리엔의 미소에 랑세는 묻지 않기로 했다. 저 사람이라면, 그냥 원래 있던 자리에 잘 보내 주었거나 돌봐 줄 것 같다. 늘 출장이나 다른 일 때문에 바쁜 사람이라 자주 본 것은 아니지만, 어쩐지 그런 점만큼은 알 수 있을 것 같았다.

"무즈, 정말 무즈 아니었으면 난 해내지 못했을 거야. 정말 고마워."

옆에 앉은 와렌은 무즈의 팔을 붙들고 이미 취한 목소리로 연신 고맙다고 말했다. 아, 그건 사실이긴 하니 랑세는 고개를 끄덕였다. 무즈는 와렌이 가까이 있는 것이 그저 좋아 붉어진 얼굴로 헤실헤실 웃음이나 흘리고 있었다. 그 바보 같은 웃음에 스테인의 얼굴은 다시 더 굳고, 리엔은 더 큰 미소를 짓는다.

"와렌! 그렇게 고마우면 무즈에게 뭐 하나라도 주렴."

"네네? 뭐, 뭐를 줄 수 있을까요?"

리엔의 말에 와렌은 갑자기 허리를 쭉 펴고 주변을 둘러본다. 리엔이야 무즈의 마음을 알고 놀리는 차원에서 반쯤 농담으로 한 말이지만, 리엔을 하늘같이 생각하는 와렌은 바짝 긴장해서 무즈에게 줄 만한 것을 찾아본다. 또 눈이 그렁그렁해진다. 술을 마시고 나서 마음 상하는 속도가 말을 타는 것보다 빨라졌다. 무즈에게 줄 만한 것을 못 찾아 그런 듯했다.

무즈는 당황해 자책하려는 와렌의 손을 붙들었다.

"저기, 그, 어, 그래. 그거, 그 상품으로 받은 술 한 잔만 줘."

"어?"

무즈는 팔렝주 마시고 싶은 생각 따위는 없었다. 그저 이 한 잔으로 와렌의 마음이 편해지길 바랐기에 아무 말이나 내뱉었을 뿐. 그러나 와렌은 더 당황해 팔렝주 한 번, 랑세 한 번 바라본다.

"어, 이거, 랑세 씨가 아버님께 받은 소중한 선물인데……."

순간 랑세와 무즈의 눈이 마주쳤다. 으르렁, 컹컹, 하는 눈빛이 몇 번 빠르게 오가고, 랑세는 가볍게 웃으며 술병을 열어 빈 잔에 따랐다.

"괜찮아요, 와렌 씨. 정말 무즈 씨 없었으면 못 이겼을 거잖아요. 술 한 잔 나눠 마시는 게 어때서요? 그죠, 무즈 씨?"

"어어, 자, 잘 마실게."

랑세는 다시 한번 이를 드러내어 경고의 표시를 하고 술잔을 획 무즈에게 밀었다. 무즈가 얼른 한 잔 맛있게 마시는 것을 와렌이 취한 눈으로 지켜본다.

"야, 나도 한 잔 줘."

그때 아미아가 잔을 불쑥 내밀었다. 랑세의 눈썹 끝이 뾰족하게 올라갔다.

"아미아 씨는 왜요?"

"이 즐거운 시합에 열심히 일한 공로가 있잖아."

"아미아 씨만 일하셨어요?"

"리엔 선배는 금주, 케일은 관리사무실. 그러니 내가 대표로 마실게."

아니, 이 사람이 진짜. 랑세는 다시 날카로운 눈빛을 쏘아 보냈지만, 아미아는 꼼작도 안 한다.

일단 시합이 즐겁지도 않았거니와……. 아니, 정말 즐겁지 않았던 걸까? 랑세는 잠시 멈칫했다. 정말, 짜증만 났을까. 해파리를 타고 하늘을 날던 순간, 전설의 용사처럼 아미아를 인질로 잡던 순간……. 아니, 용사면 인질을 잡지 않았겠구나. 여하간, 어쨌든.

"뭐……."

즐겁기는 했다. 랑세는 힐끗 와렌을 바라보았다. 저 사람에게 나눠 주어도 될까요, 하고. 아미아를 꺼리는 와렌인 만큼 잠깐 어색한 얼굴을 하였지만, 그래도.

쫄쫄쫄, 아미아의 잔에 술 차오르는 소리가 경쾌하게 난다.

"잘 마실게!"

아미아는 호쾌하게 잔을 들이켠다. 끝에는 캬, 하는 소리. 아, 맛있다, 하고 감탄도 내뱉는다. 얄미운 사람이지만 고향 술을 좋아하는 모습은 나쁘지 않다.

그 맛있다는 말에 술에 잔뜩 취한 한 무리가 우우 소리를 내며 우리도 맛이나 보자고 외친다. 랑세는 이미 두 잔 정도가 사라진 술병을 내려다보았다.

"음, 뭐. 와렌 씨."

"네?"

"일단 와렌 씨 한 잔 드시고요."

랑세는 와렌에게 한 잔 따르고, 허락을 구했다. 이거, 어차피 우리가 다 못 마실 텐데 제 마음대로 사용해도 될까요, 하고. 와렌은 당연히 고개를 끄덕였다.

"아저씨! 여기 밀주 한 통 추가요!"

뭘 하는 걸까. 가지고 온 술을 마시는 모습에 살짝 기분이 상했던 주인아저씨는 랑세의 호쾌한 주문에 기쁘게 얼른 밀주 한 통을 가져다주었다.

랑세는 빈 술잔을 좌르륵 늘어놓고 팔렝주를 조금씩만 따른 후 그 위에 밀주를 부었다.

"랑세! 뭐 하는 거야!"

아미아의 비명에 랑세는 혀를 끌끌 찼다.

"팔렝 사람들은 팔렝주가 모자랄 때 말이지요, 이렇게 한답니다."

사실은 이것도 엄마에게 배운 것이었다.

'밀주의 곡물 맛이랑 팔렝주의 곡물 맛이 섞이면 정말 맛있단다.'

'여보! 랑세는 아직 어려!'

랑세는 쓰게 웃었다. 정말 살면서 엄마의 흔적이 남지 않은 곳이 없구나. 밀주와 팔렝주의 혼합주가 완성되자 랑세는 한 잔씩 마법사들에게 돌렸다.

"자, 모두 수고하셨습니다."

그래, 어차피 의미 없는 승리라면 이렇게 다들 나누어 마시는 것도 나쁘지 않겠지. 랑세가 만든 혼합주를 받은 스테인의 표정이 묘해지지만, 랑세는 돌아보지 않은 채 술잔을 돌렸다.

"오오! 문관, 멋있다!"

이미 취한 마법사들이 또 만세를 부른다. 그러고서는 과자를 처음 봤던 무즈처럼 술맛 떨어지게 요리조리 살펴보기에 랑세 역시 또 소리를 버럭 질러 버렸다.

"아, 그냥 좀 마셔요!"

그 호령에 모두 허겁지겁 마신다.

"어? 이게 정말 더 맛있잖아!"

"나도! 나도 마셔 볼래!"

밀주와 팔렝주가 섞인 혼합주는 더 맛있고 더 빨리 취한다. 술에 취한 마법사들의 목소리가 훨씬 더 커지고 소란도 더 커져 버렸다. 네가 잘했네, 내가 잘했네, 그 마법은 말이야, 저 마법은 말이야. 왁자지껄, 술집은 혼돈으로 가득 차 버렸다.

홀짝, 또다시 마법사들을 술로 죽인 랑세는 조용히 술을 들이켰다. 그 혼돈의 한가운데서 리엔은 랑세를 향해 미소 지었다.

"랑세 양, 아버님께 술 정말 잘 마셨다고 인사 전해 드리렴."

랑세는 그런 말을 하는 리엔을 가만히 바라보았다. 당장에 네, 하고 답하고 말면 될 것을, 왜 입을 다문 채 바라보게 될까. 또 평소라면 그냥 대답도 안 기다릴 사람이 왜 가만히 자기를 바라보고 있을까.

"오늘 이 술로 정말 다들 즐거웠다고, 감사하다고 전해 드리렴."

또다시 재촉이 더해진다. 애초에 술 때문에 이 난리가 난 것이 아님을 당신도 알고 나도 아는데.

랑세가 무어라 답하려던 순간 쾅, 소리와 함께 문이 열렸다. 오늘 마법사들이 모두 전세 내서 바깥에는 '영업 안 함' 팻말이 달려 있을 텐데. 소란이 단번에 가라앉았다.

"리엔 수석님 여기 계십니까!"

문을 열고 들어온 것은 일명 마탑이라 불리는 국립 마법사 협회의 정복을 입은 마법사 두 명.

랑세는 제 앞에 앉아 있는 리엔을 돌아보았다. 아니, 술집 안에 있는 모든 사람이 다. 리엔은 꽤 당황한 듯 보였다.

새로 온 마법사 둘은 버럭 소리를 질렀다.

"수석님! 대체 천막은 왜 가져가신 겁니까!"

그들의 외침에 리엔은 어색하게 웃었다.

"어머, 들켰네."

척척척, 그들은 얼른 달려와 리엔의 양팔에 각각 팔짱을 낀 채 그녀를 붙들었다.

"그거 멀쩡하기나 합니까!"

"걸리기 전에 어서 반납하십시오!"

"탑주님께서 아시면 큰일 납니다!"

하하하, 내일 아침에 되돌려 놓으려 했지.

내일 아침에 걸리면 어쩔 뻔했습니까.

하하하, 설마.

찾아서 가져다주십시오.

리엔과 마탑의 마법사들이 사라지자 술집 안은 죽음 같은 침묵이 찾아왔다.

"그만, 갈까요?"

스테인이 주춤 일어서자 아직 정신을 차리고 있던 마법사들이 자리에서 일어났다. 모두가 우르르 나가려던 순간, 술집 아저씨가 문을 가로막았다.

"손님, 계산요."

"아."

다들 얼어붙고 말았다. 리엔이 낸다고 해서 빈 주머니로 왔는데. 다들 어쩔 줄 몰라 하자, 스테인이 빙그레 웃었다.

"마탑의 리엔 수석님 앞으로 달아 주세요."

그러고는 휘적휘적 나가 버렸다.

그런 그의 뒷모습을 멍하니 바라보던 랑세는 웃고 말았다. 최후의 승자는 저 사람인가 보다.

술에 썩 크게 취하지는 않았지만, 그래도 걸음이 약간 비틀거릴 정도는 되었다. 침대에 몸을 던지고 그냥 자려던 순간, 랑세는 침대 옆 협탁에 아무렇게나 놔둔 아빠의 편지를 보게 되었다. 아직 아무 연락을 하지 않았다.

'랑세 양, 아버님께 술 정말 잘 마셨다고 인사 전해 드리렴.
오늘 이 술로 정말 다들 즐거웠다고, 감사하다고 전해 드리렴.'

랑세는 다시 자리에서 일어나 편지 봉투를 만지작거렸다. 손
끝에는 아직도 해파리의 축축하고 매끈매끈한 감각이 남아 있
는 듯했고, 코끝에는 팔렝주 냄새가 남아 있는 듯했다. 그리고
오른손에는 목검을 만졌던 감각이.

"하……."

랑세는 긴 한숨을 내쉬며 책상 앞에 앉아 빈 종이와 펜을 꺼
냈다. 술에 약간 취했을 때, 그리고 즐거움의 끝자락이 아직 마
음 안에 남아 있을 때, 어떤 의무감이나 부담 때문이 아니라 진
심으로 쓰고 싶어진 이때, 빈 종이가 두렵지 않을 때 이야기를
쏟아 내고 봉투를 봉인하자. 그리고, 내일 눈 꼭 감고 상인 조
합에 보내자. 그러면 이 안에는 즐거운 이야기만이 남겠지.

랑세는 펜을 들었다.

아빠에게.

안녕, 아빠. 보내 준 과자와 술은 잘 받았어.

나는 잘 지내. 사실은 잘 지내다 못해 넘치도록 유쾌하게 보내고 있
어. 이번에 아빠가 보내 준 팔렝주로 무슨 일이 일어났는지 알아? 정말
말도 안 되는 일이야. 이 이야기를 들으면 아빠도 루세도 정말 놀랄걸.
음, 아마 엄마도? 어쨌든 시작은 말이야, 아파트에서 가장 높은 분께 술
을 드리러 갔는데…….

곁에 있어 주세요

"고기다, 고기."

며칠 동안 공관 일이 너무 바빠 아파트로 돌아오면 대충 아무것으로나 끼니를 때우고 잠이 들었다. 그러나 오늘, 휴일을 하루 앞두고 야근에 지친 과장님이 모두를 일찍 풀어 주었다.

이런 신나는 날, 랑세는 고생한 자신에게 주는 상으로 고기를 사기로 했다. 계획보다 생활비가 더 나가게 되었지만 고기를 고르는 랑세의 손길은 거침없었다. 다 먹고, 살자고 하는 짓인데. 어쨌든 이 고기에 양념을 잘 해서 채소와 함께 구워 먹는다면 지난 열흘의 피로가 싹 풀릴 것이다. 그러하니 랑세의 발걸음은 더없이 가벼웠다.

"흐음, 이보시오."

그렇게 팔랑거리며 걷던 랑세의 발목을 누군가의 목소리가 붙들었다. 랑세가 돌아보니 웬 중년 남녀가 있었다. 아니, 중년 마법사 두 명이.

"네, 무슨 일이세요?"

"여기 이 근처에 국립 독신 마법사 기숙 아파트, 몇 동이더라, 아, 8동이 있다던데, 어딘지 아시오?"

마법사 복장이더니, 아파트에 볼일이 있는가 보다.

"아, 네. 저 따라오세요. 저쪽 골목 꺾어서 바로 앞에 있어요."

"아, 고맙소."

그럴 때가 있다. 낯선 이와 동행하는 자리, 미묘하게 불편한 침묵이 지배하는 그런 시간 말이다.

흠흠, 마법사는 다시 헛기침을 해 목을 가다듬었다.

"이보시오, 아가씨. 길만 알려 주면 그냥 갈 수 있소이다."

혹 제 갈 길을 돌아가는 것이 아닌가 걱정하는 그 점잖은 말에 랑세는 빙그레 웃었다.

"아하하, 아니에요. 저도 거기 살아요. 가는 길이에요."

뚝, 그 말에 둘의 발걸음이 멈췄다. 그 바람에 랑세도 멈췄다. 처음의 어색하고 친절한 미소는 어디로 갔을까, 그들은 랑세의 아래위를 굉장히 마음에 들지 않는다는 듯한 눈으로 쭉 훑어봤다. 그러고는 쯧쯧, 혀를 차는 것이 아닌가.

"요즘 젊은것들은……."

뭐? 랑세는 순간 할 말을 잃었다. 주먹도 나갈 뻔했다. 아니, 아니지. 이건 아니지. 이놈의 아파트에 살면서 성격만 나빠지는 것 같잖아.

"가자."

말도 짧아지며 앞서간다.

허어, 허어, 랑세는 이게 대체 무슨 일인지 몰라 미간을 좁히고 그들의 옆을 따라갔다. 랑세는 혀를 차며 품 안의 봉투를 추슬러 안다가 봉투를 감싼 자기 소매를 보게 되었다. 그리고 다시 앞을 봤다.

마법사 복장. 많은 것을 담을 수 있는 실용성 있는 소매지만, 동시에 여러 가지 상징적 의미를 지닌 소매. 그리고 마법사의 자존심 같은 것.

"저기, 어르신들."

"뭐냐?"

뒤도 돌아보지 않고 답하는 그들에게 랑세는 화를 억누르고 최대한 친절한 목소리로 말했다.

"혹시 거기 산다고 해서 제가 마법사라고 생각하신 건가요? 저, 마법사 아니에요."

"응?"

휙, 하고 빠르게 고개가 돌아온다. 아하, 이게 정답이었구나.

"저는 문관이고요, 문관 아파트가 재개발 공사 들어가서 공실이 없었거든요. 그래서 마법사 아파트로 배정되어서 거기 살아요."

"허."

그들의 얼굴이 붉어졌다.

"그랬구려. 이거 미안하게 되었소이다."

"괜찮아요."

말도 다시 길어졌다. 그래도 기분은 썩 좋지 않았다.

이를테면 타루는 연인을 위해서 얼마든지 옷을 갈아입었지만 여전히 마법사라는 점을 잊지 않았다. 만약에 데이트를 끝내고 귀가하던 타루와 이 길에서 만났다면, 이들은 그에게 무례하게 대했겠지. 자신은 문관이고 마법사 일에 한 치 상관도 없지만, 그래도 괜히 편을 들고 싶어졌다.

여하간 그렇다고 한들, 낯선 이들에게 무어라 할 것인가. 빨리 볼일 보시고 집에들 돌아가세요, 영감, 할매. 다시금 그들 사이에는 어색한 침묵이 감돌았고, 랑세도 굳이 다시 말을 꺼내려고 하지 않았다.

"여기예요."

"고맙소이다."

낯선 사람이 들어오자 케일은 책에서 눈을 뗐고, 랑세는 더 돌아보지 않고 부엌으로 향했다. 고기 사기 잘했다. 고기 먹고 이거 기분 나쁜 것도 풀어야지.

"안녕하세요, 랑세 씨. 오늘은 빨리 오셨네요."

때마침 와렌도 부엌에 있었다. 랑세는 인사 대신 봉투를 불쑥 내밀었고, 와렌의 눈이 동그랗게 떠졌다. 그 표정에 랑세는 빙그레 웃었다.

"고기 샀어요. 우리 실컷 먹어요!"

와렌은 랑세가 내민 봉투 안을 힐끔 들여다보았다. 그러더니 환한 미소를 지으며 손뼉을 쳤다.

"다행이에요! 요새 랑세 씨 바빠서 식사도 제대로 못 하셨잖아요. 오늘 배부르게 드시고 푹 쉬세요."

순간 랑세는 가슴이 찡했다. 같이 먹고 즐겁게 시간을 보내고자 말한 것이었는데, 자기를 먼저 생각해 주다니. 품 안의 봉투만 아니었다면 와렌을 꼭 끌어안아 주었을 텐데. 오늘 정말이 고기 맛있게 구워야겠다.

"와렌."

그때, 케일이 부엌으로 들어왔다. 와렌은 잠시 굳었지만 곧 네, 선배님, 하고 바르게 답했다. 케일은 짧은 한숨을 쉬며 부엌문 밖을 가리켰다.

"방문객."

"예?"

"부모님들이 방문 오셨다, 나가 봐."

랑세는 눈을 크게 떴다. 아까 그 이상한 꼰대 영감, 할매, 아니, 그 어르신들이 와렌의 부모님이었단 말이야? 랑세는 그들에게 가졌던 못된 마음을 얼른 접고 와렌에게 나가 보라고 말하려 했다.

하지만, 와렌은 벌벌 떨고 있었다. 자신과 처음 마주쳤을 때처럼. 아니, 그보다 더.

'와렌 앞에서 가족 이야기 하지 마.'

무즈가 했던 충고가 문득 떠올랐다. 이런 거였나. 랑세는 봉투를 내려놓고 가만히 와렌의 손을 붙잡았다. 그리고 더 아무 말 하지 않았다. 사정도 무엇도 모르는데 무슨 위로를 해 줄 수

있단 말인가. 아니, 그조차도 오만. 위로가 필요한 건지, 다른
어떤 것이 필요한 건지도 모르니까.

"와렌."

케일은 그런 와렌에게 재촉하듯 한 번 더 이름을 부르고 부
엌 밖으로 나가 버렸다.

와렌의 손은 이미 차가웠다. 와렌은 몇 번이고 숨을 들이켜
고 내쉬고, 들이켜고 내쉬더니 침을 크게 꿀꺽 한 번 삼켰다.

"저기……, 랑세 씨."

"네."

"죄송하지만, 저기, 저쪽까지만 같이……."

와렌은 랑세의 얼굴도 보지 않고 이야기하다가 말끝을 흐렸
다. 그리고 툭, 하고 랑세의 손에서 벗어난다. 차마 부탁하기
미안하다는 듯이.

"갈게요."

덥석, 랑세는 얼른 와렌의 손을 붙들었다. 차갑게 식은 당신
의 손이 안타까워서. 차마 보지도 못하고 도망치는 듯한 당신
의 모습이 내 모습 같아서.

와렌은 랑세의 손을 바라보다 작게 고개를 숙였다. 여전히
랑세를 보지 못한 채로.

"고마워요……."

마치 도살장에 끌려가는 소처럼 와렌은 걸음을 옮겼고 랑세
는 그저 할 수 있는 일, 손을 붙잡아 주며 함께 걸음을 옮겼다.

툭, 멀리서 부모님이 보이자 와렌은 조심스럽게 랑세의 손을

놓았다. 랑세는 더 걷지 않고 가만히 그 자리에 서서 와렌의 작은 어깨를 지켜보았다. 와렌은 마치 죄인처럼 부모를 향해 조심스럽게 고개를 숙였다.

"안녕하세……."

"이 쓸모없는 것!"

와렌의 인사가 미처 끝나기도 전에 그들은 와렌을 향해 버럭 소리를 질렀다. 와렌은 움찔하며 어깨를 더 수그렸다. 랑세는 주먹을 꽉 쥐었고, 케일마저도 책을 덮었다.

"죄, 죄송합니다."

"그래, 죄송해야지. 집에 오라는 말을 왜 안 들어?"

어머니의 고성에 와렌은 입술만 꼭 깨물었다.

"마력이 없으니 입도 없니? 답을 해! 어깨 펴고!"

와렌은 억지로 어깨를 폈으나 고개는 여전히 숙인 채였다. 답을 재촉하는 말에 와렌은 기어들어 가는 목소리로 겨우 중얼거렸다.

"가면…… 결혼시키신다고, 저도 모르는 사람이랑……."

랑세의 눈이 다시 크게 떠졌다. 말도 안 돼.

그러나 그들은 그렇게 생각하지 않는가 보다.

"너같이 쓸모없는 것은 결혼이라도 해서 마력 강한 아이라도 낳아야지!"

"너랑 제일 마력이 맞는 남자를 겨우 찾아냈거늘!"

와렌은 더 대답하지 못하고 주춤주춤 뒷걸음질 쳤다. 그들은 와렌의 손목을 확 챘다. 기계를 만지느라 많이 상해 거친 손이,

주름만 있는 손에 붙들렸다.

"어서 따라와!"

그들이 힘으로 끌고 가려 하자 와렌은 비명을 질렀다.

"시, 싫어요!"

"이런 머저리 같은 녀석!"

랑세는 저도 모르게 몸이 튀어 나갔다.

그때였다.

"꺄악!"

파팍, 하는 소리와 함께 섬광이 터졌다.

랑세는 눈을 질끈 감았다. 뭐, 뭐지.

"그만."

케일의 목소리가 들리고, 랑세는 겨우 눈을 떴다. 와렌과 그 부모들 사이에 케일이 서 있었다.

"랑세."

케일은 뒤도 돌아보지 않고 랑세를 불렀고, 랑세는 얼른 달려가 와렌을 이끌어 제 뒤에 숨겼다. 자신 앞에 케일의 넓은 등이 보였다. 그 단단한 등이 두 사람을 가리고 있었다.

"너, 너, 너 뭐야!"

"아파트 관리인."

기껏 아파트 관리인이라 말하지만, 말에는 더없는 힘이 느껴졌다. 그들도 주춤거리며 뒤로 물러난다.

"주민을 납치하려는데 가만히 있는 관리인도 있나?"

"우리는 저 녀석 부모야!"

"부모라도 본인이 싫다면 납치다."

"와렌! 어서 오지 못해?"

와렌은 랑세 뒤에서 바들바들 떨고만 있었고, 랑세는 얼른 와렌의 손을 붙잡았다. 와렌의 손은 차갑고 식은땀으로 축축했다.

"아, 케일, 뭐가 이렇게 시끄러워!"

그때, 아미아가 머리를 벅벅 긁으며 내려오고 있었다. 아니, 저 사람은 이 심각한 분위기를 못 읽나?

"납치범."

케일이 던진 그 한마디에 아미아가 거의 날듯이 계단을 뛰어 내려 와렌 부모의 멱살을 붙잡았다. 그리고 주변을 쓱 둘러보더니 랑세 뒤에 숨어 있는 와렌을 보고 누구를 납치하려 했는지 알아챈 듯했다.

"와렌을 왜?"

아, 죄송. 눈치 없으신 게 아니었네요.

"와렌 씨 부모님들인데요, 와렌 씨를 억지로 결혼시키려고 한대요!"

랑세는 얼른 아미아에게 고자질을 했다.

아미아의 미간이 깊게 팼다. 케일만큼이나. 아미아는 화 때문에 얼굴이 붉게 달아올라 버럭 소리를 쳤다.

"뭐래, 이 미친 노인네들이!"

"뭐, 뭐, 뭣!"

"나이를 거꾸로 잡수셨나, 왜 말을 못 알아들어!"

아미아의 거침없는 성격이 마음에 든 것은 이번이 처음이었다. 그들이 씩씩거리며 무언가 마법을 쓰려는 듯 입술을 달싹거리자 아미아가 손으로 그들의 입을 막아 버렸다.

"케일, 이 사람 버리고 올게."

"이쪽은 내가 버리지."

"읍읍읍! 놔, 놓지 못해!"

"아, 꺼져요!"

아래층에서 그런 소란이 일어나자 마법사들이 하나둘 내려오고 있었다. 뭐야, 무슨 일이래, 뭐래, 아까 와렌 부모님이라고 한 것 같던데? 결혼한다는 것 같던데? 수군수군.

"와렌 씨!"

그런 모습들에 와렌은 차마 더 여기 남아 있지 못하겠는지 랑세의 품에서 벗어나 계단을 뛰어 올라갔다. 사람 무리를 헤치며 지나가는 그 작은 뒷모습에 랑세는 어쩔 줄 몰랐다.

"놔! 놔!"

"얼른 꺼지시죠!"

문밖 소란이 안쪽까지 들려오고, 랑세는 몰려 있는 마법사들 사이에서 이제 더는 보이지 않는 와렌이 남기고 간 슬픔을 그저 바라보고만 있는 한 남자를 보았다.

"무즈 씨……."

무즈는 긴 한숨을 내쉬며 그 자리에 서 있기만 했다. 와렌을 쫓아가지 않은 채. 그는 무엇도 더 하지 않고 입구 쪽으로 시선을 돌렸다.

납치범이라고 규정짓기는 했지만, 어쨌든 와렌의 부모였다.

때문에 막말에 멱살을 잡고 간단한 마법까지 써도 그 이상 무엇을 하지는 못했다. 그 덕에 와렌의 부모들은 입구 바로 앞에서 케일, 아미아와 실랑이를 이어 갔다. 그들 역시 만만치 않은 실력을 갖춘 아미아와 케일에게 마법을 사용하지는 못했지만.

"와렌, 어서 나오지 못하겠니?"

"언제까지 고집을 피울 참이더냐!"

큰 목소리로 소란을 이어 가는 모습은 그 조용조용한 와렌의 부모라고 믿을 수 없을 정도였다.

이런 부모를 본 적이야 고향에서도 제법 많았다. 집안일이나 하지, 학교에 나간다고 화를 내는 부모나 시장에서 억지를 쓰는 부모들. 그럴 때면 곁에 있던 자식들의 대부분은 부끄러워 고개를 들지 못하곤 했다.

그들은 다 너를 위해서라며 외치고, 너희들도 부모가 되어 보라고 한다. 그때 가서야 무슨 말을 하든, 당장에 자식들은 그저 창피할 뿐이었다.

이런 일이 있고 나면 자식들은 친구를 피해 다닌다. 그렇기에, 랑세는 와렌의 뒤를 적극적으로 쫓을 생각을 하지 않았다. 무즈도 비슷한 생각을 한 것이었을까.

하지만, 그렇게만 생각하기에는 너무나도 참담한 얼굴이었다. 좋아하는 여자가 억지로 결혼하게 될지도 모르는데 어쩌면 당연한 일. 그러나 그 이상의 어떤 쓰라림.

"소란스럽네."

그때 와글거리는 마법사들이 모두 멈칫했다. 리엔이 내려오고 있었다. 그리고 평소와 달랐다. 그녀는 장난기나 여유 따위는 없는 단단한 얼굴로 늘 느슨하게 내버려 두던 허리띠마저도 단단히 조여 매고 계단을 내려오고 있었다.

그 모습에 걸맞게, 마법사들 모두 한 걸음 뒤로 물러서 경의를 표한다. 랑세만이 어설프게 주춤거리며 그녀를 올려다보았다. 리엔이 그런 랑세를 잠시 지긋이 바라본다. 무언가, 답을 바라는 듯.

"와, 와렌의 부모님인데, 와렌을 억지로 결혼시키려고 해요."

할 수 있는 말은 지금의 사정 설명뿐. 그게 정답이었는지 리엔은 랑세를 향해 푸근하게 웃어 주었다. 그러나 잠깐이었다. 리엔은 다시 얼굴을 굳히고 입구를 나섰다.

"매우 시끄럽군요. 무슨 일이신지요."

지금껏 드잡이하던 어린놈들과 달리 이야기할 만한 나이대의 사람이 나타났다고 생각했는지, 아니면 어떤 힘을 느꼈는지, 와렌의 부모 역시 멈칫했다. 그러고는 여태껏 소란을 피우던 것이 거짓말이라는 듯 점잖게 허리를 펴고 살짝 묵례했다.

"와렌의 아비 되는 네페세올시다. 이쪽은 부인 하니피요."

"전통 있는 예엔소의 주인분들을 뵙게 되었군요. 마탑의 수석 마법사 리엔입니다."

리엔의 자기소개가 끝나자마자 그들의 얼굴이 다시 일그러졌다. 붉으락푸르락해진 그들은 무척이나 성이 난 듯했다.

"대, 댁이 어린아이들에게 헛바람 넣는다는 그 여자로구먼!"

"헛바람이라니, 그 무슨 말씀이신지?"

"댁이 예전 중앙 마법 학교 학장 아니었소? 댁이 입학 조건을 완화하는 바람에 같잖은 놈들도 마법사가 되겠다고 설치지 않았소!"

그의 말에 상황을 구경하고 있던 몇몇 마법사의 고개가 떨구어졌다. 낯설지 않은 얼굴들이었다. 그들은 랑세의 방에 방어 마도구를 설치해 주기도 했으며, 무관 놈들을 쫓아갈 때 뒤따라 달려오기도 하였고, 얘에게 장난감을 가져다주기도 했으며, 함께 엉망진창 달리기 대회를 하기도 하였다. 그리고 그들 대부분은 마도구를 다루는 마법사들이었다.

"그러니 그게 헛바람이지!"

"아이들이 능력이 있으면 그 능력을 발휘할 수 있도록 도와주는 것이 어른이고 선생의 몫이거늘, 그게 어찌 헛바람이랍니까?"

"마법사가 마법사다워야지!"

"대체 마력으로 불가능을 가능케 만드는 거 말고 마법사의 다른 의미가 있습니까? 그때 학교에 입학한 아이들은 마법사의 자질이 있었고 졸업한 아이들 모두 마법사로서 훌륭하게 살아가고 있습니다."

랑세는 그들의 설전을 명확하게 이해하기 어려웠다. 다만, 리엔 저 사람이 한 일이 와렌이 학교에 들어가 지금 이곳에 살수 있도록 바탕을 마련했다는 점만 희미하게나마 알 수 있었다.

"아무튼, 여기서 우리끼리 떠들어 봐야 의미 없겠지요. 숙소는 잡으셨는지요. 일단 그곳에서 노기를 가라앉히시고 차후에 와렌 양과 따로 대화를 하십시오."

"대화는 무슨……."

"아 쫌, 아저씨, 아줌마, 얼른 가지?"

아미아의 손에서 이글이글 타오르는 무언가를 보고 그들도 손을 들어 올렸다. 그러나 리엔이 아미아의 손을 잡아 내리고 고개를 저었다.

"예엔소의 주인다운 이성적인 판단을 기대하겠습니다."

리엔의 말에 그들은 이를 악물며 손을 내리고는 흠흠, 목소리를 다듬었다. 랑세는 속으로 콧방귀를 뀌었다. 여태까지 떼쓰는 애들처럼 악을 썼으면서 지금 점잖은 척해 봤자지.

"좋소. 마탑 근처 '두 다리로 걷는 달'에 머물고 있소. 내일 또 오지."

그들은 그렇게 물러갔다.

이런 소란 후에 당연히 따라야 할 수군거림 따위 또한 함께 물러간 듯 아파트는 고요했다. 마법사들은 각자 조용히 흩어진다. 삼삼오오 붙어 가는 이들이 있는가 하면, 홀로 고개를 떨구고 가는 이들도 있다.

그리고 여전히 자리를 지키고 있는 이들.

"스테인."

이곳에 몇 사람이 남지 않았을 때, 리엔이 스테인을 불렀다. 계단에 서 있던 스테인이 고개를 숙여 이어질 말을 기다린다.

"이게 네가 꿈꾸는 세상의 단면이라고 생각하지 않니?"

스테인은 고개를 들어 리엔에게 되물었다.

"흠 없는 세상이 있습니까?"

리엔은 그런 스테인을 가만히 바라보더니 쓴웃음을 지었다. 그리고 더 말을 않고 고개를 돌려 버렸고, 스테인 역시 무언가를 덧붙이지 않았다.

"저기, 그런데, 이거 더 어떻게 해야 해요?"

그들의 저 보이지 않는 기 싸움이 무엇 때문이든 간에 문관인 랑세에게 가장 중요한 것은 친구인 와렌이 어찌 되느냐였다.

"일단 쫓아내기는 했는데……."

리엔도 나중에 다시 이야기하자고 보내기는 했지만 뾰족한 수가 있는 건 아니었던 모양이다. 다들 한숨만 쉬고 아미아 정도만 여전히 펄펄 뛰고 있었다.

"미친 노인네들! 저런 인간들이 있다고 이야기는 들었지만 눈으로 보기는 처음이야! 진짜, 저걸 어떻게 참고 살아! 부모면 다야 뭐야!"

부모와 자식, 가족. 타인보다 가까워 친밀한 만큼 상처 또한 더 깊고 오래갈 수밖에 없는 관계.

"와렌 씨 지금 힘들 텐데 어떻게 뭐라고 말이라도……."

해결은 나중이더라도, 지금 입은 상처만이라도 잠시 덮을 수 있다면. 랑세는 그런 뜻으로 말했지만 자신은 없어 말끝을 흐렸다. 그리고 무즈 또한 고개를 저었다.

"저 사람들…… 가끔 학교까지 와서 와렌 속을 뒤집어 놓고 갔어. 지금 와렌은 누가 가도 안 좋아할 거야."

"아……."

무즈는 계단 위, 와렌의 방이 있을 곳을 바라보며 긴 한숨을 내쉬었다.

"마법사 부모 중에 저런 부모들 가끔 있어. 마력이 높지 않은 아이들을 사람 취급하지 않는 사람들. 그런데 와렌의 부모님은 너무 심해서……."

무즈의 주먹이 몇 번이고 쥐어졌다 펴졌다를 반복한다. 기억한다. 그들이 왔다 가면 며칠이고 방 밖에 나오지 않았던 와렌을. 어쩔 수 없이 수업 때문에 나오면 퉁퉁 부은 눈으로 억지로 웃던 와렌을. 자신을 피하던 와렌을.

"일단 들어가자. 여기 서 있는다고 더 좋은 수가 생기는 것도 아니고."

"선배님……."

"그 사람들은 어떻게 할지 좀 생각해 보고. 나중에 와렌의 말도 다시 들어 봐야 하니까."

"네……."

리엔의 말에 다들 터덜터덜 걸음을 옮기고, 랑세는 부엌으로 돌아왔다. 고기가 담긴 종이봉투가 덩그러니 홀로 남아 랑세를 반겨 준다.

포장을 푸는 랑세의 손에 기운이 하나 없다. 오늘 이 고기로 맛있는 저녁을 함께 지어 먹고 즐겁게 이야기를 나누려고 했는데.

선홍빛이 예쁘게 감도는 고기를 도마 위에 올려놓고 랑세는 칼을 들었다.

탕!

고기를 내려치는 손길은 거칠었다. 오늘 화가 난 만큼.

어릴 적, 마법만이 세상에서 가장 위대하다고 생각했다.

'우리 예엔소의 마법사 가문에 너 같은 머저리라니. 대체 어느 피가 섞인 거냐!'

그렇기에 자신은 인생의 낙오자라고 생각했다.

'그래도 마력 보유량은 좀 있다잖아요.'

'쓰지도 못하는 보유량이 무슨 상관이야!'

'나중에 자식에게라도 물려줄 수 있겠죠.'

형제자매들 모두 부모님께 마법을 배울 때, 겨우 글을 읽고 수를 셈하는 법이나 익혔다. 형제자매들 모두 마법학부를 갈 준비를 할 때, 자신은 일반 학교를 졸업해 그들이 말하는 쓸모없는 인생을 살 줄 알았다.

'너는 마법학부에 지원해야지.'

'저는…… 마법을 쓸 수 없는걸요.'

'아니야. 여기, 여기 보렴. 여기 수도의 학교에서는 적은 마력을 가지고 있어도 마법학부에 입학할 수 있단다.'

학교 선생님이 보여 준 서류가 아니었다면 더 이른 나이에 아무 가문의 마법사와 억지 결혼을 해 아이를 낳았을지도 모른다.

처음으로 부모에게 하고 싶은 걸 말했을 때, 그들은 코웃음을 쳤다.

'너 같은 애들이 정식 마법사나 될 수 있다니? 기껏 자잘한 마도구나 몇 개 만드는 놈들을 감히 마법사라 부르지 말렴.'

아무것도 꿈꾸면 안 되는 인생에, 선생님이 보여 준 서류는 단 하나의 빛이었다. 꿈이었다.

'너 알아서 해라. 연구하는 데 귀찮게 하지 말고.'

허락 같지도 않은 허락을 받아 수도 학교로 왔다. 그리고 알았다. 세상에 자신같이 적은 마력을 가지고도 '마법사'로 살아가는 사람들이 많다는 걸. 그들은 인생의 낙오자가 아니었고, 각자 자신의 길을 가고 있었다.

'마도구계는 쓰잘머리 없는 거나 만들어서 마법사 위명에 먹칠이나 하지.'

그리고 세상에는 자신의 부모 같은 마법사들 또한 많다는 걸. 그렇기에 자신 같은, 마법사 아닌 마법사의 인생에 한계가 있다는 걸.

'마법이 대중화가 되고 인식이 좋아지는 건 마도구계 덕이지. 어쩌면 마법을 가장 유용하게 쓸 수 있는 건 생물계도, 전투계도, 원소계도 아니라 마도구계일 거야.'

그 한계를 지우려고 노력하는 삶도 있다는 걸.

뒤늦게나마 하나둘씩 알아 가는 길 위에 서 있다.

좋은 신랑감을 알아 두었다. 그러니 집으로 돌아오도록.

그런데 그것조차 못 하게 하면, 자신의 인생은 무엇이란 말인가.

와렌은 베개에 얼굴을 묻고 몸을 웅송그렸다. 소름이 돋았다. 만약에 아파트의 다른 사람들이 막아 주지 않았더라면 바로 끌려갔을 것이다.

기계를 잘 다루지만, 그것뿐. 그들이 마법을 쓰면 아무것도 못할 그런 반쪽짜리 마법사. 우악스러운 부모의 모습이 창피하기보다는 겁부터 났다. 또 그것이 무서워 도망부터 친 자신이 싫었다.

"난 정말 머저리야……."

부모의 말이 아니더라도 정말 머저리가 맞는 것 같다.

"와렌 씨……."

그때였다. 문밖에서 랑세의 목소리가 들렸다.

똑똑, 문을 두어 번 두드리지만, 와렌은 답을 할 수 없었다. 목이 잠겨서만이 아니었다. 그냥, 어쩐지, 겁이 나서. 와렌은 숨도 쉴 수 없는 기분이었다.

"저기요……, 와렌 씨. 문 안 여셔도 돼요."

다행히 랑세는 와렌이 나오길 바라는 것은 아닌 듯했다.

"그래도…… 식사는 거르지 마세요. 문 앞에 둘게요."

달그락, 무언가 문 앞에 내려놓는 소리가 났고, 다시 발걸음 소리가 멀리 사라졌다. 고요해진 주변. 똑딱똑딱, 어느 마도구의 측정기가 움직이는 소리만이 숨죽여 난다.

주춤, 와렌은 슬그머니 침대에서 내려와 문 쪽으로 다가갔다. 문에 설치한 마도구로 문밖의 광경을 살펴보았다. 아무도 없었다. 단지 문 앞에 작은 냄비가 있을 뿐이었다. 와렌은 조심스레 문을 열어 냄비를 집어 올렸다. 냄비 안에는 잘 볶은 고기와 채소가 담겨 있었다.

"고기……."

오늘 고기 먹자던 랑세의 목소리가 귓가에 생생하다.

'그래도 저는 아침마다 사람 놀라게 하는 메신저 마법 같은 것보다 세탁기랑 화덕이랑 가로등이 더 좋아요.'

와렌은 냄비를 끌어안고 자리에 주저앉았다. 아무렇지도 않게 한 그 말이 내게 어떤 의미였는지, 당신은 알지 못하겠지.

와렌에게 고기 요리를 가져다준 후, 제 몫을 대충 먹고 난 랑세는 한숨을 쉬며 식탁에 앉았다. 이 뒤숭숭한 마음으로는 제 방에 들어간다 한들 제대로 쉴 수 있을 것 같지 않기 때문이었다. 자신만 그런 기분이 아닌지, 부엌 식탁에는 몇몇이 자리하고 있었다. 그러나 딱히 방도가 있는 것은 아니기에 그저 한숨만 쉬고 있을 뿐이었다.

"야, 무즈. 차라리 네가 나서서 와렌이랑 결혼하겠다고 하면 안 되니?"

아미아의 말에 무즈가, 아니, 무즈뿐만 아니라 자리한 사람들이 몹시도 경멸하는 눈으로 아미아를 째려보았다.

"뭐야, 그 눈은!"

아미아가 찔끔하여 와락 외치자 무즈는 길게 한숨을 쉬었다.

"제가 와렌에게 고백한 것도 아니고, 고백한다 한들 받아 줄 것도 아닌데, 결혼한다고 나서라고요? 미치셨습니까, 선배님?"

후배의 날 선 말에 아미아가 눈썹을 치켜올렸다.

"누가 정말 결혼까지 하래? 일단 이 순간을 넘기자는 거지."

"이 순간을 넘기고 나면요? 그리고 결혼 못 하게 되면 그다음은 뭐라고 넘기게요?"

"왜 인생을 그렇게 부정적으로 바라봐? 그러다 정말 결혼하면 누이 좋고, 아니, 와렌 좋고 너 좋고, 다 좋잖아."

아미아의 한없이 긍정적인 말에 무즈는 신경질적으로 머리를 헝클어트렸다.

"제가, 와렌에게 친구로나마 남으려고 얼마나 노력했는지 아십니까? 결혼요? 좋아한다고 말하기만 해도, 와렌은 기절할 겁니다."

랑세는 의외라는 눈으로 무즈를 바라보았다. 늘 조용조용하고 소심한 와렌이 무즈에게는 편하게 말도 하고, 때때로는 잘못된 점도 지적하고 그러는 게 쉬운 일이 아니었나 보다.

"네가 얼마나 노력했는지 말 안 하면 난 모르지. 친구 되기도 힘들었어?"

"……말도 마세요."

무즈는 더 말하기 싫다는 듯 고개를 저었고 옆에서 타루가 조금 쓴웃음을 지었다. 학창 시절 마도구계 동기였던 타루는 무즈가 와렌에게 다가가기 위해 어떤 노력을 했는지 곁에서 지켜보았으니까.

"와렌은…… 마도구계가 아니면 일단 무서워합니다. 그러니 무즈가 말이라도 걸라치면 도망 다니고 그랬어요."

"야, 그만해."

무즈는 타루의 말을 막았다. 그녀의 힘들었던 학창 시절이 타인의 입으로 이렇게 공공연히 밝혀지는 것은 절대 바라는 바가 아니었다. 그 마음을 아는지 타루는 금세 입을 다물었다.

와렌의 학창 시절을 모르는 이들은 잠시 생각에 잠겼다. 랑세도 떠오르는 것들이 있었다. 아미아나 케일이 부를 때 움찔거리던 와렌. 활달한 하이란이 곁에 있어도 다가오지 않던 와렌.

다들 비슷한 생각을 했는지 무즈를 안타까운 눈으로 바라보았다. 혹은 대단하다는 눈으로. 정말 노력했구나.

"아미아. 그리고 설사 와렌이 무즈와 더 가까워질 수 있다 하더라도, 그건 본질적인 해결 방법이 아니지."

리엔의 충고에도 아미아는 입술을 삐죽였다.

"본질 찾다가 본전도 못 찾잖아요."

그래도 더 덧붙이지는 않았다. 아미아도 답답해서 한 말일 뿐, 그게 정말로 해결책이 되지 않으리라는 것 정도는 알았으니까. 본질적인 해결, 그게 대체 뭘까.

'엄마도 건강이 많이 좋아졌어. 그러니까, 랑세…….'

랑세는 문득 떠오른 생각에 얼굴을 찌푸렸다. 엄마와의 관계 진전을 거부하고 수도로 도망치듯 왔다. 엄마와 대화를 피했다. 와렌과 자신의 상황은 완전히 달랐음에도, 왜 그것이 떠올랐을까.

"대화⋯⋯."

그 말귀 못 알아먹을 것 같은 와렌의 부모는 대화가 통할 것 같지도 않은데. 랑세는 다시 픽 웃음이 나오고 말았다. 자신은 대화가 통할 것 같은 부모를 두고도 여기 와 버렸으면서, 대화를 시도한다는 것 자체도 얼마나 어려운 일인지 알면서, 와렌에게 어찌 감히 대화를 권유할 수 있을까.

"그 꼰대들이랑 말을 하라고?"

랑세가 중얼거리는 말을 들었는지 아미아의 눈에 쌍심지가 섰다. 랑세는 다시 짧게 웃으며 고개를 저었다.

"아니요, 그냥 한 말이었어요."

"그냥 한 말은 무슨, 필요한 일이긴 하지."

리엔이 하는 말에 아미아는 다시 눌러 놨던 화가 치솟는지 펄펄 뛰었다.

"선배! 말귀를 알아먹을 사람들이면 진작 통했겠죠."

"알아먹는지 안 먹는지 시도해 보고, 그때도 안 되면⋯⋯."

리엔은 씁쓸하게 웃으며 말끝을 흐렸지만, 이어질 말이 무엇인지 모두 충분히 알아들었다.

어차피 와렌은 성인. 법적으로는 누구도 그녀의 결혼에 강제력을 행사할 수 없다. 가족의 연을 끊으면 되는 것. 참으로 말은 쉽지만 그 누구에게도 간단한 일이 아니기에 함부로 할 수 없는 말.

"그래요, 뭐, 일단 여기에서 지내면 집세 안 들고. 연구비로 식비 충당하는 건 지금도 마찬가지잖아요. 그 부모님들 꼴을 보니 어디 돈 한 푼 지원해 주지 않는 것 같은데, 지금과 크게 다를 바 없으니 와렌만 마음먹으면 할 수 있지요."

타루가 와렌의 상황을 하나씩 손으로 꼽아 보았다.

"야, 그게 지금 중요하냐?"

"중요하죠, 선배. 에세가 자기도 혼자 살고 싶다고 하다가 집세가 부족해서 지금 돈 모으면서 기다리고 있는걸요. 독립의 요건은 돈입니다, 돈."

타루가 손으로 동그라미를 만들어 내며 강조했고, 랑세는 쓴 웃음을 지었다. 지극히 동감하기 때문이었다. 자신도 그렇기에 문관 시험을 치른 것이었으니까.

리엔은 타루의 어깨를 토닥이며 입을 열었다.

"타루 말이 옳아. 하지만 가장 중요한 건 마지막 조건이지."

와렌이 나서는 것.

그것은 누구도 강요할 수 없는 일이기에 다들 다시 침묵할 뿐이었다. 본인이 용기를 가지고 일어나야 하는 일. 누군가의 충고가 있어도 자신의 마음 안에서 스스로가 바로 서야 가능한 일.

"저기요……."

그때, 자그맣게 떨리는 목소리가 침묵을 가로질렀고, 그에 모두가 벌떡 일어났다. 덜컹, 덜컹, 그 요란한 소리에 목소리의 주인공인 와렌은 움찔거리며 뒤로 물러섰다. 붉게 달아오른 눈을 내리깔고 부어 버린 얼굴을 푹 숙인다. 그 모습에 다들 주춤

주춤 조용히 자리에 앉았다. 그녀가 말하기를 기다리며.

"저기, 부모님께서 폐를 끼쳤습니다. 죄송해요……."

"야야! 죄송은 무슨! 사과는 그 사람들이 해야지, 네가 왜 해!"

아미아가 꽥 소리를 지르자 와렌의 어깨가 다시 쪼그라들었다. 랑세는 이를 드러내며 아미아의 손등을 꼬집었고 아미아는 다시 꽥 비명을 외쳤지만, 곧 잠잠해졌다.

와렌은 입술을 여러 번 씹어 내며 할 말을 골랐다. 사실은, 랑세를 찾아왔더랬다. 오늘 미안하고 고마웠다고. 단지 그 말만 하려고 했다. 그러다 부엌 안에서 모두가 자신을 걱정하며 어찌해야 할지 의논하는 소리가 들리기에 차마 들어가지 못하고 문에 기대어 엿들었다.

가족 누구도 해 주지 않았던 진심 어린 걱정. 그 무서운 아미아 선배가, 항상 곁에 있어 주던 무즈가, 동기인 타루가, 자신 같은 반쪽 마법사도 마법사로 살 수 있게 해 준 리엔이, 마법사도 아닌 랑세가, 자신의 모자람을 탓하지 않고 온전히 걱정해 주고 있었다.

"내, 내일…… 부모님과 이야기해 볼게요……."

그래서 용기를 얻었다. 충고와 강요는 마음을 바로 세우는 데 부족하지만, 함께라는 것, 걱정이라는 것, 믿음이라는 것은 두 발로 곧추설 수 있도록 도와준다.

와렌의 말에 리엔이 따스하게 웃었다.

"그래, 그러렴. 필요한 것이 있으면 언제든 말하고."

당신의 행보가 나를 살게 했기에 존경하고 경외한다는 것을 당신은 알고 있을까. 그래서 여전히 머저리 같고 모자라도 여기 서 있다는 것을 당신은 알고 있을까. 와렌은 그 말을 꺼내지 못하는 대신 가만히 고개를 끄덕이며 고맙습니다, 하고 중얼거렸다.

"저기, 그리고…… 랑세 씨, 정말 죄송하지만……."

와렌이 머뭇거리며 말을 잇지 못하자 랑세는 벌떡 일어나 척척척 와렌에게 다가갔다. 그리고 두 손을 꼭 잡아 주었다. 오늘, 그 사람들 앞에 나서기 전처럼.

"같이 가도 돼요?"

그리고 와렌이 원했을 것을 말해 본다.

"네?"

자신의 마음을 읽어 낸 랑세의 말에 와렌은 동그랗게 떠진 눈을 깜빡인다.

랑세는 웃으며 말했다.

"저, 마법은 못 써도 목소리는 크거든요. 무관들 쫓아내는 솜씨 보셨죠?"

와렌은 무관들을 쫓아내던 랑세의 그 걸쭉한 욕설을 떠올리고 저도 모르게 조금 웃고 말았다. 한없이 무거운 마음도 같이 든다면, 조금은 가벼워지는 걸까.

"같이 가도 돼요?"

제가 부탁해야 할 일을, 외려 자신이 부탁한다는 듯 말한다. 그래서 와렌은 입술을 꼭 깨물고 고개를 연신 끄덕이는 것 말고는 아무 말도 할 수 없었다.

"나도! 나도 갈래!"

"아미아 씨는 집에 있어요! 무슨 난리를 치려고요!"

"어머, 애, 내가 꼭 맨날 난리 치는 사람처럼 말한다?"

"그럼 아니에요?"

아미아와 랑세가 꽥꽥거리며 목소리를 높이자 리엔이 끼어들어 아미아는 정말로 집에 있으라고 말한다. 거기에 또 아미아는 소리를 높이고, 타루가 그녀를 뜯어말린다. 조금은 희극처럼 과장된 몸짓으로, 약간의 억지웃음을 섞으며, 그러나 마음만은 진심으로 모두가 동행을 청한다. 그 모습에 와렌은 희미하게 웃었다.

마법을 사용할 수 있으면 좋겠다. 큰 마법을. 시간을 건너가는 마법을. 그렇게 할 수 있다면, 어린 자신에게 알려 줄 수 있었을 텐데. 가만히 홀로 울고만 있지 않아도 되는 날이 올 것이라고. 그러니 그 긴 시간을 덜 울며 걸어오라고.

"어……, 랑세 씨?"

랑세와 와렌은 이튿날 점심때가 조금 지난 시간에 아파트 앞에서 만나기로 했다. 와렌은 긴장으로 눈 밑에 까만 그림자가 진 채로 아파트 입구에서 랑세를 기다리다, 때맞춰 나타난 랑세의 모습에 눈을 동그랗게 떴다.

늘 목 밑에서 살짝 흘러내릴 정도로 성기게 머리를 묶어 두던 랑세가, 오늘은 뒤로 머리를 꽉꽉 넘겨 단단하게 묶어 두고 짙은 색 옷도 입었다. 달리기할 때 바지만 입었던 게, 아마 거의 이 느낌이었지?

"가죠."

머리카락뿐이랴. 말에도, 걸음에도, 온몸에서 기운이 넘쳐흐른다. 와렌은 그 기운을 받아 결연하게 고개를 끄덕였다.

"마탑까지 가는 길은 아시죠?"

기운은 가득하다만, 길이 초행일 뿐.

"네. 그 여관도 알아요. 지방에서 올라오는 마법사들이 곧잘 묵는 곳이에요."

"그래요."

와렌이 겁먹지 않도록 일부러 복장부터 표정까지 신경 썼다. 외무부 상관 중에 어딘가에 나타나면 주변이 얼어 버리는 그런 사람이 있다. 그 사람과 함께 옷을 환불하러 가 보기도 했다. 약간의 실랑이도 없이 단번에 성공. 랑세는 그 얼굴, 그 표정, 아무튼 그런 것들을 따라 한 상황이다.

그러나 일반인 옷을 입었다고 타루가 마법사가 아닌 게 아니듯, 랑세가 그 사람을 따라 한들 같게 되는 것은 절대 아니었다. 즉, 간단히 말해 랑세는 엄청나게 긴장한 상태였다. 그저 바라는 것은 오늘 와렌이 많이 상처받지 않는 것뿐. 자신이 할 수 있는 것은 곁에 있어 주는 것뿐.

여하튼 둘 다 긴장한 상태이다 보니 가는 길이 고요하다. 와렌은 와렌대로 홀로 생각에 빠졌고, 랑세는 예민해질 대로 예민해졌다.

그래서, 들렸다. 자신들을 따라오는 발소리 같은 것이. 랑세는 와렌이 눈치 못 채게 슬그머니 뒤를 돌아보았다.

"야이씨."

"네?"

랑세의 입에서 거친 소리가 나오자 와렌이 깜짝 놀라 돌아본다. 랑세는 어색하게 웃었다.

아니요, 돌부리에 살짝 채여서요.

어머, 괜찮으세요?

네네, 그냥 놀란 것뿐이에요. 가요, 어서 가요.

와렌이 앞을 보며 계속 걸음을 옮기자 랑세는 얼른 뒤를 보며 으르렁, 소리가 나지 않게 이를 드러냈다.

'가.'

가긴 뭘 가. 저기 멀리 아미아가 입을 뻥긋거렸다.

저쪽 멀리서 따라오는 무즈는 시선을 피했고, 그 곁의 리엔은 은은한 미소를 짓는다. 저기 저쪽에서 또 누군가 바라보고 있다.

야, 인마, 다들 꺼져. 벙긋벙긋, 소리 없는 입씨름을 계속하다 결국 그들을 떨쳐 내지 못하고 와렌의 부모님이 묵고 있는 여관에 도착했다. 와렌은 총총히 종업원에게 가 부모를 부르기를 청하고, 랑세는 이마를 짚었다.

여관에는 타루도 있었다. 여자 친구인 에세까지 함께.

랑세는 용기가 충만하다 못해 자리에 쓰러질 정도였다. 와렌 씨, 지켜 주지 못해서 미안해요.

＊＊＊

옛날 옛적, 그러니까 마법사가 지금보다 수는 훨씬 적고 권위는 훨씬 높았던 시절, 마법사들은 마법으로 탑을 세워 살았다고 한다. 일명 마탑. 입구가 없는 마탑도 있고, 마법사만 길을 찾아낼 수 있어 몰래 들어간 도둑이 미로 속에 갇혀 굶어 죽는 마탑도 있다고 했다.

세월이 지나 마법사의 수가 늘어나고 권위가 떨어진 지금 마법사들은 마탑에 살지 않고, 국가에 등록된 마법사들이 일하는 곳도 국립 마법사 협회가 있는 크고 평범한 건물이었다. 그래도 사람들은 그곳을 그냥 마탑이라고 불렀다.

랑세는 창밖으로 보이는 건물, 마탑을 바라보았다. 문관 시험을 보기 위해 이런저런 지식을 쌓으면서 마탑과 국립 마법사 협회에 대한 것도 배워 뒀지만, 마탑을 직접 눈으로 보긴 처음이었다. 그냥 평범하게 커다란 공관 건물이지만, 저 입구를 통해 오가는 사람들이 모두 긴 소매 펄럭거리는 마법사들인 게 정말이지 이상해 보였다. 아파트에 살기 시작한 지 꽤 된 랑세의 눈에도.

"랑세 씨?"

"아, 미안해요. 마탑을 처음 봐서요."

랑세의 말에 와렌이 오늘 처음으로 희미하게 웃었다.

종업원에게 와렌의 부모를 불러 달라 부탁해 놓고 여관 0층에 마련된 식당에서 차 한 잔 시켜 기다리던 중이었다. 저쪽에 몰래 몸을 숨기듯 앉은 타루라든가 리엔이라든가 아미아라든가 무즈라든가 다 거슬리지만, 일단 모른 척하고. 변장 비슷한 걸 하긴 했지만 저걸 못 알아볼 리가.

하지만 부모를 만난다는 긴장에 와렌은 못 알아보고 있었다. 그런 와렌의 미소라. 마탑 이야기에 짓는 미소라. 환한 미소는 아닐지라도, 그래도.

"와렌 씨는…… 마법을 정말 좋아하시는 것 같아요."

랑세의 질문에 와렌은 또 웃는다. 햇살이 와렌의 이마에서 미끄러진다.

"예전에는 세상에 마법만 있는 줄 알았는데, 저한테 없어서 그냥 가지고 싶었어요. 그런데…… 가지고 보니까, 더 좋은 거였어요. 정말로……."

학교에 입학해 기계 이론을 배우고 처음으로 공구를 손에 쥔 날을 기억한다. 뚝딱뚝딱, 첫 실습은 작은 마석 등 만들기였다. 경이. 선과 진을 통해 마력이 흐르고, 그것이 빛이 되는 마법.

와렌의 작은 고백에 랑세는 고개를 끄덕였다. 일면 부럽기도 했다. 자신은 그토록 사랑하고 좋아하는 것이 있는가 하고.

"그것도 마법인데 아버지와 어머니는 왜 그러시는지……."

와렌의 얼굴에서 미소가 사라지고 다시 긴 한숨이 튀어나왔다.

그렇지 않아도 종업원이 그들을 부르러 간 지 시간이 꽤 지났다. 곧 내려올 테지. 저 긴 숨 다시 들이켜게 하고, 허리와 어깨도 펴게 해야지. 랑세는 와렌의 어깨를 토닥토닥 두드렸다.

"설사 와렌 씨가 저처럼 마법 하나 쓸 수 없다 하더라도 그분들은 그래서는 안 되는 거였어요. 와렌 씨 잘못이 아니에요."

와렌은 그리 말하는 랑세를 올려다보았다. 자신의 어깨를 잡은 손은 마도구도 마법진도 그 어떤 것도 한번 만져 보지 않은 손이었다. 와렌은 가만히 고개를 끄덕였다.

고맙다고 작게 중얼거리듯 말하는 소리를 듣던 랑세는 보이지 않게 한숨을 삼켰다. 제 한숨에 와렌의 어깨가 더 눌릴 것 같아서.

"왔구나."

그때, 와렌의 부모가 나타났다. 역시나 마법사 복장. 마탑 근처의 여관인 만큼 수도 마탑에 볼일 있는 마법사들이 꽤 많이 머무는 곳인지라 이곳에서 마법사 복장은 흔한 것이었다. 외려 랑세의 일반인 옷이 무척 튀었다. 그래서일까. 그들의 곱지 않은 눈이 와렌을 스쳐 지나갔다가 랑세에게 머문다.

"자네는 왜 왔나?"

와, 씨, 저것 좀 봐라? 말이 도로 짧아졌다. 처음 길에서 낯선 사람에게 실례했다고 생각했던 마음은 이미 폴폴 날아가 버렸나 보다. 제 딸을 뒤로 숨기며 자신들을 악귀 보듯 하던 사람에게.

그들의 악의가 고스란히 느껴지지만, 랑세는 마음 단단히 붙잡고 그들에게 고개를 꾸벅 숙였다.

"안녕하세요. 와렌 씨 친구로 왔습니다."

"쯧. 남의 집안일에 참견할 참인가?"

식탁 밑의 주먹에 불끈 힘이 들어갔지만, 얼굴에 미소를 잃지 않았다.

"친구이니 도움은 줄 수 있겠지요."

언제였더라, 몇 주 전 민원실을 찾아온 외국 귀족이 있었다. 여행 허가서를 분실했다나 뭐라나. 자기들 나라 대사관에 가야 하는데 왜 우리 쪽으로 왔는지, 그쪽으로 가라고 안내를 했음에도 벅벅 우겨 대는 그 귀족 아저씨를 상대할 때처럼 미소를 지우지 않았다. 물론 입꼬리에만. 눈은 부리부리해진 랑세였다.

그 기세를 느꼈는지 와렌의 아버지 네페세는 크흠, 하고 시선을 돌렸고 어머니 하니피는 쯧쯧 혀를 찼다. 어쨌든 그들에게 중요한 것은 문관 나부랭이가 아니었기에 곧 와렌을 향해 입을 열었다.

"와렌, 어서 집에 돌아와라. 어제의 무례는 용서해 주마."

식탁 밑에서 와렌의 손이 랑세의 손을 꾹 잡았다. 랑세는 와렌을 향해 고개를 가볍게 끄덕였다.

"싫어요."

와렌의 싫다는 말을 어제 들어 놓고, 오늘도 들은 것이 충격이었는지 그들은 눈을 크게 떴다.

하기야 오늘의 싫다는 꽤 단호했고, 말에 힘이 들어가기도 했다. 식탁 밑에 머문 온기 하나가, 당신은 오늘 혼자가 아니라고 말하는 것 같아서. 존재를 눈치채지 못한 이들의 시선이 따스해서. 아마도 그래서.

"저, 싫어요. 저 아직 하고 싶은 연구도 많고 여기서 지내고 싶어요. 무엇보다 낯선 사람과 결혼하고 싶은 마음도 없어요."

"허."

"수도에 오더니 정말 헛바람 들었구나!"

"그게 어째서 헛바람이에요?"

"마법 따위 부리지도 못하면서 무슨 연구! 남의 세금으로 헛일하는구나!"

랑세는 헛숨을 들이켰다. 그들의 악의, 비하, 멸시가 이토록 짙었을 줄이야.

그 때문이었을까, 따박따박 싫다고 말하던 와렌도 순간 멈칫하고 말았다. 그 덕에 네페세는 한껏 턱을 더 치켜들고 목소리를 높였다.

"네가 졸업한 이래로 대체 해낸 게 뭐냐? 네 오라비도, 언니도 훌륭한 마법을 개발하고 마탑에서 일하는데, 기껏 기계 나부랭이나 꼼지락거리는 것뿐이지!"

울컥, 랑세는 울컥 가슴속에서 화가 치솟고 눈에서 눈물이 나올 것 같았다. 와렌의 어깨가 다시 바르르 떨리기 시작했다.

랑세는 얼른 식탁 밑에서 와렌의 손을 붙잡았다. 가족 일이니까, 아무리 친구라도 타인의 가족이니까 그냥 곁에서 힘을 주는 일만 하려고 했는데, 안 될 것 같았다. 잠시라도 끊어 내야 했다.

"어르신들, 말씀이 심하십니다!"

"뭣?"

그들의 샐쭉한 눈이 랑세를 바라본다. 기분이 더럽고 화가 나도 저 사람들은 자신과 일절 관계가 없기에 슬프지는 않았다. 하지만 그들과 깊은 관계가 있는 와렌이라면……. 당신은 슬픔이 클까, 분노가 클까, 아니면 온전히 공포만이 남아 있는 걸까.

"문관 따위가 뭘 안다고 예엔소의 일에 참견이야!"

예엔소가 뭔지 알 게 뭐람.

"마도구가 우리 삶에 얼마나 도움이 되는데요. 와렌 씨는 그런 일을 하고 있는 거잖아요! 게다가 와렌 씨가 좋아하고 아끼는 일을 어떻게 그렇게 말씀하세요?"

"쯧, 이래서 비마법사들이란. 마법의 큰 뜻을 모르고서 눈에 보이는 편의만을 좇지."

"편의를 좇는 게 어때서요? 사람이 좀 편하게 살면 안 되나요?"

"허, 이런 건방진 놈을 봤나."

"어디서 놈놈 하세요?"

주먹 휙휙 잘도 휘두르는 무관을 입으로 싹 쓸어버린 랑세였으나.

"남의 집안일에 참견하는 점잖지 못한 사람에게는 놈 자도 아깝다!"

그들은 연륜이라는 게 있었다.

"자식을 납치하고 강제 혼인시키려는 예비 범죄자에게 이 정도면 예의 많이 차린 건 줄 아세요!"

그렇다고 랑세가 수그러들 것인가.

점점 셋의 대화 아닌 대화가 감정싸움으로 흐를 즈음, 와렌은 정신을 추슬렀다. 이것은 자신이 해야 할 일이었다. 더 이상 랑세에게 기대서는 안 되었다. 부모님이 말하는 그런 머저리 같은 인간이 되고 싶지 않았기에. 와렌은 가만히 랑세의 손을 꾹 잡았다. 그 힘에 랑세는 입씨름을 멈추고 와렌을 돌아보았고, 와렌은 조용히 고개를 저었다.

"제가…… 할 게요."

"아, 어……."

아, 물론 와렌이 기운을 차리면 언제든지 입을 다물 작정이었다. 하지만 랑세는 방금 이길 만한 말이 떠올라 순간적으로 주춤주춤해 버리고 말았다.

와렌은 다시 쓰게 웃으며 고개를 저었다. 랑세는 입을 다물고, 대신 잘해 보라는 뜻으로 와렌의 손을 꾹 붙잡았다. 토닥토닥도 한 번 해 주고. 그 손길에 와렌이 조용히 조심스레 웃는다.

"뭐냐?"

그리고 네페세와 하니피는 놀라고 말았다. 딸이, 저렇게 웃는 것을 처음 봤다.

"네?"

"저 아이는 뭐더냐!"

기억 속의 딸은, 아무 쓸모 없는 딸은 표정마저도 우중충해서 꼴도 보기 싫었는데. 지금 조심스럽지만 예쁘게 웃고 있었다.

"너, 너, 너, 설마!"

"네? 치, 친구……."

"저 여자와 결혼이라도 할 작정이냐!"

"네?"

……물론 그렇다고 이런 식으로 오해하면 안 된다. 절대로.

쿠당탕, 식당 저쪽에서 의자가 쓰러진 소리가 났지만, 식탁의 넷은 신경 쓸 틈이 없었다. 랑세는 눈을 동그랗게 떴다. 아니, 이상한 사람들일세. 손을 몇 번 잡았기는 했지만, 그걸로 결혼을 할 사이라니. 아니, 그것보다.

"안 돼!"

"네?"

"문관 따위의 피로 혈통을 흐릴 수는 없다."

"네?"

아니, 잠깐. 와렌 씨, 남자였나.

"저, 아버지, 랑세 씨는 여자분이라서 어차피……."

아니, 여자 맞는데. 뭐, 여자끼리 만나고 사귈 수도 있겠지만 일단 그런 관계가 아니니까.

"흥, 마법으로 여자들끼리 아이 문제도 해결 못하면서 마법사라고 하는 게냐! 그래서 안 된다는 거다!"

아니, 잠깐. 조금 더 이상해졌는데.

와렌은 아버지의 폭언에 충격받은 표정을 지었다. 그러나 곧 다시 결연한 표정으로 랑세의 손을 꾹 쥐고 외쳤다.

"아버지, 아이가 결혼의 전부는 아니잖아요!"

맞는 소리긴 한데, 그거 아니에요.

"설마 정말 문관 따위와 결혼할 작정이냐!"

아니에요.

"문관 따위라니요! 랑세 씨를 모욕하지 마세요."

……혹시 정말 저한테 마음 있으셨어요?

"랑세 씨는 정말 멋진 사람을 만날 거라고요!"

그건 고맙네요.

"설마, 혼자 홀린 게냐, 문관 따위에게!"

"그런 식으로 말씀하지 마시라니까요!"

랑세는 그들의 다툼에 눈만 끔뻑였다. 그리고 떠올랐다. 저 인간들, 마법사였다. 아파트에 드글드글한, 어딘가 하나 뭔가 빠진 것 같은 인간들. 와렌이 아무리 착해도, 마법사.

"저기요……."

이미 한참 주제에서 멀리 떨어져 이상하고 이상한 다툼을 하고 있는 세 사람을 불러 보지만, 자기들만의 다툼에 빠져 들은 체도 안 했다. 랑세는 긴 한숨을 내쉬었다.

저기, 저쪽 건너편에서 이쪽을 보며 미친 듯이 웃고 있는 아미아가 눈에 들어왔다. 인정. 이번에는 비웃을 만했다.

"좋다. 그렇게 여자가 좋으면 여자 마법사를 찾아보지."

"그런 거 아니라니까요!"

이 밑도 끝도 없는 대화를 더는 들어 줄 수 없었던 랑세는 좀 강하게 식탁을 내리쳤다. 쾅, 하는 소리에 그들의 시선이 돌아왔다. 드디어. 랑세는 길게 숨을 들이켰다.

"저기요. 일단 첫 번째, 전 와렌 씨랑 결혼할 마음이 없고요, 와렌 씨도 저랑 결혼할 마음이 없어요. 그렇죠, 와렌 씨?"

"아, 네네."

결혼하고 아이를 낳는다고 마법사로서의 인생이 끝나는 것은 분명히 아니다. 좋은 배우자를 만나 함께 연구하는 법은 얼마든지 있다. 랑세는 와렌과 결혼(?)을 한다면 물론 얼마든지 그녀의 마법 활동을 지지할 것이다.

그러나.

"제일 중요한 것은 와렌 씨가 그 누구와도, 남자든 여자든, 마법사든 아니든, 지금 당장 결혼할 생각이 없다는 겁니다, 어르신들. 와렌 씨는 혼자서, 여기서, 마법 연구를 계속하고 싶어 하고, 그럴 거고, 그럴 권리가 있다는 거예요."

"네네, 맞아요!"

"뭐랏!"

드디어 대화가 처음으로 돌아왔다.

"대체 이해할 수가 없구나. 그런 쓸데없는 짓을 왜 계속하고 싶다는 거지?"

처음으로 돌아왔다고 답이 있는 것은 아니지마는.

"네가 마법사로서 할 수 있는 일이 마법사가 될 만한 자식을 낳는 것 말고 뭐가 있다는 것이냐?"

"어떻게…… 그렇게 말씀하세요?"

"우리가 틀린 말 했니?"

"오, 옳지 않아요…….""

그들은 저토록 잔인한 폭언을 내뱉으면서도, 그게 상대에게 상처가 될 거라고는 조금도 생각하지 않는 얼굴이었다. 와렌의 어깨가 파르르 떨리고 다시 수그러져도 일절 상관없다는 듯이. 와렌이 힘겹게 항변해 보지만, 오래 묵은 상처가 결국 입을 다시 다물게 해 버렸다.

랑세는 와렌이 스스로 해결할 때 그 곁에서 힘을 주는 역할만 하려 했던 생각을 깨끗이 버렸다. 아니, 진작 힘만 주는 역할에서 벗어나기는 했지마는. 오지랖일지도 모르지만, 지금 몹시도 화가 나서 가만히 있을 수 없었기에.

"저기, 어르신들. 옆에서 듣고 있기 참 그러네요. 대체 와렌 씨가 하는 마법이 마법이 아닐 이유가 뭐죠? 전 기숙사에서 살면서 와렌 씨의 마법에 몇 번이고 신세를 졌어요."

와렌이 부리는 마법은 리엔이나 아미아의 마법처럼 당장 눈을 혹하게 하는 것은 아니었다. 그러나 그녀 덕에, 그녀의 마법 덕에, 그녀의 마법적 지식 덕에, 또한 그녀와 같은 마법사들 덕에 생활은 편했다.

"와렌 씨 같은 사람들 덕에 저 같은 보통 사람들이 더 편하게 살 수 있는걸요. 제가 수도에 와서 제일 놀란 것 중 하나가 길거리에 가득한 가로등이었어요. 그 덕에 저녁에 외출도 쉽게 하고 안전하게 돌아다닐 수 있어요. 지방 도시에서는 꿈도 꾸지 못합니다. 제가 마법에 대해 잘 알지 못해서 다른 예를 더들 수 없지만, 와렌 씨가 하는 일을 그렇게 폄하하지 마세요."

세탁 마도구는 아직 불법이라니까 그 예로 들 수 없지만, 아무튼 랑세는 최대한 화를 억누르고 차분하게 또박또박 생각하던 바를 말했다. 앞서도 비슷한 말을 하긴 했지만, 흥분해서 말

싸움 걸듯 했으니 그보다는 효과가 좋을 것이라 기대하면서.

"쯧, 자네 말대로 자네는 마법에 대해서 잘 몰라. 그건 마법이 아니야."

"마법이 아니면 뭐죠?"

"말 끊지 말게, 건방지게. 그건 마법의 일부를 훔쳐다가 가짜로 쓰는 것뿐이야. 마법은 좀 더 근본적이고 자연에 대한 총체적인 대항일세."

하지만 그 효과는 그저 상대 역시 목소리를 높이지 않는 것으로 끝났을 뿐이었다.

"그래, 자네 말대로 그게 비마법사들의 생활에 도움을 준다고 치지. 그래서 마법사가 얻은 것이 뭐가 있지? 기껏해야 마법사의 권리는 떨어지고 제한은 많아졌지. 우리가 준 만큼 받은 것이 있나? 그러니 그따위 짓은 마법을 도둑질해서 마법사의 권위를 떨어트리는 일일 뿐이야."

대화가 통할 리가 없었다. 단지 그들이 들을 생각이 없어서가 아니었다. 생각이 너무나 달랐다. 평행선 건너편에서 소리쳐 외쳐 봤자 닿지 않는다. 랑세는 할 말을 잃고 말았다.

그런 랑세의 모습에 그들은 더 힘을 얻었다. 하니피는 창밖의 국립 마법사 협회 건물을 가리켰다.

"저 낮고 초라한 건물을 보게. 영광의 마탑은 저물었어. 저게 다 누구 탓이라 생각하는 건가? 그런 마법사답지 않은 놈들을 마법사 취급하면서부터야. 마법을 공유한다고? 감히 그따위 생각을 마법사 가문의 아이가 하다니."

"허허, 참으로 옳은 말씀이오."

그때였다. 웬 마법사 하나가 그리 말하며 곁으로 다가왔다.

낯선 이의 등장에 모두 잠시 경계를 한다. 그 노인 마법사는 네페세와 하니피에게 손을 내밀며 악수를 청했다.

"미안하외다. 혼자 앉아 있다가 말씀을 귀동냥하게 되었는데 지극히 옳은 말씀이라 물색없이 끼어들었소이다. 마탑의 다이스요."

"아, 예엔소의 네페세요."

"하니피입니다."

다이스와 그들은 아주 화기애애하게 인사를 나누었다.

"요즘 마법 같지 않은 것들 때문에 마법계가 아주 흉흉한데, 전통을 지키시는 여러분 같은 분들 덕에 그래도 어찌어찌 유지되는 것 같습니다."

"그렇지 않아도 수도의 분위기가 좋지 않다는 이야기는 들었습니다. 불민한 자식이 거기에 물이 든 것 같아 부끄럽군요."

"허허, 아닙니다."

다이스는 아주 따스한 눈길로 와렌을 돌아보았다.

"젊은 친구들이 결기가 넘쳐 무언가라도 해 보고 싶은 마음이 들어 저리 말하지만, 곧 부모님의 깊은 뜻을 알게 되겠지요. 보게, 자네가 하는 것은 마법이 아니야. 정말로 마법을 사회에 나누어 주고 싶으면, 한 명이라도 더 많은 마법사를 생산하는 것이 올바른 방법일 게야."

랑세는 어이가 없었다. 하이란에게 계파가 나뉘어 있다는 이야기는 들었지만, 아파트에서 그런 식으로 말하는 사람을 보지 못했다. 스테인마저도 드문드문 제 불만을 표출할 뿐이지, 저렇게 웃으면서 생산이니 하는 말을 절대 하지는 않았다.

와렌은 얼굴이 붉어지고 눈에 눈물이 가득 찼다. 지금은 슬프기보다는 분했다. 그들 말에 항변 한마디 하지 못하는 자신이 싫었다.

"저기요, 말씀이 심하시잖아요. 와렌 씨가 가축도 아니고 어떻게 생산이라고…….."

"비마법사 따위는 끼어들지 마라!"

다이스가 노기 어린 목소리를 높였다.

"어디 감히 마법사들 하는 일에 끼어들어?"

카랑카랑한 노인의 목소리에 랑세는 잠시 움찔했다. 그러나 결코 질 생각은 없었다.

"이게 마법사라고 하실 말씀인가요? 사람을 두고 생산이니 뭐니 하는 게 마법사들의 의식인가요? 아주 못돼 먹었네요."

바락바락 외치는 소리에 다이스는 꽤 화가 난 듯 손을 치켜들려 한다. 랑세는 허리에 손을 얹고 배를 내밀었다.

"아, 왜, 마법으로 치시게? 해 봐요? 그거 불법이잖아요!"

"어허, 한 백 년 전이었으면 마법사 앞에서 발발 기어야 했을 것들이!"

"그건 백 년 전이고, 지금은 백 년 후죠."

아무래도 법은 좋은 것이다. 이렇게 사람을 보호해 주니.

다이스는 쥐방울만 한 문관 하나 제 손으로 누르지 못한 것이 못내 화가 나면서도 체면이라는 게 있는 법인지라 흠흠, 헛기침하며 아무렇지 않은 척 뒤돌아 한마디 툭 던졌다.

"별 허접쓰레기 같은 것들이 법만 믿고 날뛰는 꼴이라니."

야이씨, 랑세는 기어이 폭발했다. 아니, 폭발하려고 했다.

"이봐요, 할아버지!"

촤악, 다이스의 얼굴에 물이 뿌려졌다. 순간 여관에 지독한 침묵이 깔렸다.

다이스에게 물을 뿌린 사람이 한 걸음 두 걸음 가까이 다가왔다. 다이스는 화가 나기도 전에 놀라서 아무 말 하지 못하고 있을 뿐이었다.

"진짜 듣자 듣자 하니까 못 하는 말들이 없네요."

"에세…… 씨?"

물을 뿌린 사람은 타루와 함께 잠복하고 있던 에세였다. 저쪽 건너편에서 타루도 놀란 눈만 끔뻑이고 있었다.

"할아버지, 굶고 살아요?"

"뭣?"

에세의 말에 그제야 다이스는 정신이 든 듯했다. 무슨 소리인지 이해는 하지 못한 듯했지만.

"그 뭐냐, 무슨 마법 법칙 때문에 식량은 못 만든다면서요? 근데 할아버지는 굶고 사냐고. 그 허접쓰레기들 같은 일반인들이 만들어 낸 식량 안 처먹냐고!"

에세가 와락 소리를 지르자 다이스는 움찔했다.

"그 옷도 벗으시든가! 옷 만드는 일 같은 거 고오귀한 마법사님들이 알아서 하든가!"

에세는 네페세와 하니피를 향하여 삿대질을 했다.

"그 차! 그 찻잎 생산지가 어딘지 알아요? 우리 아빠가 찻잎 농장에서 십 년을 일했어요. 아, 물론 고오오귀한 마법사들은 알 바 아니겠죠. 나 참, 어이가 없어서. 우리 같은 일반인 없으면 굶어 죽을 양반들이 뭐요? 허접쓰레기?"

에세의 한마디 한마디에 여관의 모든 이들이 숨죽였다.

"그런 세상에 도움이 되는 게 마도구계 마법사들이죠. 그런 마법사들이야말로 많아져야 해요."

에세는 타루를 돌아보았다. 타루는 조금 감동한 눈으로 두 손 곱게 모으고 여자 친구를 바라보았다.

타루는 자신과 같은 마도구계 마법사들을 모욕하는 한마디 한마디에 찻잔을 불끈불끈 쥐는 여자 친구 앞에서 차마 얼굴을 들 수 없었다. 자신의 초라한 위치를 그녀에게 보여 주는 것 같아서.

하지만 여자 친구는 분연히 일어나 대신 싸웠다. 당신이 나를 본질적으로 이해할 수는 없어도, 당신은 나를 지극히 지지해 준다. 그것만큼 힘이 되는 일이 어디 있을까.

"오오오! 옳소!"

그때, 몇몇 마법사들이 일어나 환호했다. 이 자리에 있던 대화, 실은 목소리들이 커서 모두가 엿듣고 있었으니. 마도구계 마법사들은 그들의 사고방식에 가슴을 팡팡 치기만 하면서 참고 있었더랬다. 그런데 마법사도 아닌 비마법사가 나서서 한마디 해 주니 속이 뻥 뚫리지. 흥, 에세는 콧방귀를 뀌었다.

옳소, 옳소, 결혼하지 마라, 그런 신랑 고자나 만들어라, 여기저기서 외침이 들려오자 와렌은 얼굴이 빨개지기도, 눈이 붉어지기도 했다. 랑세는 어안이 벙벙할 뿐이었고.

하지만.

"말도 안 되는 소리! 우리 같은 마법사가 연구를 하지 않았으면 애초에 마도구계는 탄생하지도 않았어! 지식 도둑들일 뿐이야, 저것들은!"

그때, 또 다른 마법사가 벌떡 일어났다.

다시 한번 말하지만, 이곳은 국립 마법사 협회 근처 여관. 앉아 있는 이들의 태반이, 아니, 사실은 에세와 랑세 빼고 전부 마법사였다. 그렇기에 그들은 랑세와 에세의 말을 순순히 긍정하고 싶지 않았다.

"응용하지 않는 마법이야 뜬구름 잡는 이야기죠. 그게 무슨 쓸모가 있나요!"

그리고 자신들의 일을 비마법사에게만 맡겨 놓는 것이 창피했던 어느 마법사가 또 벌떡 일어났다.

"근본도 없이 기술에만 매달리고, 허가를 위해서 국가에 종속되는 마법사가 마법사인가!"

또 다른 마법사가 외쳤다.

그렇게 시작했다. 와글와글, 모두 제각기 한마디씩 던지기 시작했다. 두 패로 갈린 마법사들의 목소리는 점점 높아졌다. 아니, 숫제 악을 쓰기 시작했다.

"이게 뭐야······."

랑세는 여전히 정신을 못 차리고 눈만 끔뻑이며 그 꼴을 지켜보았다. 그것은 이 일의 당사자였던 와렌 역시 마찬가지였다. 지금, 무슨 일이 벌어지고 있는 거지.

"오호라, 네놈들이 비열한 배신자구나!"

"지금 말 다 했어!"

"저 새끼가!"

말이 안 통하는 사이들. 단지 랑세만 저 마법사들과 말이 안 통하는 것이 아니었다. 그들과 저들 사이에서도.

드디어 말 대신 주먹이 오가기 시작했다. 거기에 마법 추가.

으아아아, 와장창, 빛이 번쩍, 쨍그랑, 와당탕, 마법이 번쩍, 야이 반동분자야, 우당탕, 이 꼰대 영감이, 와장창.

그 혼란 한쪽에서 랑세는 넋을 놓았다. 여긴 어디고 난 여기서 뭘 하는 걸까.

그때였다.

삐이이이이이이잉!

높은 경보음이 울리기 시작했다. 귀를 찢을 것 같은 소리에 다들 저도 모르게 귀에 손을 올렸다.

삐이이이이이잉!

손을 뚫고 들리는 소리에 싸움을 멈추고 자리에 주저앉을 수밖에 없었다. 엉망진창의 마법사들이 모두 동작을 멈추고.

"모두 동작 그만!"

그 외침이 들린 입구를 바라보았다.

"모두 경비대로 끌고 간다!"

경비대였다.

랑세는 귀 대신 눈을 덮었다. 아, 망했다. 아, 집에 가고 싶다.

랑세는 짙은 남색 마법사 옷을 입은 사람들을 힐끔거렸다. 경비대 소속 마법사들이었다. 연행되면서 알았지만, 마탑 근처 술집, 식당, 여관 등에서 일어나는 소동에는 당연하게도 마법사들이 연관되어 있기에 이쪽 지구 경비대에는 마법사들 또한 많이 소속되어 있다고 한다.

"허, 그 여관에서 비마법사가 잡혀 오기는 또 처음이네."

조사하던 경비대원이 꽤 놀란 눈으로 랑세의 아래위를 훑어보았다.

랑세는 두 손을 꼭 모으고 아주 불쌍한 표정을 지었다. 경비대를 들락거린 걸 외무부에서 알면 큰일 난다. 공무원 복무규정 위반, 그거 가지고 무관 협박했더니 이렇게 돌아왔나 보다.

"저기……, 전 진짜 친구와 친구 부모님이랑 대화만 했거든요. 그런데 어떤 마법사 할아버지가 끼어들더니 토론이 점점 과해졌어요."

경비대원은 알 만하다는 듯 고개를 끄덕였다. 마침 그녀를 조사하던 경비대원은 무관이었다.

"거기 그 사람들은 별거 아닌 거 가지고 맨날 싸워요. 아가씨가 운이 없었어."

경비대원은 지겨운 일상이라는 듯 말했다. 그 모습에 랑세는
조금이나마 안심이 되면서도 재차 물었다.

"저기, 괜찮을까요?"

"응응, 어차피 대부분은 그냥 풀려나요. 섞여 있으면 시끄러
우니까 한꺼번에 데려오는 거지."

경비대는 랑세의 인적 사항과 그 밖의 다른 것들을 적다가
문득 생각났다는 듯 에세 쪽을 가리켰다.

"저 아가씨는 조사 좀 더 받아야 할 것 같지만. 물을 뿌렸다
면서?"

"물 뿌린 거 가지고요?"

"물 뿌린 것도 엄연히 폭행죄거든."

허어, 하고 랑세는 이상한 소리를 내었다. 애인 따라왔다가
폭행죄까지 뒤집어쓰게 생겼네.

하지만 낡은 철창 안 마법사들 사이에 끼여 앉아 있는 에세
는 누구보다 당당해 보였다. 오히려 타루가 안절부절 어쩔 줄
몰라 하며 동동거렸고.

"아, 좀 가만히 있어. 괜찮으니까."

"하지만 에세……."

"됐어. 너 때문이 아니라 저 아저씨가 말 같지도 않은 소리
해서 내가 짜증이 난 거니까. 너뿐만 아니라 우리 엄마, 아빠,
나까지 다 무시해서 질러 버린 거니까."

같은 철창 안에 갇힌 다른 마법사들이 그 둘을 신기한 듯 바

라보고 있었다. 아니, 부러운 듯이.

토닥토닥, 에세가 타루의 어깨를 두드리며 달래고 있던 철창 건너편 다른 철창 안에서는 와렌과 그의 부모, 그리고 다이스가 있었다. 다들 뭐라 할 말 없이 넋이 빠진 듯 보였다. 하긴, 이 사태를 어찌 이해할 것인가.

한참 만에 하니피가 한숨을 내쉬었다.

"와렌, 정말 부끄럽기 그지없구나. 어쩌자고 이런 소동을 일으키니."

와렌은 잠시 하니피의 눈을 바라보았다. 어떤 의심도 없는 순수한 믿음. 자신의 딸이 이 소동의 원인이라는, 당연하고도 지극한 믿음. 그 눈에 와렌은 마음 안의 어떤 것이 툭, 하고 끊긴 것을 느꼈다.

태어난 이래로 재능이 없다는 비난과 쓸모가 없다는 힐난을 오랫동안 받아 왔다. 처음에는 아팠고 그 후에는 견뎌 냈다. 그리 생각하는 사람들이 많다는 것과 아무리 마도구계 마법을 사랑해도 그 마법에는 한계가 있다는 걸 알았기 때문이다. 그저 내가 더 잘하면 되겠지, 좀 더 필요한 사람이 되면 되겠지, 하는 그런 마음.

"모든 것이 제 탓이네요."

하지만 이 모든 소동의 원인으로 당연히 저를 지목하는 것은, 무엇 때문일까. 견뎌 내야 할 필요가 있는 걸까. 와렌이 덤덤하게 말하기에 그 안에 섞인 짙은 감정을, 부모는 미처 알아차리지 못했다.

"뭐라고? 넌 무슨 말을 그렇게 하니?"

하니피의 신경질적인 반응에도 와렌은 어깨를 수그리지도 않고 떨지도 않았다. 그것은 당당함이 아니었다.

"저 다이스 님께서 무례한 말을 하지 않았더라면, 에세 양이 나서 주지 않았더라면, 그리고 다른 사람들이 참견하지 않았더라면 없었을 일이었어요. 그런데 왜 그게 제 탓인가요?"

그것은 체념.

"네가 애초에 우리 말을 따라 집으로 돌아갔다면 일어나지 않았을 일이었으니 네 탓이지."

진작 체념했다고 생각했다. 저 사람들에게 제대로 인정받거나 사랑받는 일은.

그러나 아니었음을 깨닫게 되었다. 끝까지 미약한 끈을 놓치지 않고 있었다. 그렇기에 그들이 두려웠고, 그들이 하는 말에 상처받고 눈물을 흘렸던 것이다.

"아니요. 그렇게 따지면 두 분께서 저한테 결혼하라고 강요하지 않으셨으면 될 일이었어요."

기대는 사람을 두렵게 만든다. 혹여 그 기대에 부응하지 못할까. 혹여 이 기회를 놓칠까. 그러나 포기를 하면 아무것도 두렵지 않게 된다.

"저, 다시는 두 분께 그런 소리 듣고 싶지 않고, 그런 곳으로 돌아가지 않아요."

그리하여 생각지도 못한 말이 자연스럽게 툭툭 튀어나왔다. 아니, 생각지도 못한 말이 아니리라. 늘 깊은 곳에서 생각은 하고 있었지만 최후까지 붙들어 놓았던 말일 뿐이었다.

그들은 잠시 놀란 눈을 했다. 자신들의 딸이 미약하게 반항하는 것은 몇 번 보았지만, 저리 말도 더듬지 않고 반대 의견을 밝히다니. 그리고 아이의 말에서 하나 더 거슬리는 것을 잡아냈다.

"그런 곳이라니? 너는 감히 벵텡의 예엔소가를 그리 말해?"

"그런 곳이에요. 이기적인 마법사 가문 때문에 가로등 하나 제대로 설치 못 하는 초라한 무역 도시니까요."

"뭐, 뭣?"

늘 소심하여 아무 말 못 하였다. 그러나 마법을 제 손으로, 작은 마법이나마 제 손으로 다룰 수 있게 된 이후로는 최소한 마법 앞에서만큼은 안 그러려 애썼다. 그래서 저 무시무시한 아미아 선배 앞에서도 마법에 대해서는 제 의견을 펼쳤다. 그것이 마법이 자신에게 준 믿음에 보답하는 방법이었으니까.

"네가 감히 가족을 어찌 그리 말해!"

"가족요?"

와렌은 이를 질끈 물었다.

"언제 두 분께서 제 가족인 적이 있었어요?"

"뭐라? 너에게 혈통을 물려준 것이 누구인데!"

씩씩거리는 두 사람 앞에서 와렌은 잠시 침묵하고 다른 철창 안의 사람들을 보았다. 언제 따라왔을까, 리엔 님은. 아미아 선배는. 타루는. 그 곁의 에세 씨는 아무 상관도 없는 자신을 위해 저 노인에게 물까지 뿌렸다. 함께 와 준 랑세 씨도. 그녀는 울고 있는 자신 곁에 늘 있어 주었지.

그리고 무즈.

'세상에 틀린 마법은 없어. 그냥 다를 뿐이지.'

마도구계를 제외한 다른 모든 마법사를 보기 꺼려 할 때 어느덧 슬그머니 제 옆에 점차 다가오던 무즈.

저 모든 이들이 자신을 걱정해 여기까지 따라왔다. 마법이 자신에게 준 믿음에 보답하고자 그 앞에서만큼은 당당하려 애썼듯이.

"혈통을 물려주신 것은 두 분이지만, 너는 두 분을 가족이라고 생각하지 않아요. 저는 여기 있는 아파트 사람들이 오히려 더 가족 같아요. 다시 보지 않으면 좋겠어요."

그들의 믿음 앞에서 당당하고 싶다. 지금은 가슴이 아파도.

스무 해 넘게 붙들고 있던 미약한 끈이 완전히 끊어지는 느낌에 와렌은 다시 눈물이 왈칵 쏟아질 것 같았지만, 꾹 참았다. 너는 이 사람들 때문에 울고 싶지 않았다. 이들로 인해 울 시간에 더 나아가고 싶다. 더 위대하고 더 많은 사람들이 사랑할 수 있는 마법을 부리고 싶다.

"너, 감히!"

"거! 조용히 좀 하시오!"

경비대 마법사가 철창을 치며 소리를 높였다.

"가족 싸움은 집에 가서 하쇼!"

경비대원의 말에 와렌이 와락 소리를 질렀다.

"가족 아니에요!"

여태 그들의 대화를 원치 않게 듣고 있던 경비대원이 와렌의 말에 웃음을 터트렸다.

"그래, 그래, 생판 남이랑 싸움은 집에 가서 해라!"

"네⋯⋯. 죄송합니다."

경비대원의 웃음 앞에서 다시 쪼그라든 와렌이었다. 그러나 기막혀하는 부모의 눈을 피하지 않았다. 그들은 무어라 말하고 싶었지만 경비대원의 눈길에 억지로 참았다. 때문에 소란은 가라앉고 무거운 침묵만이 철창 안을 지배할 뿐이었다.

"실례합니다. 보호자 연락을 받고 왔습니다. 무슨 일입니까?"

얼마나 지났을까. 경비대에 케일과 스테인이 신분패를 내밀며 들어왔다. 경비대에서 풀려나기 위해 보호자 또는 보증인의 서명이 필요하다는 말에 아파트에 사람을 보내 놓은 참이었다. 아파트 관리인에 자치회장. 보호자에 딱 알맞구나.

그 보호자들은 철창 안에 갇힌 아파트 주민들을 알 수 없는 눈빛으로 바라보았다. 아니 뭐, 솔직하게 말하면 한심해하는 눈빛.

"뭐, 별일 아닙니다. 여관에서 토론이 커져서 말입니다."

경비대 마법사도 결국 마법사. 무관과 달리 여관에서 벌어진 일이 토론이라 말한다.

"에, 그럼 두 분이 데려가실 사람들이⋯⋯."

"리엔, 아미아, 무즈, 타루, 랑세."

경비대원이 서류를 뒤적일 틈도 없이 스테인이 아파트 주민의 이름을 읊었다. 그리고 케일은 고요한 철창 안을 바라보다 덧붙였다.

"와렌."

같이 철창 안에 갇혀 있는 부모는 어차피 보호자로 나설 수 없다. 그럼에도 무서운 케일 선배가 제 이름 부르는 순간, 와렌은 정말 그가 자신의 보호자가 된 듯한 기분이었다. 주춤주춤 자리에서 일어나 경비대원이 열어 주는 문으로 향했다.

"와렌!"

그때 네페세가 와렌을 부르고, 와렌은 뒤를 돌아보았다.

"너, 지금 가면 다시 우리를 보지 못할 줄 알아라!"

와렌은 가만히 그를 바라보았다. 그는 변하지 않을 것이다. 자신의 결심도 변하지 않을 것이다.

그렇다면, 결론은 하나였다.

"……안녕히 계세요."

와렌은 고개를 돌려 문을 향해 걸었다. 마치 태어나 처음 걷는 걸음처럼 떨리지만, 곧게 걸으려 애쓰며.

"와렌!"

"아, 거 좀 조용히 해요!"

탕탕, 경비대원이 무슨 마법을 썼는지 철창 안의 그들이 무어라 외치지만 밖으로 소리가 빠져나오지 못했다.

"와렌 씨……."

더는 가족이 아닌 이들끼리의 다툼을, 다들 들어 버렸다. 랑세는 그저 그녀의 이름만을 작게 속삭였고 와렌은 희미하게 웃으며 고개를 숙였다. 고마워요, 하고 작게 말하고 더는 아무 말 하지 않았다. 때문에 랑세 역시 입을 다물었다.

"하지만 에세는요!"

"저 아가씨는 하루 구류를 살아야 해요! 그리고 저 아가씨 보호자는 따로 부르지 않았나?"

"구류라니요!"

"물을 뿌렸다면서? 그건 폭행죄요."

그때, 저쪽에서 소란이 일어났다. 타루가 먼저 나가기 뭣해서 미적거리다가 에세가 하루 구류를 살아야 한다는 사실을 알게 된 것이었다. 다이스는 그런 그들의 모습에 흥, 하고 콧방귀를 뀌면서 고개를 돌려 버렸다. 법이 당신을 보호하리라. 나도, 당신도.

"대신 보석금을 내면 금방 나갈 수 있소. 기록도 안 남지."

"얼만데요?"

"700에시르."

헉, 순간 타루는 저도 모르게 숨을 들이켜고 말았다. 에세는 길게 한숨을 내쉬며 얼른 가라는 듯 손짓을 했다. 감옥을 제 집처럼 드나드는 사촌 오빠 때문에 보석금이 만만치 않을 것임은 이미 알고 있었다. 하루쯤이야, 가족을 모욕한 사람을 상대해 준 대가로는 싸지.

하지만 타루는 얼른 주머니를 열었다. 나온 돈은 50에시르. 타루는 민망한 표정으로 손을 내려다보았다.

"저기, 타루."

그때 와렌이 소매에서 30에시르를 꺼내 내밀었다.

"응?"

타루가 이게 뭔가 깨닫기도 전에 리엔도 소매에서 돈을 꺼내 내밀었다.

"보태렴."

"네?"

"저런 귀한 분을 감옥 안에서 하룻밤 보내게 할 수는 없지. 안 그러니?"

"어, 하지만……."

그래도 모자라는 걸요, 하고 덧붙이기도 전에.

"보시오! 여기 이것 좀!"

여관에서 다이스에 맞서 목소리를 높이던 한 마법사가 철창 사이로 타루를 향해 돈을 내밀었다.

"아, 여기도요!"

보호자가 와서 경비대를 떠나려던 또 다른 마법사도 타루의 손 위에 돈을 내려 두었다.

"아, 언니, 저희 마도구 상점에 놀러 오세요! 잘해 드릴게요!"

"누님 먼저 나가셔야지요!"

여관 안에서 다이스와 그들 편을 향해 목소리를 높였던 이들이 돈을 꺼냈다. 철창에 갇힌 채로.

"아, 아니, 잠깐만요."

어느 상황에서든지 당당하고 부끄러움이 없었던 에세의 얼굴이 새빨갛게 변했다. 그 모습에 아미아가 까르르 웃음을 터트리며 돈을 얹었고 무즈 역시 돈을 냈다. 물론 랑세도.

철창 안의 사람들이 타루를 향해 돈을 내미는 이 기이한 광경에 경비대원들의 표정이 괴상해졌다. 이런 꼴, 본 적 없었으니까.

"700에시르……."

그리고 금세 다 모인 보석금을 타루는 어리벙벙한 얼굴로 경비대원에게 건넸고, 경비대원 역시 어리벙벙한 얼굴로 받았다. 물론 철창에서 나온 에세도 어리벙벙한 얼굴이었다. 마법사들, 역시 이상한 놈들이다. 내 남자 친구만큼이나.

"가자."

케일의 인도로 마법사들과 비마법사 두 명은 경비대를 나왔다. 노을이 내리기 시작하는 거리에 긴 그림자가 진다. 어쩔 수 없는 침묵. 좋게 마무리된 듯 보이지만, 가족과 연을 끊은 와렌의 속마음이 어찌 아무렇지 않을까.

"와렌……."

무즈가 조심스레 다가가 본다. 너는 또 나를 피할까. 가족이 왔다 간 날 늘 그랬듯이.

와렌은 곁에 다가온 무즈를 지긋이 바라본다. 무즈는 침을 꿀꺽 삼켰다.

"무즈."

"어, 응."

"난 괜찮아. 고마워."

하고 와렌이 빙그레 웃는다. 괜찮지 않더라도 나를 아껴 주는 사람들이 괜찮길 바라며 하는, 모두가 아는 거짓말. 작고 소중한 거짓말. 그리고 모두들 속아 주는 거짓말.

무즈도 작게 웃었다.

"그래. 네가 괜찮으면 됐지."

그리고 곁에 있어 주면 됐지.

무즈는 하고픈 말을 꿀꺽 삼키고 조용히 한 걸음 곁에서 함께 걸어간다. 오래 걸어야 하는 걸음 곁에 누군가 있다면, 조금 더 외롭지 않게 걸을 수 있겠지.

"좋을 때네……."

앞서 생긴 긴 그림자에 리엔이 흐뭇한 웃음을 짓는다.

"뭐가 그렇게 좋습니까?"

리엔의 말에 케일이 툭 내뱉고, 리엔은 웃음을 지우지 않은 채 답한다.

"좋을 때지, 그렇지 않니? 에세 양이 마법사들을 도와줬고, 마법사들은 보답한다. 옳게 돌아가는 세상의 원리 그 자체지."

"네에?"

리엔의 말에 에세가 얼굴을 일그러뜨리며 꽥 소리를 지른다. 그 반응에 리엔이 놀란 눈을 깜빡인다. 왜 그러느냐는 듯한 모두의 표정에 에세가 찌그러진 얼굴로 중얼거린다.

"저런 낯간지러운 소리 눈앞에서 하는데 안 징그러우세요들?"

"낯간지러운 소리?"

리엔의 호기심 찬 반응에 에세는 다시 소리를 꽥 질렀다.

"당연한 소리를 눈앞에서 하면 징그럽잖아요!"

"뭐?"

부끄러움에 못 이긴 에세가 총총히 앞서가고 타루는 에세, 에세, 하고 부르며 뒤따라 달려간다. 그들은 와렌과 무즈보다 세 걸음 앞서 무언가 티격태격하며 걷는다.

리엔은 그녀의 말에 뒤늦게 크게 웃음을 터트렸다. 그 웃음에 누군가는 함께 웃고, 누군가는 침묵한다. 누군가는 한숨.

랑세는 그런 이들의 모습을 바라보았다.

그럼에도, 그들은 함께 걷고 있다. 곁에서, 함께. 그리고 자신 역시도.

그래서 랑세는 조용히 미소 지었다.

〈독신 마법사 기숙 아파트〉2권에서 계속